LA PETITE FILLE
QUI EN SAVAIT TROP

Titre original :
The Man With No Face

ISBN 978-2-330-17900-7

PETER MAY

LA PETITE FILLE QUI EN SAVAIT TROP

roman traduit de l'anglais
par Ariane Bataille

BABEL NOIR

NOTE AU LECTEUR

Paru en 1981, *La Petite Fille qui en savait trop* est mon troisième roman. Je l'ai écrit il y a presque quarante ans, au cours de mes deux dernières années de journalisme à Glasgow.

Lorsque Quercus, mon éditeur anglais, m'a proposé de le republier, je l'ai relu pour la première fois depuis toutes ces années, et j'ai été frappé de constater à quel point son sujet et son cadre étaient d'actualité dans le contexte du monde d'aujourd'hui.

L'histoire se déroule pendant l'hiver 1979. À Bruxelles. Avec, en toile de fond, les élections générales britanniques et le débat politique sur l'entrée du Royaume-Uni dans l'Union européenne.

Ce qui m'a également frappé, c'est son côté noir (assez proche du *Nordic Noir* d'aujourd'hui), les meurtres commis au cœur de l'hiver maussade d'une ville enneigée, ainsi que les particularités culturelles propres à ces années-là et depuis longtemps révolues. Les bouteilles de lait déposées devant les portes, par exemple. Les machines à écrire à la place des ordinateurs. Une époque où Internet et les téléphones portables n'existaient pas encore, où les informations circulaient beaucoup plus lentement.

Le paysage politique a changé, lui aussi. En 1979, considéré comme un paria, le gouvernement de l'apartheid d'Afrique du Sud se voyait imposer des sanctions par les Nations unies. De même que le régime illégitime de Ian Smith, dans la Rhodésie voisine qui devait bientôt devenir l'état indépendant du Zimbabwe.

L'un des personnages du roman est une enfant autiste. En quarante ans, de grands progrès ont été réalisés dans la compréhension et le traitement de cette maladie. Ce qui en est dit ici reflète l'opinion dominante de l'époque.

En entreprenant ce que j'appellerais une révision légère du texte avant sa nouvelle publication, je me suis retrouvé en train de dialoguer avec celui que j'étais à l'âge de vingt-sept ans. Je suis persuadé que le jeune auteur aurait contesté certains des changements (mineurs) effectués, mais mes quarante années d'expérience de la vie et de l'écriture ont eu raison de lui.

Pour finir, je dois dire que je suis très satisfait de *La Petite Fille qui en savait trop,* et j'espère sincèrement que vous l'aimerez aussi.

PETER MAY
Lot, 2018

pour Bryan

Le loup habitera avec l'agneau, et la panthère se couchera avec le chevreau ; le veau, le lionceau et le bétail qu'on engraisse seront ensemble, et un petit enfant les conduira.

ÉSAÏE, II, 6

CHAPITRE 1

Kale regarda le train, de l'autre côté de la vitre éclaboussée de pluie, et pensa : c'est la dernière fois. Mais à peine cette idée formée dans son esprit, elle se coagula. Il savait qu'il tuerait de nouveau.

Il tourna nerveusement sa cigarette entre ses doigts tachés de nicotine et avala le fond amer de sa tasse de café. Sur le comptoir, le percolateur sifflait et crachait de la vapeur ; avec la pluie qui recommençait à tomber, la fenêtre se couvrait de buée. Les premières gouttes de condensation se formèrent et tracèrent des lignes claires en glissant sur le verre.

Un vieux assis dans un coin faisait durer son café, histoire de rester au chaud ; derrière le bar, une femme au visage dur observait Kale en fumant une cigarette. Elle en avait croisé, des types comme lui. Dans ce genre d'endroit défilaient constamment des hommes et des femmes ayant connu des jours meilleurs. Le costume de celui-ci avait peut-être coûté cher mais, maintenant, il était fripé, déformé, effiloché aux poignets, luisant aux coudes et aux fesses. Son vieux pardessus bleu, râpé, taché sur le devant, avait le col constellé de pellicules. Ses vêtements trop grands pendaient sur un corps amaigri. Elle avait vu pire, mais peut-être que celui-là n'en était qu'au début.

Il devait avoir dans les trente-neuf, quarante ans. Cheveux clairsemés plaqués en arrière, joues creuses, pommettes saillantes, peau claire, pâle, un peu jaune, pas une ride. Mais c'étaient ses yeux qui l'intéressaient, si tant est qu'elle pût s'intéresser à quelque chose. Sombres, enfoncés, trop rapprochés, ils brûlaient d'une intensité sinistre qu'elle n'avait jamais vue. Son visage affichait une expression maussade, mais pas vaincue comme celle du vieux dans le coin de la salle – comme celle de la plupart de ceux qui entraient ici pour fixer d'un air morose l'intérieur d'une tasse de café sans fond.

Kale surprit son regard ; elle détourna vite la tête et s'aperçut soudain que ces yeux lui faisaient peur… l'intimidaient presque. *Tu te laisses emporter par ton imagination, Nance,* se dit-elle sans conviction.

— Eh, vous ! cria-t-elle au vieux dans le coin, d'une voix aussi dure que son visage, avec un accent cockney venu tout droit de Londres. Vous l'avez bu, vot' café. Alors dehors, maintenant !

Le vieux leva la tête d'un air résigné. Il avait appris à accepter ce genre de choses. On finit par s'y habituer, comme on s'habitue à la douleur sourde et permanente d'un ulcère. Il repoussa sa chaise, se leva lentement avec ce qui aurait pu être un semblant de dignité, contourna le comptoir d'un pas traînant et sortit sous la pluie. Nance n'avait fait cela que pour ne plus focaliser son attention sur Kale, mais elle comprit brusquement son erreur. Elle se retrouvait seule avec lui, maintenant. Elle écrasa sa cigarette à moitié fumée, en alluma une autre entre ses minces lèvres maquillées, alla jusqu'au jukebox et sélectionna deux morceaux. Avec du bruit, elle se sentirait plus tranquille ; ce qui n'empêchait pas qu'elle aurait bien aimé pouvoir rappeler le vieux.

Elle n'avait pas besoin de s'inquiéter, Kale avait à peine remarqué le départ de l'autre client, et il ne se sentit que moyennement agacé lorsque le jukebox se mit à beugler un tube discordant. Nance ne l'intéressait pas le moins du monde. Il repensait à son entrevue avec Swinton, trois jours plus tôt, dans un salon de thé minable de Londres.

Swinton était un petit gros affairé, le genre de type qui transpire tout le temps. Il s'était assis en face de Kale.

— C'est un gros coup, Kale, avait-il dit sur le ton du secret en se penchant au-dessus de la table en bois, et en lui soufflant dans le nez son haleine qui empestait l'ail. Beaucoup de fric, cette fois. Tu pourrais prendre ta retraite. Où t'étais, d'ailleurs ? Les gars pensaient que t'étais peut-être mort ou je sais pas quoi. Ça fait plus d'une semaine que le bruit court.

Kale se sentait mal à l'aise au milieu de ces vieilles dames en train de boire leur thé dans des tasses en porcelaine. Swinton avait insisté pour qu'ils ne se rencontrent pas dans le pub habituel.

— Combien ? Qui paie ?

Le sourire de Swinton s'était élargi.

— Oh, allez, Willie, mon pote. Tu me connais. Même si je le savais, je te le dirais pas. Mais vrai de vrai, cette fois, même moi je sais pas.

Il s'était interrompu et reculé sur sa chaise quand une serveuse était passée près d'eux avec une pile de tasses vides et de soucoupes tintant sur un plateau, puis il avait repris, de nouveau penché en avant :

— C'est pas comme d'habitude. Tu traiteras en direct. J'aurai ma commission pour t'avoir trouvé, mais je te jure que je sais pas qui paie.

— Combien ?

— Cent mille tickets. Cent mille ! Putain, je le ferais pour le quart, mais j'ai pas ta classe. Personne a ta classe, mon pote.

Kale jouait avec sa tasse, le thé avait refroidi, le lait formait une peau à la surface. Ça ne lui plaisait pas. S'il n'avait pas eu besoin d'argent…

— Raconte.

Nance fut soulagée de voir Kale remonter son col et repousser sa chaise. Elle le regarda sortir, puis s'approcha de sa table pour ramasser la tasse vide ; il y avait vingt pence sous la soucoupe. Marrant, pensa-t-elle, comme certains ne perdent jamais leurs habitudes. Peut-être qu'il n'est pas aussi mauvais qu'il en a l'air.

Kale traversa la cour de la gare, l'asphalte crissait sous ses semelles, la pluie de janvier lui cinglait le visage. Après avoir poussé trois wagons de charbon sur une voie de garage, une locomotive retournait lentement vers le dépôt. Devant lui, la petite ville industrielle s'élevait à flanc de colline, fouillis de maisons mitoyennes en briques noircies. Les hautes cheminées des usines crachaient leur fumée vers sa droite dans le ciel plombé, et il entendait des enfants jouer quelque part derrière un mur qui bordait la rue de la gare. Les pavés luisants de pluie reflétaient la pauvreté sinistre de l'endroit. Sur un mur, une affiche constellée de chiures de mouches exhortait à voter pour le Parti travailliste, rouge vif contre gris, un sourire sur le visage du candidat au-dessus du slogan *FOR A BETTER BRITAIN*, pour une Grande-Bretagne meilleure.

Il traversa Church Street en direction du kiosque à journaux situé à l'angle et, les mains enfoncées dans les poches de son manteau, contempla la place avec son monument aux morts noirci. Depuis trois jours, il venait ici chaque matin et chaque après-midi, pour examiner toutes les routes qui arrivaient et partaient de la place. Il connaissait maintenant cette ville mieux que personne. Chaque route qui en partait était marquée en rouge sur le plan rangé dans sa poche, chacune identifiable par une particularité qui ne pouvait pas être vue, mais sentie ou entendue. Malgré sa persévérance et sa minutie, il était loin d'être satisfait. Dansant d'un pied sur l'autre, il observa attentivement la circulation. *Trois jours, ce n'est pas assez,* se dit-il. L'horloge du clocher de l'église indiqua trois heures sans sonner. Les minutes passaient lentement, la pluie s'arrêta, laissant le vent froid balayer la place.

Il vit le fourgon arriver du nord et le regarda passer devant lui, continuer jusqu'au bout de la rue puis revenir. Cette fois, il s'arrêta. Un Ford Transit blanc. Kale remarqua la boue fraîche qui avait éclaboussé les flancs depuis les roues avant, et en prit mentalement note bien qu'il doutât que ce lui soit utile. Pourtant, la moindre parcelle d'information pouvait servir. Un léger sourire retroussa ses lèvres. Les autres ne se seraient jamais donné autant de mal.

Un petit homme trapu descendit du fourgon, sa tignasse blanche et raide soulevée par le vent au-dessus d'un visage bronzé, parcheminé. Avec son gros manteau en tweed et ses yeux bleus si curieusement honnêtes, il ne correspondait pas à l'idée que Kale s'en était faite.

— Kale ? demanda-t-il.

Kale hocha la tête.

— Bon, alors à l'arrière du fourgon, mon gars.

Il contourna le véhicule et ouvrit les portes afin de le laisser monter.

— Tenez, collez-vous ça sur la tête. Et vous imaginez pas que vous allez pouvoir l'enlever pendant qu'on roule. Je vous surveillerai dans le rétro.

Kale tira le capuchon en coton noir sur sa tête et s'accroupit sur le tapis de sol pendant que le chauffeur refermait les portes. Il y avait des poils de chien par terre, et de la boue fraîche sur les chaussures de l'homme. Malgré son manteau et ses chaussures de bonne qualité, il avait les mains d'un travailleur manuel. Grosses, rêches, calleuses. Son accent était du nord ; il avait l'air de quelqu'un qui vit au grand air et ne se sent pas vraiment à l'aise dans de coûteux vêtements de ville. Le dos appuyé à la paroi du fourgon, Kale adapta ses sens à l'obscurité. Ça sentait le chien et la vieille cigarette.

Ils semblaient faire le tour de la ville depuis une éternité. Plusieurs fois Kale perdit ses repères, mais il les retrouvait toujours. Le sifflement d'un train approchant de la gare, la montée raide et pavée de Cotton Street, le tintement du quart d'heure de l'horloge de l'église à côté du nouveau lotissement – la seule qui sonnait dans toute la ville. Ils quittaient l'agglomération à présent, il en était certain. Le rond-point du nord avec ses routes partant vers le nord et l'ouest. Le bruit d'un marteau-piqueur, et un bref arrêt au feu tricolore temporaire installé pour les travaux de la chaussée. Ils avaient emprunté la route A en direction de l'ouest. Une route que Kale avait inspectée le premier jour.

Le chauffeur roula sur la A pendant près de vingt minutes. Il devait donc être aux alentours de trois heures quarante. Kale vérifierait l'heure quand ils s'arrêteraient. Au bout de sept à huit minutes, le fourgon quitta la route principale. Kale entendit le cliquetis du clignotant avant qu'il ne ralentisse pour prendre un virage serré obligeant le chauffeur à passer en première. Sûrement une route étroite, peut-être un chemin agricole. Le fourgon rebondissait bruyamment sur le sol inégal. Kale entendait la boue éclabousser les côtés de la carrosserie. Puis ils s'arrêtèrent et, par-dessus le ronronnement du moteur tournant au ralenti, Kale entendit une voix d'homme, un bruit de sabots, des meuglements. Il tendit l'oreille pour essayer d'en capter davantage. Raclement d'un portail en bois, cris de l'homme, bétail qui recule. Ils avancèrent de nouveau, très lentement. Une côte abrupte, soudain une descente. Un pont ? Sur l'eau ? Oui, il entendait de l'eau couler. Le chauffeur avait baissé sa vitre. Maintenant, il accélérait, la surface était un peu meilleure, chuintement, *shouf, shouf, shouf,* de poteaux de clôture ou peut-être d'arbres plantés au bord de la route. Nouveau ralentissement, claquement d'une grille pour bétail, puis crissement de graviers sous les pneus. Ils stoppèrent. Le chauffeur coupa le contact et descendit du fourgon.

— Gardez le capuchon, mon gars.

Les portes arrière s'ouvrirent, Kale sentit les mains de l'homme l'aider à sortir. Même la tête enfermée dans le noir, il savait qu'il y avait des arbres et une maison. En pierre. Quelque chose de grand, d'impressionnant. Des marches, un hall, le sentiment d'un vaste espace autour d'eux. Des dalles de pierre au sol, peut-être un carrelage. L'homme aux cheveux blancs et aux grosses mains rugueuses sentit le bras de Kale se raidir.

— C'est bon, mon gars. Du calme.

Kale fut surpris par la gentillesse de sa voix, sa candeur inattendue. Cet homme ignorait tout de lui. C'est étrange, pensa-t-il, comme une voix peut en dire long sur quelqu'un dont on ne voit pas le visage.

— Par ici.

Les grosses mains le guidèrent à travers le hall et lui firent franchir une porte.

— Vous pourrez enlever le capuchon une fois que j'aurai fermé la porte. Il y a une sonnette sous l'interrupteur quand vous serez prêt.

La porte se referma, la clé tourna dans la serrure, les pas lourds de l'homme s'éloignèrent.

Kale retira le capuchon et, aveuglé par la lumière électrique, plissa les paupières. Il lui fallut près de trente secondes pour ajuster sa vision. Il jeta un coup d'œil à sa montre. À peine plus de 4 heures. Puis il regarda autour de lui. Une petite pièce. Sans fenêtre ni cheminée, murs couleur crème, plancher nu. Une odeur de vieux et de poussière. Peut-être un débarras. Mais aucun indice, un endroit complètement vide à l'exception d'un banc de bois contre le mur d'en face. Les yeux de Kale s'attardèrent sur le banc. À une extrémité, il y avait une mallette, et un gros téléphone noir posé à côté. La sonnerie soudaine le fit sursauter – une seule sonnerie, brève, forte. Il traversa la pièce, souleva le combiné et s'assit tout en observant le cadran. Ce n'était pas une ligne extérieure, mais un téléphone interne avec un numéro de poste : 4.

— Kale ? fit une voix rauque.

— Oui.

— Bon. Maintenant, retenez bien ceci…

La voix n'avait pas d'accent particulier, mais c'était celle d'un homme cultivé d'âge mûr. Les quelques mots prononcés suffisaient à détecter son assurance. Un homme habitué à parler, un homme habitué à être écouté.

— Vous et moi demeurerons les seuls à connaître l'objet de cet entretien. Vous ignorez qui je suis et il en sera toujours ainsi. Je sais très peu de choses sur vous, hormis votre réputation.

La voix marqua une pause. Kale laissa durer le silence et s'aperçut soudain qu'il faisait froid dans cette pièce vide. Puis la voix reprit, pressante, réclamant son attention :

— Dans la mallette, vous trouverez cinquante mille livres en liquide, la moitié de vos honoraires. Sur le dessus, un dossier contient deux photographies marquées A et B.

Kale fit passer le combiné à son autre oreille avant d'ouvrir la mallette. L'argent était là, sous un dossier, en liasses de billets de 100 £, mais il ne les compta pas. Il prit la chemise, l'ouvrit et en sortit les photos qu'il étala sur le banc.

— Écoutez attentivement ce que je vais vous dire parce que vous ne recevrez aucune instruction écrite, et vous ne pourrez pas non plus emporter ces photographies. Si vous souhaitez que je répète quelque chose, demandez.

— Attendez.

Kale sortit de sa poche un petit carnet écorné et un stylo à bille.

— C'est bon.

— La photo A est celle de Robert Gryffe. Il est ministre d'État aux Affaires étrangères.

Kale avait reconnu le visage sans pouvoir le situer. Un assassinat politique, donc. Ça lui était bien égal.

— Gryffe a la charge particulière de représenter le ministre des Affaires étrangères à la Commission européenne de la CEE à Bruxelles. Il y passe au moins une semaine par mois, période pendant laquelle il réside dans une maison mitoyenne qu'il possède rue de Pavie, au numéro 24. Aujourd'hui, on est jeudi. Dimanche matin, Gryffe a rendez-vous là-bas avec l'homme de la photo B. L'identité de ce dernier est sans importance pour vous, contentez-vous de mémoriser son visage. Je veux qu'ils meurent tous les deux… sans qu'il puisse y avoir suspicion de meurtre. À vous de vous débrouiller.

La voix s'interrompit. Kale attendit.

— Ensuite, vous vous rendrez 33, rue du Commerce, dans l'appartement du dernier étage. Il sera vide. Il y a toujours une clé sous le paillasson. Entrez, rendez-vous directement dans le salon. Une reproduction de Breughel est accrochée au-dessus de la cheminée. Elle cache un coffre-fort scellé dans le mur. La combinaison est la suivante : trois, zéro, cinq, neuf, six, deux. Le coffre contient une mallette noire…

— Le vol n'est pas mon truc, l'interrompit froidement Kale.

L'autre hésita.

— L'appartement a déjà été vérifié par un professionnel. On vous demande simplement de prendre la mallette et de quitter les lieux.

Une nouvelle hésitation, réticence à répondre à la question non formulée de Kale. Kale ne connaissait que trop bien le pouvoir du silence.

— Il est impossible de prendre la valise avant de… avant d'avoir accompli la tâche de la rue de Pavie.

— Continuez.

— Emportez-la directement à la gare du Midi où vous la déposerez dans le casier n° 39, sur la gauche des consignes à bagage. La clé est collée à l'intérieur du couvercle de la mallette posée à côté de vous. Retournez à la gare lundi à midi, vous trouverez cinquante mille livres supplémentaires en liquide dans ce même casier – en admettant, bien sûr, que vous ayez honoré votre contrat. Des questions ?

— Non.

— Bien. Je vous accorde cinq minutes pour étudier les photographies. Si vous pensez à quelque chose pendant ce temps-là, composez le six. Sonnez à la porte lorsque vous serez prêt à partir et n'oubliez pas de remettre le capuchon.

Un clic, la ligne fut coupée. Kale reposa le combiné. Il alluma une cigarette, examina les deux photos. Gryffe devait avoir une quarantaine d'années. L'autre homme était peut-être un peu plus jeune. Visage mince, barbu, sous une masse de cheveux blonds, ou peut-être roux. Deux visages inconnus. Deux hommes que Kale tuerait. Il n'en retirerait, il le savait, aucune satisfaction, pas plus qu'il n'en aurait mauvaise conscience, ou des remords. Car Kale était un tueur parfait : froid, efficace, implacable. Un homme sans pitié, pour personne, y compris lui-même.

Il resta assis un moment à fumer lentement sa cigarette, petite silhouette miteuse dans une pièce nue. Il retrouverait cet endroit. Sur la carte, ou au besoin en personne. Il était toujours important de savoir qui commanditait un crime. Et celui-là avait pris des précautions terriblement sophistiquées pour cacher son identité. *Vous vous croyez tous très malins,* pensa Kale. *Mais je finis toujours par vous avoir, d'une manière ou d'une autre.* Il attendit d'avoir fumé presque toute sa cigarette avant de se lever et de refermer la mallette en laissant les photos sur le banc. Puis il ramassa le capuchon noir et son argent, avança jusqu'à la porte, et sonna.

CHAPITRE 2

Il pleuvait. Pas une journée particulièrement faste. La veille, il avait plu, et il pleuvrait probablement le lendemain.

Bannerman se rappela un dessin humoristique qu'il avait vu dans un vieux numéro du magazine *Punch*. Au milieu de la jungle, deux crocodiles se prélassent face à face dans un marécage, la tête au ras de l'eau boueuse, et l'un d'eux dit : « Quand je pense qu'on est jeudi aujourd'hui. » Bannerman sourit. Ça l'avait amusé, et ça l'amusait toujours. Quelle différence… aujourd'hui, demain, hier. Jeudi ? Ironie du sort, il considérerait plus tard ce jeudi comme le jour où tout avait commencé. Celui à partir duquel plus rien ne serait jamais tout à fait pareil qu'avant.

Pour le moment, c'était juste un jour comme un autre. Pensif, il s'attarda à regarder dehors par la fenêtre, Princess Street, les jardins qui s'étendaient au-delà, la silhouette sombre et menaçante du château au sommet des falaises noircies par la pluie. Même quand il pleuvait, Édimbourg était une belle ville. Bizarrement, elle avait réussi à conserver son caractère en dépit des changements apportés au fil des siècles. Elle avait quelque chose de quasiment médiéval avec ses ruelles biscornues, ses impasses pavées, ses immeubles inclinés. Et, bien sûr, la masse redoutable du château lui-même, saisissante, puissante sur l'horizon.

Au bureau, la journée commençait à peine. Les journalistes lisaient les quotidiens du matin en sirotant du café noir et en se remettant de la cuite de la veille.

— Bonjour, Neil.

Bannerman se détourna de la fenêtre et vit passer George Gorman, qui se dirigeait vers le service des informations.

— Bonjour, lança-t-il en le suivant des yeux.

Bannerman éprouvait de la sympathie pour son directeur de l'information. Gorman était un petit homme élégant, efficace mais dénué d'inspiration, nerveux dès que la pression montait. Un homme charmant attendant que le couperet s'abatte sur sa tête.

Le couperet était déjà tombé sur plusieurs de ses collègues : John Thompson, à l'éditorial, Alex McGregor, aux sports. Et il y avait eu aussi quelques victimes du remaniement chez les secrétaires de rédaction. C'était inévitable, en fait, depuis l'annonce de l'arrivée de Wilson Tait, revenu de Londres pour occuper le fauteuil de rédacteur en chef, récemment libéré.

L'*Edinburgh Post* n'avait jamais pu se vanter d'un tirage particulièrement élevé. Depuis des années, il vivait sur sa réputation de quotidien sérieux pour sa qualité et sa fiabilité. Il était lu par des hommes politiques, des membres des professions juridiques et médicales, des enseignants, des universitaires. Mais leur seule clientèle ne suffisait plus à équilibrer les comptes. Le profit comptait maintenant plus que le prestige. D'où la nomination de Tait, journaliste rigoureux de la vieille école, un Écossais aguerri à Fleet Street et de retour sur son ancien terrain de chasse ; il amenait avec lui son noyau dur d'hommes de main à placer aux postes clés de la rédaction. Le sang allait couler. Et seule l'approche des élections générales – dans trois semaines – avait offert un sursis à Gorman. Lorsque ce serait fini, il recevrait une promotion sur une voie de garage pour laisser le champ libre à l'une des étoiles montantes de Tait. Tandis que Gorman serait autorisé à végéter tranquillement dans un bureau éloigné, avec une fonction ambiguë, le journal glisserait lentement mais sûrement vers le bas de gamme où il s'efforcerait d'attirer de nouveaux lecteurs, perdant presque à coup sûr, au passage, son lectorat actuel. Il faudrait alors que Bannerman reconsidère son avenir au sein du journal. Bien qu'il soit déjà incertain. Tait et lui s'étaient presque immédiatement affrontés sur le rôle de Bannerman au *Post*. Ils ne s'aimaient pas.

Son téléphone sonna.

— Bannerman à l'appareil.

— Bonjour, Neil. Tu es là de bonne heure.

Il sourit.

— Qu'est-ce que tu veux, Alison ?

— Le patron veut te voir.

— Tu veux dire qu'il est arrivé de bonne heure, lui aussi ?

— Ha, ha.

— J'y vais.

Quand il entra dans le bureau d'Alison, elle l'accueillit en plaisantant :

— Tu t'es trompé d'une heure en réglant ton réveil ?

Il sourit. Alison était une jolie fille, décontractée mais très efficace.

— En fait, je suis venu plus tôt pour te demander si tu étais libre ce soir.

— Oh, c'est sympa. Oui, je suis libre. Mais pas toi.

Bannerman fronça les sourcils.

— Ah bon ? Tu sais quelque chose que j'ignore ?

— Simplement que tu seras trop occupé à faire tes bagages. Je viens de te réserver une place dans le premier avion pour Bruxelles demain matin.

Elle montra de la tête la porte du rédacteur en chef et ajouta :

— Ordre de son Altesse impériale.

Tout en le regardant passer dans le bureau de Tait, elle se demanda ce qui lui plaisait tant chez lui.

En bras de chemise, penché sur son bureau, Tait leva brièvement les yeux de ses papiers lorsque Bannerman frappa et entra.

— Asseyez-vous. Je suis à vous dans une seconde.

Bannerman s'assit et observa patiemment Tait. Ce dernier adorait vous faire sentir que votre présence était tolérée mais qu'elle le dérangeait au milieu d'une tâche de la plus haute importance. Ça ne l'impressionnait pas.

Le nouveau rédacteur en chef n'était pas grand et possédait l'arrogance de beaucoup d'hommes petits imbus d'eux-mêmes. En compensation de leur manque de hauteur. D'âge indéterminé, il pouvait avoir entre quarante et soixante ans. Ses cheveux gris acier coupés court surmontaient une figure lourde et laide.

Il rassembla plusieurs feuilles imprimées, les glissa dans un dossier avant de relever la tête, et lança un regard circonspect à son journaliste d'investigation ; il ne l'aimait pas mais se sentait en même temps intimidé par lui. Par son calme, sa forte présence, son assurance manifeste. Contrairement aux autres, Bannerman n'obéissait pas au doigt et à l'œil. Et ça l'agaçait.

— Je vous envoie à Bruxelles pour quelques semaines, lança-t-il.

— Ah bon ? fit Bannerman en feignant la surprise.

— On aura besoin de trucs croustillants sur la CEE dans les deux semaines qui suivront l'élection. Corruption, fraude, trahisons, ce genre de choses. Surtout après la place prioritaire que les grands partis ont accordée aux problèmes du Marché commun dans leurs discours électoraux.

L'air songeur, Bannerman demanda :

— Pourquoi cette hâte de m'éloigner d'ici ?

Tait se cala dans son fauteuil et lui jeta un regard froid.

— Parce que j'ai besoin de temps pour décider ce que je vais faire de vous. Vous êtes un emmerdeur, Bannerman. Vous jouez en solo. Or je veux constituer une équipe ici, et il n'y a pas de place pour les saltimbanques de votre espèce.

Bannerman fit la moue. Tait le regarda avec appréhension. Sans être immense, pas plus d'un mètre quatre-vingt, Bannerman était costaud et large d'épaules ; il donnait l'impression d'être plus grand. D'après son dossier, Tait savait qu'il avait trente-cinq ans, mais il aurait eu du mal à en juger s'il ne l'avait pas su. Il aurait pu être plus jeune, ou plus vieux. Ses cheveux raides, bruns, sans une trace de gris, retombaient négligemment sur son front. Il n'était pas vraiment beau, mais il avait de la présence, et ses yeux bleus et durs dégageaient quelque chose d'impérieux.

— Vous préféreriez peut-être que je trouve un boulot ailleurs, déclara Bannerman d'une voix plate, inexpressive.

— Le problème, Bannerman, rétorqua Tait avec un sourire mauvais, c'est que vous êtes trop bon pour qu'on vous jette. Probablement le meilleur journaliste d'investigation de toute l'Écosse pour l'instant, et extrêmement bien vu, en plus, au sud de la frontière. J'aimerais vous garder. Mais à mes conditions.

— Flatté. Je devrais demander une augmentation.

Tait se mit à rire :

— Enfoiré !

Bannerman inclina la tête sur le côté.

— Tant que chacun sait à quoi s'en tenir sur l'autre.

Et il sut qu'il allait devoir réfléchir à son avenir plus tôt que prévu.

CHAPITRE 3

En bas, une blancheur aveuglante s'étendait à perte de vue, tel un paysage arctique. En haut, le ciel d'un bleu profond était limpide. Le soleil se refléta sur les hublots lorsque l'avion vira vers l'est. Tout en sirotant son café, Bannerman le sentit amorcer sa longue descente. Quelque part, sous eux, devait se trouver la côte belge. Dans moins de vingt minutes, ils atterriraient à Bruxelles. Il regarda sa montre. Presque dix heures et demie. Vendredi matin. Onze heures et demie à l'heure d'Europe centrale, donc. Il avança l'aiguille.

Les deux sièges voisins du sien étaient occupés par un couple d'Américains d'un certain âge : lui, rouage mineur de l'OTAN ; elle, femme dynamique, très nature, apparemment habituée à parler pour eux deux.

— Henry Schumacher, s'était présenté l'Américain en avançant la main devant sa femme lorsqu'ils s'étaient installés, son visage aimable et grassouillet s'éclairant d'un grand sourire. Mon épouse, Laura-Lee.

Bannerman avait serré à contrecœur la main tendue.

— Neil Bannerman.

Laura-Lee s'était alors lancée dans un monologue ponctué de fréquentes questions auxquelles elle ne lui avait même pas laissé le temps de répondre. La vie ennuyeuse des Schumacher, mariés très jeunes à Chicago, l'ascension peu convaincante et banale de Henry Schumacher dans la sphère de la politique américaine. Le déménagement à Washington, l'invitation à une réception à la Maison-Blanche, la poignée de main ferme du Président.

— La plus grande fierté de notre vie. Un grand homme, monsieur Bannerman, un grand homme.

Puis l'affectation à l'OTAN et les fréquents voyages à Bruxelles.

— Un endroit vraiment peu sympathique, monsieur Bannerman, à moins d'y connaître les gens qu'il faut.

Bannerman avait écouté avec une patience qui se réduisait comme une peau de chagrin. La franchise inoffensive et les bonnes intentions des Schumacher, l'adoration souriante du mari pour sa femme, la crédulité de la femme à propos de l'importance de son mari. Ils devenaient, dans l'esprit de Bannerman, des caricatures que seule leur sincérité évidente pouvait racheter.

À l'avant de l'avion, le panneau s'alluma. Ils traversaient les nuages et apercevaient maintenant un patchwork de champs.

— Que m'avez-vous dit que vous faisiez, monsieur Bannerman ? demanda Mme Schumacher tout en attachant sa ceinture.

— Je n'ai rien dit, soupira Bannerman.

Elle fronça les sourcils et sembla surprise.

— Qu'est-ce que vous faites, alors ?

— Je vends des aspirateurs.

Schumacher se pencha en avant :

— Pour quelle marque ?

— La Compagnie des Aspirateurs et Brosses Éclair.

L'Américain hocha la tête comme s'il connaissait.

— Ils n'ont pas de liens avec les États-Unis ? Je pourrais connaître quelqu'un…

— Ça m'étonnerait, répliqua Bannerman.

L'avion descendait rapidement en décrivant un cercle au-dessus de l'aéroport.

— Je ne vois pas comment vous allez pouvoir vendre quoi que ce soit aux Belges, dit Mme Schumacher. Ce sont des gens si bizarres. Ils ne peuvent même pas se décider à parler le français ou le flamand. Si vous venez pour la première fois, vous allez trouver ça très déconcertant.

Lissant le devant de sa robe, elle lança à son mari :

— On dirait qu'on atterrit. Tu as les passeports, Henry ?

Il régnait une grande activité à l'intérieur du terminal – structure moderne sans âme où une muzak subliminale essayait d'infuser aux voyageurs un faux sentiment de sécurité. Néanmoins, on voyait partout, bien en évidence, des policiers belges en uniforme sombre. Armés de mitraillettes, ils portaient des pistolets dans des holsters en cuir fixés à leur ceinture noire. Héritage des récents détournements d'avions.

Bannerman regarda les Schumacher pousser un chariot à bagages vers la file des taxis.

— On se croisera peut-être, monsieur Bannerman, avait dit très sérieusement Mme Schumacher. Nous avons été ravis de vous rencontrer.

— Oui, vraiment ravis, avait renchéri son mari en lui serrant la main et en lui tendant sa carte de visite gaufrée. Si vous venez aux États-Unis…

Impossible de détester des gens comme eux, pensa-t-il en prenant la carte. Il se dirigea vers les cabines téléphoniques où il dut d'abord faire la queue pendant cinq minutes, puis déchiffrer les instructions d'utilisation en français et en flamand. Enfin, il bourra la fente de pièces belges et composa un numéro. Le téléphone sonna deux fois avant qu'une voix féminine annonce :

— *Herald.*

— Tim Slate, s'il vous plaît.

— Désolée, vous l'avez raté. Il vient de partir à la conférence de presse de midi. Je peux vous aider ?

— Neil Bannerman, de l'*Edinburgh Post*. On devait déjeuner ensemble.

— Ah, oui. Il m'a prévenue que vous appelleriez. Vous êtes à Bruxelles ?

— Oui.

— Alors, le mieux, ce serait de le cueillir à la sortie de la conférence. Vous savez où est la salle de presse ?

— Je crains que non.

— Ah. Elle se trouve dans le bâtiment de la Commission. Le Berlaymont. Boulevard Charlemagne. Vous avez une accréditation de presse ?

— C'est une audition pour *Mastermind* ?

La fille se mit à rire.

— Désolée. Mais si vous n'avez pas d'accréditation…

— J'en ai une.

— Pas de problème, donc. La salle de presse est au premier étage. Demandez quand vous serez sur place.

— Merci…

Il n'arrivait pas à se rappeler si elle lui avait donné son nom. Comprenant son hésitation, elle dit :

— Mademoiselle Ricain. La boniche de service. Le *Post* et le *Herald* ne partagent pas seulement leur bureau, ils me partagent aussi – professionnellement parlant.

Amusé, Bannerman lança :

— Bien entendu. Merci, mademoiselle.

Il raccrocha et esquiva un gros Belge impatient de s'emparer de son téléphone.

Dehors, il faisait plus chaud qu'à Édimbourg. Le ciel était gris, chargé, les premières gouttes commençaient à tomber. Bannerman ressentit, comme toujours lorsqu'il débarquait à l'étranger, les premiers pincements du mal du pays. Un sentiment de désorientation, de solitude profonde. Ce n'était que dans ces moments-là qu'il redécouvrait son attachement à sa terre natale. Il pensa à son appartement, son chez-lui. Cette morne familiarité qui lui procurait un sentiment d'appartenance. La routine monotone du *Post*, les rues sombres de la capitale nordique en hiver, son esprit de clocher ; des joyaux rassurants à emporter et chérir pendant les nuits solitaires passées dans des chambres d'hôtel inconnues sous des cieux étrangers.

Depuis l'aéroport, le taxi ne mit que vingt minutes pour atteindre le centre après avoir traversé la banlieue industrielle du nord-ouest de la ville, longé le centre commercial de l'avenue Léopold III, puis le boulevard du Général-Wahis et le boulevard Auguste. Rues empruntées jadis par les tanks allemands venus de l'est, sous les yeux des Belges vaincus qui les regardaient passer sous leur fenêtre ou devant leur porte en les haïssant en silence. La ville avait été reconstruite, en s'adaptant à un monde nouveau. Les marteaux des démolisseurs anéantissaient le passé – alignements de maisons mitoyennes grises et de places pavées, grands immeubles croulants ayant connu des jours meilleurs, et pires aussi. Bannerman se demanda quel genre d'avenir bâtissaient les urbanistes d'aujourd'hui.

Le Berlaymont se dressait au cœur du quartier commerçant de Bruxelles, bâtiment massif en forme d'étoile vu du ciel, dominant tous les autres avec ses grandes parois de verre incurvées. Côté rue, chaque bureau était vitré du sol au plafond, de telle sorte qu'en regardant de l'extérieur on avait l'impression que la moitié de l'immeuble avait été découpée, offrant une vision directe sur l'intérieur de chaque pièce où des gens travaillaient, se bagarraient, intriguaient. Devant sa façade, le métro. De l'autre côté du boulevard, l'immeuble en pierres blanches abritant le Conseil de l'Union européenne.

La conférence n'était pas terminée. Dans la salle de presse, cinq intervenants assis derrière une longue table s'adressaient en français au groupe d'une cinquantaine de journalistes répartis sur cinq rangées de bancs en demi-cercle autour de la table, avec micro à chaque place et écouteurs reliés aux cabines des interprètes situées dans des galeries latérales. Elles étaient vides. Les journalistes qui posaient des questions semblaient tous parler couramment le français.

Bannerman entra par le fond de la salle et en fit le tour sur la droite jusqu'à un bar où il commanda une bière. Plusieurs journalistes assis sur des tabourets buvaient de la bière ou du café en bavardant à voix basse ou en lisant des journaux – *Le Monde*, le *Guardian*, *La Belgique Soir*, *Die Welt*, *La Stampa*, *The Times*. Sur les bancs, l'assistance ne paraissait pas très attentive. Il régnait une atmosphère étrangement décontractée. Informelle ou peut-être indifférente. Deux secrétaires passaient sans cesse entre les rangs pour distribuer des communiqués rédigés en diverses langues. Appuyé au bar, Bannerman sirota sa bière. Il avait repéré la silhouette mince de Slater, reconnaissable à sa barbe rousse. Il ne l'avait rencontré qu'une seule fois, des années plus tôt, quand il travaillait à l'*Evening Times.* Avant que le *Post* ne l'envoie à Bruxelles comme correspondant à la CEE. Bannerman le trouva considérablement vieilli ; il avait le visage pâle, les traits tirés, et son long nez fin paraissait plus pincé que dans son souvenir.

La conférence s'acheva. Tandis que les journalistes se regroupaient par nationalités, Slater aperçut Bannerman et avança vers le bar. L'air distrait, il ne souriait pas.

— Tu es en retard, dit-il. Offre-moi une bière.

Puis, avec un petit sourire :

— Le bar est subventionné.

Bannerman se pencha sur le comptoir :

— Deux bières, demanda-t-il en poussant un billet de cinquante francs vers le barman.

Puis, se tournant vers Slater :

— Beaucoup de boulot ?

Les yeux verts de ce dernier évitèrent les siens.

— Pas cette semaine. Le seul vrai sujet de conversation, c'est l'élection britannique. Les Allemands et les Français ont la trouille que le gouvernement perde. Si l'opposition gagne, on pense ici que l'Union européenne fera encore marche arrière – même si on ne peut pas dire qu'elle avance beaucoup.

Bannerman sentit chez Slater une hostilité qui le mit mal à l'aise. *Dire que je vais devoir passer un mois avec toi,* pensa-t-il. Slater leva son verre :

— À la tienne.

Ils furent alors rejoints par deux journalistes que Bannerman avait vus approcher lentement. Le premier dans un costume sombre impeccable, la soixantaine, visage bronzé et ridé. L'autre, plus jeune, plus décontracté, une tignasse de cheveux blonds retombant sur un visage angélique insipide.

— Perte de temps, aujourd'hui, Tim, dit ce dernier en tapotant le dos de Slater. Tu as pêché quelque chose d'intéressant ?

Bannerman sourit. Le jeu classique des hommes de presse. Chercher à s'assurer qu'on n'a rien raté. À ses débuts, il avait très vite appris que les journalistes ne comparent pas leurs notes par souci d'exactitude. L'instinct était de chasser avec la meute plutôt que de se fier à son propre jugement. En gagnant de l'assurance, il avait éprouvé une satisfaction cruelle à laisser la meute dans le désarroi en la quittant sur un « sacrée bonne histoire », alors que tous cherchaient à se confirmer mutuellement qu'il n'y avait « rien à en tirer ». Très efficace pour leur pourrir la journée, surtout quand il n'y avait effectivement rien à en tirer. Mais Slater se contenta de répondre :

— Non.

Puis, à contrecœur, il fit les présentations :

— Neil Bannerman, journaliste d'investigation au *Post*. Jim Willis, *Evening Standard*, Roger Kearney, *Euro-News*.

Kearney, le blond, dit :

— Ah, oui. J'ai entendu parler de vous, Bannerman. Qu'est-ce qui vous amène à Bruxelles ?

— Je suis venu remuer un peu de boue. S'il y en a à remuer.

Willis s'esclaffa :

— Vous êtes sur un terrain fertile, mon vieux. La corruption grouille. Il faut que vous jetiez un œil sur le système d'octroi des subventions au tiers-monde. Des arnaques géniales. Des gros pots-de-vin versés aux fonctionnaires de la Commission par des dictatures de pacotille dont la moitié des revenus bruts du pays est dépensée en palais royaux et piscines de luxe pour les dirigeants. Vous n'aurez pas trop de mal à creuser de ce côté-là.

Kearney avala une gorgée de bière et pointa un doigt vers Bannerman :

— L'attribution des contrats aux compagnies des pays membres pour des projets d'infrastructure. Il y a sûrement des fraudes. Pourquoi, par exemple, la France reçoit-elle plus d'argent que les autres membres de la Communauté pour construire des routes quand un endroit paumé comme l'Irlande a que dalle ?

— L'agriculture, en voilà encore une belle source d'escroquerie, renchérit Willis, si vous creusez un peu plus.

Sans se donner la peine de cacher son mépris, Bannerman lança :

— Et pourquoi vous ne creusez pas vous-mêmes, pour commencer ?

Willis fronça les sourcils.

— Oh, faites pas chier, Bannerman. C'est ici qu'on gagne notre pain. On ne va pas cracher dans la soupe.

— Et vous vous prétendez journalistes ? ricana Bannerman. Vous êtes peinards ici, hein ? On vous mâche le travail. Vous devriez essayer de vivre dans le monde réel.

— Allez vous faire foutre ! s'écria Kearney d'une voix coléreuse qui fit tourner quelques têtes dans leur direction. Pour vous, pas de problème, vous débarquez, vous remuez la merde et vous vous cassez. Vous n'avez rien à perdre. Petit malin de mes deux.

— Viens, on s'en va, dit Slater en prenant fermement Bannerman par le bras et en le tirant vers la porte. Une fois dans le couloir, il s'arrêta :

— Mais à quoi tu joues, putain ?

Bannerman haussa les épaules.

— Je pique juste quelques journalistes pour voir s'ils saignent.

En regardant Slater, plus petit que lui – un mètre soixante-quinze ou soixante-seize – hagard, d'une maigreur effrayante, ses cheveux roux bouclés, sa barbe rousse, sa chemise blanche au col rabattu sur un blouson en jean délavé, il se radoucit un peu.

— Écoute, je regrette. Je suis juste furax d'être ici. Si on allait déjeuner ?

CHAPITRE 4

Kale descendit son sac du filet à bagages et enfila son manteau lorsque le train freina à l'entrée de la gare du Nord et dépassa les grands chariots débordant de courrier alignés sur le quai. Le jeune homme renfrogné qui n'avait pas arrêté de fumer des Gauloises depuis Ostende et la grosse paysanne belge au visage rougeaud occupée à tricoter une chose grise informe posée sur ses genoux lui lancèrent un regard curieux. C'était un étranger. Ils le savaient, même si personne n'avait prononcé un seul mot pendant l'heure et demie du trajet jusqu'à Bruxelles, dans la pénombre qui envahissait le nord de la Belgique. Une communion tacite s'était établie entre le jeune homme et la vieille femme, deux Belges dans un compartiment de train avec un individu qui n'avait pas uniquement l'air d'un étranger. Ils éprouvèrent une sorte de soulagement au moment où il fit coulisser la porte pour sortir dans le couloir. L'étrange tension, aussi présente que le cliquetis des aiguilles de la vieille ou le battement de pied impatient du jeune, parut se dissiper dans le courant d'air froid qui balaya le compartiment. La vieille femme sourit au jeune homme, qui haussa les épaules presque imperceptiblement, alluma une nouvelle Gauloise et tourna son visage renfrogné vers la vitre pour regarder dehors.

Kale frissonna dans l'air froid de la nuit et se dirigea vers le bout du quai. Il semblait être le seul passager à descendre ici. Un garde hocha la tête et l'employé affecté au portillon lui fit signe de passer. Un escalier, une galerie marchande, des portes en verre, un vaste hall de marbre désert où ses pas résonnaient. Il suivit un panneau indiquant la rue du Progrès et prit la direction du nord dans cette rue pavée obscure, le long d'immeubles croulants aux fenêtres et aux portes masquées par des volets en fer. Un tramway émergea d'un tunnel menant à la station du prémétro et passa avec un bruit métallique sous les voies du chemin de fer. Trois gamins dépenaillés à bicyclette filèrent dans la direction opposée.

Dans la rue, une vitrine brillait sous trois lettres au néon : BAR. Une forte femme d'âge mûr, boudinée dans une robe courte décolletée, y fumait une cigarette avec un air de profond ennui. Elle haussa un sourcil à moitié chargé d'espoir au passage de Kale, puis retomba vite dans son morne abattement quand elle vit qu'il ne s'arrêtait pas. Plus loin, les lumières d'un café se reflétaient sur le trottoir. Kale poussa la porte et pénétra dans sa chaleur enfumée.

Des ouvriers en veste grise et casquette en tissu levèrent les yeux de leur bière pour lui jeter un regard soupçonneux. Ce n'était pas un habitué, or seuls les habitués venaient boire ici. Kale tira une chaise de sous une table vide et laissa tomber son sac par terre. La table en bois bancale avait un pied plus court que les autres. Le barman sortit de mauvaise grâce de derrière son comptoir.

— Vous désirez ?

Putains d'étrangers, pensa Kale. *Ils ne peuvent pas parler anglais ?*

— Bière, grogna-t-il en français, tout allumant une cigarette.

Le barman tira un demi de Stella pression dans une chope et éclaboussa la table en la posant brutalement sur la table. Kale regarda d'abord la bière se répandre sur le bois, puis le barman. Le Belge hésita une seconde. Normalement, il s'en serait moqué. Mais il y avait quelque chose d'impérieux et de légèrement sinistre dans les yeux sombres de l'étranger. Il prit un chiffon sur le comptoir, souleva la chope pour essuyer la table et le fond du verre avant de la reposer sur un rond en carton.

— Trente-cinq francs.

Kale ne broncha pas et ne fit pas mine de payer. Mal à l'aise, le barman dansait d'un pied sur l'autre ; finalement, il prit un carnet sur lequel il écrivit 35 F, déchira la feuille et la fit glisser devant l'étranger. Kale baissa les yeux, hocha la tête et retira un billet de cent francs d'une liasse rangée dans son portefeuille. Le barman le prit et fouilla dans sa poche pour lui rendre la monnaie. La demi-douzaine de clients du café observait la scène en silence, un silence de plus en plus palpable. Un jeune se désintéressa de Kale pour jouer au flipper. Les conversations reprirent à voix feutrée, mais l'atmosphère était lourde et les yeux se tournaient fréquemment vers l'étranger.

Kale ne s'en rendait même pas compte. La bière était fraîche et agréable après ce long voyage de huit heures depuis Londres. Il lui était impossible de prendre l'avion pour le boulot. Les aéroports internationaux étaient tous équipés de systèmes antiterroristes sophistiqués à travers lesquels sa quincaillerie ne pouvait passer inaperçue. *Putains de pirates de l'air.* Il ne comprenait pas que des hommes risquent leur vie à des fins politiques. Ça ne faisait que lui compliquer la vie.

Quel voyage ennuyeux. Le ferry de Douvres à Ostende rempli de touristes en partance pour les stations de ski allemandes, suisses et autrichiennes. Une fille aux longs cheveux bruns et au rire désinvolte. Peut-être allait-elle passer les longues soirées d'hiver dans un chalet de montagne, à boire du schnaps avec ses amis devant un feu de bois. Car elle avait des amis, bien sûr. Une fille pareille. Elle ne l'avait pas remarqué, assis dans un coin du pont inférieur en train d'écouter avec gêne les divagations d'une vieille dame allemande qui se remémorait son Paris d'après-guerre et la mort de son mari neuf ans plus tôt pendant des vacances à Majorque. Cette fille ne s'était pas sentie envahie par sa présence, ce qui arrivait toujours aux autres, ou peut-être en avait-elle eu conscience et fait semblant de ne pas la remarquer. Il avait fini par monter sur le pont pour échapper à l'innocence de la vieille dame. Il n'y avait plus de place pour l'innocence dans sa vie. Elle le perturbait.

Le pont était désert, ce qui lui convenait mieux. La peinture blanche striée de rouille, le vernis cloqué des rangées de bancs vides, les canots de sauvetage jamais sortis de leurs supports. L'air pur et froid dans ses poumons, la force du vent sur son visage, l'étrange chaleur du soleil par cette journée d'hiver inhabituellement douce. Les mouettes criaient et décrivaient des cercles dans le plus pâle des ciels bleus. Les remous de la mer étaient verts dans le sillage du bateau. L'Angleterre avait disparu, on ne voyait pas encore la côte belge. Il était resté là, emmitouflé dans son manteau, silhouette solitaire au milieu des chaises longues vides, loin de la chaleur du pont inférieur où des enfants pleuraient et couraient entre les bancs pendant que leurs parents buvaient des alcools hors taxe en fumant des cigarettes hors taxe, et que des jeunes gens riaient avec insouciance, comme cette fille, et parlaient de la vie avec sérieux. Son exil de la vie, de leur vie, il se l'était imposé, pensait-il avec une certaine satisfaction, et pour toujours. De cette manière, il pouvait presque être en paix avec lui-même dans le vide de son existence.

Il finit sa bière, quitta le café sous le regard de tous les clients, tourna à gauche dans la rue Masui, et parcourut encore cent mètres jusqu'au petit hôtel obscur où il avait réservé une chambre. Les rues lui étaient aussi familières que s'il avait toujours vécu à Bruxelles. Chaque zone d'opération avait été étudiée avec minutie sur un plan de la ville. Chaque rue, chaque ruelle susceptible d'être empruntée s'était gravée avec précision dans sa mémoire.

Kale laissa tomber son passeport sur le bureau de la réception et regarda l'employé le prendre, puis l'examiner. Il avait été fabriqué par un expert de Londres. Un petit bijoutier binoclard du côté de Leicester Square, un des derniers artistes de sa profession. Extrêmement discret. Kale n'aurait fait confiance à personne d'autre.

— Ah, oui, monsieur Ross, dit le réceptionniste en évitant soigneusement de croiser le regard de l'étranger. Signez ici, s'il vous plaît.

Il signa le formulaire ; l'homme recopia les renseignements du passeport avant de le lui rendre, avec une clé.

— Chambre 22. Deuxième étage.

Kale traversa le hall sombre jusqu'à l'ascenseur à l'ancienne et tira la grille en fer forgé. L'employé le regarda disparaître dans la cage qui s'élevait lentement et frissonna. Peut-être à cause de l'air froid entré avec l'étranger.

La chambre triste et nue sentait le renfermé. Kale lâcha son sac à côté d'un lavabo en porcelaine fêlé, s'allongea sur le petit lit étroit affaissé au milieu, et alluma une cigarette.

Les yeux fermés, il pouvait encore sentir l'odeur de cordite et de poussière qui, des années plus tôt, en Arabie, lui avait piqué les narines par une journée torride. Le sergent, un lourdaud ignare, hurlait par-dessus les explosions des obus – cette image vivace lui revenait très souvent. Le voisin de Kale était mort, un soldat qu'il connaissait à peine. Les mouches ne tarderaient pas à coloniser son corps, à se nourrir de ses blessures. Tiraillé par la peur et la chaleur, Kale transpirait. Les tirs d'obus de l'arrière avaient réduit en miettes les murs blanchis à la chaux du village. Pourtant les rebelles refusaient de bouger. Des enturbannés armés de fusils russes. Accroupi dans le cratère, les yeux au ras du sol, Kale essayait d'identifier les survivants au milieu des tourbillons de fumée et de poussière qui s'échappaient des décombres. Cinq hommes de son unité avaient déjà progressé de cent mètres sur sa gauche pour tenter de contourner la face nord de la cible. Tac-tac-tac saccadé d'une mitrailleuse provenant d'un endroit assez proche, Kale avait vu deux soldats tomber. Cette fois, ce n'était pas le tireur d'élite ennemi, celui qui réussissait si bien à les clouer au sol.

— Couvre ces connards, bon Dieu ! aboyait le sergent.

La bouche sèche, Kale sortait la tête et les épaules du cratère. La mitrailleuse crachait de nouveau, il voyait le rebelle bouger à travers un trou du mur sur sa droite. Il visait et tirait. La silhouette mordait la poussière. Le trou mesurait moins d'un mètre de large, à peut-être deux cents mètres de distance. Presque au même instant une balle frappait le bord du cratère et lui projetait de la poussière et des éclats de pierre au visage. Il baissait vivement la tête en clignant furieusement des yeux.

— Dégomme-moi ce putain de sniper, bon Dieu ! hurlait le sergent. On ne peut pas avancer tant que tu ne l'as pas descendu.

Mais lui-même ne tirait pas.

Les tirs se déchaînaient autour de Kale ; le soldat de gauche lui tombait brusquement dessus, la moitié de la tête emportée. Kale le repoussait d'un coup de pied et voyait le devant de sa chemise kaki souillée de sang épais et collant. Les tirs d'obus cessaient pour permettre aux troupes de progresser, mais personne ne sortait de son abri. Les cinq hommes qui avaient avancé un peu plus tôt étaient tous morts. Maintenant, le moindre mouvement déclenchait la riposte d'un fusil quelque part vers l'avant. Le tireur d'élite faisait mouche presque à chaque fois. Kale changeait légèrement de position et ramassait dans la poussière le casque d'un soldat mort. Il le jetait au sergent en criant :

— Colle ça au bout de ta baïonnette pour qu'il le voie !

Le sergent lui jetait un regard sinistre et constatait qu'il n'y avait plus qu'eux de vivants dans le cratère. Les autres s'abritaient derrière un mur, sur leur gauche.

— Qui donne les ordres ici, putain ? grognait-il.

Kale ne répondait pas. Le sergent crachait par terre et accrochait le casque au bout de sa baïonnette pour le lever par-dessus le bord du cratère. Presque aussitôt, une balle l'envoyait valser derrière eux et le sergent en entendait une deuxième s'enfoncer à quelques centimètres de lui tandis qu'il se plaquait au sol. Kale avait juste eu le temps d'apercevoir le sniper au moment où il tirait sur le casque, mais c'était suffisant. Suffisant pour le viser et sentir une intense satisfaction en le voyant basculer de son abri, au bout de ce qui avait été la rue principale du village. Deux autres silhouettes bougeaient dans l'ombre. Il tirait encore, deux fois, et elles tombaient toutes les deux.

— Sacré tir, soldat Kale ! s'écriait le sergent avec un grand sourire, avant de se raviser. Reste là et couvre-nous pendant qu'on avance.

Kale avait été aussi précis qu'à l'entraînement, mais cela avait peu d'importance. Bizarrement cette habileté lui semblait soudain précieuse. En remarquant le sourire dépourvu d'humour sur les lèvres de Kale, le sergent avait froncé les sourcils. Pourquoi ce sourire ? En quelques minutes Kale avait découvert sa raison d'exister. En fin de compte, c'était la seule chose que l'armée lui avait apportée. Elle l'avait aidé à trouver en lui-même cette capacité à tuer, froidement, délibérément. Une capacité qui transformait toute son aigreur boiteuse en une manière parfaite et concrète de s'exprimer. De toutes ces longues journées brûlantes sous le soleil impitoyable d'Aden, ces nuits interminables dans une promiscuité insalubre au milieu des cafards et des corps en sueur, avait émergé une vocation, et avec elle une confiance qui lui avait enfin permis de rester en retrait d'un monde qu'il méprisait.

Kale avait le regard fixé sur une fissure du plafond de sa chambre d'hôtel. Il disposait encore d'une journée avant de frapper. Il l'utiliserait au mieux.

CHAPITRE 5

Du bureau situé au dernier étage de l'immeuble IPC (le Centre de Presse International), Bannerman regardait par la fenêtre les petites cours entourées de murs de brique dessinant des motifs géométriques entre les rangées de maisons mitoyennes. Plus loin, deux grues s'élevaient très haut dans le ciel nocturne au-dessus des maisons que la rénovation urbaine éliminait.

Il avait passé l'après-midi dans la salle de presse du Conseil de l'Union européenne, à boire du café et observer les curieux rituels de ses habitués. Ces créatures aux mœurs étranges installées au milieu des plantes vertes buvaient, bavardaient ou travaillaient derrière un écran de verre fumé dissimulant des rangées de tables, de machines à écrire et de téléphones. De temps à autre, des groupes de journalistes s'élançaient brusquement de leurs sièges après avoir repéré tel ou tel fonctionnaire qu'ils suivaient alors dans des petites pièces adjacentes, une chorégraphie très maîtrisée n'exigeant apparemment aucune communication. Dans ces pièces exiguës se tenaient des conférences de presse improvisées. Les attachés de presse y tenaient le crachoir. Les stylos griffonnaient dans un silence sacré tandis que les grands prêtres délivraient aux journalistes des paroles choisies. Les cérémonies se célébraient, sans exception, en français. Les questions étaient mal vues et ignorées. Après le sermon de conclusion, les journalistes se retiraient parfois dans la salle de presse, selon que les paroles prononcées concernaient un pays ou un lectorat particulier. C'était un protocole étrange, déconcertant pour quelqu'un de l'extérieur. Seuls les élus du sanctuaire, capables de lire sur les visages et d'interpréter les paroles, connaissaient ses secrets.

Dans un coin, le ministre italien de l'Agriculture, faisant une rare apparition en personne, s'était lancé dans une diatribe devant un groupe de journalistes énervés qui élevaient la voix, brandissaient le bras et riaient fréquemment. Dans un autre, une poignée de correspondants britanniques se rassemblaient autour d'un ministre des Affaires étrangères – carnets rangés et regards las dirigés sur le visage sérieux de l'homme qui parlait. Bannerman l'avait reconnu : Robert Gryffe, ministre d'État de l'Union européenne, choisi par le Premier ministre pour exercer de plus hautes responsabilités si le gouvernement remportait les élections – disait-on.

Bizarrement, Gryffe était devenu un personnage public populaire. Il avait du charisme, qualité rare chez les politiciens d'après-guerre. C'était un fervent modéré, un « homme du peuple ». Les tabloïdes l'adoraient. Le Parti avait profité de sa popularité à l'approche des élections pour l'utiliser très souvent dans ses spots de campagne. Bannerman le considérait avec une certaine circonspection. Il se méfiait beaucoup des hommes du peuple.

Lorsqu'il avait quitté le Conseil de l'Union européenne, il faisait nuit. Il avait remonté à pied le boulevard Charlemagne, en passant devant un bar où les journalistes allemands avaient établi leur quartier général, jusqu'à l'IPC, où Slater travaillait encore. À présent, il était sept heures passées ; Bannerman se détourna de la fenêtre et vit la silhouette de Slater accroupi devant le tiroir ouvert d'un meuble classeur. Le journaliste du *Herald* était déjà parti et la secrétaire, Melle Ricain, prenait sa pause.

— Je n'en ai plus pour longtemps, lança Slater.

Bannerman jeta un coup d'œil circulaire à la pièce encombrée. Quatre bureaux rassemblés en carré étaient jonchés de vieux communiqués de presse, de corbeilles débordant de papiers, de revues spécialisées, de rapports verbeux et de tasses à café vides. Les murs disparaissaient sous les cartes et les tableaux ; une porte ouvrait sur une antichambre où un téléscripteur jacassant, commun au *Herald* et au *Post*, envoyait les articles vers Glasgow et Édimbourg, où ils seraient imprimés sur les rotatives des vaisseaux mères.

Orientées à l'est, les baies vitrées dominaient les toits, une forêt de cheminées penchées et d'antennes de télévision. Bannerman s'assit sur une chaise et attrapa un dossier ouvert, rempli de coupures de presse provenant de différents journaux. Remarquant sur l'une d'elles une photo grise et salie de Gryffe, il la prit dans sa main. Bruxelles et la CEE lui pesaient déjà, l'idée de devoir rester un mois dans cet endroit sinistre le déprimait. Il parcourut l'article des yeux. *M. Robert Gryffe, star montante du Foreign Office, prévenu hier au cours d'une réunion du Conseil de l'Union européenne à Bruxelles de la baisse imminente…*

— Qu'est-ce que tu fous ? s'écria Slater en lui arrachant la coupure des mains et en s'emparant du dossier.

Surpris, légèrement agacé, Bannerman dévisagea cet homme fragile à l'air maladif et au regard suspicieux, qui semblait remorquer derrière lui, comme une chaîne aux anneaux rouillés, toutes ses années gâchées. Slater avait débuté sa carrière de journaliste gonflé d'une ambition et d'un enthousiasme qu'avaient lentement usés de longues années passées à couvrir des meurtres, des incendies, à frapper aux portes, à graver des initiales sur les bancs des tribunaux. Il y avait eu les pubs impersonnels et les journalistes anonymes, les coups à boire et les histoires, le travail de nuit et les frais fictifs. Et il y avait eu, aussi, les départs successifs d'un journal à l'autre jusqu'à ce que tous les visages finissent par se ressembler, les conversations par devenir prévisibles, les articles de plus en plus creux. Ce job à Bruxelles était tombé du ciel, la lumière du jour au détour d'un virage dans un long tunnel obscur dont il voyait enfin le bout. Ses anciens espoirs ressuscitaient, la perspective d'un avenir plus brillant s'offrait à lui. Mais là aussi la situation s'était dégradée, comme il aurait dû s'en douter, en se calquant sur un vieux schéma familier. L'intérêt du *Post* pour la CEE était trop restrictif. Chaque histoire devait être vue par le petit bout de la lorgnette écossaise. Ce qui avait vite émoussé son intérêt. De même qu'il s'était vite lassé de la CEE.

Slater voyait la Commission comme une grosse machine tournant au ralenti dont le seul but était d'assurer sa propre continuité et sa justification.

La Nouvelle Europe n'avait jamais émergé et, à son avis, n'émergerait jamais. Toutes ses procédures étaient trop alambiquées et confuses sans jamais se révéler réellement productives. Des milliers de fonctionnaires occupaient des bureaux spacieux où ils imaginaient des programmes pour une législation encore plus embrouillée à intégrer dans la tapisserie déjà surchargée des règles et règlements. Le seul dessein étant de compliquer encore des relations déjà difficiles entre les pays membres. Et même quand il ne s'agissait encore que d'idée, il fallait des rapports enflés de centaines de pages incompréhensibles qui devaient d'abord passer devant le Conseil de l'Union européenne, où ils étaient soumis à une longue procédure de révision et d'amendements, avant d'être envoyés ensuite au Parlement européen, à Strasbourg ou au Luxembourg. Encore un organe impuissant, pensait amèrement Slater, même avec le scrutin direct.

S'il n'avait pas rencontré Marie-Ange, il aurait perdu espoir. Désormais, il avait la possibilité d'échapper à tout ça – le cynisme paralysant et la solitude de Bruxelles, le souvenir de sa femme, son inquiétude pour sa fille. Cette enfant aurait peut-être une chance de s'en sortir. Avec un traitement spécialisé.

L'arrivée de Bannerman compliquait les choses. Qu'est-ce qu'il cherchait ? Encore quelques jours et Slater tournerait le dos à tout cela. Tait ne pouvait pas le savoir, bien sûr. Aurait-il envoyé Bannerman pour se renseigner ? Était-ce possible ? Gryffe n'avait pas parlé. Il n'oserait pas. Slater décida de risquer le coup :

— Qu'est-ce que tu es réellement venu faire ici, Bannerman ?

Bannerman fronça les sourcils. Dès leur première rencontre, il avait ressenti un malaise chez son confrère, et maintenant ce comportement étrange à cause du dossier sur Gryffe.

— Je te l'ai déjà dit. Qu'est-ce que tu as ? demanda-t-il en le dévisageant.

Mais Slater se détourna pour glisser le dossier Gryffe dans le meuble classeur qu'il ferma à clé. Enfin, avec une certaine hésitation, il fit face à Bannerman et sembla peser ses mots avant de lancer :

— Je vais te le dire. Je ne t'aime pas beaucoup. Je ne t'ai jamais apprécié. Et maintenant, tu viens ici, tu fouines sans y être invité, tu m'imposes ta présence pendant un mois et tu insultes les gens avec qui je travaille.

— Hé, le coupa Bannerman. Tu sais parfaitement que l'idée n'est pas de moi. Le *Post* possède un appartement à Bruxelles, et si Tait estime qu'il peut économiser du blé en m'y collant avec toi, c'est son droit. Si tu as une objection, tu sais où tu peux te la mettre.

Slater lui jeta un regard mauvais, puis respira à fond et parut se calmer.

— D'accord, d'accord, excuse-moi. Je... euh, cet endroit finit par taper sur les nerfs au bout d'un moment.

— Ah bon ? Je croyais que les gens se la coulaient douce ici.

Le sarcasme de Bannerman raviva l'antagonisme de Slater.

— Sûr, si l'idée de végéter tranquillement au milieu des idéaux politiques déliquescents d'une génération d'Européens querelleurs te plaît.

Il hésita et se dirigea vers la fenêtre, de sorte que Bannerman ne pouvait plus voir son visage.

— On se sent très seul dans cette ville froide, Bannerman. Quel endroit nul. Il y a plus de deux cent mille résidents étrangers temporaires ou permanents à Bruxelles. Des milliers de fonctionnaires, politiciens, journalistes de toute l'Europe qui ne se sont jamais intégrés à la population locale. La plupart vivent dans les Euro-ghettos.

Il lâcha un petit rire dépourvu d'humour avant de poursuivre :

— De riches banlieues tentaculaires aux limites de la ville où la vie se divise en nationalités, clubs privés, mondanités ruineuses. Si tu n'as pas les moyens…

Il se tourna vers Bannerman :

— Et tu crois que *moi* je les ai ? En travaillant pour le *Post* ? Un canard comme le nôtre ne peut en aucune façon s'aligner sur ce que gagne un fonctionnaire de la CEE. Ces mecs se font pas moins de quatre-vingts plaques par an, sans compter les indemnités pour les divertissements, la maison, la famille, l'école, le train de vie.

Bannerman ressentait l'amertume de Slater comme si elle avait été palpable. Il y avait quelque chose de brisé en lui. Ce n'était pas seulement un journaliste désabusé, pas seulement un homme amer. Mais il pouvait difficilement en deviner davantage. Il savait que sa femme était morte peu après leur emménagement à Bruxelles, qu'il élevait seul sa fille autiste – une fillette qui ne parlait pas, écrivait à peine, terriblement handicapée par son incapacité à communiquer.

Slater continuait :

— Travailler avec les Belges ne pose pas de problème. Mais il est impossible de nouer avec eux des relations sociales. Un Belge ne t'invitera jamais chez lui, même si tu le connais depuis des mois, voire des années. Ce sont des gens bizarres, introvertis, suspicieux. Je ne les aime pas.

— J'ai l'impression qu'il y a beaucoup de gens que tu n'aimes pas.

— Exact, répliqua Slater en le regardant droit dans les yeux, presque d'un air de défi, avant d'aller décrocher son manteau. Il est temps de rentrer.

Bannerman se leva et enfila le sien tout en jetant un coup d'œil à cet étrange rouquin au visage pâle et aux yeux verts cernés. En cet instant précis, il comprit ce qu'il avait perçu chez lui. La culpabilité. Il avait déjà constaté à quel point cela pouvait miner des individus. Peut-être un événement du passé. La mort de sa femme. Ou son enfant.

Slater ferma la porte à clé derrière eux et ils s'avancèrent en silence dans le silence feutré du couloir jusqu'à l'ascenseur. Pendant qu'ils l'attendaient, il lança :

— N'attends aucune aide de ma part, Bannerman.

Puis, presque comme s'il devinait les pensées de ce dernier, il ajouta :

— Et ne te mêle surtout pas de mes affaires.

CHAPITRE 6

1

L'enfant était assise, seule, dans l'obscurité. La lumière feutrée des réverbères s'infiltrait à travers les voilages. Elle était là depuis près d'une demi-heure, ses yeux s'habituaient à la pénombre. Elle pouvait suivre les contours de la vieille commode, des étagères, du bureau. Elle distinguait les motifs du tapis usé, la forme de la cheminée, du fauteuil placé devant, du lit. De la cuisine lui parvenaient les bruits que faisait Sally en préparant le dîner, et de l'extérieur ceux des rares voitures qui roulaient dans la rue.

La journée s'était mal passée. Par deux fois, elle avait perdu le contrôle : hurlements, bras et jambes s'agitant dans tous les sens. Elle avait pourtant essayé de se contenir. Dieu sait si elle avait essayé. Mais la frustration était devenue si forte qu'elle n'avait pas su comment la maîtriser. Il y avait eu les visages patients, les mains fermes, ensuite les mots durs. Les yeux vides des autres enfants qui regardaient et savaient, mais ne pouvaient pas s'exprimer. Sur le chemin du retour, Sally lui avait parlé : rien de spécial, juste histoire de bavarder. D'une certaine manière, ça l'avait aidée.

Maintenant elle se sentait de nouveau en paix, enfin autant qu'elle pouvait l'être ; elle parvenait mieux à se contrôler. Si elle fermait les yeux et restait assise dans le noir, elle pouvait parler, en silence, avec sa voix intérieure. Si elle voulait, elle pouvait se lever, aller à la fenêtre, toucher le rideau, sentir sa douceur sous ses doigts. Ce n'était pas important, mais c'était un contact avec quelque chose. Ça lui faisait du bien de toucher des choses, de les sentir, de les serrer dans ses bras ; d'exprimer son amour, de s'exprimer elle-même. Cependant, ces instants étaient rares, même s'ils avaient tendance à être plus fréquents ces derniers temps. Peut-être qu'en grandissant elle irait de mieux en mieux. C'est ce qu'ils disaient toujours. Mais, dans le passé déjà, lorsque ces instants s'étaient rapprochés, sa frustration de ne pas pouvoir établir un contact entre chaque épisode avait encore augmenté. Dieu donnait d'une main et reprenait de l'autre.

Heureusement, il y avait toujours le dessin, et quand ça venait c'était comme si toutes les bonnes choses qu'elle connaissait se concentraient en un jet d'expression déchaîné qui lui traversait le bras, la main et les doigts pour se déverser sur le vaste paysage blanc du papier tout neuf. Et elle éprouvait tellement de plaisir à voir son dessin, après.

Elle entendit la porte d'entrée s'ouvrir, puis la voix de son père. Il y avait quelqu'un avec lui. Une voix qu'elle ne connaissait pas. Elle l'écoutait maintenant dans le noir, découvrant comme toujours que la présence d'un étranger dans la maison la perturbait. Elle se raccrochait à la routine sans savoir pourquoi. Les choses familières offraient une grande sécurité, et l'inconnu, une incertitude dévastatrice. Elle attendait toujours avec impatience le retour de son père. Elle y trouvait un réconfort étrange même si elle n'éprouvait pas d'amour pour lui. Elle avait compris depuis longtemps qu'il ne l'aimait pas. Le souvenir de sa mère, une jolie femme souriante et attentionnée, s'était vite estompé pour la laisser sans rien d'autre que la fausse affection de son père. Il accomplissait les gestes de l'amour, il était presque toujours gentil avec elle. Mais il lui accordait si peu de temps ; elle devinait son manque d'intérêt pour elle avec une perspicacité extraordinaire. Pourtant, cela n'entamait pas le réconfort qu'elle recherchait en sa présence. Si seulement elle avait pu lui dire ce qu'elle sentait, lui parler de toutes les choses qu'elle avait dans la tête.

Son père et l'autre homme étaient dans le salon maintenant ; elle les écoutait attentivement. La voix de l'étranger avait quelque chose d'étonnamment familier. Il parlait anglais avec le même accent que son père, mais sa voix lui faisait presque l'effet d'une main qui la touchait. Elle avait déjà détecté l'hostilité de leur ton, à tous les deux ; même s'ils ne se disputaient pas et ne prononçaient pas de mots durs, elle la percevait. Elle entrouvrit légèrement la porte de sa chambre, juste assez pour jeter un coup d'œil à l'intérieur du salon.

Quand elle le vit, Bannerman l'émut autant que l'avait fait sa voix. L'homme assis dans un fauteuil n'était pas seulement ce qu'il montrait : un visage figé, sarcastique, un regard bleu et dur, un corps décontracté. Elle sentait en lui de l'agressivité, peut-être de la frustration. Et en plus, il dégageait une curieuse impression de contact, comme s'ils se touchaient, exactement comme elle avait senti sa voix la toucher. C'était important, elle le savait, bien qu'elle ne sache pas pourquoi ; et soudain elle fut saisie d'un pressentiment. Tout en lui, et tout ce qu'elle sentait autour de lui, la remplissait de confusion et d'incertitude. Elle avait l'esprit embrouillé – par des pensées qui ne se traduisaient pas en mots mais en une compréhension intérieure des choses que les mots ne pouvaient pas expliquer. Avec ce brouillard revenait la frustration ; le contrôle lui échappait de nouveau. Elle s'éloigna de la porte pour s'approcher de la fenêtre. Ses mains commençaient à trembler quand elle entendit son père l'appeler. La porte s'ouvrit en grand et sa silhouette s'encadra à contre-jour sur le seuil.

— Tout va bien, Tania, dit-il. Un monsieur est venu te voir. Il va rester chez nous quelques jours. Il veut faire ta connaissance.

Mais tout ce qu'elle entendait, c'était sa fausse sincérité. Slater avança jusqu'à la fenêtre pour lui prendre la main ; elle se laissa conduire dans le salon sans résister. Là, elle s'arrêta et fit un pas en arrière. L'homme s'était levé de son fauteuil. Debout devant la cheminée, sous le grand tableau encadré, il se retournait vers elle. Elle sentit qu'elle perdait tout contrôle sous le regard de ces yeux bleus, et eut conscience de retirer sa main de celle de son père.

Bannerman fut surpris par le premier hurlement et alarmé à la vue de cette enfant disgracieuse, d'apparence si passive quelques secondes plus tôt, qui s'agrippait les cheveux à deux mains en reculant dans l'obscurité d'où elle était sortie. Ses cris déchirèrent le silence de l'appartement. Slater devint tout rouge et tenta d'attirer l'enfant à lui en la cajolant, en l'amadouant avec des mots doux qui ne semblaient réussir qu'à accroître sa détresse.

— Tout va bien, Tania. Tout va bien, ma petite chérie. Tu n'as pas à t'inquiéter.

Elle l'attaqua d'un coup de poing qui l'atteignit durement sur le côté du visage.

— Bon sang ! s'écria-t-il en lui attrapant le bras et en se tournant à moitié vers Bannerman. Ça devait arriver, je le savais !

Comme si c'était sa faute.

La petite fille se débattait pour échapper à son père, les joues inondées de larmes, la voix cassée par ses cris. La confusion de Bannerman céda place à un vif embarras. Hébété, il observait la scène, devinant une douleur immense derrière les yeux sombres de l'enfant. Et, pour la première fois, il éprouva un soupçon de sympathie pour Slater. Le père et la fille étaient grotesquement entremêlés, les bras de l'enfant essayant toujours de battre son père qui l'avait soulevée du sol et la serrait contre lui. Les cris continuaient, remplissaient la pièce, hurlements épouvantables d'un esprit dérangé.

Soudain, Bannerman prit conscience d'une autre présence dans la pièce. Il se retourna et vit une jeune femme brune, d'environ vingt-cinq ans, debout sur le seuil de la cuisine. L'air tendu, elle assistait à la scène en silence. Elle jeta un coup d'œil à Bannerman et sourit, mais d'un sourire gêné.

— On ne s'y habitue jamais, murmura-t-elle.

Slater poussa l'enfant dans sa chambre et referma la porte sur ses cris. Il était d'une pâleur incroyable, son visage paraissait presque gris à côté du roux de sa barbe et de ses cheveux. Il lança un regard mauvais à Bannerman. Mais la jeune femme s'avança avant qu'il ait le temps d'ouvrir la bouche :

— Votre dîner est dans le four, M. Slater. Ce sera prêt dans un quart d'heure. Il faut que je m'en aille.

Slater plongea la main dans sa poche et jeta un trousseau de clés à Bannerman :

— Prends ma voiture pour la raccompagner chez elle, tu veux ? fit-il sur un ton sec. Et sois sympa. Dîne dehors. Je veux que ma fille s'endorme avant ton retour.

Bannerman haussa les épaules et hocha la tête. La jeune femme dénoua son tablier et prit son manteau sur le dossier du canapé.

— Vous voulez toujours que je vienne demain soir, M. Slater ?

— Oui, oui, répondit ce dernier distraitement.

— Mais je ne pourrai pas me libérer dimanche.

Il releva brusquement la tête.

— Et pourquoi pas, bon sang ?

Sa colère était si soudaine et inattendue qu'elle-même sembla surprise. Aussitôt sur la défensive, elle répondit :

— Une affaire personnelle.

— Merde ! grommela Slater en s'engouffrant dans la chambre de l'enfant dont il claqua la porte derrière lui.

Suivit un silence embarrassé. La jeune femme essaya de sourire sans vraiment y parvenir, et dit à Bannerman :

— Eh bien, on dirait que nous sommes congédiés. Je m'appelle Sally Robertson.

— Neil Bannerman. J'ai l'impression que je dois vous ramener chez vous.

Il marqua une pause avant d'ajouter, tout en prenant son manteau :

— Mais puisque je sors, je peux peut-être vous inviter à dîner.

Sally sourit de nouveau, d'un vrai sourire cette fois. Ses lèvres s'étirèrent largement dans son joli visage d'une franchise désarmante ; ses yeux verts espiègles souriaient encore plus que sa bouche.

— Voilà une offre que je ne peux pas refuser.

2

Dehors, l'air de la nuit était dense et humide, de gros nuages noirs, arrivés avec le vent d'ouest qui avait soufflé toute la journée, planaient sur la ville. Le froid hivernal était encore là, mais l'air paraissait plutôt doux quand on se réchauffait en marchant.

— Inutile de prendre la voiture, dit Sally lorsqu'ils sortirent de l'immeuble. On peut prendre le métro. C'est une soirée idéale pour se promener.

Bannerman la laissa lui prendre le bras. Ils descendirent la rue du Commerce puis tournèrent dans la rue de la Loi.

— J'imagine que cette scène avec la petite a dû vous mettre très mal à l'aise, dit-elle. Ils se comportent parfois comme ça, les autistes. Certains sont pires que d'autres. Une rupture dans la routine, un étranger, la phobie d'un animal suffit à déclencher une crise de hurlements. Ça peut durer une heure, deux, ou même plus. Mais ils la surmontent toujours.

Continuant à marcher d'un pas égal, Bannerman ne la regardait pas. Des affiches mal collées claquaient sur des panneaux publicitaires derrière lesquels des ouvriers transpiraient sous la lumière des projecteurs pour creuser les fondations d'un nouvel immeuble de bureaux.

— Comment est-elle ? demanda-t-il. Cette enfant.

Sally eut un geste vague de la main.

— Difficile à dire. Elle ne parle pas, vous savez. Ce n'est pas qu'elle en est physiquement incapable. C'est juste que… eh bien, elle ne parle pas. Il lui arrive d'écrire un peu quand ça la prend, mais elle n'arrive pas à former des phrases. Elle fait des gestes pour obtenir ce dont elle a besoin. Une sorte de langage des signes. Il faut bien la connaître pour comprendre. Les médecins disent qu'elle saisit parfaitement ce qui se passe autour d'elle, mais elle ne réagit que par des crises. Elle assimile tout, mais semble incapable d'exprimer autrement ce que cela signifie pour elle.

Bannerman tenta de se mettre à sa place. Être enfermé à l'intérieur de soi. Comme dans une cage. Le monde peut y pénétrer mais on ne peut pas en sortir. Il se remémora la fillette telle qu'elle lui était apparue. Cheveux bruns coupés droit à hauteur des épaules. Petit visage banal, inexpressif, dominé par de grands yeux sombres. Jupe et pull gris. Grosses chaussures noires. Membres disgracieux.

— En revanche, je n'ai jamais vu un enfant dessiner comme elle, poursuivit Sally. Elle fait des dessins au crayon incroyablement vivants. Qui vous sautent à la figure. Elle possède un sens phénoménal de la profondeur, de la perspective. En compensation, peut-être, de tout ce qui lui manque. Ils valent la peine d'être vus.

Ils avaient beau se trouver encore dans le quartier commerçant, les rues étaient mal éclairées et peu fréquentées ; ils gravirent la colline en silence jusqu'à la station

Schuman, non loin du Berlaymont. Ils n'éprouvaient plus le besoin de parler ; entre eux, l'absence de paroles ne posait aucun problème. Bannerman se sentait détendu en compagnie de cette femme aux cheveux coupés aussi court que ceux d'un garçon, mais au sourire, au contact, au parfum féminins et sensuels. Même s'il ne parvenait pas à se débarrasser de son désarroi, elle semblait plutôt apprécier son trouble et sa réserve.

L'enfant avait touché en lui un point sensible, un souvenir douloureux ; il ne cessait de repenser à la scène qui venait de se dérouler dans l'appartement de Slater. Il revoyait surtout les yeux de la petite fille. Des yeux tristes, attachants, à la sombre passivité trompeuse, même au plus fort de ses hurlements. Ce n'était que maintenant, après un court laps de temps, qu'ils produisaient sur lui cet effet. Il savait pourquoi. Quelque part au fond de lui, il savait pourquoi, mais ne voulait ou ne pouvait l'admettre.

Il repensa au petit bureau lugubre de l'hebdomadaire où il avait obtenu son premier job de journaliste. Jeune homme gauche en révolte contre le monde. Déjà cynique, alors qu'il n'avait pas encore perdu son idéalisme juvénile. Interprété comme de l'arrogance, son manque de confiance avait refroidi ses collègues, qui lui avaient mené la vie dure, et l'avaient contraint à faire son apprentissage dans les pires conditions – sans amis. C'était pendant cette période de transition entre l'adolescence et l'âge adulte qu'il avait rencontré cette fille, et entamé la liaison qui scellerait son avenir.

Cette fille, une adolescente timide tout juste sortie de l'école, s'occupait de la vente par téléphone ; elle admirait le monde, très romantique à ses yeux, des journaux et des journalistes. L'assurance apparente de Bannerman l'impressionnait – il incarnait le jeune homme de ses rêves ; il en avait profité.

L'adoration qu'elle lui vouait le gonflait d'orgueil ; la nuit, dans sa mansarde qui donnait sur le canal, il se prêtait au jeu, instaurait les règles et les cassait. Il sentait le pouvoir que lui donnait le fait d'être aimé d'elle alors qu'il ne l'aimait pas. Mais quand on joue à ce petit jeu, la frontière entre le rêve et la réalité devient parfois floue, et c'est là que tout devient dangereux.

Il détestait cette petite chambre froide sous les toits d'une maison mitoyenne. Le papier peint triste et humide. La vue lugubre sur le canal, la voie ferrée, les arbres dénudés. Le tapis sale, élimé, sur le lino noirci, l'odeur de cuisine rance qui montait de l'étage inférieur, du logement d'une vieille femme dont on sentait la puanteur en passant devant la porte. Elle pissait dans un seau, disaient les étudiants qui habitaient juste en dessous. Ils se réveillaient la nuit en entendant l'urine gicler contre la tôle galvanisée. Espérons qu'elle vise bien, plaisantaient-ils. Allongé dans le noir, Bannerman se haïssait d'avoir besoin d'être aussi hypocrite en se rappelant comme il avait fait pleurer cette fille qui l'aimait, comme ils s'étaient disputés, comme il l'avait rendue malheureuse.

Et puis, au milieu de toute cette tristesse, il y avait eu ses propres larmes, dans cette chambre. Les larmes d'un garçon inexpérimenté de dix-huit ans cherchant en lui-même ce que les autres semblaient trouver avec tant de facilité, et se résignant en fin de compte à la poursuite creuse de son auto-aveuglement. Il ne lui était jamais venu à l'idée, à ce moment-là, dans son malheur égoïste, qu'il n'était pas le seul à souffrir, qu'il détruisait petit à petit un autre être humain dont il trahissait l'amour et la confiance.

Il l'avait trouvée un peu bête mais jolie. Maintenant, il se rendait compte qu'il ne se souvenait même pas de son visage et n'avait jamais vu l'enfant qu'elle avait eu de lui.

Ils descendirent dans le métro par l'escalator et traversèrent de vastes halls de marbre déserts. Sally acheta les tickets puis ils allèrent attendre sur le quai sous les lumières fluorescentes.

— Où voulez-vous aller ? demanda-t-elle. On peut se rendre dans n'importe quel quartier de la ville avec ces tickets.

Bannerman la regarda :

— Là où on peut manger, se soûler un peu et parler.

Une rame orange vif du nouveau métro les emporta à travers des tunnels brillamment éclairés jusqu'à la station De Brouckère où ils changèrent pour prendre l'un des trams du prémétro qui circulaient sous le centre de Bruxelles avant de ressurgir comme des taupes vers la banlieue. Ils dînèrent dans un grill du boulevard Adolphe-Max : steak au poivre arrosé d'un côtes-du-rhône capiteux.

La conversation fut d'abord décousue, un peu embarrassée, parce qu'ils ne se connaissaient pas et aussi à cause de la scène chez Slater. Cependant, Bannerman appréciait l'odeur du vin dans l'haleine de Sally et son choix de ne pas se maquiller, à part un soupçon de rouge à lèvres. Il trouvait plus facile de la regarder que de parler. Il se rendait compte, maintenant, qu'elle était plus âgée qu'il ne l'avait d'abord cru. Ses épais cheveux courts auburn montraient les premiers signes d'un blanchissement prématuré. Ses yeux aux paupières finement étirées étaient d'un beau vert profond moucheté de brun. Seules de très fines ridules démentaient son apparente jeunesse. Elle avait le nez court, un peu pincé autour des narines. Sans être beau, son visage avait une structure délicate, et on sentait à son sourire et à son regard qu'elle savait se débrouiller toute seule. Elle avait un rire enjoué ; chaque fois qu'elle riait, elle rejetait légèrement la tête en arrière d'une façon tout à fait naturelle. Bannerman supposa qu'elle avait eu les cheveux longs jusqu'à une période récente. Il lui donnait environ trente ans.

Ils quittèrent le grill un peu réchauffés, un peu plus proches, et descendirent le boulevard en direction de la place Rogier, où le Manhattan Center de verre et de béton dressait sa puissante silhouette contre le ciel nocturne.

— Vous êtes un homme plutôt silencieux, dit Sally sans le regarder, les yeux fixés sur l'énorme Martini en lettres néon de l'immeuble Manhattan.

— Seulement quand je suis silencieux.

Elle sourit.

— Vous avez encore envie de vous soûler ?

— Pas complètement. Juste… un peu.

— On pourrait aller là.

Le Manhattan, un petit café chic situé au bout du boulevard Adolphe-Max, imitait les bars américains des films des années trente. Une rangée de hauts tabourets devant un bar en acajou ciré surmonté d'un faux plafond en bois d'où pendaient des lampes en cuivre. Des petites tables rondes et des chaises dans des alcôves exiguës. Le même acajou ciré recouvrait les murs et, derrière le comptoir, des stickers faisaient de la pub pour du scotch, de la bière américaine et la Stella Artois. L'endroit était presque désert ; ils s'installèrent sur deux tabourets. Un serveur en gilet noir, chemise noire et nœud papillon, qui semblait s'ennuyer ferme et fumait une cigarette accoudé au bar quand ils étaient entrés, s'empressa de prendre leur commande – deux whiskys qu'il servit dans des petits verres et posa devant eux.

— *Slainthe,* dit Bannerman en levant le sien.

— Qu'est-ce que ça veut dire ?

— Santé, en gaélique.

— Eh bien, *Slainthe,* répéta-t-elle en souriant.

Ils burent les premières gorgées en silence, puis Bannerman demanda :

— Parlez-moi de vous.

— Il n'y a pas grand-chose à raconter.

— Pourquoi tout le monde dit toujours ça ?

— Parce que c'est vrai, peut-être.

— Non. Tout le monde a une histoire, rétorqua-t-il en secouant la tête.

Il but une autre gorgée de whisky, la laissa glisser sur sa langue et descendre dans sa gorge afin qu'elle laisse dans son sillage une agréable sensation de chaleur.

— Le rédacteur en chef d'un journal pour lequel j'ai travaillé autrefois disait que derrière chaque fenêtre se planque une histoire.

— Je peux vous poser une question ?

— Je peux vous en empêcher ?

— Pourquoi les journalistes posent-ils toujours des questions ?

Il sourit :

— C'est notre boulot.

— Vraiment ?

— On est de la race des fouineurs.

— Pourtant vous paraissez très différent de monsieur Slater ou des autres journalistes que j'ai pu rencontrer.

— Probablement parce que je le suis.

Mi-agacée, mi-amusée, elle fit claquer sa langue.

— Pourquoi vous faites toujours le malin ?

— Je ne fais pas le malin, j'essaye juste de briser la glace de notre relation.

— Oh ? Parce que nous avons une relation ?

Il haussa les épaules.

— Non, pas encore, peut-être. Bon, bref. Vous alliez me parler de vous.

— Ah oui ?

— Je crois que vous me devez bien ça, quand même. On se rencontre au milieu d'une scène éprouvante, on traverse ensemble la moitié de Bruxelles, on dîne en tête à tête, et tout ce que je sais de vous c'est que vous êtes anglaise et que vous vous occupez de la maison de Slater. Je ne me trompe pas ?

Elle soupira et lui accorda un sourire réticent.

— D'accord. Oui, je suis anglaise. Trente-deux ans, célibataire – non, ce n'est pas une invitation. Je vis à Bruxelles depuis deux ans et je donne des cours d'anglais trois jours par semaine dans un collège privé. Les autres jours, je m'occupe de la maison de monsieur Slater et de sa fille Tania, que j'amène à son école spéciale et que je vais rechercher. Je m'occupe d'elle le dimanche et aussi le soir, parfois, quand il sort avec sa très chic amie. Ça vous suffit, ou vous voulez tout savoir depuis ma naissance ?

Bannerman sourit.

— Vous devenez bavarde quand vous voulez. Pourquoi avez-vous besoin de travailler chez Slater si vous avez déjà un emploi ?

— Parce que mes cours ne me rapportent pas assez d'argent. Bruxelles est une ville chère.

— Qu'est-ce qu'une jeune femme séduisante comme vous fait seule dans un endroit pareil ?

— Ça ne vous regarde pas.

Sa brusquerie soudaine le surprit. Un silence gêné s'installa entre eux avant qu'il lance :

— Et si vous me parliez de l'amie très chic que fréquente Slater.

— Pourquoi j'en parlerais ?

— Parce que je vous le demande.

Il finit son verre et, remarquant que celui de Sally était vide, fit signe au serveur vigilant de les resservir.

Elle haussa les épaules.

— Elle a une trentaine d'années. C'est une belle femme, pleine de fric – ou dirait-on de classe, aujourd'hui ? On a l'impression qu'elle n'est pas vraiment dans son élément avec monsieur Slater.

— Vous voulez dire qu'elle s'encanaille ?

— Pas exactement. Ils forment un duo étrange, c'est tout. Pas vraiment le couple de rêve. Et je ne la trouve pas spécialement affectueuse avec lui.

— Elle est belge ?

Sally hocha la tête.

— Marie-Ange Piard. Divorcée.

Elle but la moitié de son whisky et poursuivit d'un air très sérieux :

— Vous savez, ça me fait penser que j'en sais aussi peu sur vous que vous sur moi. Et si, pour changer, c'était moi qui posais des questions ? Comme, pourquoi ne me parlez-vous pas de vous ?

Bannerman répondit avec un grand sourire :

— Il n'y a pas grand-chose à raconter.

— Salaud, répliqua-t-elle en souriant à son tour.

Bannerman haussa les sourcils et vida son deuxième verre.

— On me l'a déjà dit.

Le sourire de Sally s'effaça lentement et un long silence plana jusqu'à ce que, soudain mal à l'aise, elle détourne les yeux.

— Un autre whisky ?

— Non, répondit-elle en repoussant son verre. Je préfère rentrer maintenant. Il est tard.

Une fois dehors, elle insista pour prendre le tram toute seule.

— Je vous reverrai ? demanda-t-il.

— Peut-être.

Il regarda le tram l'emporter dans la nuit.

3

Bannerman prit le métro pour retourner vers l'est de la ville. La porte de l'appartement de Slater n'était pas verrouillée ; il entra et la referma sans bruit. En traversant le vestibule, il eut l'impression d'une présence dans le silence ambiant, et trouva effectivement Slater assis dans le salon obscur ; le bout de sa cigarette rougeoya lorsqu'il tira dessus.

— Elle dort, dit-il d'une voix atone. Ton sac est dans ta chambre. Au bout du couloir, dernière porte à droite.

Bannerman le voyait à peine, mais il hocha la tête et sentit remonter son trouble à travers les brumes du whisky.

— Lundi, je me chercherai un hôtel.

Slater se tourna vers lui et la lumière tamisée de la rue se refléta sur son visage.

— Parfait. Merci. Qu'est-ce que tu diras à Tait ?

Bannerman ne répondit pas. Slater attendit un peu avant de reprendre :

— Demain soir, je dois sortir. Une réception officielle. Fonctionnaires de la CEE, hommes politiques, gens de l'OTAN. Le genre de truc assommant. Mais il faut bien entretenir ses contacts.

Il marqua une pause, puis :

— Tu en sais quelque chose. Je pense que tu ferais mieux de venir avec nous. Je ne peux pas te laisser ici.

— *Nous* ? fit Bannerman en haussant un sourcil interrogateur.

Gêné, Slater s'agita sur son siège.

— Trois ans de veuvage, c'est long. Tout homme a besoin d'une femme.

Une faible lueur grise filtrait à travers les volets. Allongé sur son lit, Bannerman réfléchissait – après tout, il n'avait aucun droit de s'immiscer dans le chagrin intime d'un homme comme Slater. Puis il pensa à Sally. Son joli visage enjoué, sa brusque rétractation juste au moment où ils semblaient commencer à nouer un lien. La grande solitude de la première nuit dans un lit étranger se referma autour de lui comme un poing, avant que la somnolence précédant le sommeil éparpille ses pensées et engourdisse sa déprime.

Il ne savait pas exactement pendant combien de temps il avait somnolé. Seulement quelques minutes peut-être, ou plusieurs heures. D'abord, il ne comprit pas ce qui l'avait atteint en profondeur et forcé à remonter à la surface de sa conscience. Le moment de son réveil fut un moment de grande confusion ; la chambre étrangère, le lit inconnu, l'odeur d'humidité. La même lumière grise baignait la chambre. Puis, après ces quelques minutes de confusion, perça la sensation d'une autre présence. Rien qu'il pût voir, flairer ou entendre. Il la ressentait seulement, et une angoisse fugitive palpita dans sa poitrine. Se soulevant sur un coude, il vit l'enfant debout dans une longue chemise de nuit informe, pieds nus sur le linoléum. À quelques centimètres de lui, elle le regardait. Ces grands yeux sombres. Cette expression paisible, passive sur le visage. Elle paraissait plus petite, plus fragile, plus enfantine. Pensant aussitôt qu'elle risquait de se mettre à crier, il se raidit. Mais elle ne bougea pas.

Il entendait sa propre respiration, forte, nette, son sang battait à ses oreilles. Quelque chose lui disait que ce serait une erreur de parler ; sa tension se relâcha un peu. Comme si elle le sentait, l'enfant fit deux petits pas en avant et allongea le bras pour lui toucher la figure. Ses doigts glacés se posèrent sur sa peau, ils tremblaient. Ils s'attardèrent d'abord sur sa joue puis, au bout de quelques secondes, commencèrent à suivre les contours de son visage, ses pommettes, son nez, sa mâchoire. Il leva une main pour la poser sur la sienne, l'arrêter, la serrer doucement. Un sourire minuscule étira ses lèvres, ses yeux noirs plongés dans les siens ; il se sentit extraordinairement ému. Puis la petite main se libéra, l'enfant fit demi-tour et s'en alla à pas feutrés vers la porte qu'elle ouvrit et referma derrière elle sans un regard en arrière. Bannerman demeura immobile pendant une minute, peut-être plus. Les sentiments les plus étranges tourbillonnaient dans sa tête, il avait l'impression qu'il venait de vivre une expérience incroyablement précieuse.

Quelque part dans une cour, derrière l'immeuble, un chien aboya et percuta ses pensées. Il se laissa retomber sur le dos, les yeux fixés sur le plafond, et se rendit compte qu'il avait froid, lui aussi.

CHAPITRE 7

Les stores étaient baissés ; le seul éclairage émanait d'une lampe à col-de-cygne projetant une flaque de lumière vive sur le sous-main couvert de gribouillages. Tout, sur le bureau, était bien rangé. Le grand cendrier en verre, vide et propre, le long coupe-papier en cuivre, la corbeille en fil métallique dans laquelle s'empilaient soigneusement des rapports écornés, le porte-stylo en marbre, le téléphone, deux dossiers, la coupelle de trombones. Derrière, il y avait un large plan de Bruxelles et un calendrier punaisés sur la porte d'un placard. Le grand fauteuil en cuir était placé en biais. De la lumière s'infiltrait de la pièce voisine par une double porte vitrée ; au-delà, une porte-fenêtre donnait sur le jardin. Mais elle était fermée, contre la nuit et la pluie.

Gryffe traversa la pièce, un luxueux manteau en poil de chameau jeté sur ses larges épaules. Les deux extrémités d'une écharpe en soie blanche pendaient à hauteur de sa ceinture. C'était un homme grand, massif sans être gros, puissamment bâti. Il avait un visage qui devait plaire aux femmes, une peau lisse et bronzée sous d'épais cheveux bruns, bien coupés, coiffés en arrière. Mais en cet instant il plissait le front, et cela ne lui allait pas. Les arcs délicats de ses sourcils froncés se rejoignaient à la racine du nez et sa lèvre supérieure se retroussait en une expression qui ressemblait à du dégoût. Agité, il se dirigea tout droit vers son bureau. Puis il s'arrêta net, comme s'il avait oublié ce qu'il était venu faire. Dehors, la pluie tambourinait et ruisselait sur les vitres derrière les stores. Gryffe sembla hésiter avant d'ouvrir le tiroir de gauche. Apparemment satisfait de ce qu'il voyait, il le repoussa. Puis il allongea le bras pour sortir du tiroir de droite un trousseau de clés qu'il glissa dans sa poche. Ensuite, il éteignit la lampe, passa dans l'autre pièce dont il éteignit le plafonnier et sortit dans le vestibule. La porte d'entrée claqua derrière lui, laissant les lieux au silence et à l'obscurité que troublaient seulement le bruit de la pluie et un parfum d'après-rasage flottant dans l'air froid.

Depuis l'embrasure d'une porte de la rue de Pavie, Kale le vit sortir, ouvrir la portière de sa voiture stationnée sous l'un des arbres noirs et dénudés plantés au bord du trottoir, et se glisser au volant. Le pot d'échappement pétarada, la voiture s'éloigna puis tourna à droite, sur le square Ambiorix, où elle rejoignit la circulation du samedi soir qui filait le long du petit jardin désert. De l'autre côté de la chaussée, une boutique de fleurs fermait pour la nuit ; les mains dans les poches, un ouvrier coiffé d'un bonnet en laine rouge passa d'un pas traînant sans remarquer l'homme caché dans l'ombre. Insensible au froid, Kale resta encore pendant trente minutes, au moins, à surveiller la rue. Un alignement de maisons mitoyennes dont les portes ouvraient directement sur le trottoir, des façades de pierre et de brique, des petites balustrades en pierre, des balcons en fer forgé. Sur les toits, une profusion de poteries de cheminées plus ou moins inclinées. C'était une rue tranquille de maisons converties pour la plupart en bureaux, avec un immeuble moderne, tout au bout, la Résidence Ambiorix, les seules fenêtres éclairées. Au-delà du square et de son jardin, le boulevard conduisait au Berlaymont, cinq cents mètres plus loin.

Finalement, Kale quitta son abri. Il remonta son col contre la pluie, traversa la chaussée et marcha jusqu'à la porte de Gryffe. Il pressa le bouton de la sonnette, entendit une vibration, mais aucun bruit de pas. Aucune lumière ne filtrait autour des stores tirés devant les fenêtres. Il sonna de nouveau et attendit quelques minutes afin de s'assurer qu'il n'y avait personne d'autre à la maison. Il regarda sa montre. Presque huit heures. Il fit demi-tour et s'éloigna des lumières de la Résidence Ambiorix.

Ce quartier de Bruxelles paraissait un peu sur le déclin. Un bureau de tabac miteux était encore ouvert à l'angle de la rue de Pavie et de la rue de Gravelines. À travers la vitrine éclairée, Kale vit, assis sur un tabouret derrière le comptoir, un vieil homme à l'air morose qui lisait un magazine en fumant une cigarette roulée. Une bouteille de bière à moitié vide posée devant lui. Le vieil homme entraperçut le visage sinistre qui l'observait dans le noir et lui jeta un regard troublé.

Kale trouvait étrange qu'un homme tel que Gryffe choisisse d'acheter une maison dans un coin pareil. Il haussa les épaules, sortit une cigarette qu'il entoura de ses mains pour l'allumer, laissa tomber l'allumette dans le caniveau et tourna à droite sous un passage voûté, au bout de la rue. Les pavés étaient secs, le bruit de ses pas se répercuta sur les murs, les lumières de la rue s'estompèrent derrière lui. De l'autre côté, il retrouva la pluie et tourna encore à droite, dans une étroite allée bordée de hauts murs de brique, qui longeait l'arrière des maisons. Des portails en bois donnaient sur des jardins. D'un côté de l'allée, tous les cinquante mètres environ, un réverbère dressait son pâle éclairage au-dessus du mur. Kale avança d'un pas rapide tout en comptant les portes sur sa droite et s'arrêta à la douzième. Après avoir regardé autour de lui, il l'ouvrit et s'introduisit dans le jardin de Gryffe.

Le jardin était noyé dans l'ombre : une courte pelouse détrempée, un abri à poubelles en brique, un chemin de dalles fendues et inégales. Kale referma le portail et se figea en entendant des pas approcher dans l'allée. Il se colla au mur de l'abri à poubelles et, tous ses sens en alerte, attendit. Les pas dépassèrent le portail sans s'arrêter, puis s'évanouirent. Il laissa échapper un mince filet d'air entre ses dents serrées et revint sur le chemin. Sans un bruit, il traversa le jardin jusqu'à la porte-fenêtre de la pièce arrière de la maison. Elle était fermée. Une poignée actionnait de l'intérieur un mécanisme de levier. Il s'accroupit et sortit de la poche de son imperméable une longue tige en acier qu'il inséra soigneusement entre les deux battants, avant de la faire glisser vers le point où le pêne central enjambait l'interstice. Il vérifia la longueur de la tige et la position de la poignée. Possible, décida-t-il, et il retira la tige.

Il travailla vite, façonnant l'extrémité de cette dernière autour de son poignet, puis la repliant sur elle-même pour obtenir un crochet de la taille du creux de la paume. Ensuite, il recourba délicatement l'autre extrémité de la tige vers le côté ouvert du crochet jusqu'à ce qu'elle forme un quasi demi-cercle. Il la glissa de nouveau entre les deux battants, mais elle se coinça à moitié, là où elle s'était un peu tordue en cours de façonnage. Il jura, la ressortit pour la détordre. Cette fois, elle glissa facilement ; il put la faire monter jusqu'à positionner le crochet au-dessus de la poignée et tira doucement. Le crochet entoura la poignée ; Kale le laissa pendre. Il se redressa, prit dans sa poche une lampe stylo et éclaira brièvement le haut de la porte-fenêtre en se haussant sur la pointe des pieds. Sur la traverse, deux bornes brillaient dans le faisceau, de chaque côté du montant central, où elles entraient en contact avec des bandes métalliques fixées aux coins supérieurs de chaque battant. Kale sourit dans sa barbe et regarda sa montre. Huit heures et demie passées. Cela avait été plus long que prévu, et il ignorait de combien de temps il disposait. Mais il était important de faire les choses bien. Sans laisser aucune trace. S'il n'avait pas vérifié avant d'ouvrir la porte-fenêtre, le contact aurait été rompu et une alarme se serait déclenchée.

D'une poche intérieure, il tira un sac en plastique noir enroulé, le déplia pour y chercher quelque chose et en sortit un petit rouleau de ruban adhésif métallique, un rouleau de fil électrique attaché par le milieu et une paire de petites pinces coupantes. Pour cela, il avait ôté ses gants noirs et travaillait à mains nues ; ses doigts agiles et précis déroulèrent environ un mètre de fil, en dénudèrent les extrémités et y collèrent des bandes de ruban adhésif d'une dizaine de centimètres. Ensuite, à l'aide d'une lime à ongles, il plaqua l'une des bandes de ruban adhésif sur le terminal de droite, l'autre à la bande métallique qui longeait le sommet du battant droit. L'espace était juste assez large pour pouvoir y glisser la lime et fixer l'adhésif. Le fil pendait en boucle devant la porte.

L'étape suivante serait décisive. Il remit ses gants et pressa doucement son épaule contre le battant droit tout en agrippant la tige recourbée qui dépassait encore à l'extérieur. Pour abaisser la poignée, il devait imprimer un mouvement net et bref ; il ne fallait surtout pas laisser le battant pivoter trop brusquement et tirer le fil, au risque de rompre le contact de pontage. Kale avait chaud ; il avait le visage moite, sans savoir si c'était la pluie ou la sueur qui le mouillait. Il se raidit, poussa la tige d'un coup sec vers le bas : la poignée intérieure bougea, la porte-fenêtre céda sous la pression de son épaule. Lâchant la tige, il se dépêcha de rattraper le montant supérieur, pour le retenir avant que le fil ne se tende ; il mit quelques secondes à retrouver un équilibre parfait. Alors, il récupéra la tige recourbée qu'il replia de façon à pouvoir la remettre dans la poche, il enroula le sac plastique, le rangea, et sortit deux surchaussures synthétiques. D'un geste rapide, il enfila la première sur son pied droit avant de glisser la jambe à l'intérieur de la pièce, et répéta la même chose avec le pied et la jambe gauches. Maintenant, il se trouvait dans la maison où il ne laisserait aucune trace de pas révélatrice sur le tapis ; même la police scientifique ne trouverait rien.

Il plongea sous le fil et traversa promptement la pièce afin de gagner le vestibule. La lumière des réverbères de la rue qui s'infiltrait autour des stores et des volets lui procurait juste assez de clarté pour pouvoir se déplacer. Le vestibule était étroit, avec un petit vestiaire d'un côté, juste avant la porte d'entrée. C'est là qu'il trouva ce qu'il cherchait. Un compteur électrique installé dans un boîtier en bois fixé au mur. Il l'ouvrit, braqua dessus le faisceau de sa lampe stylo et repéra l'interrupteur d'alarme, qu'il coupa. Il se hâta de retourner dans la pièce où il s'était introduit pour déconnecter le fil sur la porte et le chambranle. Il referma ensuite la porte-fenêtre, fourra le fil dans sa poche et retourna enclencher l'alarme. Debout sur le parquet de l'entrée, il attendit quelques secondes l'oreille aux aguets, écoutant le silence de la maison.

Dehors, une voiture fila en direction du square Ambiorix. Le bruit interrompit ses pensées et le poussa à passer à l'action. Il grimpa l'escalier quatre à quatre. Sur un petit palier, aux deux tiers de la montée, une porte donnait sur la salle de bains. Six marches plus haut, il y avait un autre palier carré avec deux portes. La première ouvrait sur la chambre de Gryffe. Une grande pièce rectangulaire, rudimentaire et bien rangée. Lit double, grande armoire en noyer, coiffeuse assortie avec miroir circulaire devant la fenêtre. Sur l'unique table de nuit, une lampe à abat-jour brun et un livre d'Ernest Hemingway avec un marque-page glissé au milieu. Le fin rayon de la lampe balaya le tout puis s'éteignit. Kale entra dans la deuxième chambre, plus petite. Elle ne contenait qu'un lit étroit, non fait, le long d'un mur. Le papier peint était défraîchi et démodé, cassant aux endroits où il commençait à se soulever. La pièce sentait le renfermé.

En bas, au fond du vestibule, il y avait une petite cuisine au sol dallé. Une faible odeur de moisi s'en dégageait. La porte en bois donnant sur le jardin était verrouillée. Une cuisinière à gaz noire de crasse. Un évier en faïence fêlé, un égouttoir en bois. Un placard mural, dans lequel il trouva une bouteille de lait à moitié vide, un paquet de céréales, du thé, du café, du sucre, des tasses, des soucoupes et trois assiettes. Kale en déduisit que Gryffe prenait la plupart de ses repas dehors.

Il retourna dans la pièce arrière et, de là, passa dans le bureau de Gryffe. Tout dans cette maison paraissait fonctionnel, privilégiant la commodité au détriment du confort. Kale regarda de nouveau sa montre. Neuf heures. Il ouvrit le tiroir que Gryffe venait de vérifier une heure plus tôt et y trouva un Colt .32 à huit coups. Un vieux modèle d'arme automatique. Il le prit en main, le soupesa, renifla le canon. L'arme n'avait pas servi récemment. Doucement, avec une grande dextérité, il éjecta le chargeur pour compter les balles. Elles y étaient toutes. Il remit le chargeur en place d'un coup sec et, avec un petit sourire, glissa le pistolet dans la poche droite de son manteau. Parfois, la chance sourit aux méchants. Il avait un plan.

Il fouilla rapidement les autres tiroirs, où il ne trouva que du papier à lettres, du courrier, des pipes et des boîtes de tabac vides, avant de repérer la porte située derrière le bureau. C'était celle d'un vaste placard dont le fond était garni d'étagères en bois, vides. Dans un coin, il y avait une petite valise usée. Poussés contre le mur, trois meubles classeurs gris étaient vides, eux aussi. Kale repoussa la porte derrière lui et sentit l'obscurité l'envelopper. Pour la première fois, il frissonna de froid. S'éclairant de sa lampe stylo, il contourna les meubles classeurs pour aller s'accroupir dans le coin, dos au mur, ses jambes maigres repliées sur la poitrine. Il appuya son bras gauche sur la valise sans, bizarrement, éprouver la curiosité de regarder ce qu'elle contenait. Il aurait dû.

Il sortit ensuite le pistolet de Gryffe, le posa par terre, puis d'une poche interne, en sortit un autre auquel il adapta un silencieux avant de le placer à côté du Colt. Il laissa alors sa tête retomber contre le mur, les yeux fermés, le sang battant doucement à ses tempes.

C'était maintenant le moment le pire de tous. L'attente. Douze heures, peut-être davantage. Mais tout cela lui était si familier. La solitude, l'obscurité. Il avait connu ça toute sa vie. Encore maintenant, il pouvait entendre sa mère à moitié soûle en train de rire avec un énième client dans la chambre voisine. Il en venait tous les soirs. Parfois, il reconnaissait une voix. N'importe lequel d'entre eux aurait pu être son père, bien que plus tard, parvenu à un âge plus raisonnable, il en doutât. Couché sur un petit lit, dans un coin, au pied des rideaux d'un gris délavé, il regardait le trait de lumière sous la porte. Il avait cinq ans, peut-être six. Il ne voyait jamais les visages des hommes qui entraient et sortaient. Mais il les entendait, grogner, jurer. Et toujours la voix de sa mère, son plaisir simulé, le relent du gin qui alimentait son rire forcé. Après, elle s'approchait de son lit et, le croyant endormi, se penchait pour l'embrasser sur la joue avec des lèvres humides, molles, et son haleine qui puait le gin. Comme il détestait ça. Son odeur, son contact. Elle empestait les hommes et le sexe. Comme il la méprisait de pleurer. Ses longs sanglots d'apitoiement sur elle-même derrière la cloison quand elle retournait dans sa chambre. De quel droit pleurait-elle ?

Finalement il y avait eu cette nuit, les longues heures silencieuses après les éclats de voix et le cri, puis la découverte de son corps nu. Presque un soulagement. La torsion de douleur des lèvres rouges et charnues, le regard fixe des yeux écarquillés, la blancheur de la peau, l'affaissement des seins. La fin de tout. Plus d'étrangers, plus de baisers mouillés, plus de sanglots dans la solitude de la nuit. Mais il ne savait pas alors, il ne pouvait pas savoir que la vie réservait des horreurs encore pires.

CHAPITRE 8

1

La maison était discrètement située au bout d'une longue pelouse, protégée de l'avenue de la Grande-Armée par une rangée de peupliers. Une large allée contournait cette pelouse pour aboutir, sur le côté, à un vaste garage. Éclairée par des projecteurs habilement dissimulés au milieu des buissons à feuillage persistant qui bordaient l'allée, elle se détachait nettement sur le fond noir du ciel.

C'était une longue bâtisse blanche à deux étages, avec des volets verts et un toit de tuiles rouges. Le genre d'endroit qu'on pouvait s'offrir quand on avait beaucoup d'argent et qu'on tenait à le montrer. Des limousines étincelantes stationnaient de part et d'autre de l'avenue sur une trentaine de mètres ; Slater arrêta sa voiture un peu plus loin, sortit sous la bruine légère et ouvrit la portière passager.

Bannerman regarda Marie-Ange descendre en repoussant d'un geste la main que lui offrait Slater. Elle était grande, élégante, avec de longs cheveux roux négligemment lâchés sur ses épaules recouvertes d'un châle en soie brodée à la main. Elle portait une robe longue, blanche, au décolleté plongeant, évasée à partir de la taille.

Lors de leur rencontre chez Slater, un peu plus tôt, Bannerman s'était tout de suite rendu compte qu'il avait parfaitement interprété la description de Sally. Marie-Ange sentait l'argent à plein nez. Et les bonnes manières. Mais pas forcément à son avantage. Il y avait chez elle un côté cassant, une affectation pesante, même avec Slater. Aussitôt, il l'avait prise en grippe. Ce sourire condescendant, cette main molle qu'il avait serrée trop fort. S'il lui avait fait mal, elle n'en avait rien laissé paraître. Ce n'était pas le genre de femme à dévoiler quoi que ce soit d'elle-même.

Il devait cependant reconnaître qu'elle était très belle, du moins en apparence. Grands yeux bleu cobalt, long nez aristocratique, lèvres pulpeuses. Peau parfaite légèrement bronzée, sourire distant, énigmatique. Corps svelte, longiligne, une créature sexuelle, consciente de l'effet qu'elle produisait. Bannerman se souvint de l'expression employée par Sally – *un duo étrange.* Sa relation avec Slater paraissait improbable, voire incongrue. Slater lui-même ne semblait pas à l'aise en sa compagnie. Ou bien était-ce la présence de Bannerman qui le gênait ?

Plongé dans ses pensées, Bannerman remonta l'allée jusqu'à la porte de la maison blanche. Slater et Marie-Ange marchaient devant lui comme s'ils ne le connaissaient pas. Un maître d'hôtel en veste blanche leur ouvrit la porte et les introduisit dans un grand hall brillamment éclairé. Au fond, un escalier s'élevait jusqu'à un demi-palier d'où partaient deux autres escaliers, de part et d'autre. Sur leur droite, une double porte était ouverte sur un salon noir de monde à l'atmosphère déjà saturée de fumée, de voix, d'odeurs d'alcool et de parfum. Le maître d'hôtel prit leurs manteaux avant de s'éloigner sans bruit sur l'épais tapis rouge.

Marie-Ange promena un regard critique autour d'elle. Si elle était impressionnée, elle n'en montrait rien.

— Nous ne sommes pas obligés de rester *toute* la soirée, n'est-ce pas ? demanda-t-elle à Slater.

Ce dernier sourit patiemment.

— On fait juste une apparition, Marie. Les apparences, voilà tout ce qui compte dans cette ville. Tu devrais le savoir.

Puis, se tournant vers Bannerman :

— Tu veux bien t'occuper de Marie-Ange un instant ? J'ai une petite affaire à régler. Je ne devrais pas en avoir pour plus d'un quart d'heure.

Bannerman jeta un coup d'œil à Marie-Ange ; décidément, elle n'était pas du tout impressionnée, mais semblait plutôt se résigner à son sort.

— Bien sûr, répondit-il.

Slater pressa la main de son amie :

— Je reviens tout de suite.

Et il disparut au milieu des smokings. Bannerman souleva deux verres de champagne d'un plateau présenté par un serveur.

— Champagne ?

Elle le toisa d'abord, baissa ensuite les yeux vers le verre et l'accepta sans un mot.

— Alors, comment avez-vous connu Tim ? demanda-t-il.

Marie-Ange but une gorgée de champagne. Bannerman vit les bulles éclater autour de ses lèvres. Elle tourna la tête pour lui faire face :

— Je ne pense pas que cela vous regarde, monsieur Bannerman.

— Sans doute pas. Mais je suis du genre curieux.

— Et direct, en plus. Vous avez aussi une sacrée poigne.

— En effet.

Ils s'écartèrent pour laisser passer de nouveaux arrivants.

— Si nous entrions ? proposa-t-elle.

Bannerman hocha la tête et lui prit le bras pour la conduire dans le salon. Immédiatement l'impression d'être là en observateur se dissipa pour céder la place à l'inconfort de se sentir englouti par la foule. Les voix montaient et descendaient en une demi-douzaine de langues différentes, consolidant socialement d'étranges alliances politiques. Trop de gens riaient trop facilement. Les serveurs passaient saumon fumé et whisky sur des plateaux d'argent. Une bonhomie artificielle planait dans l'air comme un brouillard.

— C'est donc ainsi que l'on vit dans l'Euro-ghetto, lança Bannerman en buvant sa première gorgée de champagne.

Marie-Ange lui jeta un regard curieux par-dessus son verre :

— Vous désapprouvez ?

— Je ne suis pas ici pour juger, juste pour rapporter des faits.

— Pourtant, je sens que vous portez déjà un jugement sur Tim et moi.

— Vraiment ? s'étonna-t-il en haussant les sourcils et en secouant la tête. Ce n'est pas un jugement, Marie-Ange. Plutôt une constatation.

Elle attendit qu'il développe sa pensée. Puis, comme il n'ajoutait rien, elle soupira et demanda avec une indifférence feinte :

— Quelle constatation ?

Bannerman sourit.

— Je crois que vous pourriez deviner.

Voyant ses lèvres se contracter légèrement en une infime manifestation d'agacement, il ajouta :

— Vous parlez très bien anglais.

Un sourire contraint lui fit comprendre qu'il était inutile de s'aventurer plus loin. Feignant un ennui profond, elle promena les yeux autour de la pièce et répliqua :

— J'ai grandi en Angleterre et en Suisse. Je parle également le français, le flamand et l'allemand, mais l'anglais a toujours été ma lingua franca.

Un invité lui ayant poussé le coude par mégarde, elle faillit renverser son champagne ; Bannerman lui retint la main à temps pour la stabiliser et effleura son sein avec son bras. Soudain, son parfum lui parut plus enivrant que les bulles de champagne. Son visage était trop près du sien. Elle sourit et se pencha pour souffler d'une voix légèrement rauque :

— Vous êtes un homme intéressant, monsieur Bannerman.

— Plus intéressant que Tim ? demanda-t-il tout en se reculant.

Le sourire de Marie-Ange se figea comme du givre sur ses lèvres.

— Mais je ne me trompe pas, c'est Bannerman ? Neil Bannerman ?

La voix qui venait de briser l'intimité de leur conversation continua :

— Je ne vous dérange pas, au moins.

Bannerman se retourna et vit un petit homme rondouillard affublé d'un smoking de location de piètre qualité deux fois trop grand pour lui. Presque chauve, le crâne ceint d'une couronne de pauvres touffes de cheveux gras grisonnants, il frisait la soixantaine. Son visage lisse et joufflu souriait aimablement, un sourire familier sous ses sourcils broussailleux. Serré dans ses doigts boudinés, un mouchoir rouge, sale et froissé épongeait alternativement son front et son cou. La main droite tendue en avant, il lança :

— Tu te souviens de moi, non ? Platt. Richard Platt. On a travaillé ensemble au *Mail*. Ça fait un bail.

Bannerman entendit Marie-Ange claquer impatiemment de la langue à côté de lui. Bien sûr qu'il se souvenait de Platt, mais il aurait préféré l'oublier. Il n'avait aucune envie de se remémorer cette époque.

— Oui, admit-il à contrecœur tout en serrant une main molle et humide.

— Ça fait quoi, quinze ans ? Plus. Quelle coïncidence de se retrouver ici, à Bruxelles.

— Oui, n'est-ce pas, fit Bannerman sans le moindre enthousiasme.

— Je suis ta carrière avec beaucoup d'intérêt. Tu t'es fait un nom, dis donc.

Il s'arrêta pour adresser un grand sourire à Marie-Ange, qui le toisa avec dégoût et se tourna vers Bannerman :

— Vous ne vous occupez pas très bien de moi, monsieur Bannerman. Mon verre est vide.

— Permettez-moi, dit Platt.

Il fit signe à un serveur et souleva trois verres de son plateau lorsqu'il arriva près d'eux.

— Vous êtes sûr que je ne vous dérange pas ?

— En fait, si, répliqua Marie-Ange avec un sourire des plus suaves.

Bannerman secoua la tête et tenta de sourire :

— Mais non, pas du tout…

Mal à l'aise, Platt se dandina d'un pied sur l'autre, l'air crispé :

— Je… Je suis en Belgique depuis presque dix ans, maintenant. Pour le journal du soir ici, à Bruxelles. *La Belgique Soir.* On pourrait peut-être se voir un de ces jours, pour boire un verre. Parler du bon vieux temps. La semaine prochaine, si tu es encore là.

Il fouilla ses poches avant d'en sortir une carte de visite crasseuse.

— Tu peux me joindre au bureau presque tous les jours. Le soir, je suis en général chez moi à partir de dix heures.

Bannerman prit la carte et la glissa dans sa poche sans même y jeter un coup d'œil. Platt se décomposait positivement sous le regard glacial de Marie-Ange.

— Bon, je vous laisse, les tourtereaux, dit-il en reculant.

— Je t'appellerai, lança Bannerman, tout en sachant qu'il ne le ferait pas.

Et il se demanda fugitivement ce qu'un journaleux de bas étage comme Platt faisait dans une réception pareille. Ce dernier fit un vague signe de tête en direction de Marie-Ange et disparut au milieu des smokings.

D'une voix pleine de dégoût, Marie-Ange répéta :

— Les tourtereaux !

Mais Bannerman ne l'écoutait pas. Il pensait à Platt. À quel point les années l'avaient peu changé. Même face d'alcoolique, mêmes doigts tachés de nicotine. Même tic nerveux au-dessus de la pommette droite, mêmes dents gâtées. Complètement déplacé dans son smoking de location, il aurait été plus à l'aise avec son vieil imper marron râpé sur le dos et son feutre sur la tête. Tout de même, cela faisait longtemps.

Repensant à ce que Marie-Ange venait de dire, il se tourna vers elle :

— Peut-être formons-nous un couple plus convaincant que Tim et vous.

Soudain, la foule s'écarta derrière eux comme la mer Rouge sur l'ordre de Moïse et il aperçut alors Slater à l'autre bout de la pièce, en grande conversation avec un homme dont il ne voyait que le dos.

— Excusez-moi, dit-il à Marie-Ange. Il faut que je m'absente cinq minutes pour une affaire pressante.

Et sans attendre de lire la stupéfaction sur son visage, il se fraya un chemin dans la foule qui ondoyait devant lui.

Slater fronça les sourcils avec agacement en voyant Bannerman approcher ; l'autre homme se retourna et passa une main bronzée dans ses épais cheveux bruns.

— Il serait peut-être temps que vous alliez retrouver votre bonne amie. Elle est très exigeante, et moi je m'en vais.

Slater put à peine dissimuler son irritation. Son compagnon, en revanche, parut heureux de la diversion.

— Neil Bannerman, n'est-ce pas ? Il m'avait bien semblé vous reconnaître. Vous étiez au Conseil des ministres, hier.

— Robert Gryffe, ministre d'État de l'Union européenne, présenta Slater du bout des lèvres.

— Oui, je sais, dit Bannerman en serrant la main de Gryffe. Enchanté de vous rencontrer, monsieur le ministre. Et flatté que vous m'ayez reconnu.

Gryffe sourit :

— Ah, mais vous avez une certaine réputation, monsieur Bannerman.

— Bonne ou mauvaise ?

Avec une moue, Gryffe répondit :

— Ce n'est pas à moi de le dire.

— Toujours diplomate.

Les trois hommes laissèrent planer un silence embarrassé. Bannerman avait déjà flairé la tension qui régnait entre Slater et Gryffe. Évidente chez Slater. Plus subtile chez Gryffe. En bon politicien, ce dernier était un homme habitué à changer de masque. Le sourire facile, la poignée de main ferme. Digne représentant de la fausse sincérité. Mais Bannerman savait lire entre les lignes et percer les masques à jour. Il était très doué pour ça. Comme il se devait. Tout bon journaliste se devait de l'être.

Il les regarda tour à tour et, volant la réplique de Platt, meubla le silence par un :

— Je ne vous dérange pas, au moins.

— Pas du tout, assura Gryffe. Tim et moi bavardions simplement. De toute façon, il est temps que je me mélange aux autres.

Il adressa un grand sourire à Slater qui, parvenant très mal à dissimuler son agitation, lança avec une certaine insistance :

— Neuf heures et demie !

L'espace d'une seconde, Gryffe laissa tomber son masque et son visage s'assombrit.

— Neuf heures et demie, répéta-t-il.

Puis, reprenant son expression affable comme si de rien n'était, il tourna le dos à Slater et demanda à Bannerman :

— Vous êtes à Bruxelles pour une raison précise ?

— Juste pour fureter.

— Comme un chien de chasse, gloussa Gryffe.

— Un limier, précisa Bannerman avec un grand sourire.

Mais son sourire s'effaça lorsque, derrière Gryffe, il aperçut le couple américain rencontré dans l'avion. Les Schumacher. Qui se dirigeaient droit vers lui. Décidément, c'était sa soirée.

— Ça alors, monsieur Bannerman ! Quelle surprise de vous trouver ici.

Mme Schumacher débarqua au milieu de leur petite réunion, les joues empourprées par un excès de sherry. Henry la suivait en silence, l'air réellement gêné. Loin de s'en rendre compte, Laura-Lee haussa ses sourcils soulignés d'un trait de crayon et s'exclama :

— Je vous admire, jeune homme. Il ne vous a pas fallu longtemps pour établir un contact avec les gens les plus influents.

Elle marqua ensuite une pause, le temps de retrouver son souffle et de rajuster sa robe, avant de reprendre :

— Vous nous présentez vos amis ?

Un peu embarrassé, Bannerman sourit.

— Monsieur et madame Henry Schumacher. Monsieur Robert Gryffe, ministre britannique de l'Union européenne, Tim Slater, correspondant européen de l'*Edinburgh Post.*

Slater afficha une expression indéniablement hostile. Imperturbable, Gryffe leur serra la main :

— Enchanté de faire votre connaissance.

— Nous aussi, je vous assure, monsieur Gryffe, s'exclama Laura-Lee. Mon mari travaille à l'OTAN, pour le gouvernement. Vous avez peut-être entendu parler de lui ?

— Je crains…

Mais Laura-Lee ne voulait rien entendre.

— Je persiste à penser qu'il devrait y avoir davantage de contacts entre les hommes politiques de nos deux pays. J'entends, socialement. Vous n'êtes pas de mon avis ? Peut-être pourriez-vous déjeuner avec nous un de ces jours ?

— J'en serais ravi, mentit Gryffe.

Mme Schumacher lui prit alors le bras pour attirer son attention sur Bannerman :

— Ce jeune homme essayait de vous vendre des aspirateurs ?

Bannerman observa avec amusement le visage de Gryffe tandis que, de son côté, Henry Schumacher semblait ne plus savoir où se mettre.

— Je crois que tu ferais mieux de venir t'asseoir, Laura-Lee, dit-il.

— Oh, arrête, Henry. Ne fais pas tant d'histoires. Je suis sûre que ça ne dérange pas monsieur Gryffe.

— Mais pas du tout, confirma ce dernier.

Bannerman remarqua alors que Platt les surveillait avec curiosité depuis le mur contre lequel il s'était appuyé à l'autre bout de la pièce, un verre à la main. Estimant qu'il était temps de mettre un terme à tout ça, il se tourna vers Mme Schumacher :

— Désolé, mais je suis obligé de vous quitter.

Puis s'adressant d'abord à Slater, ensuite à Gryffe :

— À plus tard. Bonsoir.

Sur ce, il tourna les talons et s'éloigna vers la sortie.

— Eh bien, quel dommage, soupira Laura-Lee. Un jeune homme si sympathique. Il n'a vraiment pas l'air d'un représentant en aspirateurs.

— D'un quoi ? fit Gryffe, sidéré.

— D'un représentant. En aspirateurs. Comment s'appelle sa société, déjà, Henry ?

— Aspirateurs et Brosses Éclair, je crois, Laura-Lee.

Gryffe sourit, sincèrement réjoui.

— Je crois que notre monsieur Bannerman vous a menés en bateau.

— Ah bon ? Pour qui travaille-t-il, alors ?

— Il est journaliste d'investigation à l'*Edinburgh Post.* Un professionnel très réputé.

Mme Schumacher lâcha le bras de Gryffe, qui recula avec soulagement.

— Tu entends ça, Henry ? Un journaliste. Pourquoi diable nous a-t-il raconté qu'il vendait des aspirateurs ?

Le visage de Henry Schumacher refléta le même étonnement que celui de Gryffe quelques instants plus tôt.

Platt suivait Bannerman des yeux en se demandant ce qu'il allait faire. Il vida son verre, observa les visages de cette société européenne à travers une brume d'alcool et de cynisme, et grimaça légèrement quand son ulcère lui lança le premier signe avant-coureur d'une nuit difficile. Il sortit un comprimé d'un flacon qu'il gardait dans sa poche et mâchouilla sa substance mentholée. Inutile de rester plus longtemps, pensa-t-il. Rien à se mettre sous la dent. Le chef du service des informations serait furax, mais qu'il aille au diable. Ce n'était pas sa spécialité, de toute façon. Smoking et saumon fumé. Même s'il savait qu'il n'avait pas intérêt à pousser le bouchon trop loin. Ça faisait longtemps qu'il n'avait pas dégoté une bonne histoire. Mais il leur montrerait. À Rémy, Clerck et les autres. Pas question qu'il perde aussi ce boulot-là. Il était heureux dans son exil. Anonyme, loin de ses échecs en Écosse, loin des piaules de célibataire, des soûleries dans les pubs, de la bouteille de lait solitaire déposée sur son paillasson, des lettres de protestation de sa voisine de palier. Il fit signe à un serveur et décida que ce serait son dernier whisky de la soirée. Parfait pour faire passer l'antiacide. Maintenant il avait Bannerman. Un salaud arrogant, d'accord, mais un sacré bon journaliste. Quelque chose avait dû l'amener à Bruxelles. Quelque chose de gros. Et si Platt jouait les bonnes cartes, il se taillerait peut-être une part du gâteau, quel qu'il soit. Il gloussa intérieurement. Après toutes ces années, il allait peut-être pouvoir se servir de Bannerman, finalement.

2

Sally écoutait le lent et sempiternel tic-tac de la pendule de cheminée. Aucun bruit ne provenait de la chambre d'enfant ; tout l'appartement baignait dans un silence de mort. Son livre était ouvert sur la table à côté du canapé. Elle avait été incapable de lire, incapable de regarder la télévision. Depuis la veille, elle n'arrêtait pas de penser à Bannerman. Il produisait sur elle un effet inexplicable. Sa présence extraordinaire, puissante mais subtile, comme la saveur d'un bon vin. Son sourire cachait quelque chose, et elle s'était surprise à avoir envie de tendre la main pour le toucher. Cependant, au plus profond d'elle-même restait enfouie cette vieille peur de l'engagement dont elle n'avait jamais pu se débarrasser depuis…

Le bruit de la clé dans la serrure la fit sursauter. Elle regarda l'heure. Onze heures. Ils rentraient de bonne heure. Elle ne s'était pas attendue à les voir avant deux heures du matin. Elle n'entendit pas leurs voix, juste la porte qui se refermait doucement, puis des pas feutrés dans le couloir, et Bannerman apparut sur le seuil du salon. Il sourit en secouant la tête.

— Excusez-moi. J'avais oublié que vous étiez là. Je pensais à autre chose.

En le voyant osciller légèrement, elle comprit qu'il avait bu. Il se débarrassa de son manteau et le jeta sur le dossier du canapé.

— Vous êtes ivre.

— Non, rétorqua-t-il en secouant de nouveau la tête. Juste un peu gris et un peu triste.

D'un pas mal assuré, il passa devant elle et se posta devant la fenêtre dont il écarta les rideaux pour regarder dehors. Il ne pouvait rien voir à cause de la lumière de la pièce, mais Sally, elle, voyait le reflet sombre de son visage sur la vitre. Il enfonça les mains dans ses poches et ferma les yeux. Elle ne disait rien, laissant le silence s'éterniser. Puis, contre toute attente, il commença :

— Vous savez, il n'y a pas moyen d'échapper aux choses qu'on regrette. Elles restent là, elles vous façonnent, même sans qu'on le sache. Et puis quelque chose ou quelqu'un fait tout remonter à la surface, et tout paraît encore pire après ces années d'enfouissement.

Sally ne savait pas quoi dire. S'il n'avait pas bu, jamais il n'aurait parlé ainsi.

— D'abord l'enfant, ensuite Platt, et peut-être vous d'une certaine façon, continua-t-il en se retournant.

Elle se leva du canapé, s'avança vers lui, et posa un doigt sur ses lèvres :

— N'en dites pas plus.

Il embrassa son doigt avant de le repousser doucement.

— J'ai besoin de quelqu'un…, murmura-t-il.

Elle secoua la tête.

— Laissez passer la nuit.

— Seul ?

— Seul.

La peur la saisit de nouveau. Ce serait si facile. Cela faisait si longtemps.

Il ne résista pas quand elle lui prit la main pour le conduire jusqu'à sa chambre. Les volets étaient ouverts ; la lumière des réverbères projetait sur les vitres des petits éclats jaunes qui scintillaient à travers les gouttes de pluie, comme des aiguilles lumineuses dans l'obscurité. Il la laissa lui enlever sa veste et sa cravate, déboutonner sa chemise, sans cesser de fixer ses yeux verts mouchetés. Il se sentait encore réchauffé par l'alcool, et toujours aussi triste. Lorsqu'elle posa ses lèvres sur sa poitrine, il attira sa tête contre lui. Elle paraissait si petite, fragile et précieuse sous sa main ; ses cheveux étaient si légers et soyeux qu'il avait l'impression de ne rien tenir. Il apprécia la douceur de son corps pressé contre le sien. Ses courbes et ses creux. Quand elle se redressa, il l'embrassa et ils glissèrent ensemble sur le lit. Il sentait sa peau nue contre la sienne et ne pouvait même pas se rappeler quand elle s'était déshabillée.

Ils restèrent enlacés un long moment, sans faire l'amour, jusqu'à ce que Bannerman sombre dans un profond sommeil alcoolisé. Sally l'observa, caressa légèrement son beau visage du bout des doigts, la rugosité de sa barbe naissante sur la mâchoire. Elle était contente qu'ils n'aient pas fait l'amour. Comme ça, ce serait plus facile de battre en retraite, d'éviter de s'impliquer.

Elle se rhabilla lentement dans le noir et posa les vêtements de Bannerman sur la chaise à côté du lit. Quelque chose tomba de la poche de son pantalon et atterrit avec un bruit mat sur le tapis. Une clé. Il avait oublié de la remettre sous le paillasson. Elle se baissa pour la ramasser et, sans bruit, quitta la chambre, tira la porte derrière elle et se glissa dans le vestibule. Lorsqu'elle ouvrit la porte d'entrée pour replacer la clé sous le paillasson, elle entendit des voix, des pas monter l'escalier. Un coup d'œil à sa montre lui apprit qu'il était presque deux heures du matin. Comment trois heures avaient-elles déjà pu s'écouler ?

Elle referma et se dépêcha de retourner dans le salon. Elle reprenait juste son livre en main quand Slater enfonça la clé dans la serrure.

CHAPITRE 9

La température avait chuté pendant la nuit, le ciel était lourd d'une menace de neige avec ses nuages sombres effleurant les toits. À l'aube de ce dimanche matin, les rues froides et silencieuses étaient désertes. Les bouteilles de lait avaient été déposées devant les portes, les journaux jetés dans les boîtes à lettres. Quelques rares taxis passaient devant les maisons grises aux volets fermés, aux rideaux tirés. Bruxelles n'était pas encore réveillée. D'ici une heure, les premiers citoyens moroses sortiraient de chez eux pour assister à la première messe dans une vieille église, au milieu des cierges vacillants et des incantations pieuses des fidèles. Une feuille de journal de la veille voleta au-dessus du square Ambiorix et du jardin d'enfants où les balançoires oscillaient doucement en grinçant.

Slater déboucha de la Chaussée Martel et s'engagea sur le square ; assise sagement à l'arrière, sa fille regardait par la vitre d'un air maussade. Tania savait son père nerveux, agité, comme il l'était souvent depuis quelque temps. Mais ce matin, elle le sentait encore plus tendu que d'habitude. Elle percevait sa peur avec une inquiétude grandissante. La pression de son propre malaise s'accumulait en elle ; ses mains agrippaient si fort le bord de la banquette que ses jointures en étaient devenues blanches. Slater lui jeta un coup d'œil dans le rétroviseur et pensa, *Dieu merci, elle est tranquille.* Il ne voyait pas ses mains. Une fois de plus, il maudit Sally. Leur faire faux bond justement aujourd'hui. Emmener Tania, surtout pour ce rendez-vous, était bien la dernière chose qu'il pouvait souhaiter. Rien n'avait marché comme prévu. L'arrivée de Bannerman. La défection de Sally. Il avait été incapable d'avaler un petit-déjeuner, et il se sentait maintenant un peu nauséeux. Son cœur battait contre ses côtes, ses paumes étaient humides de sueur.

Il les essuya l'une après l'autre sur son pantalon et s'engagea dans la rue de Pavie. Quelques voitures étaient garées au pied de la Résidence Ambiorix, mais au-delà, on ne voyait qu'un seul véhicule. Stationné devant l'immeuble de Gryffe. Slater s'arrêta juste derrière, coupa le moteur, et se tourna à moitié vers sa fille :

— Tu vas rester dans la voiture, ma chérie.

C'était idiot d'avoir espéré qu'elle accepterait une chose pareille. Il vit le cri enfler dans sa poitrine. Les deux mains crispées sur le col de son père, elle poussa un hurlement qui emplit l'habitacle. Slater pivota sur son siège pour lui tenir les bras.

— Tu dois rester, l'implora-t-il. Je ne peux pas t'emmener avec moi. Ne commence pas, s'il te plaît.

La force qui semblait s'emparer de sa fille lorsqu'elle piquait une crise le surprenait chaque fois ; il dut l'empoigner si fermement qu'il eut peur de lui faire mal. En se tortillant sur la banquette, elle réussit à lever un pied qui l'atteignit à l'épaule. Gêné par le dossier, il s'efforça de l'immobiliser, redoutant les hurlements qui suivaient chaque série de sanglots déchirants.

— Tu vas arrêter, nom de Dieu ! cria-t-il en lui lâchant un bras pour la gifler.

Aussitôt il le regretta. Ça ne servait à rien, il le savait. Il vit les marques rouges apparaître, vives et cruelles, sur la douce blancheur de sa joue. En réaction, Tania lui planta les ongles de sa main libre juste au-dessus de l'œil droit et écorcha la peau. Slater saisit la main qui venait de le blesser, la tordit pour l'éloigner de son visage et capitula :

— D'accord, d'accord, d'accord ! Je t'emmène. Mais arrête, s'il te plaît ! Arrête ! Viens avec moi. Tu resteras dans l'entrée.

Presque immédiatement, il sentit les bras de sa fille se détendre. Il dut néanmoins attendre plusieurs minutes que les cris cessent, puis que les sanglots s'apaisent. Enfin, pâle et essoufflée, Tania s'affala sur la banquette.

Slater se détourna, enfouit son visage dans ses mains tremblantes et en essuya la sueur. Le souffle court, saccadé, il tremblait de la tête aux pieds. Il attrapa ses cigarettes et en alluma une tout en regardant sa montre. Neuf heures et demie. Il jeta ensuite un coup d'œil à la rue déserte et pensa, *il est encore temps de renoncer*. Mais les choses étaient allées trop loin maintenant. Le point de non-retour avait été franchi depuis des semaines. Il maudit sa propre faiblesse. *Tu n'as pas les tripes pour ça*, se dit-il ; pourtant il savait que même ça, c'était préférable au morne abîme d'un avenir sans espoir. Il écrasa sa cigarette à moitié fumée dans le cendrier débordant de mégots et sortit de la voiture dans le vent froid, mordant qui balayait la rue de Pavie. Il ouvrit la portière arrière pour

Tania ; agrippée au bras de son père, l'enfant se précipita dehors avec maladresse. Pressentant quelque chose d'affreux, elle se raccrochait à la seule chose familière qu'elle connaissait. Slater pressa le bouton de la sonnette qu'il entendit tinter quelque part à l'intérieur. Au bout d'un long moment, des pas s'approchèrent et la porte s'ouvrit.

Gryffe apparut sur le seuil, échevelé, épuisé, négligé, les yeux rougis comme s'il n'avait pas dormi. Il regarda d'abord Slater puis l'enfant.

— Bon Dieu, Slater, vous êtes vraiment un enfoiré d'avoir amené votre gamine.

D'une voix étranglée, Slater commença :

— Je n'avais pas le choix…

Puis il s'interrompit. Il n'avait pas à s'excuser. S'il avait eu pitié de Gryffe, maintenant il le méprisait, mais même la haine ne pouvait suffire à soulager sa conscience troublée. Gryffe s'écarta pour les laisser entrer et referma derrière eux. Le vestibule était sombre, la seule lumière tombait d'un Velux, tout en haut de la cage de l'escalier.

— Elle m'attendra ici, proposa Slater en priant le ciel qu'elle accepte, cette fois.

Avec un bref hochement de la tête, Gryffe lui fit signe de le suivre dans la pièce du fond.

— Par ici.

À son costume froissé, Slater devina qu'il avait passé la nuit sur un canapé ou dans un fauteuil. Tout en fermant la porte, il jeta un coup d'œil à Tania. Apparemment insouciante d'être laissée seule, elle se retirait dans le vestiaire, attirée par l'odeur des manteaux et leur douceur au toucher.

*

Kale était resté éveillé toute la nuit. Il avait entendu Gryffe rentrer peu après deux heures du matin, monter à l'étage, redescendre, puis faire les cent pas entre le bureau et la pièce du fond pendant une heure environ. Finalement, la maison était redevenue silencieuse, bien qu'il ne l'ait pas entendu remonter. Supposant qu'il s'était endormi dans un fauteuil ou à sa table de travail, il avait conservé son inconfortable position accroupie dans le noir et le froid, derrière les meubles à tiroirs.

Le bruit de la sonnette l'avait tiré d'une légère somnolence agitée ; il avait entendu Gryffe bouger dans la pièce du fond puis se diriger vers la porte. Des voix avaient résonné dans le vestibule ; à présent, les deux hommes entraient dans le bureau. Kale se détendit un peu en allongeant ses membres raides et douloureux. Il faisait toujours noir dans le placard, seul un rai de lumière grise passait sous la porte. Il braqua sa lampe stylo sur sa montre. Neuf heures et demie. Saisissant alors le Colt de Gryffe dans sa main droite gantée et glissant l'autre arme, plus légère, dans la poche gauche de son manteau, il s'avança avec précaution jusqu'à la porte, toute son énergie mentale et physique concentrée sur ce qu'il devait mener à bien.

Entre les deux hommes, le ton avait monté. Comme s'ils se disputaient. Kale ne savait pas pourquoi. Une question d'argent, semblait-il. Mais ça ne le concernait pas. Il serra la poignée de la porte dans sa main, écarta le battant de quelques centimètres, plissa les yeux quand la lumière l'éblouit soudain, et demeura absolument immobile jusqu'à ce que ses pupilles se soient suffisamment rétrécies pour ne plus en souffrir. Debout derrière son bureau, Gryffe lui tournait le dos. Face à Gryffe, l'autre se déplaçait dans son champ de vision. Mince, pâle, l'air apeuré. Barbe et cheveux roux. Parfait, pensa Kale avec un détachement presque inhumain vis-à-vis de ce qu'il se préparait à commettre.

Il ne s'intéressait pas aux hommes qu'il allait tuer, leurs souffrances, leurs amours, la vie qu'ils avaient vécue jusque-là ; les années qu'il effacerait, de telle sorte que leur existence ne laisserait qu'une empreinte infime sur les pages de l'Histoire. C'était la même chose avec la plupart des individus. Quelle importance, qu'ils aient vécu ou non ? Ils mouraient tous, tôt ou tard. Toutes ces années vaines. Il fit un pas en arrière et pointa le Colt par l'entrebâillement de la porte.

— Ne faites pas l'imbécile, Gryffe, disait le rouquin. Je peux vous ruiner.

Gryffe se pencha, ouvrit le tiroir supérieur droit de son bureau et fixa d'un air ahuri l'intérieur vide. Kale pressa alors la détente, doucement, affectueusement, presque comme s'il la caressait puis, sous l'effet de la déflagration, recula dans l'espace confiné du placard. La balle fit un trou au milieu de la poitrine de Slater et le projeta contre le mur, le sang jaillissant de la blessure. Il était mort avant même de retomber en avant, la tête la première.

Gryffe pivota sur lui-même, le cœur comprimé par la peur, juste à temps pour voir une petite silhouette en manteau sombre élimé émerger du placard. Son visage n'exprimait rien. Il reconnut son Colt dans sa main, pointé sur lui.

— Pas un geste, dit Kale doucement, presque dans un murmure.

Il contourna la table et traversa la pièce d'un pas vif jusqu'à l'endroit où Slater s'était écroulé, inondant le tapis de son sang. Le Colt toujours pointé sur Gryffe, Kale se pencha en avant pour tâter la jugulaire du mort, juste histoire d'être sûr qu'il était bien mort. Il se releva en sortant de sa poche la deuxième arme, avec sa main gauche.

Un cocktail de peur et de confusion paralysait Gryffe. Il ne pouvait pas croire qu'il allait mourir. Ça ne servait à rien. Pas maintenant. Slater était mort. Se raccrochant au moindre espoir, il réussit à trouver un filet de voix pour dire :

— C'est Lamb qui a arrangé ça, non ? C'est Lamb. Pour me tirer d'affaire.

Kale hocha la tête et baissa le Colt. Submergé par le soulagement, Gryffe faillit tomber à genoux.

— Dieu merci, Dieu merci.

Kale sourit. Un curieux sourire méchant.

— Tenez, dit-il en lui lançant le Colt.

Le ministre l'attrapa l'arme, un geste réflexe, et vit Kale faire passer le revolver dans sa main droite pour le lever aussitôt vers lui. La balle fit un petit trou propre et net au milieu de son front. Le second tir n'avait pas eu la force du premier ; Gryffe tituba d'un pas en arrière seulement avant de s'incliner sur le côté et heurter le bureau avec sa tête en tombant.

Kale se précipita sur lui, de nouveau pour s'assurer que le tir avait été fatal. L'homme était bien mort. Il retourna aussitôt vers Slater, s'accroupit, souleva le haut de son corps afin de lui dégager le bras droit, et la main. Il fallait d'abord laisser plusieurs empreintes sur l'arme. Celle de l'index sur le côté droit du canon, celle du pouce sur le côté gauche, derrière le barillet, et celles de deux doigts sur le pontet. Elles ne seraient pas totalement convaincantes, mais toujours assez bonnes dans la confusion qui ne manquerait pas de se produire. Il logea soigneusement le revolver dans la main de Slater avant de lui replier le bras en arrière sous le buste qu'il laissa retomber dans sa position initiale. Ensuite, il se releva et jeta un coup d'œil à Gryffe. Le Colt était tombé de sa main. Aucune importance. Le pistolet étant le sien, il portait ses empreintes. Il retourna alors au placard, vérifia qu'il ne laissait aucune trace compromettante et referma la porte. L'important maintenant, c'était de filer à toute vitesse sans se faire voir. Il était peu probable que quelqu'un ait entendu les coups de feu. L'immeuble d'habitation le plus proche se trouvait au bout de la rue. Kale promena un dernier regard autour de lui avant de se glisser dans la pièce du fond, puis dans le vestibule.

Debout dans le silence et la pénombre, il attendit au moins une minute entière derrière la porte d'entrée, l'oreille tendue, avant de retirer ses surchaussures. Alors, seulement, il ouvrit et regarda dehors. La rue était déserte. Il referma la porte. Ses pas s'éloignèrent rapidement sur le trottoir.

Cinq bonnes minutes s'écoulèrent avant que Tania ose bouger au milieu des manteaux et se sente suffisamment en confiance pour s'avancer dans le vestibule. Elle avait entendu les éclats de voix, les coups de feu, puis quelqu'un qui se déplaçait furtivement dans le bureau. Elle avait vu la mince silhouette sombre émerger de la pièce du fond. Le visage aux pommettes saillantes, avec ses yeux enfoncés et sa peau cireuse. Maintenant, elle se tenait dans le vestibule, écrasée par le silence de la maison. Elle se sentait perdue, effrayée. Elle aurait voulu pouvoir appeler. Elle se dirigea à petits pas prudents vers le fond de la maison. Il y régnait une étrange odeur de brûlé. Un fauteuil vide près d'une antique cheminée en marbre, une bibliothèque pleine de livres sombres reliés. Un grand tableau dans un cadre doré sur le mur. La double porte vitrée donnant sur le bureau était ouverte et pourtant il n'en provenait aucun bruit. Où étaient-ils ? Son père et l'autre homme. Quelques pas de plus et elle verrait l'intérieur de cette pièce. Elle se figea sur place, les yeux écarquillés, l'horreur de comprendre ce qu'elle voyait montant en elle avec une telle violence et une telle douleur qu'elle crut étouffer. Puis le premier cri d'angoisse déchira le silence de sa conscience.

CHAPITRE 10

1

Bannerman s'étira dans son lit, la tête encore lourde de sommeil. Il avait la bouche sèche, pâteuse après tout l'alcool absorbé la veille, et le vague souvenir agréable de s'être endormi à côté d'une femme. Mais elle avait disparu.

Sa première réaction fut de se retourner, de s'envelopper dans les draps et de se laisser de nouveau glisser dans le monde des rêves obscurs et superficiels dont il venait d'émerger. Cependant, quelque part au fond de son inconscient, une lueur agaçante essayait de remonter à la surface. Quelque chose l'avait réveillé. Son sommeil ne s'était pas interrompu naturellement. Il ne savait pas exactement pourquoi il devait s'en inquiéter. Il se redressa sur un coude pour regarder le réveil et sentit l'air froid de la chambre s'infiltrer sous les couvertures. Presque onze heures moins le quart. Slater, il s'en souvenait, avait rendez-vous avec Gryffe à neuf heures et demie. Ce matin ? Sally avait dit qu'elle ne pourrait pas venir. Avait-il emmené Tania avec lui ? Bannerman fronça les sourcils et dressa l'oreille. Il y avait quelqu'un dans le salon. Peut-être Slater était-il déjà revenu.

Il s'éclaircit la gorge, balança les jambes en dehors du lit, et sentit sous son crâne les premiers élancements douloureux. Il resta un moment assis, se frotta les yeux, cligna des paupières et regarda par la fenêtre, vers les toits des immeubles et des maisons mitoyennes. Il avait oublié de fermer les volets, la veille. Le vague souvenir de Sally dans l'obscurité de la chambre lui revint, avec une bouffée de regret. Avait-il vraiment couché avec elle ? Aucune idée. Il se leva et enfila son peignoir.

Le couloir n'était pas éclairé. À pas lourds et lents, il se dirigea vers la porte du salon en se grattant la tête.

— Il y a quelqu'un ?

Pas de réponse. Il poussa la porte, vit les rideaux toujours tirés. Au-dessus de la cheminée, le tableau représentant des chasseurs sur une colline enneigée était décollé du mur où il avait été accroché avec un système de charnières afin de dissimuler un coffre-fort. Ce coffre était ouvert. Bannerman n'avait pas fait deux pas dans la pièce qu'il reçut un coup violent sur la tête. Une douleur aussi aiguë que s'il avait été piqué par une multitude d'aiguilles se répercuta le long de sa colonne vertébrale ; le sol monta follement à sa rencontre pour le frapper avec une force effroyable qui expulsa tout l'air de ses poumons. Un gémissement s'échappa de ses lèvres, étrange, désincarné, comme poussé par quelqu'un d'autre. De loin, très loin, depuis le monde ténébreux dans lequel il était en train de tomber.

Tendu, haletant, Kale observa le corps inerte allongé par terre. L'espace d'un instant, l'idée qu'il devrait aussi tuer celui-là lui traversa l'esprit. Mais il l'écarta rapidement.

Inutile d'attirer plus que nécessaire l'attention sur cet incident. Pourtant, ça l'agaçait. C'était une négligence, le seul point faible de cette affaire. On lui avait dit que l'appartement serait vide, et il l'avait bêtement cru. Quel imbécile. Il aurait dû vérifier d'abord. Il retourna l'inconnu pour voir son visage. Il avait intérêt à s'en souvenir. La joue et la tempe droite bleuissaient déjà, à l'endroit où il avait heurté le sol. C'était un visage large, dur, facile à mémoriser. Un peu de sang suintait de la bouche ; l'homme s'était mordu la lèvre au moment de l'impact. Kale le laissa retomber et balança un violent coup de pied à la forme prostrée. Ça ne servait à rien, mais ça soulageait un peu sa tension, et il en retira une triste satisfaction.

Enjambant le corps, il s'approcha du coffre et en sortit une mallette noire avant de le refermer. Il repoussa ensuite le tableau contre le mur, rangea son arme dans la poche de son manteau, traversa la pièce et fila vers la porte d'entrée. Après l'avoir refermée derrière lui, il prit soin de replacer la clé sous le paillasson.

Bannerman se sentait lentement revenir à lui. La violente douleur à l'arrière de son crâne s'intensifiait à tel point qu'elle semblait s'anesthésier elle-même. Il avait l'impression d'avoir reçu des coups de pied dans le visage, et sentait dans sa bouche le goût amer et métallique du sang. Il se força à ouvrir les yeux ; même la faible clarté de la pièce lui était un supplice. Il rabaissa aussitôt les paupières, puis les rouvrit un peu plus lentement. Un léger grognement s'échappa involontairement de sa gorge quand il voulut se retourner. Une autre douleur. Sur le côté de la poitrine, celle-là. Maintenant, il avait même mal en respirant.

Il resta allongé plusieurs minutes avant d'essayer de bouger de nouveau. Cette fois, il serra les dents contre la douleur et se hissa lourdement sur les genoux. Immédiatement le sang lui monta à la tête, procurant vertige et nausée. Il s'appuya d'une main sur le sol et se balança légèrement d'avant en arrière jusqu'à ce que le malaise se dissipe. Sa respiration était courte et rapide, son corps entier raide et endolori. Que s'était-il passé, bon Dieu ? Il essaya de se rappeler. Mais même cet effort le faisait souffrir. Peu à peu, pourtant, ses souvenirs se remirent en place. Le couloir obscur, le bruit dans le salon. Le coffre-fort ouvert. Levant la tête, il constata qu'il avait été refermé, et le tableau rabattu contre le mur. Il attendit encore quelques minutes avant de tenter de se mettre debout. Puis, adossé au chambranle de la porte, il respira plusieurs fois à fond ; la douleur le submergea de nouveau. En voyant que la pendule de la cheminée indiquait midi passé, il éprouva un léger choc. Cela faisait donc plus d'une heure qu'il avait perdu connaissance.

Il se raidit soudain en entendant des voix sur le palier et une clé tourner dans la serrure. Il se pencha dans le couloir et vit la porte s'ouvrir sur trois hommes dont un, en uniforme, tira maladroitement un pistolet d'un holster en cuir noir, le pointa sur lui et aboya quelque chose dans une langue incompréhensible.

2

La nuit était tombée ; le vent rabattait la neige fondue sur les vitres. À l'intérieur, isolé de la nuit inhospitalière qui enveloppait la cité grise, régnait une chaleur étouffante. Le bureau était petit, encombré, un lieu anonyme dans un vaste immeuble en verre et béton que des architectes dénués d'un sens quelconque de l'histoire avaient annexé au palais de justice – bâtiment noirci par les ans mais toujours d'une majesté impressionnante et menaçante. L'annexe abritait le quartier général de la police, dans lequel toute vie circulait à travers des couloirs éclairés par des néons aveuglants.

Réflexion faite, Bannerman se dit que ce bureau avait peut-être un peu plus de personnalité que ceux par lesquels il était déjà passé. Une grande table de travail ancienne en chêne était disposée en biais, dans un angle. Sur son plateau, des corbeilles grillagées débordant de piles de vieux rapports, un buvard écorné couvert de centaines de noms, numéros de téléphone et gribouillis, deux lourds cendriers en verre remplis de mégots, un stylo à plume, un crayon cassé. Derrière, sur le mur, une carte de la Belgique, un plan de Bruxelles, des plannings et un calendrier de *Playboy*. Près de la porte, un vieux portemanteau sur pied auquel étaient accrochés deux longs imperméables noirs ayant connu des jours meilleurs et une vieille veste en tweed. Par terre, un parapluie cassé, une paire de bottes en caoutchouc boueuses. Contre le mur côté porte et celui d'en face, des meubles classeurs de hauteurs différentes, certains en bois, d'autres en métal gris, collés les uns contre les autres, et recouverts d'autres piles de papier. La pièce était éclairée par une lampe d'architecte fixée au plateau de la table.

Assis sur une chaise en bois, Bannerman attendait. Il attendait depuis près de trois heures. Il avait d'abord été examiné par un médecin, qui avait soigné sa blessure à la tête. Il n'avait pas de côtes cassées, mais était couvert de bleus et pourrait, l'avait prévenu ce médecin, souffrir pendant un certain temps des effets de la commotion cérébrale. Il devait se reposer, dormir beaucoup.

Ensuite, il avait passé une demi-heure épuisante avec deux policiers en civil qui parlaient très mal anglais et n'avaient tenu aucun compte des recommandations médicales. Qui était-il ? Pour qui travaillait-il ? Que faisait-il dans l'appartement de Slater ? Qui l'avait agressé ? Qu'est-ce qui avait disparu du coffre ? Que savait-il sur Robert Gryffe ? Il avait répondu à toutes leurs questions sans les satisfaire, apparemment. Eux, en revanche, ne lui avaient rien dit. Sa curiosité étant émoussée par son propre inconfort, il n'avait pas insisté pour obtenir des informations supplémentaires. Ensuite, on lui avait apporté un bol de soupe et une tasse de café froid avant de le conduire dans ce bureau d'où il avait regardé la nuit tomber sur Bruxelles.

Il consulta sa montre. Six heures et demie. Il avait faim, il était épuisé, courbatu, sa tête continuait à le faire souffrir. Il passa la langue sur ses lèvres où le sang avait séché en laissant des traces brunes. On pourrait lui annoncer n'importe quoi, cela ne l'étonnerait pas, bien qu'il ait peu réfléchi à ce qui avait pu se passer. La situation avait un côté irréel. Comme un rêve. Ou, plus exactement, un cauchemar. Une suite d'évènements qu'il avait traversés sans avoir eu l'impression d'y participer.

La porte s'ouvrit ; un homme maigre vêtu d'un ample costume marron entra d'un pas vif, un mince dossier beige à la main. Le sommet de son crâne était chauve et brillant, mais entouré d'une abondante couronne de cheveux bruns et raides ; des lunettes rondes à monture d'écaille surmontaient un long nez étroit aux narines dilatées. Il devait avoir une cinquantaine d'années, pensa Bannerman. Un visage gris profondément ridé où brillaient deux petits yeux très noirs derrière les lunettes. Son costume était usé, trop grand pour lui. Sous son gilet déboutonné, une fine cravate marron pendait du col ouvert de sa chemise blanche. Il trimballait avec lui un air d'usure et de défaite, un peu comme un maître d'école en fin de carrière empestant la craie, le tableau noir, l'ingratitude des années de labeur.

Il ferma la porte derrière lui et adressa un signe de tête solennel à Bannerman. De toute évidence, ce bureau était le sien. Il laissa tomber le dossier sur la table qu'il contourna pour prendre place dans le fauteuil en cuir pivotant, posa les coudes sur les accoudoirs, joignit les doigts. De longs doigts fins pour des mains aux articulations saillantes. L'air perdu dans ses pensées, il regardait à travers Bannerman ; ce dernier remarqua les petites touffes de poils qui lui sortaient des narines.

Finalement, il parut se recentrer et dit :

— Eh bien, votre histoire semble tenir debout, monsieur.

Le téléphone posé sur son bureau se mit alors à sonner ; il décrocha :

— Oui ?

Il se mit ensuite à parler très vite en français, des paroles incompréhensibles pour Bannerman. Quand il raccrocha, il le dévisagea de nouveau avant de se lever pour lui serrer la main.

— Toutes mes excuses. Inspecteur Georges Du Maurier, de la police judiciaire. Section des homicides.

Sa main était ferme et sèche. Il se rassit puis, pesant ses mots, ajouta :

— Ce matin, peu après dix heures, un passant a entendu un enfant hurler dans la maison du 24, rue de Pavie. Il a sonné et frappé plusieurs fois à la porte, mais personne n'est venu lui ouvrir et l'enfant continuait à hurler. Le monsieur en question a appelé la gendarmerie depuis un téléphone de la Résidence Ambiorix, au bout de la rue. Deux agents en uniforme ont forcé la porte pour pénétrer dans la maison où ils ont découvert une petite fille de onze ans qui poussait des cris hystériques dans la pièce du fond, au rez-de-chaussée. Dans le bureau adjacent, il y avait deux cadavres. Timothy Slater, journaliste, tué d'une balle en plein cœur. Robert Gryffe, ministre du gouvernement britannique, tué d'une balle en plein front. Il y avait deux armes à feu. L'une appartenait à M. Gryffe. Elle reposait à côté de lui et portait ses empreintes. Nous n'avons pas encore été en mesure de retracer l'origine de la deuxième arme, mais elle se trouvait dans la main droite de M. Slater, qui était repliée sous son corps. Il n'y a aucun signe de pénétration dans la maison par effraction, aucune trace de la présence d'une tierce personne, à part l'enfant bien sûr. Conclusion ?

Il s'arrêta un instant avant de répondre à sa propre question.

— Ils se sont entretués. À première vue, tout porte à le croire. La trajectoire des balles, la position des corps, les empreintes sur les armes.

Bannerman en resta muet de stupéfaction. Il s'était cru préparé à tout, sauf à ça. Pour la première fois depuis des heures, il ne pensait plus à son corps meurtri. Il se rappela le dossier de Slater contenant les coupures de presse sur Gryffe, la tension entre les deux hommes la veille, pendant la réception. La bouche sèche, il se pencha en avant :

— Alors, que… Vous classez déjà l'affaire ?

Du Maurier se fendit d'un sourire.

— Pour l'instant, nous considérons que ce sont des morts suspectes.

— Et ?

L'inspecteur haussa les sourcils sans rien dire, attendant la réaction de Bannerman.

— Vous avez dit que tout porte à croire qu'ils se sont entretués… à première vue.

Le sourire de l'inspecteur s'élargit.

— Oui, il y a d'autres facteurs à prendre en considération.

Avant de poursuivre, il alluma une cigarette.

— En dehors de trois ou quatre empreintes très nettes, l'arme que tenait M. Slater est propre. Pas d'autre empreinte, pas de tache. Mais, beaucoup plus important, il semble que M. Slater était gaucher. Il paraît donc peu probable qu'il ait pu réussir un tir aussi précis de la main droite.

Son sourire disparut, il tira distraitement sur sa cigarette.

— D'autre part, la balle qui a tué M. Slater s'est logée au centre du cœur. M. Gryffe, nous l'avons découvert, possédait une arme depuis des années mais il n'avait jamais suivi d'entraînement particulier. Remarquable coup double pour deux novices. Nous devons aussi prendre en considération que chaque balle aurait été instantanément fatale, de sorte que, sauf s'ils ont fait feu exactement à la même seconde, l'homme qui a tiré le premier aurait dû survivre. En outre, nous avons trouvé une mallette dans un placard du bureau. Elle contenait deux cent cinquante mille dollars en billets usagés.

Du Maurier croisa les doigts et posa les mains sur la table, devant lui.

— Et, bien sûr, il y a l'agression dont vous avez été victime dans l'appartement de M. Slater environ une heure après cet échange de coups de feu. Et aussi le cambriolage, si le contenu du coffre a été dérobé.

— C'est donc un double meurtre, dit Bannerman en fronçant les sourcils.

— Ah, ma foi, aucun de ces éléments, en soi ou conjointement, n'est concluant. Mais ils soulèvent effectivement la question. La police scientifique nous fournira peut-être des éclaircissements lorsqu'elle nous enverra les résultats du labo.

Bannerman essaya de classer toutes ces informations dans sa tête au milieu d'un brouillard de douleur et d'épuisement. Aucune ne semblait tenir debout.

— Et l'enfant ? Tania.

Du Maurier tira pensivement sur les poils de ses narines et fixa l'obscurité au-delà du rond de lumière projeté par la lampe. Dans le silence, les deux hommes entendirent le doux frottement de la neige fondue sur les vitres. Finalement, le policier tourna les yeux vers Bannerman, qui s'étonna de sa franchise.

— On a dû lui administrer des sédatifs pour parvenir à la maîtriser. Nous avons fait venir sa nounou… enfin la jeune femme qui a l'habitude de s'occuper d'elle.

— Sally.

— Oui. Et l'un des professeurs de son école. Nous avons essayé de l'interroger, mais comme vous pouvez l'imaginer, ça n'a servi à rien. Elle a été suffisamment droguée pour demeurer calme, mais elle est complètement fermée sur elle-même. Il est absolument impossible de communiquer avec elle. Et ça ne changera probablement pas. Nous lui avons donné un crayon et du papier en espérant qu'elle pourrait écrire quelque chose, n'importe quoi. Mais elle a même refusé de prendre le crayon.

Il s'arrêta pour chercher une autre cigarette.

— On l'a laissée seule dans la pièce pendant, quoi, disons une demi-heure maximum, le temps d'une brève réunion. En fin d'après-midi. On a discuté de son cas avec le psychiatre de la police, qui nous a prévenus qu'il ne fallait pas s'attendre à apprendre d'elle ce qui s'était passé. En fait, il soupçonne que ce qu'elle a vu a provoqué un traumatisme dont les conséquences pourraient être irréversibles. Le choc a pu la renvoyer des années en arrière. On a donc décidé de la confier à un hôpital psychiatrique pour enfants dans la banlieue de Bruxelles, en attendant de décider de son avenir. Lorsque son professeur est retourné la chercher, il l'a interrompue au milieu de ceci…

Il ouvrit le dossier et fit glisser une feuille de papier sur la table.

Bannerman la tourna vers lui. C'était un dessin. Un dessin au trait, à la perspective et à la profondeur extraordinaires. Au premier plan, la silhouette d'un homme mince en long manteau se tenait sur le seuil d'une porte. Des gribouillis sur le mur semblaient créer un motif. Du papier peint, peut-être. Au-delà de la porte, derrière le personnage central, il y avait une grande cheminée en pierre, ou en marbre. On distinguait le bout d'un fauteuil et un tableau encadré sur le mur, avec le contour d'une tête. Le dessin était très évocateur, et pourtant déformé comme s'il était vu à travers un objectif *fisheye*. Ou un cerveau perturbé. La silhouette en premier plan avait quelque chose de sinistre. L'homme paraissait jaillir de la page. Mais le plus frappant, c'était l'absence de visage. Tania avait juste dessiné le contour de la tête et des oreilles. Alors que tout le reste avait été observé dans le détail, des détails qu'on n'aurait jamais cru un enfant capable de retenir, encore moins de reproduire. Mais il n'y avait pas de visage.

Bannerman était fasciné, et troublé.

— Je ne comprends pas.

Du Maurier alluma une troisième cigarette sur la braise de la deuxième et souffla un nuage de fumée vers la lampe.

— Le tableau au mur, dans le fond, représente un portrait en buste, une copie de Rubens accrochée au-dessus de la cheminée, rue de Pavie. Si vous vous tenez dans le vestiaire et regardez par la porte ouverte de la pièce du fond, vous voyez presque exactement ce que l'enfant a représenté sur son dessin, y compris le bout du fauteuil. Les gribouillis sur le mur du premier plan semblent représenter le motif du papier peint du vestibule. Le dessin est d'une exactitude singulière. Je reviens justement de chez M. Gryffe ; j'ai pu comparer les deux.

Bannerman réfléchit un instant.

— Et le visage de l'homme ?

Du Maurier secoua la tête.

— Si notre réunion avait duré quelques minutes de plus, l'enfant aurait eu le temps de compléter le visage.

Mais elle a été interrompue avant d'avoir fini et rien n'a pu la persuader de continuer. Comme vous le voyez, presque tout le reste est détaillé. Boutons, poches, mains. La nounou, Sally, nous a dit que la petite commence souvent par le contour avant de compléter l'intérieur.

Bannerman examina de nouveau le dessin. Il était difficile de croire qu'il avait été tracé par la main d'une enfant de onze ans. Il releva les yeux et vit que Du Maurier l'observait.

— Qui est le personnage en premier plan ?

L'inspecteur soupira.

— L'homme est trop mince pour être M. Gryffe. Et si c'était son père, le contour de la tête aurait indiqué la barbe.

— Il y avait donc une tierce personne.

— C'est possible.

— Qui ne savait pas que l'enfant était là ?

Du Maurier haussa les épaules d'un air las.

— Peut-être. Bien que ce soit difficile à imaginer.

Bannerman se recula sur son siège et laissa tomber le dessin sur la table.

— Peut-être pas. Mais il est évident qu'il y avait un troisième homme.

— Pourquoi n'a-t-il pas pris l'argent de la mallette ?

— Il ne savait peut-être pas qu'il était là.

— Quel était son mobile, alors ?

Bannerman n'avait pas de réponse. Mais il savait déjà qu'il était inextricablement lié à cette affaire, qu'il le veuille ou non. Il se demanda pourquoi Du Maurier lui en avait dévoilé autant. Le policier interrompit le fil de ses réflexions presque comme s'il lisait dans ses pensées.

— Ce n'est pas une simple affaire de mort suspecte, monsieur Bannerman. Elle implique le meurtre d'un ministre du gouvernement britannique. Un terrain miné sur le plan diplomatique, de tout temps. Mais à moins de trois semaines d'une élection dans votre pays, et avec M. Gryffe, figure emblématique de son parti... J'imagine qu'il faut s'attendre à subir des pressions politiques. Un double homicide tragique, chaque victime responsable de la mort de l'autre, pour une raison qu'on ne connaîtra probablement jamais. Affaire classée.

Il hésita une seconde avant d'ajouter :

— Malheureusement, monsieur Bannerman, je suis certain qu'ils ne se sont pas entretués. Ils ont été assassinés. Par qui et pour quelle raison ? Je ne prétends pas le savoir. Mais je n'ai aucune envie qu'on me retire l'affaire.

Bannerman l'observait attentivement.

— L'opportunité politique peut être aussi sale que le meurtre lui-même. J'ai passé ma vie dans la police. La politique ne m'intéresse pas. Je crois seulement en la loi. Et la justice.

— Les gros bonnets vont donc clore votre enquête ?

— Je les imagine déjà assis dans des pièces enfumées à se demander comment ils vont procéder.

— Comment pouvez-vous les en empêcher ?

— En agissant avant eux.

Bannerman comprit sa détermination à la crispation de ses mâchoires.

— J'ai convoqué une conférence de presse en bas à...

Il jeta un coup d'œil à sa montre.

— ... Sept heures et demie. Dans cinq minutes. Je vais transmettre à vos collègues la plupart des informations que je vous ai données, mais pas toutes. J'ai fait photocopier le dessin de l'enfant ; les copies seront distribuées aux médias. J'imagine que ça va susciter une certaine frénésie.

— Et les gros bonnets ? demanda Bannerman en haussant les sourcils.

Du Maurier sourit.

— Les politiciens. Ils sont bien trop lents.

Sur ce, il écrasa sa cigarette et se leva.

— On devrait descendre. Vos collègues m'attendent.

3

Bannerman s'assit au fond de la salle de conférences, un petit auditorium avec des rangées de sièges en gradin. Du Maurier menait la danse, assisté par un homme plus jeune. À la lumière des projecteurs des télévisions, tous deux avaient l'air exténués. Une batterie de micros était installée sur l'estrade pour les douzaines de stations de radio et de chaînes de télévision qui couvriraient l'affaire dans l'Europe entière. Ils étaient plus de cinquante correspondants à griffonner en sténo sur des carnets défraîchis, s'efforçant de ne pas rater un mot, cigarette fichée au coin de la bouche.

Du Maurier fit une déclaration succincte en français puis en anglais dans le plus profond silence. Il répéta presque tout ce qu'il avait dit à Bannerman, avec moins de détails, et ne fit pas tout de suite mention de Tania ou du dessin. Pas plus qu'il ne parla de Bannerman.

Vinrent alors les questions. Rapides, denses, désordonnées, en français, anglais, flamand.

— Traitez-vous ça comme un meurtre ?

— Pour le moment, nous estimons que les deux morts sont suspectes.

— Que faisait Slater chez Gryffe ?

— Nous l'ignorons.

— Pensez-vous que le mobile était politique ou financier ?

— Nous l'ignorons.

— Comment a-t-on découvert les corps ?

— L'alarme a été donnée par un passant qui a entendu un enfant hurler dans la maison.

Un silence de stupéfaction plana quelques secondes avant le déferlement d'un déluge de voix posant des questions dont aucune n'était intelligible. Du Maurier leva les mains.

— On a trouvé la fille de M. Slater dans la maison.

— Elle a vu ce qui s'est passé ?

— Nous n'en savons rien. Cette enfant est autiste. Elle est incapable de le dire.

Chez les journalistes, l'excitation monta en flèche comme la température d'un malade. L'histoire se corsait. Bannerman imagina ce que donneraient les gros titres du lendemain. Il voyait déjà les correspondants taper frénétiquement leurs articles sur des claviers usés, polissant leurs clichés, élucubrant des accroches colorées, émouvantes, des chapeaux aguichants. Le tout emballé et servi pour être digéré au petit-déjeuner en même temps que les cornflakes.

— Quel âge a cette fille ? Elle s'appelle comment ?

— Elle a onze ans. Elle s'appelle Tania.

Impassible, Du Maurier les laissait travailler.

— On a une photo de la fille ?

— Pas de photos.

Un chœur de protestations s'éleva aussitôt. De nouveau, Du Maurier leva les mains.

— Comme je l'ai dit, cette enfant a été incapable de nous dire quoi que ce soit. Cependant, en raison d'un dessin qu'elle a réalisé, et qui montre un homme, de toute évidence dans l'entrée de la maison de la rue de Pavie, nous travaillons maintenant sur la présomption d'implication d'une tierce personne.

Le silence retomba une fois de plus. Un silence absolu, même s'il fut de courte durée. Les hypothèses s'échafaudaient dans la tête des correspondants. Puis les questions recommencèrent. Mais Du Maurier les devança toutes en ramassant un dossier qu'il passa au jeune homme assis à côté de lui.

— On a fait faire des photocopies du dessin de l'enfant. M. Lousière va vous les distribuer.

Les journalistes s'agglutinèrent autour de l'estrade ; Lousière remit une copie à chacune des mains, tendues comme des becs de poussins impatients de se faire nourrir par leur mère. Bannerman observait la mêlée avec un vague dégoût, mais malgré ce qu'il pouvait éprouver, il ne pouvait s'en extraire. Il était l'un d'eux. Un de ces vautours qui se goinfraient de la charogne des nouvelles, qui fournissaient à la masse répugnante sa dose quotidienne de mort, tragédie, sexe et magouilles. Son propre cynisme s'en nourrissait, comme un suc gastrique.

Deux hommes étaient morts, une enfant avait perdu son père et son avenir, et tous ces salauds ne pensaient qu'à l'histoire qui figurerait le lendemain en une de leur journal.

Lui compris.

Il se souvint des années passées à frapper aux portes, à quémander des images. *Que ressentez-vous après l'assassinat de votre fils, Mrs Smith ?*

Parfois, les journalistes arrivent avant la police, et annoncent eux-mêmes la nouvelle aux proches. Ensuite, c'est la course. Il faut chercher et subtiliser toutes les photos du mort pour que la concurrence n'en ait aucune. Même si ce n'est pas de cette façon qu'on veut travailler, c'est comme ça que ça se passe. Accepte ou tire-toi. En cet instant précis, souffrant de douleurs multiples, morales et physiques, il choisit l'option la plus facile, celle de rejoindre la meute. Il se fraya un passage jusqu'à l'estrade et prit sa photocopie des mains de Lousière. Comme le reste des charognards, il écrirait son histoire.

Seulement, il avait une longueur d'avance sur les autres. Il faisait partie de l'histoire et savait des choses qu'ils ignoraient.

— Désolé, plus de questions, annonça Du Maurier.

Le policier rassembla ses papiers et se dirigea vers la porte, entouré par les journalistes de radios et de télévisions réclamant tous leur part du gâteau ; interviews individuelles, images, maigre chance d'exclusivité.

— Pourquoi ce portrait n'a pas de visage ? entendit-il une voix demander.

Il enfila son manteau tant bien que mal et se dirigea vers la sortie.

— Neil, Neil !

Une main se posa sur son épaule. Pivotant sur lui-même, il reconnut Platt.

— Bon Dieu ! s'exclama ce dernier en scrutant son

visage abîmé. On dirait que tu reviens de la guerre. Qu'est-ce qui t'est arrivé, bon sang ?

— Ça ne te regarde pas, répliqua-t-il en lui jetant un regard noir.

Sur ce, il lui tourna le dos, mais loin de se laisser décourager, Platt l'attrapa par le bras :

— Écoute, on pourrait travailler là-dessus ensemble. Tu connaissais Slater. Et moi, je connais Bruxelles.

— Casse-toi.

Bannerman se dégagea et s'éloigna.

— J'ai de bons contacts ! cria Platt derrière lui.

Mais il était déjà parti.

Petit connard prétentieux. Tu viendras bientôt me manger dans la main. Furieux, Platt se demanda une fois de plus ce que Bannerman venait faire à Bruxelles. Il ne pouvait sûrement pas être au courant de... Pourtant, il l'avait bien vu en compagnie de Gryffe et Slater, l'autre soir. Il devait savoir quelque chose. Ça pouvait valoir le coup de le tenir à l'œil.

Dehors, la température continuait à chuter. Rue des Quatre-Bras, le vent chassait la neige fondue vers l'obscurité de la place Poelaert, l'envoyait tourbillonner au pied d'un grand monument noir. Bannerman remonta son col en foulant les pavés. Il se dirigea vers les lumières du boulevard de Waterloo, franchit les voies des tramways, dépassa un petit groupe blotti sous l'abri d'un arrêt. Malgré l'épaisseur de son manteau, il sentait le froid le transpercer. Il pensa à Tania, ce qui le déprima. Il la revoyait, deux nuits plus tôt, entrer dans sa chambre en chemise de nuit et rester à le regarder avant de se pencher pour lui toucher le visage.

Quelles horreurs étaient enfermées dans cette petite tête ?

À l'intérieur d'un grand restaurant chic, des gens prospères attablés autour d'une énorme cheminée riaient, buvaient du vin, totalement étrangers à ce drame. Bannerman les observa à travers la baie vitrée et vit soudain le reflet de son visage livide, marqué par les contusions. Il se détourna, traversa le boulevard et marcha jusqu'à la station Porte de Namur pour prendre le métro. À Arts Loi, il changea, descendit à Schuman, et sortit dans l'ombre du Berlaymont. Pendant plusieurs minutes, il contempla la longue rangée de vitres noires en se demandant si les réponses aux évènements de la journée pouvaient se trouver derrière. Puis il partit à pas lents vers la rue du Commerce.

L'appartement de Slater était sombre et silencieux quand il entra ; il s'attendait presque à trouver celui-ci assis dans la semi-obscurité du salon, comme l'avant-veille. Cela lui paraissait si loin maintenant. Le salon était vide et froid. Il entra dans la chambre de Tania et demeura dans la pénombre. Une vieille poupée de chiffon avait été abandonnée sur le fauteuil près du radiateur éteint. Il se pencha pour la prendre et la tenir contre son visage. La vie était si injuste envers ceux qui méritaient tellement mieux. Il la laissa retomber sur le fauteuil, retourna dans le salon, alluma la lumière, décrocha le téléphone et composa lentement un numéro.

Au bout de trois sonneries, une voix atténuée par la distance qui les séparait répondit :

— *Edinburgh Post.*

— Neil Bannerman. Passez-moi le rédacteur en chef.

— Un instant, M. Bannerman.

Quelques secondes plus tard, une autre voix annonça :

— Tait.

— Neil Bannerman.

— Bon Dieu, Bannerman ! Pourquoi n'ai-je pas eu de nouvelles de vous plus tôt ?

CHAPITRE 11

Kale ouvrit les volets dès les premières lueurs de l'aube et regarda la brume grise flottant au-dessus de la ville. Il avait déjà enfilé son manteau et posé son sac au bout du lit.

Il avait passé une mauvaise nuit, et peu dormi. Il avait rêvé du grand dortoir froid, des voix des petits garçons pleurant sous les couvertures. La discipline de fer, la solitude des lieux ; les deux avaient laissé sur lui leur empreinte. Mais jamais il n'avait pleuré comme les autres enfants. Jamais il ne s'était soumis à l'autorité des maîtres d'internat. Au contraire, elle avait endurci en lui ce qui le singularisait. Les garçons l'avaient compris, les maîtres aussi. Il sentait qu'il leur faisait peur. Personne ne savait comment affronter sa rébellion maussade et silencieuse contre l'ordre établi. Les corrections, le cachot, les privations. Tout cela se heurtait à une même acceptation muette, terriblement déconcertante. Ces yeux noirs brûlant de haine chez un garçon qui n'avait que neuf ans. Tout avait laissé sa marque, toujours dans la douleur. Mais jamais ils ne le sauraient.

Kale se détourna de la fenêtre et prit son sac. Il était mal à l'aise, pressé de s'en aller. Or il lui restait encore quatre heures à attendre avant de pouvoir aller chercher son argent à la consigne de la gare du Midi. Il quitta la chambre et prit l'ascenseur, qui descendit lentement en cliquetant et en bourdonnant. Le réceptionniste leva les yeux lorsqu'il ouvrit la grille.

— Vous voulez votre note, monsieur ?

Kale hocha la tête et posa son sac au pied du comptoir. L'employé prit une fiche sur une étagère, dans son dos, et la poussa vers lui.

— Vous ne prenez pas de petit-déjeuner ?

Kale secoua la tête. Embarrassé, l'employé se dandina d'un pied sur l'autre en le regardant sortir des billets de son portefeuille. Dans un hôtel de ce genre, on voyait défiler toutes sortes de clients, mais celui-là était différent. Il se dégageait de lui quelque chose de sinistre. Rien de vraiment tangible. Son portefeuille était bien garni, mais ses vêtements ne sentaient pas l'argent. Le réceptionniste avait l'habitude de remarquer ces choses. Quand on a tant d'heures à tuer dans une journée, on se met à rechercher les détails. Le bouton qui manque au manteau, le poignet un peu élimé.

Kay reprit son sac et allait partir quand il aperçut un présentoir rempli de numéros du quotidien belge en langue française *La Dernière Heure*.

— Combien ?

— Quinze francs, monsieur.

Kale prit le premier de la pile et sentit des doigts glacés lui serrer la nuque. Hébété, il fixa le dessin occupant le quart supérieur de la une, sur quatre colonnes. L'entrée, le tableau, le fauteuil, la silhouette en premier plan. Il n'y avait pas de visage, mais il se reconnut avec un sentiment paralysant de déjà-vu. Le gros titre disait :

L'HOMME SANS VISAGE –
EST-IL L'ASSASSIN ?

Il leva les yeux et vit l'employé le regarder avec curiosité. Il posa le journal sur le comptoir.

— Quinze francs ?

Le réceptionniste hocha la tête. Kale chercha la monnaie dans sa poche. Il répugnait à engager la conversation, mais il fallait qu'il sache.

— C'est quoi cette histoire ?

L'autre parut surpris. Il jeta un coup d'œil au journal et haussa les épaules.

— Deux hommes ont été tués à Bruxelles hier. La police pense que l'homme du dessin est peut-être impliqué. Le dessin a été fait par une gamine qui se trouvait dans la maison où ça s'est passé. Mais elle est – comment dire – pas très nette dans sa tête. La police ne dit pas que c'est un meurtre. Les journaux, eux, n'ont pas de doute.

Il marqua une pause et demanda, mine de rien :

— Ça vous intéresse ?

Kale le foudroya du regard et laissa tomber quinze francs sur le comptoir.

— Pas du tout.

Il reprit le journal, traversa le hall, poussa les portes vitrées et disparut dans la rue.

Le réceptionniste le suivit des yeux et fronça les sourcils tandis qu'une petite idée commençait à le turlupiner. Contournant le comptoir, il prit un exemplaire du quotidien afin d'examiner attentivement le dessin. Soudain, la silhouette lui parut familière. Un bouton manquait au manteau. Le même bouton manquait au manteau de l'Anglais. Mais comment un enfant pouvait-il remarquer un détail pareil ? Il se gratta la tête et retourna s'asseoir à sa place, en emportant le journal avec lui. Il le regarda encore, puis consulta la fiche remplie à partir du passeport de l'Anglais. James Ross, était-il écrit. Représentant. Il fronça de nouveau les sourcils et se gratta la tête. Après tout, ce n'était pas ses oignons.

La gare du Midi grouillait de monde. Des grappes de voyageurs debout dans le grand hall étudiaient les tableaux des départs et des arrivées. Une voix aiguë et métallique faisait des annonces alternativement en français et en flamand. Kale ne comprenait ni les unes ni les autres. Il s'était assis sur un banc en bois au pied d'un gros pilier d'où il pouvait voir, à travers les portes vitrées, le couloir menant à la consigne de gauche. Il n'était pas encore onze heures et demie, mais il se trouvait déjà là depuis près d'une heure, dans l'espoir de repérer la personne qui déposerait son argent, si le dépôt n'avait pas déjà été effectué. Le temps passait si lentement que toute son incertitude sur ce qui était réellement écrit dans le journal avait enflé dans son esprit. Il n'arrêtait pas de repenser au dessin, de le regarder fixement. Comment était-il possible qu'il y ait eu une enfant dans la maison sans qu'il le sache ? Il se souvenait du vestiaire. Elle devait se trouver là. Mais pourquoi ? Malgré tout, il était certain que personne ne pouvait le reconnaître à partir du dessin. Seule l'enfant savait à quoi il ressemblait, et d'après l'employé de l'hôtel, elle avait le cerveau un peu dérangé.

Il avait lu et relu l'article, en essayant de le comprendre avec le peu de mots français qu'il connaissait. Tout ce qu'il avait appris, c'était le nom de l'enfant ; la fille de l'un des deux hommes qu'il avait tués. Il jura doucement entre ses dents. Les choses ne s'étaient pas bien déroulées. Plus tôt il quitterait ce foutu pays, mieux ça vaudrait.

Un flot de voyageurs émergea du quai numéro 6, lui cachant partiellement les portes vitrées. À ce moment, il aperçut une silhouette près des casiers. Une silhouette qu'il reconnut. Les cheveux blancs d'un ouvrier en vêtements de ville. Il bondit sur ses pieds et bouscula les gens pour passer. Quelqu'un éleva la voix en protestant, il trébucha, sentit une main sur son épaule, mais s'en dégagea aussitôt et courut vers la consigne.

La silhouette avait disparu.

Il continua à courir dans le couloir. Aucun signe de l'homme aux cheveux blancs. Comment diable avait-il pu disparaître sans qu'il le voie ? Il tourna la tête vers la foule des voyageurs, de l'autre côté des vitres.

Envolé.

En toute hâte, il sortit sa clé et retourna aux casiers. Numéro trente-neuf. Il ouvrit la porte. La mallette noire qu'il y avait déposée la veille n'était plus là. À la place, une enveloppe blanche, ni assez grande ni assez épaisse pour contenir l'argent qu'on lui devait. Il la déchira avec des doigts tremblants et en sortit une feuille de papier pliée. Trois mots y étaient tracés d'une écriture élégante et serrée.

TUEZ LA FILLE.

CHAPITRE 12

Le téléphone réveilla Bannerman juste après onze heures. De longues sonneries interrompant les rêves étranges qui précèdent le réveil. Encore un peu vaseux après ces heures de sommeil agité, il se glissa hors des draps tirebouchonnés. Il n'avait pas fermé l'œil avant l'aube, incapable d'empêcher son cerveau de repasser les événements des dernières quarante-huit heures. Il avait toujours mal à la tête et au visage, en plus des courbatures. L'appartement était glacial ; il frissonna en traversant le couloir pour aller répondre au téléphone dans le salon, où il s'affala sur le canapé.

— Bannerman, annonça-t-il en frottant les poils de barbe de sa joue.

Une voix familière grésilla à son oreille.

— Vous nous avez envoyé un bon article, hier soir, Neil.

— Je suis payé pour ça, monsieur Tait, répliqua Bannerman.

Son ton manifestement sarcastique arracha à Tait un soupir.

— Demain, je prends l'avion pour Bruxelles. Pour les obsèques. J'ai contacté les autorités belges. Slater n'ayant pas de famille, je ne vois pas l'intérêt de ramener son corps ici. On pourra en disposer après l'autopsie.

— Ça fera une économie, hein ?

Mais Tait ne mordit pas à l'hameçon.

— Tout a été arrangé. L'enterrement aura lieu au cimetière de Bruxelles demain après-midi. À deux heures. Je veux que vous restiez là-bas jusqu'à ce que toute cette affaire soit élucidée. Vous pourrez habiter rue du Commerce. Nous ferons le nécessaire pour les affaires personnelles de Slater. Oh, et passez donc chercher sa voiture. Je crois que la police l'a embarquée à la fourrière.

Il marqua une pause mais n'obtint aucune réponse de Bannerman.

— Retrouvons-nous demain au bureau, vers midi. On pourra déjeuner ensemble. Ensuite, vous me conduirez au cimetière.

— Et sa fille ?

Tait s'éclaircit la gorge.

— Ou-oui. Là, c'est un peu l'inconnue. Je suppose que le journal a une certaine responsabilité envers elle… Enfin, je verrai ça après l'enterrement. En attendant, continuez à couvrir l'affaire. Passez-moi un coup de fil avant la réunion de 5 heures pour me tenir au courant.

Bannerman raccrocha. C'était déjà terminé. Il savait lire entre les lignes. Demain soir, l'histoire serait ensevelie avec Slater. Le *Post* était bien embarrassé. Il y en aurait des échos dans d'autres quotidiens et dans les journaux du dimanche, mais le *Post* voudrait l'évacuer le plus vite possible. Bannerman s'extirpa du canapé pour aller se raser dans la salle de bains.

Il savonna son visage contusionné, fixé par une paire d'yeux bleus et durs. Les hommes politiques seraient heureux, eux aussi, de voir toute l'affaire enterrée. Les

Belges étaient aussi embarrassés que le *Post*, mais pour des raisons différentes. Un ministre du gouvernement britannique assassiné dans la capitale de la Belgique. Une publicité dont ils se seraient passés. Et les répercussions politiques inquiétaient le gouvernement britannique. Les Anglais ne pouvaient pas s'offrir ce genre de scandale à moins de trois semaines d'une élection générale. La réflexion de Du Maurier, la veille, sur d'éventuelles pressions politiques, n'avait été que trop lucide.

Bannerman se rinça le visage et le cou à l'eau froide et retourna s'habiller dans sa chambre. Il enfila un vieux costume sombre en passant une fois de plus au crible tous les éléments de l'affaire. Par la fenêtre, il voyait le noir des toits briller sous la bruine qui enveloppait la ville.

D'abord la conviction de Du Maurier que Slater et Gryffe avaient été assassinés. S'il devait travailler à partir de cette hypothèse, il fallait de toute évidence trouver l'assassin ou le mobile. Découvrir l'un revenait à découvrir l'autre, se dit-il, sans trop de conviction toutefois. Le plus dur était de savoir par où commencer.

Il se détourna de la fenêtre et s'assit sur le lit. Le meurtrier, apparemment, n'avait laissé aucune trace. Mais il y avait un témoin. Tania l'avait vu, bien qu'il doutât que l'enfant puisse être un jour capable de l'identifier. Un mobile serait peut-être plus facile à dénicher.

Et puis, il y avait les relations hostiles entre Slater et Gryffe, le dossier des coupures de presse que Slater conservait dans son bureau, l'argent de la mallette dans le bureau de Gryffe.

Bannerman se leva, retourna au salon et décrocha le téléphone pour appeler le *Post*. Mal à l'aise, il attendit pendant que les sonneries résonnaient à l'autre bout de la ligne. Il flairait un manque d'implication manifeste dans cette affaire. Tait, il le savait, ne voulait pas le voir déterrer quoi que ce soit susceptible de discréditer le journal, et il sentait chez lui une absence de motivation personnelle assez déconcertante. Ça l'inquiétait.

— *Edinburgh Post.*

— Passez-moi les archives, s'il vous plaît.

On le mit en relation avec le service.

— Archives, annonça une voix féminine.

— Jean, c'est Neil Bannerman à l'appareil.

— Hello, Neil. Toujours à Bruxelles ?

Et sans attendre sa réponse, elle enchaîna :

— Pauvre Tim. C'est terrible.

— Oui. Écoute, rends-moi un service, Jean. Cherche tous les articles qui ont été écrits sur Robert Gryffe, et les infos pour sa nécro aussi. Je veux mettre la main sur tout ce qu'on sait de ce type.

— C'est urgent ?

— Oui. Fais des photocopies, mets-les dans une enveloppe et donne-les au rédac chef. Il prend l'avion demain matin. Il me les apportera.

— OK, Neil.

Après avoir raccroché, il ouvrit les rideaux et observa pensivement la rue. Puis il contempla le salon. Peut-être l'appartement lui fournirait-il un bon point de départ.

Il lui fallut moins d'une demi-heure pour le fouiller pièce par pièce, tiroir par tiroir. Le coffre-fort était verrouillé et la plupart des tiroirs vides. Ce n'est qu'en commençant ses recherches que Bannerman remarqua à quel point l'appartement était bien rangé. Slater ne lui avait jamais paru être un homme particulièrement méticuleux. Or tout était trop bien rangé, comme si personne n'avait jamais habité là. Même la chambre de l'enfant paraissait nue, hormis la poupée de chiffon sur le fauteuil où Bannerman l'avait laissée la veille.

Ici aussi, les tiroirs étaient vides. Il ouvrit l'armoire. Une douzaine de cintres se balancèrent en cliquetant. Il fronça les sourcils tandis qu'un soupçon germait dans son esprit. Il se rendit dans la cuisine, ouvrit le garde-manger : quelques boîtes de soupe, un paquet de spaghetti, un pot de café presque vide. Le réfrigérateur était éteint, ses étagères nettoyées. Dans la chambre de Slater, l'armoire était également vide ainsi que les tiroirs de la table de nuit.

Bannerman s'assit sur le lit et parcourut des yeux la pièce. Il repéra trois valises empilées en haut de l'armoire. Il monta sur une chaise pour pouvoir les atteindre. Elles étaient lourdes ; il les descendit une par une, soulevant un nuage de poussière. Les deux premières étaient remplies de vêtements masculins, chemises, chaussettes, bricoles diverses. Dans la troisième, plus petite, une photo encadrée était posée sur les affaires de Tania.

Il la retourna et découvrit le visage d'une jeune femme séduisante de moins de trente ans. Un portrait en noir et blanc. Bannerman la reconnut. Il l'avait rencontrée une fois, peu de temps avant sa mort. Elle et sa fille se ressemblaient comme deux gouttes d'eau.

Slater avait été très affecté par le décès de sa femme. Malgré tout, Bannerman trouva surprenant de voir sa photo emballée pour un départ de toute évidence planifié. Peut-être ne s'était-il jamais remis de sa disparition.

Il referma les valises et les poussa contre le mur. Maintenant, au moins, il savait pourquoi Slater avait été si perturbé par son arrivée. S'il avait projeté d'emmener sa fille et de quitter le pays en douce après son rendez-vous avec Gryffe, l'apparition de Bannerman lui avait mis des bâtons dans les roues. Mais pourquoi ? Que mijotaient Gryffe et Slater ? Leur alliance paraissait tellement improbable.

Et Du Maurier ? Il était forcément au courant pour les valises. Pourquoi, alors qu'il lui avait raconté tant de choses, avait-il omis de les mentionner ? Troublé, le journaliste secoua la tête et se rassit sur le lit.

Finalement, il retourna prendre son manteau dans sa chambre et quitta l'appartement. Dans la rue, il regarda sa montre. Midi passé de quelques minutes. Tout en remontant son col contre le crachin, il jeta un bref regard à un petit homme vêtu d'un manteau râpé qui venait dans sa direction. Son visage quelconque au teint cireux ne lui évoqua rien de particulier. Mais à peine l'avait-il croisé que l'autre braqua vers lui ses yeux noirs.

*

Bannerman s'arrêta au café du boulevard Charlemagne, le repaire des journalistes allemands, où il commanda un café et deux croissants avant de rejoindre à pied le Centre de Presse international. La fille de la réception lui sourit lorsqu'il passa devant elle pour prendre l'ascenseur.

Au sixième étage, Melle Ricain leva les yeux à son entrée.

— Je peux vous aider ?

— Neil Bannerman. Nous nous sommes parlé au téléphone, il y a quelques jours.

Il vit qu'elle avait pleuré.

— Oh, oui. Excusez-moi. Je suis encore sous le choc.

Gêné, il hocha la tête, puis désigna du menton le meuble classeur de Slater.

— Vous avez les clés ?

— Je ne sais pas si…, hésita-t-elle.

— Je vais travailler dans ce bureau pendant quelque temps, mademoiselle. J'imagine que la police est déjà venue ?

— Oui. Ils m'ont convoquée hier… Je… Ils m'ont dit de ne pas rouvrir le meuble, et de ne pas toucher aux affaires de Tim.

— Bon, d'accord. J'en assume l'entière responsabilité.

Elle avait de longs cheveux blonds et un visage banal marqué par le chagrin. Elle hésita de nouveau avant de se résigner à ouvrir un tiroir pour en sortir une petite clé carrée.

— Et les autres ? Celle de la porte ? Et de son bureau ?

Elle lui jeta un regard froid.

— Je ne suis vraiment pas sûre. Je devrais peut-être demander l'autorisation à la police.

Bannerman retint un soupir et dit sur un ton plus doux :

— Écoutez, je suis désolé si je vous ai paru un peu brutal. Je suis aussi choqué que vous par ce qui est arrivé à Tim. Je ne comprends pas pourquoi on aurait voulu le tuer, mais je trouverai. Hier, un type m'a fêlé le crâne et a joué au foot avec mes côtes. Je veux également découvrir qui a fait ça.

Il s'arrêta pour reprendre sa respiration avant d'ajouter :

— Une gamine qui a vu son père se faire tuer a été enfermée quelque part, et personne ne semble s'en soucier. Si je ne m'en occupe pas, j'ignore qui le fera. Et le problème, mademoiselle, c'est que je n'ai pas beaucoup de temps. Ils vont enterrer Tim demain et se dépêcher ensuite d'étouffer cette sale affaire. J'ai donc besoin de votre aide. Je n'ai pas d'autres alliés à Bruxelles.

Bannerman s'interrompit. Il n'avait pas eu l'intention de dire tout cela, ignorant peut-être que c'était ainsi qu'il ressentait les choses. Les mots avaient jailli de sa bouche avant qu'il ait pu les arrêter.

Melle Ricain s'efforça de lui adresser un pâle sourire, détacha deux clés d'un anneau et les lui tendit.

— Pardonnez-moi. Je ferai tout ce que je peux pour vous aider. Tim était un homme adorable.

Elle ravala ses larmes, tandis que Bannerman la regardait avec étonnement. *Adorable* n'était pas le mot qu'il aurait choisi pour décrire Slater. Mais Melle Ricain avait sans doute vu autre chose en lui.

— Vous vous entendiez bien avec Tim, alors ?

Elle se leva et se tourna vers la fenêtre.

— Oh. Il était tout simplement gentil. Prévenant. Attentif à un tas de petites choses auxquelles les hommes ne pensent pas en général. Difficile de dire exactement quoi. C'était juste sa façon de se comporter. Je l'aimais bien. Je le connaissais mieux que la plupart des autres gens d'ici, je pense. Les gens ne sont pas toujours ce qu'ils paraissent être.

Soudain gênée, elle regarda Bannerman. Ses joues s'étaient empourprées. Il comprit qu'elle avait été amoureuse de Slater.

— Oui, fit-il sans conviction.

Il se surprit à sentir la tristesse le gagner. Les sentiments de Melle Ricain pour Slater, quels qu'ils aient été, n'avaient pas été partagés, il en était sûr. Elle s'éloigna de la fenêtre et prit son sac sur son bureau.

— Excusez-moi. Je reviens dans cinq minutes, dit-elle avant de quitter la pièce en toute hâte.

Bannerman resta un moment immobile puis se dirigea vers le meuble classeur de Slater, qu'il déverrouilla. Il s'accroupit pour ouvrir le tiroir du bas. Il était à moitié rempli – en tout une douzaine de dossiers suspendus accrochés aux glissières. Il les prit, les déposa sur le bureau de Slater, et s'assit. La plupart contenaient des coupures des articles de Slater sur la CEE, une référence les divisait en plusieurs groupes – agriculture, pêche, transport, fiscalisation. Deux des dossiers n'étaient pas référencés. L'un d'eux renfermait les coupures de presse sur Gryffe. Bannerman les passa au crible.

Elles ne semblaient entrer dans aucune catégorie. En tout, il devait y en avoir une quarantaine, non pas des articles écrits par Slater, mais des coupures provenant de différents journaux. Elles couvraient deux années, d'importants discours prononcés par l'homme politique en Angleterre et à l'étranger, sa nomination dix-huit mois plus tôt au poste de ministre d'État pour l'Europe, un article du *Telegraph* sur son importance croissante en tant que figure charismatique du parti. *Et* du pays. Cet article prévoyait sa probable ascension vers la bataille pour la direction du parti dans un avenir relativement proche.

Il y avait beaucoup de photos. Gryffe serrant la main d'un chef d'État africain, une autre au Moyen-Orient.

Gryffe prenant la parole au congrès annuel du parti. Gryffe se relaxant au bord d'une piscine à Malte en compagnie d'une petite amie en bikini. Il apparaissait même dans les colonnes des chroniques mondaines – l'homme le mieux habillé de Grande-Bretagne ; le célibataire le plus convoité ; une idylle avec une jeune femme de la famille royale (les parieurs aimeraient ça, mais pas certains de ses collègues du parti) ; un homme du peuple promis à un grand avenir.

Jusqu'alors, Gryffe était resté en périphérie du champ de vision de Bannerman. Le journaliste s'intéressait à la corruption, politique et financière, en Écosse. Mais Gryffe, semblait-il, était devenu un personnage très populaire, aussi bien au sein de la société londonienne qu'en politique. La plupart des coupures, remarqua-t-il, provenaient de journaux anglais. Il se maudit pour avoir en quelque sorte détourné les yeux du sujet.

Il fourra les articles dans leur dossier et ouvrit l'autre. Là aussi, quelques coupures de presse. Une douzaine en tout, découpées dans des journaux belges, certaines en français, les autres en flamand. Deux noms revenaient sans arrêt, Michel Lapointe et René Jansen, apparemment sans connexion. Bannerman put mettre un visage sur Lapointe grâce à une photo tachée publiée sur une seule colonne. Gras, ramassé. Mais la qualité de l'image était si mauvaise qu'on aurait pu le croiser dans la rue sans le reconnaître. Il n'y avait pas de photo de René Jansen ; son nom, cependant, lui évoquait vaguement quelque chose. Bannerman mit de côté ces deux dossiers non référencés, et rangea les autres dans le meuble.

Il resta un moment assis à réfléchir avant de sortir son carnet à spirale et d'y chercher une nouvelle page pour noter, les uns sous les autres, les quatre noms : Tim Slater, Robert Gryffe, Michel Lapointe, René Jansen.

Il existait forcément un lien entre eux. Un facteur commun. Sinon, pourquoi Slater aurait-il conservé ces coupures dans des dossiers non référencés ? Mais le lien était ténu. La connexion entre Slater et Gryffe ne faisait aucun doute. En revanche, il était possible que Lapointe et Jansen soient des fausses pistes. Bannerman risquait de perdre beaucoup de temps avec eux. Il retourna toutes les possibilités dans sa tête en regardant, par la fenêtre, le ciel chargé. Parfois, pensa-t-il, on se lance sur des fausses pistes parce qu'il n'y a rien d'autre à suivre. Il lui fallait absolument quelque chose avant l'arrivée de Tait, le lendemain. Tait voudrait qu'il arrête tout. Bannerman avait besoin d'un élément pour le convaincre du contraire.

Il prit soudain conscience que sa tête le faisait encore souffrir. Le manque de sommeil lui avait laissé un mauvais goût dans la bouche ; son estomac réclamait davantage que le café et les croissants avalés un peu plus tôt. Il se leva pour chercher un annuaire téléphonique. Il en trouva plusieurs et passa trois ou quatre minutes à repérer le numéro qu'il cherchait.

Melle Ricain revint au moment où il soulevait le combiné. Son sourire était tendu.

— Faites le zéro si vous voulez une ligne extérieure, dit-elle.

Bannerman remarqua qu'elle s'était repoudrée et remaquillée. Il composa son numéro, et une voix féminine crépita à son oreille :

— Police judiciaire.

— Inspecteur Du Maurier, s'il vous plaît.

— Ne quittez pas.

Il attendit.

— Du Maurier.

— Inspecteur, c'est Neil Bannerman.

— Ah, comment allez-vous aujourd'hui ?

— J'aimerais vous parler.

— Bon. Quand ?

— Quand ça vous arrange.

— Hum… cinq heures ?

— Parfait.

Du Maurier se racla la gorge avant de préciser :

— Mais pas ici. Au Café Auguste, boulevard de Waterloo. Ce n'est pas loin de la rue des Quatre-Bras.

— D'accord.

Bannerman raccrocha, puis essaya successivement les clés que Melle Ricain lui avait données avant de trouver celle du tiroir du bureau de Slater. Il l'ouvrit et y glissa les deux dossiers mis de côté. Il allait le refermer lorsqu'il aperçut, coincé sur un côté, un carnet à la reliure de cuir éraflée. Le carnet d'adresses de Slater.

Bannerman le feuilleta, tous les gens que le mort avait connus y étaient consignés. Des gens à qui il avait soutiré des informations ou qui lui avaient refilé des tuyaux. Parfois librement, parfois sous la contrainte. Un bon journaliste n'est pas seulement doué avec les mots, il sait obtenir des informations, il sait chercher. Sait où fureter, à qui demander.

En le feuilletant, il lui vint l'idée de regarder à J pour Jansen et L pour Lapointe. Deux numéros de téléphone correspondaient à chacun : bureau et domicile. Il les nota sur son carnet. Puis, il chercha Gryffe.

Il y avait trois numéros. Le premier était celui de la rue de Pavie, un autre celui de la maison de Gryffe à Londres. Le troisième, un numéro belge avec un D entre parenthèses pour *Domicile*. Bannerman fronça les sourcils. Gryffe avait deux domiciles à Bruxelles ?

Il nota les trois par habitude et remit le carnet dans le tiroir. Melle Ricain l'observait par-dessus sa machine à écrire.

— Je peux vous aider… ?

Bannerman secoua la tête.

— Merci. Pas pour l'instant.

Il était distrait. La journée lui échappait. Après son rendez-vous avec Du Maurier, il savait que sa soirée serait creuse, plusieurs heures solitaires à tuer dans l'appartement de Slater ou dans un bar, à se soûler. La dépression s'abattait sur lui comme un nuage de poussière. Puis une idée prit lentement corps dans son esprit, petite lumière dans les ténèbres.

— Tim employait une jeune femme qui s'occupait de temps en temps de Tania. Vous sauriez par hasard comment je pourrais la contacter ?

Melle Ricain réfléchit et répondit :

— Sally Robertson. Son numéro de téléphone se trouve probablement dans le carnet de Tim.

— Oh, mais oui.

Pourquoi n'y avait-il pas pensé ? Il ressortit le carnet du tiroir. Sally y était inscrite, bien sûr. Il décrocha le téléphone et composa son numéro. Il laissa le téléphone sonner plusieurs fois avant de raccrocher. Personne. Comme

Melle Ricain le regardait toujours, il essaya de masquer sa déception, et prit soin de recopier le numéro dans son propre carnet.

Le bruit de la porte qui s'ouvrait le fit se retourner. Un homme d'âge mûr entrait d'un pas traînant, en même temps qu'un souffle d'air froid et une bouffée d'alcool. Son visage aussi fatigué et froissé que son imperméable était surmonté d'une tignasse grisonnante échevelée. Les doigts tachés d'encre de sa main droite serraient un carnet tout écorné. Quand il jeta son imper sur le seul bureau libre, une demi-douzaine de crayons et stylos apparurent dans la poche de poitrine de sa veste à la forme et la couleur indéfinissables. En voyant Bannerman, il haussa ses épais sourcils.

— Neil Bannerman, je suppose, dit-il d'une voix éraillée par des années de boisson.

Il alla s'affaler dans son fauteuil, qui grinça sous son poids, et posa les pieds sur son bureau.

— Quelqu'un s'en est pris à vous ?

Il plissa ses petits yeux perçants pour examiner les contusions du visage de Bannerman, se coinça une allumette au coin de la bouche et eut un petit rictus dépourvu d'humour.

— Un accident, répliqua Bannerman. Vous êtes… ?

— Eric Palin.

— Ah, oui. Mis au vert par le *Herald* pour soigner ce qui lui reste de foie. J'ai entendu parler de vous.

— Petit enfoiré, se contenta de lancer Palin, impassible, en faisant passer l'allumette à l'autre coin de sa bouche. Moi aussi j'ai entendu parler de vous. L'autre jour, il paraît que vous avez fait votre cinéma devant les copains, comme si vous étiez Dieu tout-puissant.

Mal à l'aise, Melle Ricain s'était replongée dans ses papiers. Bannerman n'était pas d'humeur à échanger des sarcasmes avec un ivrogne, mais il réagit quand même :

— Possible. Possible aussi que certains de vos copains aient besoin d'un bon coup de pied au cul.

Palin parut sincèrement amusé :

— Ouais, peut-être bien.

— Et peut-être que quand vous aurez dessoûlé, vous pourrez me dire ce que vous savez sur Tim Slater. Et ses relations avec Gryffe.

Palin grogna.

— Qu'est-ce qui vous fait croire que je vais partager mes infos avec l'opposition, Bannerman ? Vous vous figurez peut-être que je ne suis qu'un ivrogne. Je ne nie pas que j'apprécie un petit coup à boire par-ci par-là. Mais je suis toujours un putain de bon journaliste…

Il jeta un coup d'œil à Melle Ricain :

— Excusez mon langage.

Puis, revenant à Bannerman :

— C'est l'histoire la plus excitante qui tombe du ciel dans ce putain de trou paumé depuis que j'y suis, pas question de vous donner une longueur d'avance.

Bannerman se pencha en avant :

— Peu importent vos qualités de bon journaliste, Palin ; si vous buvez vous ne servez à rien. Personne ne peut vous faire confiance. Personne. Votre rédac chef le sait ; il a pris un risque calculé à court terme en vous envoyant ici. Un nouveau défi. Un nouveau départ. Vous réussirez probablement. Pendant un an, voire deux. Puis vous recommencerez à déraper parce que c'est ce qui arrive toujours aux gens comme vous. Et alors vous vous retrouverez au chômage, tellement vite que vous n'aurez rien vu venir.

Palin était assez futé pour reconnaître la vérité quand il l'entendait, une vérité qu'il n'aurait jamais admise tout seul. Et ça faisait mal, parce que la vérité fait mal, en général.

— Allez vous faire foutre !

Il laissa tomber ses pieds du bureau et ôta l'allumette de sa bouche.

— Vous croyez tout savoir, hein ? lança-t-il d'une voix coléreuse où perçait la fatuité. Eh bien vous avez tort, Mr Tout-Puissant-Bannerman.

Bannerman se leva et glissa son carnet dans sa poche.

— À plus tard.

— À la conférence de presse, sans doute.

— Quelle conférence de presse ?

Palin sourit.

— Demain, rue des Quatre-Bras. Ministère de la Justice, sur l'affaire Slater. Vous ne le saviez pas ?

Il savait évidemment que Bannerman l'ignorait. L'annonce datait de quelques minutes. Il venait de marquer un point.

— Maintenant, je le sais. J'apprécie que vous partagiez l'info avec l'opposition.

Adressant un signe de tête à Melle Ricain, il quitta la pièce.

Dans le couloir, il marcha sans se presser jusqu'à l'ascenseur, en repensant à sa joute avec Palin. Quelque chose l'inquiétait. Quelque chose dans l'attitude de ce journaliste. Sa fatuité trahissait sa connaissance de certains éléments. Inconnus de Bannerman. Et pas seulement la conférence de presse. Palin partageait ce bureau avec Slater depuis presque un an. On ne travaille pas à côté de quelqu'un pendant aussi longtemps sans apprendre des choses. Palin, aussi odieux fût-il, était encore un bon journaliste, même s'il n'était plus que l'ombre de celui qu'il avait été autrefois.

Palin fixa la porte fermée, la colère et l'alcool accentuant le pli amer de sa bouche. Il sortit une cigarette qu'il alluma d'une main mal assurée, avant de se tourner vers Melle Ricain et de surprendre de la pitié dans ses yeux.

— Qu'est-ce que vous avez à me regarder, bon Dieu ?

Elle rougit, baissa la tête et se remit à taper. Il ne voulait pas d'elle dans le bureau.

— Allez donc voir ailleurs si j'y suis, chérie.

Sans un mot, elle abandonna sa machine, prit son sac et sortit.

Après son départ, Palin resta plusieurs minutes assis, indécis. Puis il se dirigea vers le meuble classeur de Slater, le déverrouilla et s'accroupit pour ouvrir le tiroir du bas. Il parcourut rapidement les dossiers suspendus avant de se rendre compte que ceux qui l'intéressaient avaient disparu. Merde ! Bannerman les avait sûrement pris. Quand il se releva, un vertige l'obligea à attendre quelques secondes avant de retrouver son équilibre. Jetant un rapide coup d'œil à la pièce, il fonça alors vers le bureau de Slater, ouvrit le tiroir d'un coup sec, et poussa un soupir de soulagement. Ils étaient là ! Satisfait, il sortit une flasque de sa poche, but une petite gorgée et sourit.

Avant de refermer le tiroir, il prit le carnet d'adresses de Slater pour y chercher un numéro, et le composa après avoir fait le zéro pour sortir. Une femme répondit.

— Je voudrais parler à M. Jansen, dit-il dans un français très correct.

— De la part de qui ?

— Il ne me connaît pas. Dites-lui simplement que je travaillais avec un dénommé Tim Slater et que j'ai des informations à lui vendre. Je crois qu'il me parlera.

CHAPITRE 13

1

Sur le boulevard de Waterloo se pressait une foule de gens enveloppés dans d'épais manteaux, ou des vêtements de pluie colorés, armés de parapluies, mallettes, sacs de course. Fonçant tête baissée à travers la nuit et les gros flocons blancs illuminés par les lumières des cafés, des boutiques, des réverbères. La neige mouillée ne tenait pas encore sur les trottoirs. Elle volait paresseusement au-dessus des grands immeubles dont les silhouettes sombres se dressaient contre le ciel orangé chargé de nuages, avant de venir se coller doucement sur les visages, tels de légers doigts glacés.

À cette heure de pointe, la circulation était dense des deux côtés du boulevard, bruyante, irrégulière, charriant par à-coups le flot des travailleurs qui rentraient chez eux après une longue journée frustrante dans des bureaux impersonnels. Ce n'était qu'une soirée d'hiver comme une autre à Bruxelles.

Bannerman marcha vers l'ouest en sortant du métro à Porte de Namur, frôlant au passage les épaules de ceux qui se hâtaient dans l'autre sens, mouillé par la neige et les gouttes tombant des parapluies. Bizarre, pensa-t-il, comme on ne se sent pas plus anonyme dans la rue animée d'une cité étrangère que dans sa propre ville. C'étaient partout les mêmes visages. Les mêmes gens inconnus vivant les mêmes existences dans lesquelles on ne jouait aucun rôle. Il aurait pu être comme eux.

À une époque, il aurait pu se marier, fonder une famille, acheter une maison à crédit en banlieue, prendre un boulot stable en ville, et se dépêcher de rentrer chez lui le soir sans se poser d'autre question que celle du choix de l'émission de télé à regarder. Mais cette époque était depuis longtemps révolue. Il avait fait d'autres choix, dont plusieurs lui avaient été imposés. Il les regrettait à peine, même si, certaines nuits, allongé dans le noir à écouter les chiens aboyer, il s'était demandé ce que ça aurait donné de suivre un sentier tout tracé, d'avoir quelqu'un qui l'attendait à la maison, quelqu'un avec qui partager sa vie. Mais ce genre de pensée ne lui venait qu'aux heures les plus sombres et, en général, il finissait par se dire que c'était aussi bien que les choses aient tourné de cette façon.

Un vendeur de journaux se tenait debout sous l'auvent du Café Auguste, un paquet de quotidiens du soir sous le bras. Il n'avait pas besoin de crier. Les affaires marchaient bien. Les nouvelles étaient mauvaises. Elles continuaient à parler de la tuerie et du dessin de la petite fille. Après dîner, chacun dans sa petite boîte aimait bien lire les horreurs de la vie, confortablement installé dans un fauteuil devant un bon feu. Tant que ça ne le touchait pas directement.

Bannerman acheta un numéro de *La Belgique Soir* et jeta un coup d'œil à la une. Elle montrait des photos de la maison de la mort, des photos de Gryffe et de Slater sur une colonne, ainsi qu'une reproduction du dessin. L'article était signé Richard Platt.

Il plia le journal et le glissa sous son bras avant de s'engouffrer dans la chaleur humide. L'endroit, plein de monde et de bruit, sentait le café et le cigare. La salle était immense, remplie de tables, de chaises, de miroirs, de gros piliers éraflés soutenant un plafond à corniches qui disparaissait presque sous un nuage de fumée et de vapeur. Deux serveurs en veste blanche et pantalon noir fonçaient entre les tables pour apporter les commandes continuelles de café ou de bière sur des plateaux aux couleurs vives.

Installé tout au fond, derrière un pilier carré, Du Maurier leva le bras pour attirer l'attention de Bannerman, qui vint s'asseoir en face de lui.

— Qu'est-ce que vous prendrez ? demanda-t-il.

— Un whisky.

Le policier fit un léger signe de tête et l'un des serveurs se précipita aussitôt – un homme mince à la peau foncée, avec une petite moustache et un air perpétuellement renfrogné.

— Inspecteur ?

Du Maurier commanda un whisky et une absinthe. Une fois le garçon parti, il tira sur les poils de ses narines puis alluma une cigarette. Cela fait, il se recula sur sa chaise et fixa sur Bannerman son regard perçant, attentif.

— Alors ?

— Donc, demain, ils vous demandent de laisser tomber.

— C'est déjà fait, annonça-t-il avec un sourire triste. Le dossier est relégué aux oubliettes. Demain, ce sera juste une opération de relations publiques. Le sale boulot est accompli. Je dois avouer que je ne m'attendais pas à ce qu'ils réagissent si vite.

Bannerman réfléchit.

— C'est donc plus qu'une simple affaire embarrassante pour les politiques.

Du Maurier était si détendu qu'il en paraissait presque mou.

— À eux de le savoir, à vous de le découvrir.

— Et vous ?

Du Maurier se pencha en avant, posa les coudes sur le bord de la table et joignit sous son menton ses mains aux grosses articulations.

— Pas moi, monsieur Bannerman. Le dossier est clos.

— Vraiment ?

— Officiellement, je ne peux rien faire.

— Et officieusement ?

Le serveur arriva avec les boissons sur un plateau et l'addition dans une soucoupe. Du Maurier attrapa une carafe.

— De l'eau ?

Bannerman secoua la tête. L'inspecteur en versa un peu dans son absinthe, la regarda se troubler, puis leva son verre et but une gorgée.

— Le dossier est clos, répéta-t-il.

Avalant une autre gorgée, il considéra le journaliste d'un air songeur.

— Que voulez-vous savoir ?

Bannerman goûta son whisky et, le verre proche des lèvres, répondit :

— Michel Lapointe et René Jansen.

Du Maurier secoua la tête.

— Vous êtes sur la mauvaise piste. Comme vous, nous avons trouvé ces coupures de presse, hier. Mais je ne vois aucune connexion avec Gryffe, ni avec l'histoire de la rue de Pavie.

Il marqua une pause, puis, pesant ses mots, ajouta :

— René Jansen est un homme très puissant dans ce pays. Il est à la tête d'affaires considérables et dispose d'un compte en banque aussi considérable. Il exerce une certaine influence, certes, mais pas tant que ça. C'est un homme important, mais pas tant que ça. La décision de clore le dossier est politique, or Jansen n'est pas un animal politique. Ce n'est pas son domaine.

— Et Lapointe ?

— Avocat d'affaires. Écoutez, monsieur Bannerman, là non plus il n'y a pas de connexion.

— Une connexion pourrait-elle leur nuire ?

— Peut-être, soupira Du Maurier.

Bannerman vida son verre à moitié.

— Pourquoi essayez-vous de les protéger ?

Du Maurier semblait ennuyé, sincèrement ennuyé.

— Peut-être ai-je commis une erreur. Je vous ai pris pour un homme intelligent, dit-il avant de finir son absinthe.

— Moi aussi. Mais je suis juste d'un naturel méfiant. Comme vous. Et j'ai beau faire un effort, je ne comprends pas pourquoi vous me parlez.

Il posa une main sur le bras de l'inspecteur pour l'empêcher de se lever.

— Oh, je sais ce que vous m'avez dit hier. Justice, morale, loi. Très noble, tout ça. Mais je suis un peu trop cynique pour y croire. Pardonnez-moi. Comme je l'ai déjà dit, je suis très méfiant.

Au coin des yeux de Du Maurier, les rides semblèrent se creuser davantage. Il soupira et se renfonça sur son siège.

— D'accord. Vous n'avez aucune raison de me croire. Mes motivations sont personnelles. Et peut-être ne sont-elles pas très nobles, mais elles sont réelles. Et je ne vois pas pourquoi je devrais les partager avec vous.

Ses épaules s'affaissèrent, soudain chargées du poids de la défaite.

— Je ne me suis pas trompé, bien sûr. Vous êtes un jeune homme très astucieux. Mais vous devriez comprendre que la dernière chose que je souhaite, c'est protéger un type comme Jansen. Il intégrerait parfaitement la catégorie de ceux qu'un de vos leaders politiques a autrefois si bien surnommés le visage inacceptable du capitalisme.

Il poussa un profond soupir.

— Je ne suis pas socialiste, mais je crois en la démocratie, monsieur Bannerman. Les hommes comme Jansen s'en moquent. Les partis politiques ne vivent pas d'air pur. Ils ont besoin d'argent pour subsister. Et ce sont des individus comme lui qui fournissent le cash. Aucun de nous n'est évidemment assez naïf pour croire que c'est par amour du parti.

Il lâcha un petit rire sans joie.

— Bien sûr que non. Ce genre de bienfaiteur recherche l'influence, un retour sur investissement, des bénéfices à défaut du pouvoir. Jansen mène ses affaires en navigant aux limites de la légalité, et parfois il pousse la barre un peu trop loin. Mais il a de l'influence, vous comprenez. Il l'a achetée, et il survit. J'adorerais faire tomber ce genre de type, seulement ça ne se passe pas comme ça. Qui suis-je ? Un flic trop vieux et trop fatigué, voilà ce que je suis. Par contre, je n'ai aucune raison de le protéger. Même si je pensais qu'il était impliqué, je n'y pourrais pas grand-chose. Vous auriez tout intérêt à suivre mon conseil, monsieur Bannerman. Ne vous attaquez pas à ces deux-là.

Bannerman hocha lentement la tête.

— Je vous crois. Cependant, mon instinct de journaliste est le plus fort. Si Slater s'est donné la peine de rassembler ces coupures de presse sur Jansen et Lapointe dans un dossier accouplé à celui de Gryffe, il avait une raison. Qu'ils soient liés ou non à ce qui s'est passé, mon instinct me pousse à le vérifier.

Du Maurier haussa les épaules.

— Suivez votre instinct, alors.

— C'est toujours ce que je fais.

L'inspecteur eut un sourire las. Tout en repoussant sa chaise, il lança :

— Je dois y aller.

— Ce n'est pas tout, souffla Bannerman.

— Quoi encore ?

Le journaliste fit signe au serveur de renouveler leurs consommations. Dans un coin, un groupe d'ouvriers éclata d'un rire gras. Une blague salace, sans doute. Du Maurier alluma une nouvelle cigarette.

— Slater se préparait à filer.

L'inspecteur le regarda d'un air résigné.

— Votre journée a été bien remplie.

— Vous ne me l'aviez pas dit.

— Il y a beaucoup de choses que je ne vous ai pas dites. Des choses que je ne vous dirai pas. Des choses que vous aurez à découvrir vous-même. Des choses que moi seul aurais pu vous dire – et que d'autres gens savent. Je suis prêt à vous aider pour des raisons qui me sont propres, mais pas question de me transformer en bouc émissaire.

Il se tut lorsque les boissons arrivèrent puis, se penchant au-dessus de la table, poursuivit à voix basse :

— Slater avait réservé deux places dimanche soir sur un vol pour New York, avec correspondance à Londres. Les billets et les passeports se trouvaient dans la poche de sa veste.

Sous le choc, Bannerman sentit sa peau se hérisser. Pour la première fois il commençait à douter sérieusement de la présence d'une tierce personne. À douter de l'interprétation du dessin de l'enfant.

— Il est donc tout simplement possible que Slater se soit rendu rue de Pavie avec un revolver pour tuer Gryffe, prendre l'argent et filer en douce.

— Possible, admit Du Maurier, mais ça m'étonnerait. Cette théorie ne repose pas sur grand-chose. N'oubliez pas ce que je vous ai dit hier. Avant de recevoir l'ordre de laisser tomber l'enquête, nous n'avons trouvé aucune connexion entre le revolver et Slater. En fait, je ne crois pas qu'on en trouve jamais. Le numéro de série a été limé et je suis certain que la balistique nous aurait appris qu'il n'a jamais été enregistré. C'est une arme de professionnel. Destinée à ne servir qu'une fois. Or Slater n'était pas un professionnel. Pas plus qu'il n'était stupide. Réfléchissez. Un homme a été tué d'une balle, un homme qui, d'autres gens le savaient, devait rencontrer Slater chez lui ce matin-là. Slater disparaît. C'est stupide. Son avion pour Londres ne décollait que le dimanche soir. En admettant qu'il ait voulu tuer Gryffe et filer ensuite, il n'aurait pas attendu près de douze heures. Il ne serait jamais arrivé à l'aéroport.

Bannerman reconnut avec un certain soulagement la logique de ce raisonnement. Depuis qu'il avait découvert les valises, un doute le tracassait. Avant cela, à aucun moment il n'avait cru Slater capable de commettre un meurtre. La confirmation de son intention de fuir le pays avait semé la confusion dans son esprit. Mais maintenant, ce doute s'étiolait, laissant place à une plus grande clarté.

— Il nous reste la question première de la connexion entre Gryffe et Slater. Un chantage ?

Du Maurier sourit.

— Poursuivez.

— Si Slater faisait chanter Gryffe, il n'avait pas besoin de partir précipitamment. Peut-être… peut-être que Slater le faisait chanter depuis un certain temps, et que ce dimanche était le jour du dernier versement. Un quart de million de dollars représente beaucoup d'argent, mais tout de même pas suffisant, à mon avis, pour tout abandonner. Certainement pas du jour au lendemain. On peut gagner plus en jouant au loto.

Du Maurier versa de l'eau dans son absinthe :

— Tout est possible. Personnellement, l'idée du chantage me plaît bien. Ça résout beaucoup de questions. Pas toutes, mais quand même. Par exemple, si Slater faisait chanter notre ami depuis longtemps, où est le reste de l'argent ? Il ne l'a certainement pas mis à la banque, ni ici ni en Angleterre. Il n'y en avait pas dans l'appartement, à moins que votre agresseur ne l'ait retiré du coffre. Cependant, ça m'étonnerait. Il me semble que si le chantage est le mobile du meurtre, c'est plutôt la preuve qui a été retirée du coffre. Alors, s'il y avait de l'argent, où est-il ?

— En Suisse, sur un compte numéroté.

— Encore une fois, c'est possible, mais je n'y crois pas. On en aurait trouvé une trace dans ses affaires personnelles.

Bannerman avala une gorgée de whisky.

— J'ai l'impression que votre journée a été encore plus remplie que la mienne.

Du Maurier sourit en passant une main dans ce qui lui restait de cheveux.

— Mais surtout, le chantage ne nous fournit aucun mobile pour un meurtre commis par une tierce personne.

— Quelqu'un d'autre se sentant menacé ? suggéra Bannerman. Si Slater savait des choses compromettantes sur Gryffe, la boue risquait de rejaillir sur d'autres.

Le policier se gratta le menton d'un air songeur.

— En supposant que ce soit vrai, le meurtrier aurait laissé l'argent derrière lui ?

Il soupira et poursuivit :

— Inutile de spéculer, monsieur Bannerman. On pourrait discuter du sujet toute la nuit, et cela ne ferait que soulever des questions auxquelles nous ne pouvons pas répondre.

Il vida son verre. Une fois de plus, Bannerman le retint par le bras :

— Une dernière question. Gryffe avait un autre domicile à Bruxelles. Où ?

L'inspecteur fronça les sourcils.

— Il n'avait pas d'autre appartement que celui de la rue de Pavie.

— Alors, vous êtes moins minutieux que je ne le pensais, dit le journaliste en secouant la tête. Dans son carnet d'adresses, Slater avait deux numéros de domicile pour Gryffe à Bruxelles. L'un des deux étant vraisemblablement celui de la rue de Pavie.

Il sortit son carnet à spirale, l'ouvrit à la page où il avait noté les numéros et le fit glisser sur la table vers Du Maurier.

— Le premier est bien celui de la rue de Pavie. Qu'est-ce qui vous fait penser que le second est belge ?

— Il est précédé du 32, l'indicatif de la Belgique.

— Ce n'est pas à Bruxelles, en tout cas. Peut-être en province. Je vais vérifier.

Il sortit de sa poche un petit calepin noir et un stylo pour le recopier. Puis, il gribouilla des chiffres sur une page vierge qu'il déchira et donna au journaliste.

— Tenez, appelez-moi à ce numéro si vous avez besoin de me joindre. Ne parlez à personne d'autre. Et ne venez pas rue des Quatre-Bras.

Bannerman prit le papier et le rangea dans sa poche.

— Il faudra que je sorte la voiture de Slater de la fourrière.

— Je vais m'arranger pour qu'on vous l'amène rue du Commerce, dit Du Maurier en se levant. Au revoir, monsieur Bannerman.

Lorsqu'il fut parti, ce dernier resta les yeux rivés sur son verre de whisky. Il en savait plus qu'en arrivant, mais pas encore assez. Tout en avalant la dernière goutte d'alcool, il se rendit compte que Du Maurier lui avait laissé régler l'addition. Il posa un billet de cinq cents francs sur la soucoupe avant de quitter la chaleur du Café Auguste et d'affronter la neige.

Le vendeur de journaux n'avait pas bougé. Les nouvelles étaient toujours mauvaises et les affaires toujours bonnes.

2

Bannerman dîna seul dans un bistro proche de l'avenue de La Toison d'or, un petit établissement bon marché où l'on servait de bons steaks et du bordeaux en pichet.

Lorsqu'il ressortit, la neige avait cessé de tomber. Il retourna vers le boulevard Waterloo et la Porte de Namur. Tout en mangeant, il avait repensé à Palin avec un certain malaise. Il connaissait beaucoup d'ivrognes qui avaient l'alcool mauvais. Mais Palin, c'était autre chose. Il regarda sa montre. Un peu plus de huit heures. Il avait eu tort de laisser les coupures de presse au bureau ; ce serait plus prudent de faire un détour par le Centre de presse international pour les prendre. Elles seraient plus en sécurité à l'appartement. Il ne voulait pas risquer que Palin mette la main dessus.

Porte de Namur, il descendit dans le métro par l'escalator et déboursa vingt-cinq francs pour un ticket jusqu'à Schuman.

Seules quelques fenêtres de l'immeuble de l'IPC brillaient dans la nuit. La standardiste assise à réception avait l'air de s'ennuyer sérieusement. En haut des marches, de l'autre côté du vaste hall à l'épaisse moquette, résonnait un brouhaha de voix alcoolisées provenant du bar de la presse. Bannerman prit l'ascenseur jusqu'au sixième étage.

Le couloir était faiblement éclairé, une lampe sur deux étant éteinte le soir par mesure d'économie. Il observa son ombre le dépasser comme un géant, s'estomper, puis repasser de nouveau devant lui. Les bureaux étaient tous vides, l'étage entièrement silencieux en dehors du bourdonnement distant de la circulation. Il chercha sa clé et pensa téléphoner à Sally depuis le bureau. La clé ne tourna pas dans la serrure. Jurant tout bas, il essaya l'autre. Pareil.

— Merde !

Quand il appuya sur la poignée, la porte s'ouvrit. Quelqu'un avait oublié de la verrouiller.

Peut-être parce que l'obscurité est souvent symbole de peur et de danger, ou parce qu'il avait entendu quelque chose, ou perçu un infime mouvement dans la pénombre, il s'arrêta sur le seuil. Peut-être averti d'une présence par son sixième sens, il leva un bras replié qui encaissa le choc du coup qui lui aurait certainement fendu le crâne. La douleur se répercuta jusqu'à son épaule et ses genoux se dérobèrent sous lui. Il vacilla dans le noir, tomba contre les jambes de son assaillant, qui perdit l'équilibre et s'affala sur son dos avec un grognement. Bannerman reçut son pied en pleine gorge ; la tête et la poitrine en feu, il refoula une nausée. Il ne sentait déjà plus son bras et sa main gauches.

L'autre homme se débattit pour se dégager et se mit à courir à lourdes enjambées le long du couloir, en direction des ascenseurs. Bannerman n'avait aucune envie de le poursuivre. Roulant sur le ventre, il cracha du sang et de la salive par terre. Sa tête s'éclaircissait un peu mais sa gorge lui faisait un mal de chien. Il réussit malgré tout à se remettre debout en s'agrippant au bord d'une table et avança d'un pas incertain vers l'interrupteur pour allumer le plafonnier.

Aveuglé par la lumière, il tira une chaise sur laquelle il se laissa tomber, la bouche pleine d'un goût de sang et de vomi.

— Merde, souffla-t-il entre ses dents.

Ça devenait une sale habitude. *Il va falloir faire un peu plus attention, fiston,* se dit-il.

La tête entre les genoux, il laissa passer plusieurs minutes en respirant profondément. Puis il se redressa et aperçut une carafe d'eau et un verre sur la table de Melle Ricain. De la main gauche, il remplit le verre, fit rouler la première gorgée d'eau dans sa bouche et se gargarisa avec avant de la recracher sur le tapis. Puis il but longuement et sentit la douceur du liquide froid glisser jusqu'à son estomac. Il se concentra ensuite sur son bras droit. C'était la partie charnue de l'avant-bras qui avait reçu le coup. Il enleva sa veste, remonta sa manche et constata qu'il était déjà bleu et enflé, mais pas cassé. Ses doigts paraissaient bloqués, comme son coude, qu'il n'arrivait plus à déplier. *Un nerf a dû être touché.*

Il consacra les minutes suivantes à essayer de faire bouger lentement ses doigts et son bras en les dépliant et repliant successivement. Peu à peu, ses muscles et ses nerfs se détendirent et une sensation de picotement le parcourut de l'épaule jusqu'au bout des doigts. Une fois le picotement passé, il se recula sur sa chaise pour jeter un coup d'œil circulaire à la pièce. Elle ne paraissait pas avoir subi de changement depuis qu'il l'avait quittée un peu plus tôt dans la journée. Aucune trace d'effraction. Il se leva pour ouvrir le tiroir du bureau de Slater. Les dossiers avaient disparu. Ainsi que le carnet d'adresses. Celui qui était venu savait ce qu'il cherchait et où le trouver. Cela limitait considérablement les possibilités. Il se rassit quelques minutes, sortit son carnet à spirales, le feuilleta, décrocha le téléphone et composa un numéro. Il ne savait pas trop pourquoi il l'appelait. Un cri dans la nuit. Personne ne répondit.

Il se leva, pivota la tête d'un côté et de l'autre pour soulager la raideur de son cou, éteignit la lumière, tira la porte derrière lui, et prit soin de la verrouiller.

3

Rue du Commerce, une lumière brillait au dernier étage de l'immeuble. Bannerman le remarqua car, dans tout le pâté de maisons, seules deux autres fenêtres étaient éclairées. La voiture de Slater, une Volkswagen bleu foncé, était garée devant. Bannerman régla son taxi et le regarda s'éloigner vers le bout de la rue. Depuis l'immeuble de l'IPC, il fallait à peine une vingtaine de minutes à pied, mais il n'avait pas eu le courage de marcher.

Indécis, il piétina un moment sur le trottoir, leva de nouveau les yeux vers la fenêtre éclairée en envisageant diverses possibilités. Mais il était trop fatigué et trop mal en point pour réfléchir très longtemps. Il faisait froid dehors, son haleine tourbillonnait en petits nuages jaunis par la lumière des réverbères, et se mélangeait aux gros flocons de neige qui tombaient tout autour de lui. Il entra, monta les marches, écouta ses pas résonner dans l'escalier où il semblait faire encore plus froid que dans la rue. Les lampes des paliers projetaient une faible lueur froide, glacée.

Arrivé au dernier étage, il sortit sa clé et ouvrit avec précaution, en restant bien en retrait pendant que la porte se rabattait vers l'intérieur de l'appartement. Le vestibule était obscur ; au fond, un rai de lumière passait sous la porte du salon. Il entra, referma doucement derrière lui. Dans l'air tiède et poussiéreux flottait une odeur vaguement familière. Il demeura parfaitement immobile lorsque le rai de lumière s'élargit et qu'une ombre allongée se projeta sur le mur, comme pour le toucher. Une silhouette se détacha à contre-jour. Bannerman ne pouvait pas voir son visage, mais il savait qui c'était.

— Bonsoir, dit Sally, d'une petite voix. Je t'attendais. Depuis pas mal de temps. C'est un peu effrayant de se retrouver seule dans la maison d'un mort.

Bannerman se débarrassa de son manteau et s'avança en le traînant derrière lui. Il s'arrêta tout près de la jeune femme et scruta son visage :

— Comment savais-tu que je serais ici ?

Déconcertée par son attitude, elle répondit :

— Je n'en étais pas sûre. Mais comme j'ai toujours la clé, je suis montée. J'ai vu tes vêtements dans la chambre. J'ai deviné que tu reviendrais. Je... j'avais peur de ne pas te revoir.

— Pourquoi ? Ça te poserait un problème ?

— Peut-être.

Il respira son parfum, chaud, musqué, et la sentit sur la défensive.

— Pourquoi est-ce si difficile de se rapprocher de toi ?

Un très long silence suivit.

— Je ne sais pas, finit-elle par souffler.

Puis elle s'anima un peu et dit :

— J'ai apporté du vin. Je l'ai mis à refroidir au frigo.

Bannerman baissa la tête et effleura ses lèvres des siennes. C'était ce qu'elle avait voulu, et pourtant elle se recula.

— Je vais chercher des verres.

Il la suivit dans le salon, perplexe, déçu, en se demandant pourquoi elle était venue, et content qu'elle soit là, en même temps.

Il l'entendit dans la cuisine ouvrir le réfrigérateur puis choisir des verres. Il éteignit le plafonnier, alluma une petite lampe, s'assit sur le canapé et observa la peinture accrochée au-dessus de la cheminée. Les bruns et les noirs, les bleus et les verts, leur froideur contre le blanc de la neige qui recouvrait la scène. Un groupe de chasseurs fatigués revenant de tuer, des chiens épuisés à leurs pieds, un feu allumé devant l'auberge, au sommet de la colline. Les hommes regardent à travers les arbres deux étangs gelés rectangulaires où patinent des petites silhouettes en manteaux. Le tableau dégageait une grande sérénité, une étrange impression de satisfaction, hommes et femmes figés dans l'esprit du peintre sous un ciel d'un bleu des plus pâles dont le dégradé tirait vers le jaune.

Sally revint avec la bouteille débouchée qu'elle posa avec les deux verres sur la table basse en bois, devant le canapé. Elle s'assit à côté de Bannerman et suivit son regard.

— Breughel, dit-elle. Si paisible par rapport aux horreurs et à la folie qu'il a représentées plus tard.

Bannerman se demanda si le choix du tableau reflétait un aspect de la personnalité de Slater. Cela le surprenait de la part d'un homme comme lui ; peut-être se trouvait-il dans l'appartement avant son arrivée. Il détourna les yeux de la reproduction et regarda Sally servir le vin. La bouteille était très froide, les verres se couvrirent de buée lorsqu'elle les remplit. Elle leva le sien à hauteur de ses lèvres.

— Ce ne serait pas très approprié de trinquer, dit-elle avant d'en boire une gorgée.

Bannerman goûta le vin. Sec, légèrement fruité, il lui rafraîchit la gorge, encore douloureuse à cause du coup de pied. Sally posa son verre puis, sans le regarder, demanda :

— Qu'est-ce qui t'est arrivé au visage ?

Il lui raconta. La première agression dans l'appartement, la deuxième au bureau. Elle le fixait, les yeux écarquillés.

— Tu veux dire que quelqu'un t'attendait ?

— Non, il ne m'attendait pas. Il voulait juste prendre quelque chose dans le coffre. Je l'ai dérangé. Je suppose qu'il a trouvé ce qu'il cherchait ; il devait penser que la maison serait vide.

Il hésita une seconde avant d'ajouter :

— J'ai une question à te poser. Normalement, tu viens ici le dimanche. Pourquoi n'es-tu pas venue, hier ?

Ses yeux verts le regardèrent avec une curiosité mêlée d'un soupçon de méfiance.

— Tu ne penses tout de même pas que je…

— Je ne pense rien du tout. Je te pose la question, c'est tout.

— Je déjeunais avec un professeur d'anglais, venu d'une prestigieuse école de langue située à Rome, expliqua-t-elle avec une pointe d'hostilité dans la voix. Il y a un poste vacant, j'ai posé ma candidature. C'est un job à temps complet bien payé. D'habitude, j'emmenais Tania le dimanche matin. À la messe. Ils sont catholiques. Pas moi, mais je l'accompagnais quand même. Ça avait l'air de lui plaire.

Bannerman hocha la tête.

— Voilà pourquoi celui qui m'a assommé s'attendait à trouver l'appartement vide.

Elle prit son verre et le vida à moitié.

— Excuse-moi. J'ai cru que tu pensais peut-être que… Peu importe.

— Mais non.

Il se pencha en avant pour remplir leurs verres. Lorsqu'il tendit le bras, un léger hoquet de douleur lui échappa.

— Pourquoi aurait-on voulu tuer M. Slater ? lança-t-elle soudain.

— Parce qu'il faisait chanter Robert Gryffe. Parce que quelqu'un d'autre s'est senti menacé et a décidé que le meilleur moyen de s'en sortir serait de les supprimer tous les deux. Ensuite, ce quelqu'un est venu ici pour s'emparer de ce qui donnait à Slater une emprise sur Gryffe. Et peut-être d'une somme d'argent, s'il y en avait dans le coffre.

À force de le répéter, il finirait par y croire. Sally semblait incrédule.

— Comment peux-tu le savoir ?

Bannerman haussa les épaules.

— Je n'en sais rien. Mais ça colle avec les faits.

— Je n'y crois pas, répliqua-t-elle en secouant la tête.

— C'est plus facile à croire que ce que tu liras demain dans les journaux du soir.

Elle fronça les sourcils.

— Comment ça ?

— Demain, le ministre de l'Intérieur fera une déclaration officielle ; il annoncera que la police est convaincue que Slater et Gryffe se sont entretués au cours d'une dispute d'ordre privé. L'affaire est déjà classée.

Sans rien dire, elle avala plusieurs gorgées de vin avant de se lever pour aller vers la fenêtre où, d'un doigt, elle traça des motifs sur la buée. Dehors, la neige qui continuait à tomber frôlait les vitres, s'amoncelait sur le rebord.

— Ils veulent étouffer l'affaire, alors ? fit-elle d'une voix sourde, à peine audible.

— Probablement.

Il se leva à son tour, la rejoignit et, debout derrière elle, posa les mains sur ses épaules.

— Pourquoi ?

— Aucune idée, soupira-t-il. Mais j'ai bien l'intention de le découvrir.

Elle se retourna pour lui faire face, les yeux levés vers les siens.

— C'est tellement injuste.

— Rien n'est jamais juste dans la vie, répliqua-t-il d'une voix amère. En ce moment, des dizaines de milliers d'enfants au ventre gonflé ne mangent rien depuis des jours, voire des semaines. Leurs bras et leurs jambes sont si maigres qu'on a peur de les casser rien qu'en les regardant. Tout le monde voit ces photos dans les journaux. Ces regards fixes, désespérés. Certains n'ont plus que quelques jours, quelques heures à vivre. Il n'y a pas de nourriture pour eux. Rien que la maladie et le désespoir. Et nous, nous sirotons du vin en ruminant notre colère parce que deux hommes sont morts et que quelqu'un ne veut pas que nous en sachions la raison. Tu trouves ça juste ?

Elle vit sur son visage l'émotion intense qu'il essayait de refouler.

— Une petite fille est née autiste. Elle a perdu sa mère d'un cancer, vu son père se faire tuer hier. Elle aimerait peut-être nous dire ce qu'elle ressent. Elle aimerait peut-être nous dire. *J'adorais mon papa*. Mais elle ne peut pas parce qu'elle est autiste. Ça te dérange ? Ça me dérange ? Ça dérange quelqu'un ? Ce n'est pas non plus très juste, hein ? On ne peut pas avancer dans la vie en s'attendant qu'elle soit juste. Dieu, s'il existe, devait avoir la tête ailleurs le jour où il nous a mis sur cette planète, ou alors il joue à des échecs célestes dont nous sommes des pions qu'on peut facilement sacrifier sur le grand échiquier de l'univers, qu'on trouve ça juste ou pas. On peut parler de bien et de mal, même si c'est différent pour chacun de nous… Mais rien n'est juste.

Elle l'écouta en silence déverser sa rancœur.

— Peut-être. Et Dieu sait que je suis bien placée pour savoir ce qu'est la justice, ou l'injustice. Mais si tout le monde pensait comme toi, ce serait vraiment trop triste.

— Un homme ? lança-t-il.

— Comme toujours, non ?

— Non, pas toujours. Ce n'est pas obligatoire.

Il la fit pivoter pour la regarder en face, prit son visage entre ses mains, le leva vers lui et embrassa ses lèvres.

Elle répondit à son baiser puis recula la tête et l'appuya contre son épaule.

— C'est dur de ne pas savoir si on peut encore faire réellement confiance à quelqu'un.

— Tu as envie d'en parler ?

— Non, dit-elle en secouant la tête.

Elle s'écarta et se retourna vers la fenêtre.

Bannerman attendit quelques secondes avant d'aller reprendre son verre sur la table basse.

— J'aimerais voir Tania, dit-il après avoir vidé son verre.

— Je t'emmènerai. Demain ?

— Demain soir. Si c'est possible.

— D'accord.

— Tu iras à l'enterrement ?

— Il a lieu quand ?

— Demain après-midi, deux heures et demie, au cimetière de Bruxelles.

— Oh, je l'ignorais. Oui, j'y serai… Pourquoi veux-tu la voir ?

— Je ne sais pas.

Effectivement, il ne savait pas pourquoi. Il était conscient que les chances qu'elle lui communique une information qu'il ignorait étaient minimes. Il se rendit alors compte qu'elle n'avait cessé d'être présente à son esprit de toute la journée. Petite enfant maladroite et pieds nus dont les mains froides lui avaient touché le visage dans le noir. Puis il se rappela quelque chose.

— L'autre soir, quand j'avais trop bu. Est-ce que j'ai… est-ce qu'on a… ?

Cette pudeur inattendue fit sourire Sally.

— Non. Nous n'avons pas… Mais je pourrais rester cette nuit.

— Non. Je te ramène chez toi, dit-il un peu trop vite, ce qui la blessa.

Il comprit trop tard son erreur.

— Bien.

— Écoute, je ne voulais pas…

— Tu n'as pas à t'excuser.

Un silence embarrassé suivit. Puis Bannerman demanda :

— Tu veux un peu plus de vin ?

— Non, il est tard.

Distraitement, il fouilla sa poche et fronça les sourcils.

— La police a ramené la voiture de Slater. Je l'ai vue dehors. Mais je crois que je n'ai pas les clés.

— Elles sont sur la cheminée. Ils ont dû les glisser par la fente de la boîte à lettres. Je les ai trouvées par terre en entrant. Ne t'embête pas, je vais appeler un taxi.

Il allait protester, mais se ravisa en voyant son expression ; discuter ne servirait à rien. *Je pourrais tomber amoureux de toi*, pensa-t-il.

Quinze minutes s'écoulèrent avant que le taxi arrive en pétaradant rue du Commerce. Ils auraient eu le temps de finir le vin et de se dire beaucoup de choses. Mais ils n'avaient fait ni l'un ni l'autre.

— Je t'accompagne en bas.

— Ne te dérange pas.

Il l'aida à enfiler son manteau et ils descendirent l'escalier en silence. Impatient, le chauffeur faisait vrombir son moteur, qui vomissait des nuages de fumée dans la nuit. Sally s'arrêta sur le seuil de la porte et, radoucie, se tourna vers Bannerman pour l'embrasser rapidement sur la bouche. Il la retint par un bras :

— Tu as… tu as obtenu le poste à Rome ?

Elle le contempla un moment d'un air interrogateur.

— Je ne sais pas. Ils doivent me rappeler. À demain.

Il la regarda monter dans le taxi, qui partit en trombe, laissant deux traces noires sur la fine couche de neige, et il se demanda si elle partirait toujours ainsi.

De retour dans l'appartement, où il ne restait d'elle que l'effluve de son parfum et la trace de ses lèvres sur le verre vide, il termina la bouteille de vin. Il but lentement en écoutant le tic-tac de la pendule dans le silence, et en sentant palpiter la douleur dans son bras droit.

4

Une silhouette silencieuse attendait sous la neige, appuyée contre un mur pignon dont l'avant-toit était trop haut pour le protéger des épais flocons. Les traces de pneus du taxi s'effaçaient déjà, seule une légère dépression plus claire subsistait sur la blancheur de la chaussée. L'homme avait beau bouger les pieds, il ne les sentait plus depuis longtemps. Même les muscles de son visage semblaient gelés. Ses mains, profondément enfoncées dans ses poches, étaient raides et glacées. Ses yeux tristes noyés dans l'ombre observaient toujours. C'était une surveillance inutile maintenant, mais pour la première fois de sa vie peut-être, Kale redoutait la solitude de sa chambre d'hôtel ; il redoutait de rester enfermé dans le noir à écouter les pulsations de la musique montant de la boîte de nuit installée au sous-sol d'un immeuble voisin. Les heures sans sommeil lui laissaient trop de temps pour penser. Certaines choses le perturbaient, des idées sombres surgissant comme des étrangers dans la nuit pour intensifier encore la noirceur qu'il avait en lui.

Même lorsque la lumière de l'appartement du dernier étage s'éteignit il ne put se résoudre à s'en aller. La femme était partie depuis une vingtaine de minutes ; l'homme ne le conduirait pas à l'enfant ce soir. Pourtant, il restait là, comme pour se punir. Âme vile perdue dans une cité étrangère où les gens parlaient une langue qu'il ne comprenait pas, où il avait tué deux hommes sans hésiter. Maintenant, il était prisonnier. Sans fuite possible. Tous les yeux le surveillaient, toutes les voix l'accusaient. Tout revêtait un caractère atrocement inéluctable, aussi inéluctable que la mort.

Bien sûr, il y avait un moyen de s'en sortir, mais hors de sa portée, simplement là pour le torturer. Il n'avait qu'à partir. Il pourrait être à Ostende au matin, à Londres à l'heure du thé. Mais il ne le ferait pas. Une enfant l'avait vu commettre les meurtres, une enfant à l'esprit perturbé, une enfant qui ne pourrait probablement jamais l'identifier. Mais elle le pourrait peut-être. Il le savait, son employeur le savait, d'autres le savaient aussi. On attendait de lui qu'il neutralise cette possibilité. Il l'attendait aussi de lui-même. Il avait déjà tué. C'était facile, c'était nécessaire, et pourtant debout, là, dans le froid et la neige de cette sombre nuit d'hiver, il se demandait s'il en était vraiment capable.

C'était l'incertitude qui le piégeait ici. Il avait cru connaître à fond l'obscur territoire de son cerveau. Il ne se faisait aucune illusion sur ce qu'il était. Il l'acceptait, comme la vie et la mort. Mais il avait trébuché sur quelque chose d'inconnu enfoui sous sa noirceur, quelque chose qu'il ne pouvait accepter. Tuer une enfant avec son secret enfermé dans sa tête. Un message dans un casier de consigne, trois mots sur un bout de papier, et il avait découvert en lui le germe de la destruction présent dans l'âme de tous les hommes.

Tuer l'enfant reviendrait à se tuer lui-même. Il en était terriblement conscient. On choisit son propre chemin vers l'enfer, on croit en connaître chaque virage, chaque bifurcation. Puis on découvre que l'enfer n'est pas la fin du voyage. Il était un être humain, après tout, il y avait un point qu'on ne pouvait pas franchir. *Ça ne sert à rien*, pensa-t-il. *J'y réfléchirai, que je reste ici à me punir ou éveillé dans ma chambre.* L'homme dont il avait fêlé le crâne et bourré les côtes de coups de pied finirait par le conduire à l'enfant. Il n'avait plus le contrôle de sa destinée. Il était entraîné vers sa propre destruction sans plus d'espoir qu'un homme aspiré au cœur d'un maelstrom. Car au milieu de tout ce manque de compassion, il avait découvert une conscience.

Il s'écarta du mur contre lequel il avait cherché refuge et se mit en marche dans la rue du Commerce. Il trouverait bien quelque part un bar ouvert où passer un moment avant de pouvoir affronter la chambre qu'il avait louée à l'autre bout de la ville, et les longues heures précédant le lever du jour.

CHAPITRE 14

1

Les gens marchaient vite, sans jeter le moindre coup d'œil à la silhouette solitaire assise à l'une des tables rouges, sous l'auvent. On démontait les étals du marché. À cause du mauvais temps, les ventes du matin avaient été médiocres. La neige, déblayée afin de permettre aux marchands de s'installer, formait çà et là des petits tas. À l'autre bout de la place, les voitures brillaient au soleil ; aux endroits où les rayons s'infiltraient entre les immeubles, la neige fondait sur les dalles noires. Le ciel était limpide, d'un bleu pâle rappelant à Bannerman le ciel du tableau accroché au-dessus de la cheminée, chez Slater. À l'ombre, il faisait encore froid.

Il changea de table pour s'installer en bordure de l'auvent, là où le soleil pénétrait en biais sous la toile jaune et réchauffait l'atmosphère. Le café aussi le réchauffait. Il ne pensait à rien de particulier, se contentant de regarder les hommes et les femmes occupés à démonter les stands.

Dominée d'un côté par la splendeur ornementale de l'hôtel de ville avec sa tour surmontée d'une flèche fuselée, la Grand-Place était impressionnante. C'était le cœur de la ville, pleine de vie, de couleurs, de gaieté. Les anciennes maisons des corporations bordaient les trois autres côtés. Elles abritaient maintenant des boutiques de souvenirs, restaurants et cafés, mais on pouvait toujours les relier aux métiers qu'elles avaient représentés jadis ; la Maison de la Corporation des Bateliers, avec son toit en forme de poupe de vaisseau ; la Maison de la Corporation des Archers, avec son saint Sébastien tenant un arc ; la Maison de la Balance avec sa balance suspendue au-dessus d'un balcon supporté par deux cariatides.

De l'autre côté de la place, des ouvriers montés sur des échelles nettoyaient les murs de l'une de ces maisons et redoraient ses ornementations. Bannerman profitait du spectacle. Le beau temps lui avait remonté le moral ; pour la première fois en quarante-huit heures, il se sentait détendu. Il aurait pu passer pour un touriste insouciant se prélassant au soleil d'hiver.

Au fur et à mesure que le soleil montait dans le ciel, l'ombre de l'auvent gagnait sa table, et il sentit bientôt le froid l'envahir. Il finit son café, se leva et regarda sa montre. Un peu plus de dix heures. Il laissa quelques francs sur une soucoupe et traversa la place. Sa journée était planifiée. Conférence de presse au siège de la police judiciaire à onze heures. Rendez-vous avec Tait au bureau, enterrement de Slater l'après-midi. Le soir, il irait voir Tania. Il se surprenait à penser souvent à cette enfant, avec une singulière affection.

Et puis il y avait Jansen, et Lapointe bien sûr. Il devrait décider aujourd'hui même ce qu'il ferait à leur sujet. Une mise au point avec Palin était également nécessaire. Il pensa aussi à Platt. Il préférait travailler seul, mais il serait peut-être contraint à une alliance. Dans cette affaire, il avait besoin de quelqu'un qui connaissait le milieu.

2

Une grande excitation régnait dans la salle de conférences. Reporters, photographes, équipes de télévision, journalistes de radio, magnétophone pendu à l'épaule. Un nuage de fumée planait sur l'ensemble, piégé dans les rayons de soleil tombant en oblique des étroites fenêtres vers le mur du fond. Au grand nombre de correspondants déjà présents le dimanche soir s'ajoutaient des journalistes venus du monde entier.

Bannerman se fraya un chemin à travers la foule et trouva un siège libre. Un gendarme en uniforme se tenait en faction près des portes battantes, derrière le podium ; c'était par là qu'entreraient bientôt les bureaucrates et leur patron du ministère de la Justice. Un petit individu bedonnant vint s'asseoir à côté de lui.

— Salut, Neil. Tu as une idée de ce qui se passe ?

Platt était rouge et en sueur. Son costume en flanelle grise ne lui allait pas mieux que le smoking de l'autre soir. Le col crasseux de sa chemise autrefois blanche rebiquait d'un côté et son nœud de cravate était trop serré. Ses petits doigts boudinés n'arrêtaient pas de tripoter les coins de son carnet.

— J'avais peur d'être en retard, souffla-t-il.

Bannerman regarda sa montre. Onze heures dix. Il ne dit rien.

— Alors ? insista Platt.

— Alors, quoi ?
— Une idée ?
— Mmh mmh…
— Et donc ?
— Tu le sauras bientôt.
Bannerman hésita avant d'ajouter :
— Tu n'as qu'à m'offrir un verre après, si tu veux. Il y a des choses dont j'aimerais discuter avec toi.
Sans le regarder, Bannerman perçut le changement d'attitude de son voisin, qui se tourna sur son siège pour demander :
— Quelles choses ?
L'entrée de l'équipe ministérielle lui évita de répondre. Trois fonctionnaires en costume cravate encadraient le ministre de la Justice. Ce dernier était un homme relativement frêle, mais qui donnait l'impression d'être plus imposant. Le pouvoir pouvait produire cet effet, surtout devant les caméras. Bannerman lui donnait une soixantaine d'années. Il avait un visage mince incroyablement lisse, des cheveux bruns coupés court grisonnant sur les tempes. Ses yeux, qui paraissaient noirs à la lumière des projecteurs, étincelèrent en balayant la foule des journalistes.
Il prit place au centre, derrière le pupitre, et Bannerman fut contrarié de ne pas voir ses mains. Ce qu'un homme fait avec ses mains est souvent le reflet de ce qui se passe dans sa tête. Son visage demeurait de marbre. Le costume cravate immédiatement à sa droite s'assit derrière lui tandis que les deux autres restaient debout. Il y eut quelques instants de flottement lorsque les journalistes s'installèrent à leur tour. Faute de place, certains

furent obligés de rester debout ou de s'asseoir par terre dans les allées.

Un des fonctionnaires s'éclaircit la gorge avant de prendre la parole en français. Son intervention dura moins d'une minute, par courtes rafales. Puis il recommença en anglais :

— Bonjour messieurs. Je suis heureux que vous ayez pu venir. Le ministre regrette qu'il ait été nécessaire d'organiser cette réunion aujourd'hui. Il désire faire une brève déclaration concernant les malheureux évènements de dimanche dernier. Il s'adressera à vous en français puis en anglais. Il ne répondra à aucune question. Des copies de sa déclaration ont été préparées dans les deux langues. Elles seront disponibles dès la fin de la conférence. Merci.

Il s'inclina vers son patron :

— Monsieur le ministre…

Et s'assit tandis que le ministre se levait.

L'homme nommé par le Premier ministre belge pour superviser le système judiciaire du pays sortit des lunettes à monture d'écailles et les chaussa d'un geste souple. Sa voix était incroyablement sonore pour un homme de sa taille. Une voix calme, persuasive, fluide. Bannerman l'observait attentivement mais ne pouvait rien glaner de son comportement. Yeux baissés, lunettes perchées au bout de son long nez, il lisait un texte. Une fois sa déclaration délivrée en français, il leva une main pour faire cesser le bourdonnement d'incrédulité s'élevant des journalistes qui comprenaient cette langue.

Platt se tortillait d'excitation à côté de Bannerman ; tout en gribouillant furieusement sur son carnet, il lui jeta un coup d'œil. Mais Bannerman fixait le ministre qui commençait à s'exprimer en anglais. Il ne prit pas de notes. Il observa et écouta le politicien vendre sa salade :

— J'ai été informé par la police judiciaire… aucune preuve indiquant… à l'issue de consultations étroites avec le gouvernement britannique… qui sont en parfait accord… regrette que la presse ait tant fait cas de ce dessin… mentalement perturbée… tous les intervenants n'ont aucun doute… discussions franches et approfondies… décision… l'affaire a été classée. Merci, messieurs, pour votre patience.

Il fit aussitôt demi-tour et descendit du podium pour s'en aller, suivi de sa garde rapprochée. De nombreux journalistes étaient déjà debout. Il fut assailli avant d'avoir eu le temps d'atteindre les portes battantes. Le gendarme se retrouva rapidement débordé et les costumes cravates durent jouer des coudes pour se rapprocher de leur patron.

Pas un seul journaliste présent dans la salle n'était dupe ; c'était une tentative flagrante d'étouffement de l'affaire. Ils savaient aussi qu'ils n'avaient pas le moindre espoir d'obtenir un mot de plus du ministre, et ce ne serait pas faute d'essayer. Les flashs crépitaient, les cameramen se bousculaient. L'image ferait de l'effet, ils le savaient. *Le ministre de la Justice assailli par les journalistes après sa déclaration controversée sur la mort de Gryffe et Slater*.

Au milieu de cette mêlée qui manquait de dignité, Bannerman entraperçut le visage du ministre, devenu gris. Tendu par la colère. Peut-être par la peur. Tête baissée, il levait les mains pour se protéger ; puis il disparut finalement de l'autre côté des portes battantes.

Debout, Platt ne put contenir son impatience plus longtemps.

— Tu le savais, hein ?

— Plus ou moins, répondit Bannerman en se levant lentement.

Platt le fixait, le visage empourpré par l'excitation.

— Comment tu l'as su ?

— Si on allait boire un verre ?

Derrière le comptoir du Café Auguste, la grosse pendule murale indiquait midi moins le quart. La conférence de presse avait été remarquablement brève. Pourtant, elle lui avait semblé plus longue. Le trajet à pied du siège de la police judiciaire au café du boulevard de Waterloo ne leur avait pris que quelques minutes.

Platt portait un vieux chapeau à carreaux repoussé en arrière et un Burberry bleu marine qui avait connu des jours meilleurs. Un peu emprunté, il s'assit en face de Bannerman et commença à se ronger les ongles. Bannerman l'exaspérait. Il n'avait pas prononcé un mot depuis la rue des Quatre-Bras et maintenant, il feuilletait distraitement son carnet. Il dirait sans aucun doute ce qu'il avait à dire quand bon lui semblerait. Or Platt n'avait pas de temps à perdre. Il devait respecter le délai de la deuxième édition. À l'heure qu'il était, sa rédaction savait tout de la déclaration du ministre. Il était difficile de battre la radio sur le plan de la rapidité. N'en pouvant plus, il appela le garçon. Le même serveur que la veille s'approcha de leur table et adressa un signe de reconnaissance à Bannerman.

— Monsieur ?

— Deux whiskies.

— Désolé, monsieur, il est interdit de servir des spiritueux dans les cafés.

Surpris, Bannerman haussa les sourcils.

— Mais vous m'en avez servi un hier soir.

— Hier soir, monsieur, vous étiez avec l'inspecteur, expliqua le garçon avec un petit sourire crispé. Pas aujourd'hui.

Bannerman regarda Platt :

— Une bière ?

Le journaliste hocha la tête, ses grosses lèvres esquissèrent un sourire.

— Deux bières.

— Merci, monsieur. Je suis désolé, monsieur.

Platt suivit des yeux le serveur et son sourire s'élargit.

— Ainsi, tu as bu un coup avec l'inspecteur hier soir. Du Maurier ?

Bannerman ne répondit pas, ce que Platt prit pour un acquiescement.

— Voilà donc comment tu as su ce que le ministre allait annoncer aujourd'hui. Qu'est-ce qu'il t'a raconté d'autre, l'inspecteur ?

Bannerman contemplait ses mains. Ça l'ennuyait que Platt ait découvert si facilement sa source de renseignement. C'était une erreur de l'avoir emmené ici. Finalement, il releva la tête et dit d'une voix étouffée :

— Pas mal de choses, Platt. Pas mal.

Puis, penché au-dessus de la table, il ajouta :

— Mais c'est confidentiel. Juste entre toi et moi.

— Je verrai, fit Platt en haussant les épaules.

— Tu verras que dalle si tu commences à faire le mariolle ! La seule raison pour laquelle je te parle, c'est que j'ai besoin de quelqu'un qui connaît cette ville et les gens qui actionnent les rouages.

— Et en échange… ?

— On partage l'histoire. Si j'arrive à la reconstituer.

Il se recula sur sa chaise quand on apporta les consommations. Platt avait du mal à se contenir ; il avala une gorgée de bière en attendant que Bannerman en dise plus. Mais, savourant l'inconfort de Platt, ce dernier resta muet.

— Bon, alors ? aboya Platt.

On aurait dit un chien impatient d'aller se promener.

— Alors quoi ?

— L'histoire ?

— Ah, ça me regarde.

Platt faillit renverser son verre en s'exclamant :

— Bon Dieu ! Comment ça, ça te regarde ?

Il jeta un coup d'œil angoissé à sa montre.

Bannerman leva son verre, but lentement plusieurs longues gorgées de bière, puis se passa le dos de la main sur les lèvres.

— À quelle heure le bouclage de ta deuxième édition ?

— Midi.

Il regarda de nouveau sa montre. Il était midi moins dix.

— Je serai bref, alors.

Cependant, sans se presser, il but une autre gorgée.

— Tu nageras dans le noir jusqu'à ce que je commence à mettre les choses en ordre. J'aurai besoin de certaines informations sur certains individus. Les facilités que tu as ici et ta connaissance de Bruxelles devraient me faire gagner un temps précieux. Quand l'histoire sera bien ficelée, si elle l'est, j'envisagerai de la partager avec toi – à condition que ta contribution en vaille la peine.

Platt le fusilla du regard :

— Qu'est-ce que c'est que ce marché ?

— Le seul que je suis prêt à conclure.

— Tu as un sacré culot, Bannerman. Suppose que je te fournisse toutes ces infos. Qu'est-ce qui t'empêchera de m'évincer ? Je suis censé te faire confiance, c'est ça ?

Bannerman sourit.

— Je ne vois pas en qui tu pourrais avoir confiance à part moi.

Platt avala le restant de sa bière et s'essuya la bouche avec sa manche. Son chapeau paraissait avoir glissé un peu plus vers l'arrière de son crâne.

— Pas d'accord.

— À ta guise, dit Bannerman en se levant.

— Non, arrête ! Attends une minute !

Platt était à l'agonie, piégé entre son indécision et le délai imminent du bouclage.

— Assieds-toi, pour l'amour de Dieu.

Bannerman se rassit.

— Bon, d'accord. Tu sais que t'es un vrai salopard, Bannerman ?

Il hésita, glissa un œil vers la pendule. Midi moins deux.

— Tu vas rater ta deuxième édition, dit Bannerman.

— Allez, vide ton sac.

— D'accord. Je veux tout savoir sur un dénommé René Jansen. Absolument tout ce que tu pourras récolter à son sujet. Vie personnelle, professionnelle, intérêts économiques. Et aussi sur un certain Michel Lapointe. Appelle-moi dès demain matin à l'IPC.

Platt était déstabilisé, curieux, mais aussi conscient de l'heure qui tournait. Prêt à subir la fureur de son nouveau chef de service, il se leva et lança à son confrère son regard le plus méprisant.

— Salaud ! répéta-t-il en filant à la recherche d'un téléphone.

Bannerman finit sa bière sans se presser.

Lorsqu'il sortit sur le boulevard, le soleil ne brillait plus. Des nuages noirs arrivaient de l'est, chargés d'une nouvelle menace de neige.

3

Melle Ricain leva les yeux de son clavier et sourit à Bannerman lorsqu'il entra. Il se demanda ce qu'elle pouvait bien taper sans arrêt. Vautré à sa place, toujours en manteau, Palin feuilletait des notes prises en sténo. Il n'était pas à la conférence de la rue des Quatre-Bras ; il revenait sans doute tout juste de la réunion de midi en salle de presse. Après un bref coup d'œil à Bannerman, il se replongea dans ses notes. Bannerman s'assit et jeta son carnet sur le bureau.

— Votre rédacteur en chef a téléphoné, dit Melle Ricain. Son vol est retardé. Il ne faut pas l'attendre avant une heure.

Bannerman regarda sa montre. Midi et demie.

— Très bien, merci. Dites, pourriez-vous faire un saut à la boulangerie du coin pour m'acheter un sandwich ? Je crois bien que je n'aurai pas le temps de déjeuner.

Apparemment ravie de lui rendre service, elle se leva aussitôt.

— À quoi le voulez-vous ?

— Aucune importance. Ce qu'il y aura. Merci.

Elle prit avec un grand sourire le billet qu'il lui tendait, ramassa son sac et son manteau, et sortit en laissant une bouffée de parfum dans son sillage. La veille, il n'avait pas remarqué qu'elle se parfumait ; aujourd'hui, il était impossible de l'ignorer. Il fronça les sourcils.

Une fois la secrétaire partie, il attendit une bonne minute avant de lancer à Palin :

— Il faut qu'on parle, tous les deux.

— Ah ouais ?

Palin se redressa sur son fauteuil et lui jeta un regard mauvais. Dans ses yeux embrumés par la boisson, se lisait un soupçon d'appréhension qu'il essayait de cacher.

— Et de quoi donc ?

Il planta une allumette au coin de sa bouche et se mit à la mâchonner.

Bannerman attendit, laissant l'appréhension de son confrère s'enraciner.

— Du coup de téléphone que vous avez passé à René Jansen hier.

En le voyant pâlir, il comprit qu'il avait deviné juste. Coup de chance. Ça aurait aussi bien pu être Lapointe. Fifty-fifty.

— De quoi vous parlez, putain ?

Bannerman conserva un calme calculé.

— Je ne sais pas s'il est possible de veiller à ce que vous ne travailliez plus jamais dans la presse, Palin, mais je vais m'assurer que votre rédacteur en chef ait connaissance des faits. Je ne peux qu'imaginer sa réaction. Quant au syndicat, eh bien, même s'ils ne sont pas aussi prévisibles, je pense qu'il y a de fortes chances pour qu'ils vous excluent. Et puis il y a la police judiciaire. Je ne le jurerais pas, mais il est très possible que vous ayez enfreint la loi.

Une pâleur mortelle envahit le visage de Palin, qui resta un long moment muet avant d'articuler :

— Vous ne pouvez rien prouver.

Il ne niait même pas. Bannerman maîtrisa sa colère.

— Possible. Mais allez savoir. Vous et moi sommes tous les deux au courant que Slater faisait chanter Gryffe.

Le visage de Palin ne trahit absolument rien. Était-il réellement au courant ? Bannerman le regarda faire passer l'allumette d'un coin à l'autre de sa bouche et la mâcher nerveusement.

— Si je comprends bien, Jansen et Lapointe étaient impliqués eux aussi, d'une manière ou d'une autre.

Il ne savait pas quelle pouvait être cette implication, ni si elle existait seulement. Palin affichait toujours le même visage impassible.

— J'ignore qui a tué Slater et Gryffe, poursuivit Bannerman, mais il n'est pas déraisonnable de supposer qu'ils ont été tués sur l'ordre de quelqu'un comme Jansen. Ou Lapointe. Ou les deux. Et quoi que vous ayez su, ou pas, c'était suffisant pour comprendre que l'un ou l'autre risquait d'être intéressé par le dossier des articles rassemblés par Slater.

Il lançait une idée en l'air, sans avoir la moindre idée de la direction dans laquelle soufflait le vent.

— Qu'est-ce que vous vouliez, Palin ? De l'argent ? Peu importe. Ça fait de vous un complice après le fait. Complice de meurtre.

Palin s'efforçait de paraître serein.

— J'ai entendu dire qu'ils laissaient tomber l'affaire.

— Possible. Moi, pas. Et vous savez que j'irai jusqu'au bout, Palin, n'est-ce pas ? Vous savez que vous êtes dans la merde.

Le journaliste finit par craquer, professionnalisme et moralité minés par l'alcool. Il se pencha en avant et laissa tomber la tête entre ses mains tachées d'encre. Bannerman l'observa avec indifférence. Un homme de talent ravagé par l'addiction, finissant par succomber à sa propre stupidité.

Palin releva la tête, des larmes s'échappaient du coin de chaque œil. Figure pathétique au bord de l'abîme. Portant la main à sa poche revolver, il en extirpa une flasque qu'il déboucha avec des doigts mal assurés. Puis il bascula le cou en arrière et le goulot de la flasque disparut entre ses lèvres pâles tandis qu'il le tétait comme un bébé le sein de sa mère. Ensuite, il la reposa brutalement sur le bureau et lança un regard misérable à Bannerman.

— En réalité, je ne sais rien, dit-il d'une voix étranglée au fond de sa gorge. Juste que Slater avait quelque chose sur Gryffe. Rien que des trucs glanés ici et là. La fin d'une conversation téléphonique. Le dossier qu'il avait monté.

D'une main tremblante, il leva la flasque pour boire une nouvelle gorgée.

— Et puis j'ai trouvé les coupures sur Jansen et Lapointe. J'ai supposé qu'il devait avoir quelque chose sur les trois. Mais jamais je n'ai pensé au chantage. Juste à un article sur lequel il devait bosser. Un gros truc. Qu'il essayait de me cacher. Et ça m'a intéressé.

Son regard lançait un appel à la compréhension ; quand il comprit que ça ne servirait à rien, il se souleva de son siège et se planta devant la fenêtre.

— Alors, qu'est-ce que vous espériez réellement obtenir en prévenant Jansen ? demanda Bannerman.

Incapable de faire face à son accusateur, Palin répondit sans se retourner, d'une voix éteinte par l'angoisse :

— Je pensais… je pensais qu'il pouvait payer cette information.

— Il l'a fait ?

— Pas vraiment. Il a dit qu'il lui fallait une preuve. Qu'il me contacterait quand il l'aurait.

— Et vous avez accepté ?

Bannerman avait du mal à croire que Palin ait été aussi stupide. L'homme, ou ce qu'il en restait, retourna à son bureau pour reprendre sa flasque. Il but une longue gorgée, un peu de liquide glissa du coin de sa bouche sur son menton. Il l'essuya du dos de la main.

— Ce que vous avez dit hier… à propos de mon boulot ici… qui ne durerait pas longtemps. Vous ne pensiez pas si bien dire… On me rappelle à Glasgow.

Il s'étouffa presque en prononçant ces mots.

— Dès le mois prochain. Un nouveau poste. Assistant au service de nuit des infos. Mis au placard après tant d'années. Assis jusqu'à l'aube comme un crétin. Sans bouger. De la paperasse. Une vraie merde. Un ringard avec un titre. Glasgow ? Je ne veux pas retourner à Glasgow. Dans un studio pourri qui pue le rance et le moisi. Plutôt crever. Quand on a bourlingué toute sa vie…

Il regarda Bannerman en face, avec des yeux accusateurs.

— Un jour, vous connaîtrez ça, vous aussi. Quand

on ne veut plus de vous et qu'on vous colle au placard, en attendant votre départ à la retraite. Ou votre mort.

Un petit sourire amer lui tordit la bouche.

— Ma seule consolation… c'est qu'un jour, même un enfoiré comme vous sera foutu au rancart.

L'alcool ranimait son agressivité. La flasque était vide maintenant. Il ouvrit un tiroir, en retira une bouteille de whisky, dévissa le bouchon et planta le goulot entre ses lèvres. Il la téta franchement, toute retenue envolée.

— Ouais, même un enfoiré comme vous.

Comme il chancelait un peu, Bannerman devina que ce n'était pas sa première bouteille de la journée.

— J'imagine que vous allez le crier sur les toits.

Bannerman soupira et se leva :

— Non, je n'en parlerai à personne, Palin. Vous n'en valez pas la peine. Mais Jansen ne pensera peut-être pas la même chose. Il vous enverra peut-être quelqu'un, comme celui qu'il a envoyé ici hier soir.

La peur noircit les yeux de Palin.

— Mais non… Je ne sais rien du tout.

Bannerman avança vers lui.

— J'espère qu'il le fera. J'espère que quelqu'un vous trouera la tête pour qu'un peu de jugeote finisse par y pénétrer.

Sur ce, il lui flanqua son poing dans la figure. Palin tituba en arrière et retomba lourdement dans son fauteuil, du sang jaillissant de son nez et de sa bouche. Bannerman se frotta les articulations. Ça faisait plus mal qu'il ne l'aurait pensé.

— Voilà pour hier soir, dit-il d'une voix qui lui sembla sonner bizarrement.

Palin se redressa, prit un mouchoir dans sa poche et le pressa sur son visage. Un gargouillis sortait de sa bouche.

Toute colère abandonna Bannerman en regardant cet homme pitoyable ; il regretta de l'avoir frappé. Il avait cru que cela le soulagerait. Mais ce n'était pas le cas. Il lui tendit la bouteille :

— Tenez. Vous devriez boire un coup.

À cet instant, la porte s'ouvrit. Il se retourna et vit Tait, qui les fusillait du regard.

— Bon Dieu, Bannerman !

Melle Ricain apparut derrière lui, une demi-baguette fourrée de fromage et de tomate à la main. Le spectacle la laissa bouche bée.

CHAPITRE 15

Le ciel n'avait pas tenu sa promesse du matin. Il neigeait. Cette fois, le vent poussait la neige. Et, cette fois, ce n'était pas de la neige mouillée. Elle tiendrait. Si elle tombait pendant plusieurs heures d'affilée, il y en aurait une couche épaisse. Dans la rue, les gens se recroquevillaient sous leur carapace hivernale. Chapeaux, manteaux, écharpes, bottes. Tête baissée contre la bise.

Bannerman et Tait les voyaient passer de l'autre côté de la vitre du petit bistro de la rue des Patriotes, à cinq cents mètres à peine du Berlaymont, juste au coin de l'église du Sacré-Cœur, rue Le Corrège. Jambons, fromages en forme de calebasse, saucisses et andouilles pendaient du plafond. D'énormes miches de pain plates étaient empilées dans la vitrine. C'était un endroit tranquille à la lumière tamisée. Ils déjeunaient tard ; quelques rares tables seulement étaient encore occupées.

Disposant de très peu de temps, ils avaient d'abord pensé sauter le déjeuner. Mais Tait avait repéré ce bistro pendant qu'ils roulaient à la recherche de l'église où devait avoir lieu la messe. Il n'avait pas ouvert la bouche depuis qu'ils avaient quitté le Centre de presse international.

Un vieux serveur usé par les ans, en bras de chemise et pantalon noir informe, leur tendit le menu. Tait commanda d'office pour eux deux. Le plat du jour. Filet de veau aux lentilles avec deux verres de vin de Moselle. Bannerman le regarda allumer une cigarette puis daigner tourner les yeux vers lui.

— J'aurais dû vous virer sur-le-champ.

Bannerman ne dit rien.

— Vous vous en fichez ? lança Tait, exaspéré.

— Un peu. Je peux survivre sans vous et le *Post.* D'autre part, je pense que le syndicat aurait son mot à dire là-dessus.

— Je pense surtout que le syndicat aurait son mot à dire sur la façon dont vous avez agressé un confrère… D'ailleurs, depuis quand autorisez-vous le syndicat à prendre votre défense ?

Bannerman haussa les épaules.

Tait tira sur sa cigarette et réfléchit un moment.

— OK, racontez-moi ce qui s'est passé.

— Palin est un ivrogne. Son journal le rappelle au siège pour le mettre au placard en attendant qu'il meure tranquillement dans son coin. Il savait que je m'intéressais à un dénommé René Jansen, sur qui Slater avait un dossier. Ce salopard lui a refilé le tuyau, en pensant que ça lui rapporterait de l'argent. Jansen a envoyé quelqu'un au bureau pour faire disparaître le dossier.

— Il l'a trouvé ?

— Oui. Et il m'a trouvé aussi.

Bannerman remonta sa manche pour lui montrer son bleu.

— Il a failli me casser le bras !

Tait fronçait les sourcils.

— Jansen… Je connais ce nom.

Il semblait avoir oublié Palin et se moquer éperdument de l'état du bras de Bannerman.

— Un phare dans le monde belge des affaires. Un homme plein d'influence et d'argent. Pourquoi vous intéressez-vous à lui ?

À contrecœur, Bannerman lui expliqua pourquoi. Il lui parla des coupures de presse réunies par Slater dans le but de monter des dossiers sur les trois hommes, de ses conversations avec Du Maurier, de la conclusion à laquelle il était arrivé : Slater faisait chanter Gryffe.

— Nom de Dieu ! aboya Tait, qui baissa aussitôt la voix. Un chantage ! Bordel de merde. De quoi aura l'air le *Post*, à votre avis, si on apprend qu'un de ses journalistes faisait chanter un ministre du gouvernement ?

Bannerman n'en attendait pas moins de la part de son rédacteur en chef, mais cela le mit malgré tout hors de lui.

— Nous sommes journalistes, monsieur Tait. Vous l'avez peut-être oublié ? Nous sommes censés rapporter la vérité. Et si c'est vrai, les gens doivent le savoir. Ils doivent aussi savoir qui a tué Slater et Gryffe, et pourquoi des gens haut placés essayent de nous empêcher de le découvrir.

Il reprit sa respiration avant d'ajouter :

— J'imagine que vous êtes au courant de la déclaration de ce matin faite par le ministre de la Justice ?

— Évidemment.

Comment peut-il le savoir ? pensa Bannerman. *Il était dans l'avion à ce moment-là.*

— Depuis quand ?

— Depuis hier soir. On me l'a dit, officieusement, parce que l'un des nôtres était impliqué. À condition, bien sûr, que nous respections le blocus.

— Et vous avez accepté ?

— Oui.

— Et cela ne vous a pas effleuré l'esprit de me mettre au parfum.

— Il se trouve que vous le saviez déjà.

— Pas grâce à vous.

Le vieux serveur arriva avec le veau et servit le moselle. Bannerman regarda l'heure. Ils devaient se dépêcher. La messe d'enterrement débutait dans vingt minutes. Tait goûta le vin ; ensuite, ils mangèrent en silence. Le vieil homme les observait depuis le bar en s'étonnant qu'ils partagent un repas sans dire un mot. Surtout après leur vif échange, quelques minutes avant.

Tait finit son assiette le premier. Il vida son verre, alluma une nouvelle cigarette et jeta un regard froid à Bannerman.

— Je veux que vous laissiez tomber cette histoire, déclara-t-il calmement. Quoi que je puisse penser en tant que journaliste, il y a des choses dont je suis obligé de tenir compte en tant que rédacteur en chef.

Bannerman mangeait sans lever les yeux. Lorsqu'il eut enfin terminé son plat et bu la dernière goutte de vin, il s'adossa à sa chaise et dit sans une trace d'émotion :

— Si vous êtes prêt à laisser d'autres considérations prendre le pas sur les principes de base du bon journalisme, alors à mon très humble avis cela fait de vous un rédacteur en chef plutôt merdique.

D'un geste coléreux, Tait écrasa sa cigarette à moitié fumée et se leva.

— Je n'ai pas à supporter ce genre de connerie de votre part, Bannerman. Il n'y aura pas d'article. Vous rentrez à Édimbourg dès ce soir.

— Non, dit Bannerman, imperturbable.

— Vous ferez ce que je vous dis, bordel !

Bannerman secoua la tête.

— Je ne travaille plus pour vous.

— Oui, c'est ça.

— Je démissionne.

Tait éclata d'un rire sans humour.

— Vous avez signé un contrat, Bannerman. Stipulant que vous me devez un préavis de trois mois.

— Parfait. Allons devant le conseil de prud'hommes. On verra comment vous vous sentirez quand je commencerai à expliquer au tribunal pourquoi je m'en vais.

Le visage de Tait était devenu livide. Ses mains tremblaient. Le vieux serveur les regardait avec beaucoup d'intérêt, même s'il n'avait aucune idée de ce qu'ils racontaient. Deux ouvriers attablés non loin tournèrent la tête. Soudain très gêné, Tait se rassit.

Bannerman se pencha en avant et dit à voix basse :

— Que les choses soient claires, *monsieur* Tait. Je n'ai jamais laissé personne m'emmerder, et je ne vous laisserai pas m'emmerder. Quoi que Slater ait pu faire ou ne pas faire, même si ça doit ternir l'image du *Post*, ce sera mille fois mieux pour le journal de sortir l'affaire le premier. Ne vous méprenez pas, si vous me virez, ça ne m'arrêtera pas. Et quand j'aurai écrit mon article, vous pouvez être sûr que le *Post* sera le dernier journal sur terre à l'obtenir.

Tait était si blême que Bannerman crut qu'il allait le frapper. Puis, brusquement, toute volonté de lutter sembla l'abandonner. Il avait perdu le premier round, il le savait. Mais il avait du mal à ravaler son orgueil. D'une voix à peine plus forte qu'un murmure, il souffla :

— D'accord, Bannerman. Suivez vos pistes là où elles vous mènent. Et quand votre article sera prêt, si jamais il l'est un jour, on le publiera. Ensuite, vous pourrez vider votre bureau et foutre le camp. Vous n'avez aucun avenir dans ce journal.

Bannerman hocha la tête.

— Encore une chose. La fille de Slater…

— Pensez de moi ce que vous voulez, Bannerman, le coupa Tait, mais… nous nous sommes arrangés pour qu'elle reçoive les meilleurs soins possible quand elle rentrera en Écosse. En attendant, elle reste où elle est, à Bruxelles. Juste quelques jours.

Il regarda sa montre. Il était presque deux heures.

— C'est l'heure. Je vais à l'église à pied. Vous pouvez demander l'addition et prendre la voiture.

Sur ce, il se leva et sortit sous la neige en relevant le col de son manteau et en le serrant autour de son cou.

Bannerman resta assis, le temps que les battements de son cœur s'apaisent. C'était inévitable. Depuis l'arrivée de Tait au *Post*, il savait que ses jours au journal étaient comptés. Il en éprouvait un peu de tristesse.

— Garçon ! L'addition, s'il vous plaît, cria-t-il en français.

Et il pensa à quel point c'était absurde d'appeler « garçon » un homme de cet âge.

CHAPITRE 16

Bannerman ne s'était pas retrouvé devant une tombe depuis des années. Cela paraissait tellement anachronique à l'époque des crémations sur tapis roulant. Ce rite avait quelque chose d'un peu primitif. Tu es poussière, tu retourneras à la poussière.

Le prêtre était un petit homme chauve, avec quelques mèches blanches éparses collées au sommet du crâne ; sa soutane battue par le vent laissait entrevoir une doublure violette. Cinglé par la neige, son visage prenait une couleur rose. Il lisait une Bible aux pages humides et posait sa grosse main en travers pour empêcher le vent de les soulever.

Autour de la tombe se tenaient une poignée de proches. Au visage grave et rougi. Des journalistes avec lesquels Slater avait travaillé. Le noir des manteaux, costumes et cravates sous les parapluies noirs contrastait avec le décor enneigé. Un peu plus loin, à une distance respectable, un grand nombre de reporters couvraient l'évènement pour leurs journaux respectifs. Une équipe de télévision s'abritait sous un bouquet d'arbres dénudés, le cameraman filmait au téléobjectif. Cela aurait un effet particulièrement évocateur le soir sur les écrans de télé. Un enterrement en noir et blanc, sombre tableau de la mort.

Mais si on était quelqu'un qui avait connu le défunt et ne l'aimait pas spécialement, rester debout dans le froid par devoir empêchait singulièrement de goûter l'esthétique de la situation. On sentait surtout ses pieds se transformer en glaçons tandis qu'un état dépressif dû à la proximité de la mort s'emparait de soi. Si on était venu pour écrire un article, on irait boire un coup tout de suite après, et on écrirait ensuite quelques belles phrases sur ce type qui était un parfait étranger, avant de jouer les indignés à propos de la façon dont la police judiciaire avait mené l'affaire. Si on était le prêtre, on accomplissait l'œuvre de Dieu.

Et si on était Slater, on était mort, et on n'en avait plus rien à faire.

Tait se dandinait d'un pied sur l'autre à côté de Bannerman pendant qu'on descendait le cercueil au fond du trou qu'il avait fallu creuser dans un sol gelé. Fumant cigarette sur cigarette, il n'avait pas prononcé un mot durant le trajet de l'église du Sacré-Cœur au cimetière de Bruxelles. Le rite ennuyeux, presque païen, de la messe, n'avait pas amélioré son humeur.

Bannerman s'en moquait. Il observait Marie-Ange Piard, debout à l'autre extrémité de la tombe. Elle portait une robe noire sous une cape noire, un chapeau à large bord et le voile noir de rigueur. Ne voyant pas son visage, Bannerman ne pouvait distinguer les émotions qui l'agitaient. Mais elle n'avait pas l'attitude d'une femme en deuil. Immobile, très droite, elle semblait plutôt s'ennuyer. Peut-être que si son visage avait été visible, Bannerman n'y aurait vu aucune expression. Il avait du mal à imaginer Marie-Ange verser des larmes sur quiconque.

Il avait du mal à croire qu'elle éprouvait des sentiments pour Slater ; pourtant, elle avait été sa maîtresse. Apparemment. L'incongruité de leur liaison le taraudait. Il n'avait pas pensé à cette femme depuis la mort de Slater ; à présent, elle ravivait sa curiosité. Encore une pièce dépareillée dans cet étrange puzzle.

Sally se tenait derrière Marie-Ange, en long manteau foncé et béret. À deux ou trois reprises, elle avait jeté un coup d'œil en direction de Bannerman, mais elle ne l'avait approché ni à l'église ni au cimetière. Peut-être avait-elle senti l'antagonisme entre les deux hommes, et décidé de rester à l'écart. Ou peut-être, simplement touchée par la tristesse de la situation, avait-elle trouvé cela déplacé.

Le prêtre prononça ses derniers mots en jetant sur le cercueil une poignée de terre, aussitôt balayée par le vent. Le peu qu'il en restait crépita sur le bois verni. L'assistance abandonna ensuite l'endroit aux fossoyeurs qui rôdaient comme des lépreux un peu plus loin au milieu des tombes. Lorsque le petit groupe se mit en route dans la neige vers les grilles, les premières pelletées de terre frappèrent le cercueil.

Bannerman prit conscience de la présence de Marie-Ange à son côté. Tait marchait deux ou trois mètres devant eux.

— Je ne m'attendais pas à vous voir, monsieur Bannerman.

Elle releva son voile et montra un visage pâle et perplexe.

— Ils font de beaux enterrements ici. Je ne l'aurais raté pour rien au monde.

— Ça vous arrive d'être sérieux ? soupira-t-elle.

— Et *vous*, pourquoi êtes-vous là ?

Il surprit dans ses yeux une lueur d'agacement fugitive.

— Oh, répondit-elle en regardant ailleurs comme si cela ne la concernait pas, il faut bien sauver les apparences. En fait, j'étais sûre que vous seriez ici.

— Ah ? Je croyais que vous étiez étonnée de me voir.

Elle lui adressa un petit sourire.

— Nous n'avons pas terminé notre conversation, l'autre soir. Vous êtes parti brusquement, sans me dire au revoir. C'était très grossier de votre part.

Tout le monde était arrivé aux grilles. Des petits groupes bavardaient de tout et de rien en tapant des pieds pour se réchauffer, en attendant de pouvoir enfin s'en aller. Bannerman vit Sally l'observer de loin. Tait piétinait impatiemment dans la neige à côté de la voiture.

— Vous ne semblez pas particulièrement accablée de chagrin.

Marie-Ange eut l'air surpris.

— Ah non ? Les apparences peuvent être trompeuses.

— Vous l'êtes ?

— Naturellement. La mort est toujours triste.

Elle marqua une pause avant d'ajouter :

— Écoutez, Tim et moi avions une sorte d'accord. Une relation de convenance. Il a pu exister une certaine affection entre nous. Mais le pauvre Tim, j'en ai peur, commençait à prendre tout cela un peu trop au sérieux. Ce qui ne veut pas dire que sa mort ne m'a pas choquée.

— Vous n'avez aucune idée de la raison pour laquelle on a voulu le tuer ?

Elle haussa les sourcils.

— J'ai cru comprendre que la police était convaincue que cet homme politique et lui s'étaient entretués.

Bannerman haussa les épaules.

— Un rideau opportun tiré sur cette affaire par le pouvoir en place.

— Pourquoi, grands dieux, souhaiteraient-ils une chose pareille ? s'étonna-t-elle.

— Aucune idée. Une chose est claire, cependant. Quoi que puissent dire les autorités, Slater et Gryffe ont été assassinés.

Il observa attentivement sa réaction. Son visage s'était-il légèrement coloré ? Ce fut trop bref pour qu'il en soit certain.

— Vraiment ?

— Je suppose que vous ignorez de quoi Slater et le ministre ont discuté au cours de cette réception ?

Elle sourit, ouvrit son sac à main et en sortit un petit bloc-notes et un stylo.

— Totalement.

Elle griffonna des chiffres sur la première feuille de son bloc-notes, l'arracha et la lui tendit :

— J'imagine que vous avez envie de jouer au détective. J'adore les romans policiers. Quand vous aurez un soir de libre, appelez-moi à ce numéro. On pourra se retrouver quelque part, vous me raconterez tout.

Bannerman plia le papier et le rangea dans sa poche de poitrine sans le regarder.

— Je vous appellerai.

— Ne tardez pas, surtout.

Sur ce, elle s'éloigna d'un pas rapide vers une limousine noire garée plus loin.

Bannerman la suivit des yeux en pensant qu'il perdait probablement son temps. Sally le fit sursauter en lui touchant le bras. Il ne l'avait pas entendue approcher. Elle regarda dans la même direction que lui :

— Elle t'intéresse ?

Bannerman secoua la tête en riant.

— Pas du tout.

— Bon.

L'air un peu embarrassée, elle baissa les yeux et dit :

— Sept heures et demie, ça te convient ? Pour aller voir Tania ?

— Oui. Je passerai te prendre.

— Non. Je viendrai rue du Commerce. Vers sept heures.

Elle hésita un peu avant d'ajouter :

— Au fait, j'ai oublié de te rendre ma clé de l'appartement hier soir.

— Garde-la.

Il regarda sa montre et jeta un coup d'œil à Tait, qui s'impatientait.

— Je dois partir.

— Qui est-ce ?

— Mon rédacteur en chef. Je ne suis pas vraiment en odeur de sainteté, en ce moment. À ce soir, sept heures.

Dans la voiture, Tait tira de son sac de voyage une grande enveloppe pliée qu'il tendit à Bannerman.

— J'ai failli oublier. Ce que vous avez demandé aux archives, sur Gryffe.

Bannerman la prit et jeta un coup d'œil à l'intérieur. Elle contenait une douzaine de photocopies. Plusieurs articles nécrologiques parus dans les principaux journaux anglais, plus une sélection de coupures du *Post*. Il la lança sur la banquette arrière. Tait alluma une nouvelle cigarette :

— Vous pouvez me déposer à l'aéroport. Je prends le premier vol pour Londres. Je rentrerai à Glasgow après-demain. Je vous demanderai peut-être de mettre la fille de Slater dans un avion. De toute façon, on reste en contact.

Bannerman attendit quelques secondes avant de démarrer. Il allait s'éloigner du trottoir lorsqu'il vit, dans son rétroviseur, un taxi déboîter de la file de voitures garées derrière lui. Même s'il avait vu le visage du passager assis au fond, il n'aurait certainement pas reconnu l'homme qu'il avait croisé rue du Commerce, le lendemain de la tuerie. Un visage simplement entraperçu, et qui ne lui avait pas laissé une impression particulière.

Il n'avait pas non plus remarqué que ce même taxi attendait déjà devant l'église pendant la messe. S'il l'avait remarqué, il aurait pu se demander pourquoi son passager n'en descendait pas. Mais il n'avait aucune raison d'y faire attention. Les rues étaient pleines de taxis.

Pour Kale, crispé et agité à l'arrière du taxi, ce n'avait pas été facile. Il avait eu beaucoup de mal à faire comprendre ce qu'il voulait. Mais l'argent était un langage que tous les hommes comprenaient, bien que Kale sût pertinemment que l'argent n'effacerait pas la mémoire du chauffeur. Ce dernier n'arrêtait pas de le regarder dans son rétroviseur. Jamais Kale n'aurait pris ce genre de risque avant. Il savait qu'il commettait une erreur.

Il ne s'aperçut pas qu'un bon centimètre de cendre tombait de sa cigarette sur son manteau, où elle fit un petit trou. Il continua à aspirer la fumée dans ses poumons.

En observant le visage de son client dans le rétroviseur, le chauffeur se sentit parcouru d'un frisson. Ce type ne lui plaisait pas. Si ce n'avait pas été pour l'argent… Peut-être, une fois la course terminée, irait-il voir la police. Mais qu'est-ce qu'il dirait ? Qu'un Anglais à la tête qui ne lui revenait pas l'avait payé un prix exorbitant pour suivre une Volkswagen bleue ? Ils se moqueraient de lui, à coup sûr. Est-ce qu'il avait l'habitude de courir à la police chaque fois qu'il prenait un client qu'il n'aimait pas ?

Qu'est-ce qu'il avait, ce visage au regard noir qui le fixait depuis la banquette arrière ? Qu'est-ce qu'il pouvait en dire ? C'était idiot. Mais il n'arrivait pas à se débarrasser d'un sentiment d'inquiétude. Il décida néanmoins de concentrer son attention sur la route et la Volkswagen bleue qui roulait devant lui.

CHAPITRE 17

Lorsque Bannerman revint au Centre de presse international, le bureau était vide. À peine plus de cinq heures de l'après-midi, et il faisait déjà nuit. Il se sentait tendu, frustré. En vingt-quatre heures, il n'avait pas avancé d'un pouce. La pièce était étouffante ; il ouvrit une fenêtre pour laisser entrer un peu d'air froid. Quelques flocons de neige atterrirent sur le rebord et fondirent presque aussitôt. La veille, à la même heure, il buvait un verre au Café Auguste avec Du Maurier. Qu'avait-il accompli depuis ? Il s'était fait attaquer dans ce bureau, il avait flanqué son poing dans la figure d'un confrère, conclu un marché avec Platt, réussi à se mettre son rédacteur en chef à dos, et assisté à un enterrement. Mais il n'avait pas progressé.

En se détournant de la fenêtre, il vit un mot de Melle Ricain sur sa table. L'inspecteur Du Maurier avait téléphoné deux fois et laissé un numéro où le rappeler. C'était le même que celui qu'il lui avait donné la veille. Il y avait aussi, à l'attention des correspondants de presse britanniques, une invitation à dîner dans un restaurant de Bruxelles où le Foreign Office annoncerait les dispositions prises pour rapatrier le corps de Gryffe à Londres. Blocus imposé jusqu'à dix heures du matin, heure à laquelle une déclaration officielle du gouvernement serait diffusée. Tenue décontractée.

Ironie du sort, l'invitation était adressée à Timothy Slater, correspondant de l'*Edinburgh Post* à la CEE. Bannerman la froissa et la jeta dans la corbeille à papier. Une opération de relations publiques gouvernementale. La tragédie, c'était que leur tentative de tirer le rideau sur cette affaire réussirait probablement. La plupart des journalistes étaient sensibles à un bon repas bien arrosé et à la méthode douce les persuadant qu'ils auraient besoin de contacts dans l'avenir. Les correspondants basés ici, à Bruxelles, comme les deux rencontrés le jour de son arrivée, rechignaient à cracher dans la soupe. Les équipes envoyées de Londres seraient plus difficiles à convaincre. Mais combien d'entre elles resteraient assez longtemps sur place pour découvrir la vérité ?

Bannerman s'assit et examina ses jointures enflées. Il avait la main ankylosée. Il se demanda où Palin était parti. Se soûler quelque part ? Et Melle Ricain ? Elle ne comprendrait pas pourquoi il avait frappé son confrère. Le monde était plein de gens qui ne comprenaient rien, qui ne comprendraient jamais rien. Bannerman sortit l'enveloppe que Tait avait apportée et se plongea dans la lecture de chaque article.

Il lui fallut une demi-heure pour tout lire deux fois. Mais aucune révélation soudaine ne le frappa, aucune lumière aveuglante sur le chemin de Damas. Rien que les grandes lignes de la vie d'un homme. Guère plus de choses qu'il ne connaissait déjà à partir des coupures réunies par Slater.

Gryffe avait quarante-quatre ans. Né dans la banlieue de Londres, fils d'un avocat fortuné, il avait fait ses études dans un collège privé peu connu avant d'obtenir, à Cambridge, une licence en économie avec mention. Son éducation ne le prédisposait pas à l'orientation politique qu'il avait choisie.

C'était à Cambridge qu'il avait intégré le mouvement des jeunes du parti qu'il représenterait plus tard, d'abord à la Chambre des Communes, puis au gouvernement. Il avait commencé par être un converti enthousiaste, mais en quittant l'université il n'avait pas choisi la carrière politique. Il avait préféré un emploi lucratif – cadre débutant dans une entreprise, basée aux USA, qui fabriquait des tracteurs dans dix-sept pays différents. Au cours des dix années passées au sein de cette entreprise, il avait beaucoup voyagé et s'était rapidement élevé dans la hiérarchie, pour finir par monter des usines dans un grand nombre d'États d'Afrique et du Moyen-Orient.

À l'âge de trente-trois ans, il avait rejoint le parti avec lequel il avait flirté dans sa jeunesse. Un an plus tard, il était désigné comme candidat aux législatives dans une circonscription sûre, puis élu l'année suivante avec une majorité de quinze mille voix. Pratiquement depuis le début de sa carrière politique il était tombé sous l'influence de Lord Armsdale, président vieillissant et guide spirituel du parti depuis une trentaine d'années, devenant en quelque sorte son protégé. Ce qui lui avait valu le respect des autres.

Il était évident, même alors, qu'il serait destiné à de grandes choses. Il devint secrétaire particulier du chef de l'opposition. Durant les cinq années suivantes, il acquit de l'expérience en occupant plusieurs fonctions importantes avant d'obtenir finalement le poste convoité de ministre d'État des Affaires étrangères, peu après que son parti eut gagné les élections générales. Moins d'un an plus tard, cependant, son mentor Lord Armsdale était victime d'un infarctus et forcé de se retirer de la vie politique active. À cette époque, beaucoup de chroniqueurs semblaient persuadés que cela marquerait la fin de l'ascension fulgurante de Gryffe dans le parti. Armsdale, écrivaient-ils dans leurs rubriques, avait été le véritable architecte de son succès. Sans ce dernier pour tirer les ficelles, Gryffe retomberait dans l'anonymat. Il leur avait prouvé, à tous, qu'ils se trompaient, non seulement en conservant son poste mais en élargissant son cercle d'influence et en se haussant au rang de personnage public. Populiste, il donnait l'impression d'apporter une bouffée d'air frais dans le monde terni de la politique britannique – un monde gris sans personnalité ni charisme.

Même les chroniqueurs semblaient avoir été convertis. Moins de deux ans plus tard, ils le décrivaient comme le successeur naturel de son patron au Foreign Office. Certains allaient même plus loin en prédisant qu'il pourrait un jour diriger lui-même le parti – un futur Premier ministre.

Bannerman se frotta les yeux et s'enfonça dans son fauteuil. Gryffe n'avait pas seulement été un politicien astucieux, mais un manipulateur de médias, gravissant les marches du succès politique, d'abord sur le dos de l'ancien président du parti, puis en démontrant à ses détracteurs qu'il aurait été capable de faire son chemin tout seul.

Il était presque six heures. Bannerman jeta encore un coup d'œil à la note que Melle Ricain lui avait laissée et décrocha le téléphone. Il composa le numéro, celui de la ligne directe du bureau de Du Maurier, puis, appuyé sur les coudes, écouta sonner dans le vide. Il allait abandonner quand Du Maurier répondit.

— Bannerman. Vous me cherchiez.

— Oui.

— J'étais à l'enterrement.

— Ah, oui, fit-il d'une voix fatiguée. On peut se voir ?

— Quand ?

— Maintenant.

— Non, je vais voir l'enfant.

— Plus tard, alors.

— D'accord. Au Café Auguste ?

— Non. Place Poelaert. Au bout de la rue des Quatre-Bras. À l'opposé du palais de Justice. Il ne faut pas qu'on nous voie ensemble.

— Vous pouvez me dire de quoi il s'agit ?

— Non. Quand pouvez-vous y être ?

Bannerman réfléchit un moment.

— Onze heures ?

Il entendit Du Maurier soupirer.

— D'accord. Onze heures.

La ligne fut coupée, Bannerman raccrocha. Il pivota sur son fauteuil et aperçut l'invitation au dîner du ministre dans la corbeille à papier. Il la prit, la défroissa et la fourra dans sa poche.

CHAPITRE 18

Situé en retrait de la route, l'hôpital était protégé par des arbres et d'épais buissons à feuilles persistantes, derrière un grand mur. L'étroite route à peine éclairée qui escaladait la colline surplombant ce coin de banlieue était traîtresse sous la neige. Sur le côté gauche, un dénivelé très raide tombait vers une voie ferrée désaffectée. Entouré d'un jardin d'un hectare, l'hôpital avait été installé dans l'une des grandes villas perchées au sommet de cette colline. Peut-être autrefois un quartier chic de la ville, un refuge pour les gens riches. Aujourd'hui, les grands portails sculptés avaient noirci, ils s'étaient dégradés et les grilles en fer forgé rouillé ouvraient sur des allées envahies de mauvaises herbes qui pointaient à travers la fine couche de neige.

La plupart des maisons assoupies dans les ténèbres auraient pu aussi bien être abandonnées. Un seul bâtiment, l'hôpital, montrait des signes de vie, avec ses fenêtres éclairées fragmentées par les branches dénudées des arbres. Une atmosphère de déclin feutré enrobait toute cette rue blottie dans l'ombre de la colline. C'était un coin de la ville oublié par le temps. Lorsque la voiture de Bannerman franchit en gémissant un virage raide, les pneus glissant sur la neige, l'hôpital leur apparut soudain en entier.

Sur la grille, la plaque en cuivre poli avait un air incongru. HÔPITAL DES ENFANTS. Très discrète. Une clinique psychiatrique résidentielle pour enfants. Bannerman engagea la Volkswagen dans l'allée et roula entre les arbres jusqu'à un terre-plein qui servait de parking. De là, on avait une vue magnifique sur la ville drapée de blanc.

Sally et Bannerman descendirent de voiture sous d'épais flocons. Une demi-douzaine d'autres véhicules avaient le toit déjà couvert de neige. La maison paraissait en meilleur état que ses voisines. Ses pierres sablées avaient retrouvé leur couleur miel originelle, huisseries et volets avaient été repeints en vert. Le bâtiment produisait beaucoup d'effet avec ses tourelles aux quatre angles et ses toits pentus en ardoise.

Ils gravirent les marches du perron, poussèrent la double porte battante et entrèrent dans un hall carrelé assez lugubre d'où partait, sur la gauche, un escalier menant au premier étage. Dans l'air chaud planait une odeur aigre qui rappelait à Bannerman celle de la cantine de l'école. Une infirmière en uniforme blanc amidonné sortit d'une pièce du fond. Absorbée dans l'examen de tableaux fixés sur une planchette à pince, elle ne les remarqua pas tout de suite. Lorsqu'elle leva les yeux, elle sembla d'abord interloquée. Puis elle s'approcha et leur adressa la parole en français. En entendant Sally répondre dans cette langue, Bannerman fut surpris qu'elle la parle aussi bien. Mais, bien sûr, c'était normal puisqu'elle enseignait l'anglais en Belgique. L'infirmière sourit, hocha la tête et les pria d'attendre.

Ils firent les cent pas dans le hall, ni l'un ni l'autre n'ayant envie d'entamer une conversation. Au milieu du silence, seuls des sons distants parvenaient jusqu'à eux. Voix étouffées, portes qui s'ouvraient et se refermaient, cliquetis de machine à écrire. Des pas résonnèrent enfin dans l'escalier et un homme vêtu d'un costume foncé vint les saluer. Après leur avoir solennellement serré la main, il s'adressa à Bannerman en anglais :

— Vous venez voir la petite Tania. Je suis le docteur Mascoulin.

— Neil Bannerman. Et voici…

— Oui, nous nous sommes déjà rencontrés, le coupa le médecin.

Étonné qu'elle soit déjà venue, Bannerman jeta un coup d'œil à Sally. Décidément, il savait peu de choses d'elle.

— Tania est avec d'autres enfants dans la salle de jeux, reprit Mascoulin. Peut-être aimeriez-vous l'observer d'abord. Elle ne s'est pas bien intégrée, mais sans doute fallait-il s'y attendre.

Il les conduisit au premier étage, dans un couloir de couleur crème. Arrivé au milieu, il ouvrit une porte qui donnait sur une petite salle d'observation. Une douzaine de sièges étaient rassemblés autour d'un miroir sans tain permettant d'observer les enfants sans être vu. De l'autre côté, dans une grande pièce brillamment éclairée, huit ou dix enfants jouaient à différents jeux. Des peintures et des dessins, de toute évidence réalisés par les enfants, couvraient les murs. Des jeux étaient étalés sur une longue table rectangulaire ; deux enfants assis sur des chaises tubulaires s'amusaient avec une pile de briques en bois.

D'autres chaises et équipement variés étaient éparpillés çà et là, apparemment au hasard.

Assise sur une chaise, Tania regardait les autres sans manifester le moindre intérêt. Elle avait les mains jointes sur ses genoux, le visage impassible. Distante, comme si elle était ailleurs. Une infirmière en jean et tee-shirt blanc encourageait les enfants dans leurs activités tout en lui adressant la parole de temps en temps. Mais Tania ne paraissait pas l'entendre. Aucun son ne parvenait aux observateurs depuis la salle de jeux. C'était comme regarder un film muet.

— Nous pratiquons l'approche d'équipe intégrée, expliqua le Dr Mascoulin. Une infirmière travaille avec les enfants dans la salle de jeux et essaye d'introduire diverses méthodes qui nous permettent, à elle, et à nous dans la salle d'observation, d'apprendre des choses sur l'enfant. Nos séances impliquent normalement les parents ; nous apprenons également beaucoup de leur expérience. Malheureusement, dans le cas de la petite Tania, il n'y a pas de parents.

Se tournant vers Sally, il ajouta :

— Néanmoins, l'aide de mademoiselle Robertson s'est déjà révélée très précieuse à cet égard.

Vu le peu d'empathie qu'il manifestait, Mascoulin aurait aussi bien pu parler de bactéries étudiées au microscope ; son indifférence apparente agaçait Bannerman. Il était cependant très possible que ce détachement clinique ne soit que du professionnalisme né de la compassion. Il ne fallait pas juger les gens trop vite.

— Comme vous pouvez le constater, Tania ne s'est pas bien adaptée à son nouvel environnement. Dans un sens, c'était prévisible. Elle a été traumatisée et il y a, en outre, la barrière de la langue. Nous ignorons si elle comprend bien le français. Naturellement, les autres enfants et le personnel… sont de langue française, ou flamande. Nous ne pouvons pas bouleverser la routine pour un seul enfant, bien que plusieurs de nos infirmières parlent anglais et lui aient consacré du temps. Une attention individuelle. Je crains que tout ce que nous pouvons faire pour elle ici ne soit très limité.

Bannerman regardait Sally, qui semblait captivée par les enfants. Il s'étonna de nouveau de son intérêt pour Tania. Il n'avait pas pensé que la jeune femme pouvait avoir pour cette enfant des sentiments plus profonds que ceux d'une nounou occasionnelle. Était-elle venue la voir plusieurs fois ? C'était étrange que cette petite fille les ait autant touchés tous les deux.

— Plus vite elle sera ramenée en Écosse, mieux ce sera, disait Mascoulin. J'ai cru comprendre que votre journal essayait de lui trouver une place à la clinique Brook d'Edinburgh.

— Oui, dit Bannerman, qui en entendait parler pour la première fois.

— Même si elles sont insolites, les approches du docteur Brook dans le traitement du spectre autistique sont intéressantes. Il n'existe bien sûr aucun accord général sur une méthode particulière…

Bannerman reporta son attention sur Tania. Elle n'avait pas bougé. Pas plus, semblait-il, qu'elle n'avait cligné des yeux. Ses yeux sombres, mystérieux qui ne dévoilaient rien de ce qui se passait derrière. Il se souvint du contact de ses doigts froids sur sa joue et fut troublé par l'émotion que cela suscitait en lui.

— Quelle sorte d'avenir peut avoir une enfant comme elle ? s'entendit-il demander.

Et il se tourna vers le vilain visage carré de Mascoulin.

— Difficile de le savoir. Seul le temps nous le dira. Le grand danger, dans ce genre de cas, c'est que le manque de réactivité au traitement finisse par conduire à un internement en institution spécialisée. Où l'on a tendance à recourir aux drogues pour maintenir une certaine stabilité, ce qui peut entraîner une schizophrénie.

Il se gratta la tête d'un air songeur.

— Vous savez, les enfants autistes deviennent des adultes autistes. Dans les pires des cas, et quand il n'y a personne pour s'en occuper, ils sont incapables de se prendre en charge tout seuls. Ils sont imprévisibles, parfois violents. On ne peut pas faire grand-chose.

Voyant Bannerman s'alarmer, il se dépêcha d'ajouter :

— Je parle des cas extrêmes, bien sûr.

La séance d'observation se termina. Une autre infirmière emmenait les enfants, Tania fut la dernière à partir. L'infirmière qui lui avait parlé un peu plus tôt la prit par la main ; la petite fille la suivit avec cette même passivité sereine dont Bannerman avait déjà été témoin.

— Elle a une chambre particulière, dit Mascoulin. Elle aime être livrée à elle-même. Parfois elle dessine, ce qu'elle ne fait jamais en salle de jeux. Bien qu'il y ait toujours du papier et des crayons. Elle considère notre sollicitude comme… euh, une intrusion, je suppose.

— On peut aller la voir ?

— Elle risque de mal réagir.

— Je sais, j'ai déjà vu ça.

Mascoulin haussa les épaules.

— Une seule personne, alors.
— Va, dit Sally. J'irai la prochaine fois.

La tête de Tania pivota brusquement lorsque la porte s'ouvrit. Elle était assise à un petit bureau couvert de feuilles de papier, poussé contre le mur. Sa main serrait un petit crayon. Le visage las et douloureux du Christ la regardait depuis un crucifix accroché au-dessus d'elle sur le mur blanc et nu. Ses draps étaient en bataille, comme si elle avait passé une nuit tourmentée. Une commode en bois foncé occupait le milieu du mur opposé. Un tapis usé recouvrait le plancher peint en noir. C'était une chambre austère, fonctionnelle, une cellule.

La première chose que Bannerman remarqua, ce furent les barreaux de la fenêtre. Située au premier étage, celle-ci donnait sur le parking. Au-delà, les lumières de la ville scintillaient dans un lointain enneigé.

Puis il fut attiré par ses yeux.

Avant qu'elle ne reconnaisse Bannerman, ses sourcils se rejoignirent au-dessus de son nez et ses yeux étincelèrent de colère. Puis, tout aussi vite, son front se détendit et ses yeux redevinrent ces lacs noirs placides. Mascoulin fut satisfait de constater qu'il n'y aurait pas de crise.

— Je vous laisse un moment, dit-il en refermant doucement la porte.

Gêné, Bannerman demeura immobile, à contempler l'enfant. Dans le silence, il pouvait entendre sa propre respiration, comme le grincement d'une craie sur un tableau noir.

À moitié tournée sur sa chaise, l'enfant ne bougeait pas, elle le fixait. Quelques secondes interminables s'écoulèrent.

— Hello, finit-il par lancer d'une voix qui lui parut très faible.

Tania ne fit pas un geste. Il avança pour regarder les dessins étalés sur la table. Bien qu'il connaisse déjà son portrait de l'homme dans la maison, leur virtuosité le sidéra. Il avait rarement vu une telle expression traduite par de simples traits. Le mouvement et la perspective rendus avec une telle exactitude en quelques coups de crayon. Il y avait des chevaux, des cavaliers, un chien, un oiseau en vol.

— Ils sont magnifiques, dit-il tout en pensant à quel point ce terme était insuffisant pour qualifier leur génie.

Elle avait la tête tournée vers lui. Que pensait-elle ? Soudain, mû par une impulsion, il s'accroupit pour mettre ses yeux au niveau des siens, et il lui prit la main. L'espace d'un instant, il eut quelque chose sur le bout de la langue, quelque chose qu'il voulait lui dire. Mais qui disparut aussi vite et lui échappa. Tout ce qu'il ressentait pour elle, toutes les émotions étranges qu'elle éveillait en lui, étaient désespérément insaisissables, impossibles à définir. Perdu, naufragé dans un océan de confusion, il fut saisi du besoin urgent de la serrer dans ses bras pour la protéger. Mais effrayé par la réaction qu'il risquait de provoquer, il se retint.

Embarrassé, sans savoir pourquoi, il baissa la tête, soupira, et sentit la douce chaleur de ses petits doigts sous les siens. Comment pouvait-il lui expliquer ce qu'il était incapable de s'expliquer à lui-même ? Il voulait la protéger, lui éviter toute souffrance, comme un père avec sa fille. Un instinct qui lui était étranger, et pourtant complètement naturel.

Il leva les yeux et vit qu'elle souriait. Un petit sourire qui éclairait ses yeux et relevait les coins de sa bouche. Il y avait sur son visage banal une grande sérénité qui le rendait presque beau. Il étreignit sa main et se leva, encore ému par son malaise, mais quand même un peu mieux dans sa peau.

— Je reviendrai te voir, dit-il.

Tania refusait de lâcher sa main ; il sentit sa détresse.

— Je dois partir.

Elle le retenait toujours. Puis soudain, elle parut se résigner et le lâcha. Bannerman voulait s'en aller, mais ses pieds refusaient de bouger. Le visage levé vers lui, Tania le fixait avec tristesse maintenant. L'ébauche de sourire avait disparu. Il se pencha pour l'embrasser doucement sur le front, captant au passage le reflet de son visage pâle et contusionné dans un miroir fixé sur le mur opposé. Il avait l'air fatigué. Il détourna les yeux de son reflet. Le baiser était un acte simple fait sans vraiment y penser. Mais il n'en était pas moins surpris.

— Je reviendrai, s'entendit-il dire.

Puis il sentit le métal froid de la poignée dans sa main et sortit dans le couloir, en refermant la porte derrière lui.

Mascoulin surgit de la pièce voisine et lui jeta un regard étrange.

— Elle a un talent extraordinaire.

Ne se sentant pas capable de parler, Bannerman hocha simplement la tête.

Ils se dirigèrent ensemble vers l'escalier.

— Les enfants ont une capacité d'aimer presque illimitée, monsieur Bannerman. Pour la plupart des enfants autistes, cette relation aux autres est très difficile. Ça les frustre, presque autant que cela fruste ceux qui les aiment. Il est très dur de continuer à aimer quelqu'un qui ne peut pas vous aimer.

Bannerman hocha de nouveau la tête.

— Chaque enfant a besoin d'un amour à rendre, continua le médecin. La moindre miette parcourt un long chemin et revient multipliée. Peut-être que Tania en a manqué.

Bannerman n'en doutait pas. Il regarda le médecin. On aurait dit qu'il avait été témoin de ce qui venait de se passer dans la chambre. Puis il se souvint du miroir au mur et se sentit un instant irrité d'avoir été espionné. Mais sa colère retomba vite.

— Vous nous observiez.

— Nous voulons pouvoir garder un œil sur les enfants. Je dois reconnaître que la façon dont elle a réagi avec vous est assez exceptionnelle. Depuis qu'elle est arrivée, c'est un véritable automate. Même avec mademoiselle Robertson.

Il hésita avant de demander :

— Vous la connaissez depuis longtemps ?

Bannerman secoua la tête.

— Je la connais à peine.

Sally attendait dans le hall. Elle leva les yeux en les entendant descendre l'escalier.

— J'espère sincèrement que vous reviendrez, dit Mascoulin.

Il leur serra la main puis les regarda franchir les portes battantes et sortir sous la neige, tout en s'interrogeant sur la scène étrange qui venait de se dérouler dans la chambre de l'enfant.

Dehors, Bannerman s'arrêta au bas des marches, respira l'air froid de la nuit et leva le visage vers le ciel pour que les flocons de neige rafraîchissent sa peau brûlante. Il sentit Sally glisser son bras sous le sien et l'entraîner lentement vers la voiture.

— Pourquoi es-tu réellement venu ?

— Je ne sais pas, dit-il en haussant les épaules.

Il chercha distraitement les clés de la voiture dans sa poche.

— La première nuit où j'ai dormi dans l'appartement de Slater, je me suis réveillé à l'aube et je l'ai vue dans ma chambre. Elle était debout, elle me fixait et elle a posé les doigts sur mon visage. Elle est restée là un moment à me regarder, puis elle est partie. Ça m'a ému. Profondément ému, Sally. Je ne sais pas comment l'expliquer autrement.

Gêné, il lui jeta un coup d'œil. Puis se détourna. Les clés étaient froides dans sa main. Il ouvrit la portière côté passager.

— Tu as envie d'aller quelque part ?

— Ramène-moi chez moi. Je suis très fatiguée.

CHAPITRE 19

Kale ordonna au chauffeur de continuer son chemin. La plaque de cuivre brilla un instant dans les phares, bref éclat d'information suffisant pour lui indiquer qu'il n'avait pas besoin de chercher plus loin.

Au-delà de la grille de l'hôpital, où avait tourné la voiture de Bannerman, les pneus du taxi mordirent la neige vierge en patinant. La boîte de vitesses gémit, le véhicule atteignit lentement le sommet de la colline. Quelques arbres se dressaient sur un tertre plat avant que la route redescende en zigzags de l'autre côté. Kale fit arrêter le taxi et sortit une épaisse liasse de billets de son portefeuille. Il ne savait pas exactement combien ça faisait en livres sterling. Peut-être dans les deux cents. Même si c'était excessif, cela n'avait plus beaucoup d'importance.

Le chauffeur prit les billets, en tâta l'épaisseur, sans oser les compter. Il savait que ça faisait beaucoup, beaucoup plus que le montant affiché au compteur. Il se hâta de les fourrer dans sa poche et se retourna avec un petit sourire crispé pour marmonner quelques mots de remerciement. Les yeux froids du passager le balayèrent brièvement, chacun reflétant un point lumineux dans le noir. La bouche pâle et pincée ne remua pas. Seuls les yeux parlèrent, lançant un avertissement muet avant que leur propriétaire n'ouvre la portière et se glisse dehors en silence.

Sans perdre une seconde, le chauffeur enclencha la première, fit demi-tour et amorça la descente tout en jetant un coup d'œil dans le rétroviseur. L'homme n'était déjà plus qu'une ombre, à peine visible entre les arbres. Il poussa un profond soupir que ses poumons semblaient avoir retenu toute la journée, et s'autorisa un sourire de satisfaction en palpant la liasse de billets dans la poche de sa veste. Les peurs et les doutes accumulés plus tôt s'envolèrent aussi vite que les flocons de neige sur son pare-brise. Son idée, quelques heures plus tôt, d'aller trouver la police, lui paraissait ridicule à présent. Qui se souciait de savoir pourquoi cet étranger renfrogné avait voulu qu'il suive la Volkswagen bleue ? Il ferma le rabat de sa poche. Peut-être pourrait-il prendre quelques jours de vacances ?

Kale regarda les feux rouges du taxi disparaître entre les arbres. Il resta immobile quelques minutes. Il ne ressentait rien, pas même le froid. Dans quelques heures tout serait terminé, plus rien n'aurait d'importance. À travers les branches, il apercevait les lumières de l'hôpital. C'est à peine s'il remarqua la ville en contrebas sur sa droite.

Il redescendit la colline jusqu'à la première villa recluse dans le noir, derrière ses hauts murs de pierre. Un réverbère solitaire s'élevait au-dessus de la flaque jaune pâle qu'il projetait sur le sol. Kale alluma une cigarette et remonta le col de son manteau. Chaque mouvement lui paraissait détaché de lui, mécanique, comme s'il était sorti de son corps et n'en était plus qu'un simple spectateur. Il s'abandonnait entièrement au travail en cours.

Il fuma seulement la moitié de sa cigarette avant de la jeter et de marcher vers la grille de la clinique. Les traces des pneus de la voiture de Bannerman étaient déjà recouvertes de neige fraîche, ne laissant apparaître qu'une légère dépression. Après une brève hésitation, il remonta l'allée entre les arbres. La neige s'était accumulée par plaques, la couche épaisse des feuilles mortes avait une consistance spongieuse sous ses semelles. Une odeur de pourriture, froide et humide montait du feuillage persistant. Il gravit la pente en accrochant au passage ses manches et ses jambes de pantalon aux buissons, puis, essoufflé, s'accroupit à l'abri du mur qui bordait la terrasse. Une sueur glacée perlait sur son front.

Il resta dans cette position pendant plusieurs minutes avant de se relever juste assez pour pouvoir observer la maison par-dessus le mur. Plusieurs voitures, dont celle qu'il avait suivie toute la journée, étaient stationnées dans son ombre. La lumière de la lampe fixée au-dessus de l'entrée principale éclairait la terrasse jusqu'à lui. Des lumières brillaient aux fenêtres de tous les étages et se reflétaient sur la neige. Il reprit sa position accroupie pour se glisser jusqu'à l'extrémité du mur, au bout de la terrasse. De là, il avait une vue en biais sur la façade au-delà de laquelle la lumière tombait en longues bandes jaunes. Il se cala contre une courte volée de marches en pierres pour surveiller et attendre, silencieux, invisible, avec une patience infinie, redoutable.

Il aurait été incapable de dire combien de temps s'était écoulé avant que l'homme et la fille ressortent. Il les vit descendre les marches et regagner leur voiture, la neige mouillée crissant sous leurs pieds. Comme leurs voix dérivaient avec le vent, il eut la légère surprise de les entendre parler anglais.

— Tu as envie d'aller quelque part ?

— Ramène-moi chez moi. Je suis très fatiguée…

Une fois la voiture partie, le silence retomba. Kale déplia ses jambes raides et leva les yeux. Il vit, pressé contre l'une des fenêtres éclairées du premier étage, un petit visage qui regardait, entre les barreaux, les feux du véhicule en train de s'éloigner vers le quartier résidentiel.

Soudain, il ressentit le froid, ses jambes ankylosées, ses doigts engourdis. Il n'était plus à l'extérieur de son corps. Le visage à la fenêtre n'était qu'une ombre, une petite tête découpée en contre-jour. Une main minuscule se leva, s'appuya sur la vitre puis glissa lentement, tristement vers le bas. Kale sut avec une certitude effrayante que c'était l'enfant qui l'avait vu dans la maison de la rue de Pavie.

Pourtant, il ne bougea pas. Une autre silhouette apparut dans la chambre. Une infirmière s'approcha de la fenêtre. L'enfant se retourna et toutes deux disparurent à sa vue. Plusieurs minutes s'écoulèrent avant que l'infirmière réapparaisse à la fenêtre pour tirer le store, de sorte que la lumière ne se diffusait plus que sur les côtés. Puis elle s'éteignit.

Il était plus de minuit lorsque les dernières lumières moururent et que le jardin se retrouva plongé dans le noir. Depuis une heure, l'attention de Kale se concentrait sur la fenêtre de l'enfant. Il avait été étonné, quelque temps après l'extinction de la lumière, de voir le store se relever et révéler la pâleur de son visage éclairé par la lueur que renvoyait la neige. Elle restait là, fixant l'obscurité, la tête appuyée contre la vitre.

Il s'était surpris à penser à elle. Seule au monde sans parents, sans amour, séparée des autres par quelque chose dans sa tête, quelque chose qui la mettait à part, la condamnait à exister dans la solitude de son propre esprit. Il y avait une affinité entre eux. Sa vie n'était ni plus ni moins semblable à ce qu'avait été la sienne, ou à ce qu'elle était maintenant. Combien de souffrances aurait-il évitées si un étranger armé avait abrégé sa vie trente ans plus tôt ? Personne n'aurait pleuré sa perte. Personne ne l'aurait regretté. Mais, il le savait, il ne recherchait qu'une vertu au mal. Se justifier lui-même. Quelle ironie amère. Jamais il n'en avait eu besoin.

À présent, toutes les lumières éteintes, il ne la voyait plus à la fenêtre. Mais elle était encore là, il le savait. Il se remit péniblement sur ses pieds et palpa le pistolet dans sa poche. Le froid du canon lui brûla les doigts. Le cœur lourd, il monta les marches de la terrasse. C'était le moment.

Sa peau était brûlante, comme si elle avait la fièvre. De temps en temps, elle déplaçait son front sur la vitre pour le rafraîchir. Elle n'avait pas sommeil. Elle attendrait à la fenêtre, avait-elle décidé, jusqu'à ce que sa voiture revienne. Demain, peut-être, ou après-demain. Elle voulait voir sa voiture remonter l'allée. Elle voulait le voir debout dans la neige. Il lèverait peut-être la tête, il l'apercevrait à la fenêtre et lui ferait bonjour. Peut-être qu'elle sourirait et lui ferait bonjour, elle aussi. Ce serait difficile, mais elle voulait le faire. Elle voulait qu'il sache toutes les choses qu'elle ne pouvait pas lui dire. Pourquoi était-elle si attirée par ces étonnants yeux bleus ? Peut-être à cause de ce qu'elle voyait derrière.

Les lumières de la ville scintillaient en contrebas dans la vallée en créant des motifs bizarres. Il se trouvait là-bas, quelque part. En train de faire quoi ? Est-ce qu'il pensait à elle comme elle pensait à lui ? Bien sûr que non. Elle était lucide. Elle ne représentait qu'une minuscule fraction de sa vie, de ses pensées. Ce n'était que dans le grand désert de sa propre existence qu'il était si important pour elle, il remplissait le vide, apportait la lumière dans l'obscurité. Il n'avait aucune raison de penser à elle. Pourtant il était venu ici, non ? Et il éprouvait clairement quelque chose pour elle, quelque chose qu'il était incapable d'exprimer. Il reviendrait. Il avait dit qu'il reviendrait.

Cela faisait maintenant un moment que la clinique était plongée dans le noir. Les autres devaient dormir. Les médecins, les infirmières, les enfants. Ces étranges répliques d'elle-même. Prisonniers d'eux-mêmes, prisonniers de cette maison avec ses barreaux aux fenêtres.

Elle sursauta légèrement quand une porte claqua dans les profondeurs du bâtiment. Tout le monde ne dormait pas. Une lampe s'alluma au rez-de-chaussée, projetant une large tranche de lumière en travers de la terrasse enneigée. Quelque chose bougeait en bas, une forme sombre et recroquevillée prise dans le rayon lumineux. L'ombre d'un homme s'éloigna de la maison, longue et mince. Un visage se leva vers sa fenêtre, d'une pâleur maladive, plus blanc que la neige. Tania demeura immobile. C'était un visage qu'elle connaissait, un visage dans lequel elle voyait un reflet de sa propre peur. Des yeux dans lesquels elle reconnaissait le même regard traqué qu'elle avait surpris rue de Pavie. Puis la lampe s'éteignit et elle ne le vit plus, mais elle savait qu'il était toujours là. Et elle savait aussi qu'il était venu pour elle.

CHAPITRE 20

Bannerman avait toute la soirée devant lui, et rien à faire. Il venait de déposer Sally au pied de son immeuble, dans un quartier ancien de la ville. Elle ne lui avait pas proposé de monter, préférant rentrer seule dans un appartement vide. Il avait attendu quelques minutes au volant de sa voiture et vu la lumière s'allumer au troisième étage. Quelqu'un avait dû la faire souffrir énormément pour qu'elle soit aussi imprévisible.

Il repensa à la fille du service des ventes par téléphone, le soir où il avait fini par l'attirer dans son lit. Maladroite, inexpérimentée. Moment gâché par la jeunesse, l'ignorance, la peur. Le désenchantement après des années de colère. Depuis, il n'avait plus rien considéré de sacré dans sa vie. Cette nuit-là aurait dû faire de lui un adulte. Or il ne l'était devenu que six semaines plus tard lorsque, passée le voir après son travail, elle lui avait annoncé qu'elle était enceinte.

Cela ne lui avait même pas servi de leçon. Ironie du sort, c'était elle qui avait mûri avant lui.

Bannerman redémarra et effectua un demi-tour. Au troisième étage, un rideau voleta, un visage apparut un instant à la fenêtre, mais il ne le vit pas. Il regardait sa montre. Pas encore neuf heures. Il se souvint alors de l'invitation froissée dans sa poche. Il s'arrêta sous un réverbère pour pouvoir la lire de nouveau. *Le ministre des Affaires étrangères de Sa Majesté a le plaisir de vous inviter...* Neuf heures au Restaurant Noir, rue des Bouchers. Il fouilla la boîte à gants à la recherche d'un plan de Bruxelles. La rue des Bouchers se trouvait à une centaine de mètres de la Grand-Place où il s'était assis le matin même pour profiter du soleil hivernal. Il referma la boîte à gants avec un petit sourire amer. Il était temps que les choses commencent à bouger.

La vitrine du Restaurant Noir était occultée par d'épais rideaux rouges suspendus par des anneaux à une tringle en cuivre poli. Les menus étaient affichés à l'extérieur sous une imitation sophistiquée de bec de gaz. Des prix élevés. Il fallait un portefeuille bien garni pour venir ici. Le gouvernement de Sa Majesté avait l'argent des contribuables à sa disposition. C'était pour une bonne cause, après tout. Non ? Combien valait la bienveillance de la presse ? Un portier en uniforme marron et casquette à galon doré lui ouvrit la porte.

À l'intérieur, un bruit étouffé de voix, de couverts tintant sur les assiettes, de bouteilles effleurant le bord des verres, s'échappait d'une salle à manger cachée derrière des vitraux représentant des chevaliers et des gentes dames. Des voix beaucoup moins feutrées provenaient du bar attenant.

Sur sa gauche, une silhouette rôdait dans l'ombre, derrière le comptoir d'un vestiaire. Un larbin en costume noir et col blanc amidonné s'approcha sur la pointe des pieds, sourire professionnel plaqué sur les lèvres.

— Monsieur ?

Bannerman sortit son carton d'invitation froissé que le larbin prit entre le pouce et l'index comme s'il risquait de toucher un objet contaminé.

— Ah, bien. Puis-je prendre votre manteau ?

Les journalistes étaient au bar en compagnie du ministre, d'une jeune recrue du ministère et d'un attaché de presse du gouvernement. Lorsque Bannerman entra, les conversations s'interrompirent. Tous les visages, sans exception, se tournèrent vers lui. Mais très vite, chacun fit semblant de ne pas l'avoir vu. À l'exception de l'attaché de presse, qui s'avança pour lui serrer la main.

— Neil Bannerman, n'est-ce pas ?

Son sourire bien huilé s'élargit, ses fossettes menacèrent d'avaler le reste de son visage.

— Je prendrai un whisky, dit Bannerman.

— Bien sûr.

L'attaché de presse fila vers le bar.

Quelques visages lui étaient familiers, d'autres non.

— Tenez, dit l'attaché de presse en lui tendant son whisky. Je m'appelle Holt. Harold Holt.

Il était jeune, pas plus de vingt-cinq ans, et commençait déjà à perdre ses cheveux châtain clair. Il respirait la confiance en soi et l'ersatz de camaraderie qui était la caractéristique de sa profession.

— Eh bien, Harold, voudriez-vous prévenir le ministre que j'aimerais lui dire un mot ?

Le visage de Holt s'assombrit sans que son sourire flanche.

— Je ne pense pas que le ministre ait envie de discuter…

— Juste un brin de causette, c'est tout. À titre officieux, bien sûr.

Bannerman regarda le réticent Holt s'approcher du ministre, lui toucher légèrement l'épaule et murmurer quelque chose à son oreille. Le ministre tourna la tête et sourit dans la direction de Bannerman en levant un doigt pour indiquer qu'un entretien lui serait accordé dans une minute. Holt se précipita au bar pour aller chercher d'autres boissons. Bannerman but une gorgée de whisky qu'il fit tourner dans sa bouche avant de l'avaler.

— Monsieur Bannerman, je ne crois pas que nous nous soyons déjà rencontrés, dit le ministre en s'approchant, main tendue. Vous avez une sacrée réputation. Dommage que vous passiez la plupart de votre temps enterré là-haut en Écosse.

Bannerman sourit.

— Vous devriez peut-être l'inscrire sur votre liste des pays à visiter. Je suis persuadé que vous n'auriez aucun mal à rétablir des relations diplomatiques.

— Très amusant. Un autre verre ?

— Non merci. J'aimerais vous parler.

— Tout dépend de quoi, répliqua le ministre.

Il souriait avec facilité. Un homme qui avait serré la main d'autant de présidents et de Premiers ministres pouvait se mesurer sans sourciller à quelqu'un comme Bannerman. Il avait une bonne soixantaine d'années et n'était pas du genre à parler à la légère. Gryffe se préparait à lui succéder. Ce pourquoi, peut-être, les deux hommes ne s'étaient jamais bien entendus. C'était du moins ce que les tabloïdes laissaient entendre.

Il avait une épaisse chevelure gris acier et des yeux marron, rusés, qui vous fixaient d'un air ironiquement condescendant. Un homme persuasif, suave et ferme, le diplomate par excellence. Il avait la réputation d'être dur mais juste et de bien faire son travail. Du premier coup d'œil Bannerman comprit qu'il serait inutile d'assister au dîner.

— J'aimerais vous parler de Robert Gryffe et Tom Slater.

Le ministre sourit patiemment.

— Je regrette, sujet interdit, Neil. Triste affaire que celle-là. Après le dîner, je donnerai les détails sur le rapatriement du corps de Robert en Angleterre. Et sur le service funèbre.

Il passa un bras amical autour des épaules de Bannerman et l'entraîna doucement vers le bar.

— Naturellement, après l'élection, quand… (il sourit) quand mon parti sera revenu au pouvoir, nous pourrions peut-être déjeuner ensemble.

Bannerman secoua la tête et rendit au ministre son sourire.

— Ce n'est pas suffisant, monsieur. Évidemment, je comprends votre réticence à en dire trop avant l'élection. Sale histoire. Les électeurs ne doivent pas se méprendre. Malgré tout, je suis sûr que beaucoup de gens aimeraient savoir pourquoi les autorités belges ont étouffé les assassinats de Gryffe et Slater. Et si le gouvernement de Sa Majesté y est, ou non, pour quelque chose.

Le sourire diplomatique s'effilocha un peu sur les bords.

— Oh, allons, monsieur Bannerman.

Disparu, le « Neil » amical.

— Rien ne prouve qu'ils aient été assassinés. Une querelle…

— Avec tout le respect que je vous dois, monsieur le ministre, vous savez aussi bien que moi que ce sont des conneries ! Tout tend à prouver qu'ils ont été tués par une tierce personne.

Le ministre commença à éloigner Bannerman du bar.

— Le problème, poursuivit ce dernier, c'est que ces preuves n'ont pas été rendues publiques. Pas encore. Mais nous le savons tous les deux, non ? Le revolver dans la main droite de Slater le gaucher. Le quart de million de dollars dans la mallette. Les billets d'avion de Slater pour les États-Unis. Le cambriolage chez Slater dans la demi-heure qui a suivi les meurtres. Vous oubliez peut-être que j'étais présent.

Le ministre laissa tomber son sourire et dit d'une voix moins forte :

— Vous n'avez aucune preuve de ce que vous avancez, Bannerman… Ce n'est qu'un fantasme de journaliste.

Disparu, maintenant, le « monsieur ».

— Vous feriez bien de faire attention à ce que vous allez publier.

Bannerman fut à deux doigts d'en rire.

— Ou sinon ? Vous m'attaquerez en justice ? Pour avoir écrit la vérité ? Laver tout ce linge sale en public doit bien être la dernière chose dont vous avez envie, je me trompe ?

Ce fut au tour de Bannerman de passer un bras amical autour des épaules du ministre et de l'entraîner encore plus loin du bar avant d'ajouter à voix basse :

— Vous savez ce que je crois, monsieur le ministre ? Je crois que Robert Gryffe était sur le point de commettre une action embarrassante pour le gouvernement. Je crois que Timothy Slater le savait. Et pour parler franchement, qu'il le faisait chanter.

Le ministre fronçait les sourcils mais, en surface, il n'avait rien perdu de son flegme. Il avait mis son masque de sincérité et adoptait maintenant une approche différente.

— Votre information est-elle réellement valide, Neil ? demanda-t-il d'un air inquisiteur.

— Assez bonne.

— Parce que si ce que vous dites est vrai, alors il se peut que nous ayons à reconsidérer toute cette affaire. Il se peut que les autorités belges nous aient caché des informations capitales. Nous devrions nous rencontrer, vous et moi, pour parler de vos sources d'information.

Bannerman sourit.

— Allons, monsieur le ministre, vous savez bien que je ne révélerai jamais mes sources. Et si vous êtes vraiment si mal informé, vous ne me serez d'aucune aide. Mais je vais vous dire une chose. Quand j'aurai écrit mon article, je vous appellerai et vous pourrez me dire ce que vous en pensez. J'espère le terminer avant les élections. De toute façon, je vous promets que vous en serez le premier informé.

Bannerman admira presque le talent du ministre à empêcher son visage de trahir ses émotions, surtout après le revirement auquel il s'était vu obligé en quelques minutes.

Le journaliste se pencha en avant pour poser son verre sur une table.

— Au fait, vous voudrez bien m'excuser, mais je ne pourrai pas assister au dîner. J'espère sincèrement qu'il se déroulera au mieux. Au revoir, monsieur.

Et il gagna le vestiaire pour y reprendre son manteau.

Avant de sortir dans la neige, il jeta un coup d'œil par-dessus son épaule, vers le bar. Tout le monde avait conscience qu'il venait de se passer quelque chose entre le ministre et Bannerman, mais personne ne savait quoi. Or, dans le monde concurrentiel de la presse écrite, c'était un péché capital de ne pas savoir ce qui se tramait. Aucun de ces journalistes n'apprécierait son dîner. Pas plus que le ministre des Affaires étrangères.

CHAPITRE 21

1

La cage de l'escalier lui parut plus froide que les soirs précédents, la lampe des paliers plus pâle, l'escalier lui-même plus sombre. Dehors, les flocons tombaient, de plus en plus gros. L'hiver semblait déterminé à resserrer son étau sur la ville. Bannerman montait les marches d'un pas lourd quand il entendit tousser au-dessus de lui. Une toux d'homme. Il sentit aussi une odeur de cigarette. Celui qui se trouvait là-haut devait l'avoir entendu et ne cherchait pas à cacher sa présence.

Il gravit prudemment la dernière volée de marches, et aperçut la figure ronde et grasse de Platt qui regardait dans sa direction.

— C'est toi, Bannerman ? Ça fait plus d'une demi-heure que je poireaute ici. Je me les gèle.

Il avait le visage blême, bleui autour des yeux. Un épais manteau, une écharpe enroulée autour du cou. Son vieux chapeau à carreaux enfoncé sur le front. Pour se réchauffer, il tapait des pieds avec un peu trop d'ostentation.

— Qu'est-ce que tu veux ? demanda Bannerman en lui tournant le dos pour ouvrir la porte de l'appartement.

— Oh, sympa, fit l'autre sur un ton sarcastique. Je me casse le cul tout l'après-midi pour essayer d'avoir des renseignements sur Jansen et Lapointe, toute la soirée pour te joindre…

— Je t'avais dit que ça pouvait attendre demain.

Bannerman considéra ce visage pathétique et se radoucit.

— Bon, ça va, entre.

Platt le suivit dans le vestibule, puis dans le salon, en tapant dans ses mains et en soufflant sur ses doigts. Bannerman sortit de sa poche une bouteille enveloppée de papier brun, la posa sur la table, et jeta son manteau sur le dossier du canapé. En allumant le radiateur électrique, il vit Platt lorgner la bouteille.

— Pur malt, dit-il sans faire mine de l'ouvrir. Voyons ça.

— Quoi ?

— Ce que tu as sur Jansen et Lapointe.

— Ah, oui.

Platt s'extirpa de son manteau qu'il étala sur une chaise, retira une grande enveloppe pliée d'une poche intérieure et la lui tendit. Puis il se frotta les mains au-dessus du radiateur avant de s'asseoir dans un fauteuil. Passant une langue sèche sur ses lèvres violettes et humides, il regarda avec envie la bouteille de whisky.

— J'ai eu presque tout ce que je voulais sur Jansen dans une série d'articles que *Le Soir* a sortis sur lui il y a environ six mois. Je t'ai fait un résumé en anglais des choses utiles. Il y avait aussi des trucs sur Lapointe, mais pas aussi détaillés. Il est plus discret que Jansen.

Bannerman s'affala sur le canapé et regarda sa montre. Un peu plus de dix heures. Il lança l'enveloppe sur la table basse.

— Donne-moi les détails essentiels. Je n'ai pas le temps de tout lire pour l'instant. Je dois ressortir bientôt.

Platt ne fit aucun effort pour cacher son agacement.

— Quand est-ce que tu te décideras à être franc avec moi, Bannerman ?

— Chaque chose en son temps, Platt. Tu as eu ta deuxième édition à temps ?

Platt serra les lèvres.

— Oui. Mais mon papier est arrivé avec un quart d'heure de retard à l'impression ; je me suis fait copieusement engueuler.

Bannerman ne put s'empêcher de sourire, ce qui énerva Platt encore plus. Il lorgna de nouveau vers la bouteille.

— Si on buvait un coup, Bannerman ? Tu me dois bien ça. Pour réchauffer mes vieux os.

— L'alcool accélère la déperdition de chaleur du corps. Mais vas-y, sers-toi.

— T'as des verres ?

— Dans la cuisine.

Lorsqu'il comprit que Bannerman ne se lèverait pas, il quitta à regret son fauteuil pour aller les chercher.

En l'écoutant claquer les portes des placards, Bannerman se souvint de leur première rencontre, des siècles plus tôt, à l'hebdomadaire où il avait eu son premier emploi. Platt y travaillait depuis plusieurs années, déjà. Il était au courant de tout, ou croyait l'être, soufflait son haleine de whisky et son mépris sur la succession de jeunes limiers enthousiastes qui passaient par là en attendant mieux. Même à l'époque, c'était un solitaire. Veuf. Aigri par tout ce qu'il avait raté dans sa vie. Il avait d'abord déversé son mépris sur ce nouvel arrivant, puis en se rendant compte que Bannerman était différent, promis à un avenir professionnel qui le propulserait à des lieues devant lui et le laisserait s'apitoyer sur son triste sort, Platt avait tout fait pour lui pourrir la vie encore plus.

Bannerman l'avait haï à cause de ça. N'était-ce pas lui qui avait raconté au rédacteur en chef son histoire avec la fille du service des ventes par téléphone ? N'était-ce pas lui qui avait pris un malin plaisir à le voir souffrir et qui avait lancé une campagne de diffamation parmi ses collègues ? Bannerman l'avait toujours soupçonné d'être à l'origine de son renvoi. Il avait longtemps ruminé sa colère. Seul le temps avait réussi à atténuer l'humiliation de cette époque, jusqu'à ce qu'il finisse par reléguer Platt dans les brumes d'un passé douloureux à moitié oublié.

Et voilà que des années plus tard, ils se retrouvaient associés, à contrecœur, sur l'enquête d'un meurtre, loin de chez eux, en hiver, dans une ville glaciale. Bannerman ignorait quels revers de fortune avaient exilé Platt à Bruxelles, toujours à la poursuite des rêves qui lui avaient échappé dans sa jeunesse, mais l'antipathie qu'il éprouvait à son égard n'avait pas diminué.

Platt revint de la cuisine avec deux tasses.

— Je n'ai pas trouvé de verre.

Il les posa sur la table basse, ouvrit la bouteille de whisky, en versa deux rasades généreuses et se laissa tomber dans son fauteuil. Puis, attrapant sa tasse, il la leva vers Bannerman :

— Santé.

Il détestait Bannerman. Son succès, son arrogance, son assurance. Il but une gorgée d'alcool et grimaça en ressentant les premiers élancements de son estomac. Bannerman l'observait.

— Ulcère. La première gorgée me fait toujours ça.

N'empêche que je sais deux ou trois choses sur toi, pensa-t-il pour se consoler. Il sourit :

— Je commence par où ?

— Par le commencement.

Platt changea de position et avala une autre gorgée de whisky.

— René Jansen pourrait bien être l'homme le plus riche de Belgique. Pedigree sans tache. Descendant de l'une des familles flamandes les plus anciennes et les plus influentes du pays. Fils unique. Richesse et privilèges pleuvant sur sa tête blonde. Éducation, études, argent – il a tout eu. À la mort de son père, il a hérité de l'empire Jansen. Mais il ne s'est pas contenté de rester assis sur son cul pour en profiter. Il l'a développé et rendu encore plus puissant que du vivant de son vieux. Il est partout. Il possède la plus grosse entreprise d'aérospatiale d'Europe, fournit non seulement la majeure partie de la flotte de l'armée de l'air belge et de la compagnie aérienne nationale, mais aussi la moitié des compagnies aériennes du monde entier – et la totalité de pas mal de compagnies du tiers-monde. Il est aussi dans la construction. Ses entreprises ont presque rebâti à elles seules toute la ville de Bruxelles et quelques grandes villes de province. Environ la moitié dans le cadre de marchés publics, l'autre moitié dans le secteur privé. Ça, ce sont les deux gros gâteaux. Mais il a également la mainmise sur pas mal d'autres choses. Il possède deux journaux régionaux et une brasserie. Et il a des parts dans une compagnie maritime.

Bannerman savait pourquoi le nom de Jansen lui semblait familier. Il appartenait à ces deux pour cent qui possèdent quatre-vingt-quinze pour cent de la richesse mondiale. Qui vivent dans des bulles pour milliardaires, se déplacent en jet privé, séjournent dans des suites et des propriétés somptueuses. Qui apparaissent en couverture des magazines branchés, dînent avec les têtes couronnées, partent en safari avec des stars de cinéma. On ne les voit jamais sans une femme superbe à leur côté. C'est à ce genre de vie que Robert Gryffe avait aspiré.

— Comment organise-t-il ses sociétés ?

Platt remplit sa tasse de whisky et tendit la bouteille à Bannerman, qui secoua la tête.

— Tout est placé sous l'égide de la société mère, I.V. Internationale, dont le siège social se trouve boulevard Bischoffsheim.

Platt marqua une pause avant de poursuivre :

— Si tu essayes de dénicher des cadavres dans le placard, tu auras du mal. D'autres ont déjà essayé. Tout est régulier. Toutes les activités d'I.V. sont officielles et peuvent être vérifiées. Dans ce pays, le registre de commerce est aussi accessible qu'au Royaume-Uni. Les entreprises sont enregistrées au tribunal de commerce. Elles sont regroupées dans un registre central ici, à Bruxelles, tenu par le ministère des Classes moyennes. Toi, moi, n'importe qui peut consulter ce registre. Tu trouveras les noms des directeurs d'une société, ses participations en capital, aussi facilement que tu obtiendrais ce type d'info à la *Companies House* de Londres ou d'Édimbourg.

— Situation financière ? Actionnaires ?

Platt secoua la tête.

— Les sociétés ne sont pas tenues de divulguer cette information. Mais ce n'est pas très important, si ?

Bannerman haussa les épaules.

— On verra. Continue.

Platt vida sa deuxième tasse. Ses joues avaient retrouvé un peu de couleur.

— Il n'est pas marié, approche la cinquantaine et vit avec sa mère dans une vaste demeure qu'il possède à la périphérie de Bruxelles. Il n'affiche aucune affiliation politique, même s'il apporte sa contribution, à ce qu'on dit. D'une façon générale, il se montre discret, mais il a une réputation de philanthrope. Apparemment, tous les ans il fait don de grosses sommes d'argent pour de nobles causes. Sa vie privée reste très privée.

Bannerman fronça les sourcils. Il ne s'attendait pas forcément à ça. Le milliardaire philanthrope qui se tient à l'écart de la politique et garde jalousement une réputation sans tache en évitant les feux de la rampe. Très vertueux, tout ça. Pourtant ce même homme avait envoyé un voyou cambrioler le bureau du *Post* pour s'emparer d'un banal dossier de coupures de presse. Il consulta sa montre et vida sa tasse d'un coup.

— Et Lapointe ? Fais vite. Il faut que je m'en aille.

Platt ne se pressa pas. Il n'avait pas oublié la manière dont Bannerman l'avait fait lanterner et obligé à rendre son article en retard. Il remplit sa tasse une troisième fois et se renfonça dans son fauteuil.

— Lapointe. Le cerveau caché derrière I.V. Internationale. Pas grand, corpulent, la cinquantaine bien tassée. Très gris et très correct. Porte d'impeccables costumes sur mesure et assume sa richesse avec discrétion. Vieux jeu, conservateur. Veuf, père d'une fille adulte. Divorcée, je crois. Il a commencé sa carrière dans le droit pénal avant de se spécialiser dans le droit des affaires. Il a travaillé pour le père de Jansen et son nom est depuis longtemps associé à la famille. Ce n'est pas un homme connu du grand public, mais une figure clé de la société.

Platt sirota un peu de whisky.

— C'est à peu près tout. Sauf que, détail surprenant, c'est un Wallon, un francophone.

Bannerman se leva brusquement. Platt plissa les yeux.

— Qu'est-ce qu'il y a ?

— Je dois m'en aller. Tu connais la sortie.

Il prit son manteau et quitta la pièce.

Platt entendit la porte d'entrée se refermer puis, quelques minutes plus tard, la voiture de Bannerman démarrer en toussotant. Il sourit, satisfait de sa journée. Le whisky produisait son effet. Il leur montrerait ! Surtout à Bannerman. Ses yeux se tournèrent vers la scène de neige de Breughel, qui lui rappela le temps qu'il faisait dehors. Le temps et la douleur sourde de son ulcère étaient les deux seules choses qui l'ennuyaient pour l'instant. Il prit un comprimé dans sa poche, l'écrasa entre ses dents gâtées, et se prépara à se verser un quatrième whisky pour en faire passer le goût.

2

La nuit, le palais de justice avait l'air sinistre. Le jour, c'était un de ces grands bâtiments noircis dont les colonnes et les façades ornées paraissaient en quelque sorte éternelles, bien qu'un peu décaties. Çà et là, des échafaudages avaient été dressés par des artisans lancés dans une croisade de restauration visant à lui redonner sa dignité originale grâce à des fonds municipaux limités.

Par une petite fenêtre, Bannerman aperçut un veilleur de nuit qui versait du café d'un thermos, assis à une table poussée contre un mur dans un minuscule bureau. Derrière lui rougeoyait un radiateur. Une chaude lumière jaune se reflétait sur la neige.

La place Poelaert était déserte. Des voitures continuaient à circuler sur le boulevard de Waterloo, deux cents mètres plus loin. À l'autre extrémité, là où Bannerman attendait, la neige avait formé une croûte sur le mur au-delà duquel la ville scintillait en contrebas dans le froid. Une église illuminée avec ses toits pentus enneigés. Les feux arrière des voitures sur les boulevards. L'enseigne Martini du Manhattan Center, place Rogier, dans un lointain brumeux.

Des pas résonnèrent sur les pavés. Ils provenaient du côté abrité du palais de justice, où la neige n'était pas tombée. Bannerman se retourna et vit la haute silhouette légèrement voûtée de Du Maurier émerger de l'ombre et passer sous la faible lumière des réverbères. Il semblait plus âgé, son manteau flottait sur son corps maigre. Une cigarette luisait au coin de sa bouche ; autour de sa tête, son haleine tourbillonnait comme de la fumée. Son chapeau incliné vers l'avant jetait une ombre sur la moitié supérieure de son visage. Les mains enfoncées dans les poches, il avança lentement jusqu'au mur, déblaya un peu de neige et s'appuya pour contempler la ville. Son haleine sentait l'alcool.

Sans regarder Bannerman, il se mit à parler :

— Il y a cinq ans, je devais recevoir une promotion. Commissaire principal. Un type de ma génération, un Flamand, a eu le poste. Vous voyez, ce grand pays qui est le nôtre n'est en réalité que l'alliance précaire de deux cultures très différentes. Deux pays, pourrait-on dire. Les Flamands au nord, les Wallons au sud. Au nord on parle flamand, au sud on parle français. Mais nos différences vont beaucoup plus loin que la langue. Elles sont culturelles, historiques. Bruxelles peut toujours recevoir le titre de capitale de l'Europe. La grande ville cosmopolite. Ce n'est qu'un vernis, monsieur Bannerman. Toutes ces vieilles haines, tous ces vieux préjugés couvent encore sous la surface. On dit que la Belgique est bilingue. Ce n'est pas vrai. En dehors de Bruxelles, où tout le monde fait semblant, nous sommes une nation de deux communautés monolingues. La langue et la culture du nord et du sud l'emportent sur la nation. Partout. Dans les salles de classe, les salles de conférences, les mess des officiers, les tribunaux, les perceptions, les églises.

L'air perdu dans ses pensées, il alluma une nouvelle cigarette sur la précédente. Bannerman piétinait d'impatience, mais ne disait rien.

— Ce n'était pas de chance d'atteindre le stade de la promotion juste au moment où l'équilibre des pouvoirs changeait. Pendant des années, les francophones ont été prépondérants. Ce sont eux qui avaient le pouvoir et l'influence au gouvernement, et dans toutes ses institutions. Puis une décision politique délibérée a inversé le courant, pour apporter un prétendu équilibre. Et ce fut au tour des Flamands. Dire que je m'étais toujours opposé à la discrimination contre les Flamands, quelle ironie. J'avais toujours pensé qu'un homme devait être jugé sur ses capacités. Eh bien, vous voyez, j'ai perdu toutes mes chances parce que je parlais français à une époque où le climat politique était contre moi. Non pas parce que je ne méritais pas ce poste.

Il se tourna vers Bannerman :

— Pourquoi devrais-je être fidèle à un tel système ?

Bannerman se demanda combien d'absinthes il avait avalées.

— Vous ne m'avez pas demandé de vous rencontrer ici au milieu de la nuit pour vous plaindre de la discrimination politique, j'espère.

— Non-on, fit Du Maurier avec une moue, en étirant le mot d'un air songeur. J'ai une information pour vous.

— Mais maintenant, vous hésitez.

— Qu'est-ce qui vous fait croire ça ?

— Parce que vous étiez très remonté depuis qu'on avait fait passer votre promotion à la trappe, et quand les politiciens se sont pointés pour vous enlever les meurtres de la rue de Pavie, vous avez vu là une occasion de riposter. Vous avez compris qu'ils étaient vulnérables. Mais maintenant vous n'êtes plus si sûr d'avoir pris la bonne décision.

Du Maurier regretta d'avoir autant bu. Il avait la tête embrumée et n'arrivait pas à réfléchir clairement. Il se sentait idiot de s'être épanché de la sorte auprès de l'Écossais. Il n'avait réussi qu'à se rendre vulnérable.

— Le problème, dit ce dernier, c'est que vous vous êtes déjà engagé. Vous ne pouvez pas faire marche arrière, inspecteur. Je pourrais dévoiler quand je veux nos petits tête-à-tête.

Du Maurier parut prendre vingt ans d'un coup.

— Vous feriez ça ?

Bannerman attendit un peu avant de répondre :

— Non.

— Pourquoi ?

— Aucun journaliste qui se respecte ne dévoile ses sources. Alors, vous vouliez me dire ce soir que vous aviez changé d'avis ? C'est ça ? Que vous ne vous sentiez plus capable de me transmettre des informations de l'intérieur ?

Du Maurier hocha la tête.

Pendant plusieurs minutes, les deux hommes restèrent silencieux, l'un fixant la ville, l'autre, dos au mur, l'obscurité de la place pavée. Finalement, Bannerman demanda :

— Quelle était votre information ?

Du Maurier tourna lentement la tête.

— Mon Dieu ! Vous vous attendez vraiment à ce que je vous la donne maintenant ?

— Je crois en ce que je fais, inspecteur.

— Je voudrais bien y croire encore, moi aussi.

Il ferma les yeux, hésita quelques secondes, puis tira de la poche de son manteau une feuille de papier pliée qu'il tendit à Bannerman.

Ce dernier l'ouvrit et plissa les yeux à cause du manque de lumière. Il y avait une adresse notée en biais d'une écriture nette et serrée.

— C'est l'adresse qui correspond au numéro de téléphone que vous m'avez donné. Une maison de campagne en Flandre-Occidentale près de Torhout, à soixante-dix kilomètres de Bruges, environ. M. Gryffe, semble-t-il, la louait depuis deux ans. La propriété appartient à une société enregistrée à Bruxelles, une succursale d'I.V. Internationale.

Il eut un petit sourire ironique en disant cela.

— Le groupe de Jansen.

— Vous aviez peut-être raison, après tout, monsieur Bannerman.

Les doigts du journaliste se refermèrent sur le bout de papier. Même si elle était ténue, cette piste était la première à émerger de tout ce merdier.

— Qu'allez-vous faire ? voulut savoir Du Maurier.

Bannerman laissa retomber sa tête en arrière, les yeux fixés sur les gros flocons flottant dans la lumière froide.

— Aller en Flandre. Et vous ? Qu'allez-vous faire ?

— Je ne sais pas, dit Du Maurier en examinant le bout mâchouillé et humide de sa cigarette. Il faut que je réfléchisse.

Il jeta sa cigarette par-dessus le mur.

— Bonne nuit, monsieur Bannerman.

Et il s'éloigna sur les pavés, en direction des marches étroites de la rue des Minimes.

Bannerman le suivit des yeux jusqu'à ce qu'il disparaisse dans l'ombre, puis il s'écarta du mur. Perdu dans ses pensées, il attendit un moment avant de traverser la place Poelaert.

CHAPITRE 22

1

Les premières lueurs grises de l'aube planaient dans le ciel. La lumière électrique de la salle d'attente avait un éclat blanc et dur. Les bancs à lames étaient inconfortables et froids. Par la porte ouverte s'infiltraient les bruits de la gare en même temps que le brouillard qui étouffait la ville. Un couple, des personnes âgées silencieuses assises l'une près de l'autre, regardait d'un air sombre les porteurs qui passaient de l'autre côté de la vitre avec leurs chariots de bagages et de courrier. De temps en temps, ils échangeaient un mot ou deux en chuchotant. Il n'y avait aucune raison de parler tout bas, mais il aurait semblé curieusement inconvenant d'élever la voix.

Un homme d'affaires rondouillard, l'air prospère dans son manteau bleu marine, son écharpe poil de chameau et son feutre noir, tirait avec impatience sur un long cigare. Il essuyait sans cesse la vitre qui s'embuait, le regard fixé sur la voie pour guetter le train. Qui ne devait pas arriver avant cinq minutes. Son impatience prématurée agaçait Bannerman.

Bannerman avait les yeux rouges à cause du manque de sommeil. Il était de mauvaise humeur. Tendu sans vraiment savoir pourquoi. En une nuit, le temps avait changé, tournant à la pluie. Une petite bruine voletait des voies vers les quais alignés de chaque côté. L'humidité glaciale s'insinuait partout.

Il s'était levé de bonne heure. La sonnerie du réveil s'était incrustée dans un rêve confus aussitôt dissipé. Les fenêtres de la chambre étaient blanches de condensation ; dehors, il faisait encore nuit. Dans le salon planait une odeur d'alcool et de tabac froid, et sur la table basse la bouteille de whisky vide se dressait comme un reproche. La première tasse de café avait été délicieuse.

Il avait fourré quelques affaires dans un sac, au cas où il devrait passer la nuit là-bas. Au moment où il allait sortir, le téléphone s'était mis à sonner. Il avait regardé sa montre en fronçant les sourcils. Un peu plus de sept heures. Après une brève hésitation, il avait décidé de ne pas répondre. La sonnerie avait continué à retentir alors que ses pas résonnaient déjà dans la cage de l'escalier. S'il avait répondu, il n'aurait pas été assis dans cette salle d'attente.

Plus d'une douzaine de personnes se tenaient maintenant sur le quai, dans la brume qui tourbillonnait autour de la lampe. Il faisait encore sombre, malgré les quelques lueurs dans le ciel. Un homme grand aux cheveux blond roux coupés court se pencha pour regarder à l'intérieur de la salle d'attente. En se posant sur Bannerman, ses yeux brillèrent un instant avant de se détourner très vite lorsque le journaliste s'en aperçut. Les lumières du train sortirent alors de l'obscurité du tunnel, se rapprochèrent de la gare dans un fracas de métal contre métal et filèrent jusqu'au bout du quai. Les portières s'ouvrirent en grand ; les passagers en provenance d'Allemagne, qui avaient voyagé toute la nuit, descendirent en tirant leurs valises derrière eux.

Le journaliste quitta la salle d'attente, se faufila entre plusieurs personnes pour atteindre le quai et grimpa à bord du train. Tout au bout du couloir, il aperçut l'homme aux cheveux blond roux. Il portait une boîte en bois poli. Bannerman fit coulisser la porte d'un compartiment vide et se glissa dans sa chaleur bienvenue. Il jeta son sac sur le porte-bagages et s'assit près de la fenêtre, dos à la locomotive. Puis il regarda passer les voyageurs dans le couloir. Le couple âgé de la salle d'attente ; un homme mince en costume sombre, une Gauloise coincée entre ses lèvres et une serviette sous le bras. Aucun ne s'arrêta. Aucun signe de l'homme blond. Bannerman se demanda pourquoi il s'attendait à le voir, prévoyant même qu'il entrerait dans son compartiment. À cause de ses yeux de lapin, peut-être, ou de la façon dont il l'avait regardé à travers la vitre de la salle d'attente.

La voix du chef de gare résonna dans le noir, puis le claquement des portières, un coup de sifflet rauque, et le train s'ébranla avec un léger vrombissement. Il prit de la vitesse en sortant de la gare, ses roues claquant sur les aiguillages.

2

L'air était pur et vif en ce début d'après-midi. Des flaques de soleil parsemaient la plaine enneigée de Flandre-Occidentale. Rien ne venait briser la ligne d'horizon, à l'exception d'une haie ou d'une rangée de peupliers, ici et là. La brume s'était dissipée, le gris du ciel s'éclaircissait et laissait apparaître un peu de bleu pâle. Le long de la route noire, de la neige fondue sale avait été rejetée par les roues des voitures. La neige était encore mouillée ; si le ciel continuait à s'éclaircir, il gèlerait de nouveau ce soir.

Un profond silence enveloppait la campagne. On n'entendait que le chant des oiseaux saluant le retour du soleil. La route déserte s'allongeait vers un rideau d'arbres. Au-delà, la flèche de l'église d'un village se dressait sur le ciel de plus en plus limpide. Bannerman avait parcouru environ deux kilomètres à pied depuis que le car Bruges-Courtrai l'avait déposé sur la nationale. Et il n'avait pas croisé un seul véhicule ni un seul être humain. La petite ville de Torhout se trouvait quelque part vers l'est, mais le village tapi derrière les arbres n'était pas assez important pour figurer sur la carte Michelin.

Quelques arbres noueux, noirs, sans feuilles encerclaient la maison isolée. Le chemin qui partait de la route à travers champs, sur environ cinq cents mètres, disparaissait sous la neige. Seuls deux poteaux en bois tordus signalaient son existence. Perché sur une patte, sur le poteau le plus éloigné, un corbeau nettoyait ses plumes noires, la tête sous son aile. En sentant Bannerman approcher, il s'interrompit et lui lança un regard méfiant. Il l'avait repéré depuis un moment, mais dès qu'il le vit tout près, il s'envola maladroitement avec un croassement sonore. Quelque part dans les champs, un autre corbeau lui répondit, puis le silence retomba.

Bannerman s'arrêta un instant avant de s'engager sur le chemin et de marcher dans la neige qui atteignait par endroits un mètre de profondeur. Il mit près de dix minutes à atteindre la maison, long bâtiment étroit au toit pentu couvert de tuiles rouges. Les murs chaulés pelaient, le vert passé des volets se craquelait. Une gouttière rouillée avait taché de brun un côté du mur. C'était une vieille maison, une survivante de la dernière guerre, et elle portait les cicatrices de l'abandon.

Côté nord, la neige s'était accumulée sur une bonne hauteur contre le mur ; côté sud, des mauvaises herbes perçaient la couche plus fine qui tapissait le gravier. En été, ce devait être un endroit agréable. Bannerman l'observa en écoutant le silence. Le soleil qui tombait en biais à travers les arbres mouchetait le mur sud. Tous les volets étaient fermés, les portes verrouillées.

Il fit le tour de la maison en essayant de tirer sur chaque volet. À l'arrière, il y avait un ensemble de dépendances en ruine dans un jardin. Une plaque de neige glissa du toit et tomba derrière lui avec un bruit sourd. La frayeur qui le saisit lui fit alors prendre conscience pour la première fois de son malaise croissant. Il promena les yeux sur la campagne – à la recherche de quoi ? Il l'ignorait. Il n'y avait rien. Pas un mouvement, pas un son. Pourtant, il éprouvait la sensation étrange d'être épié. Surveillé. C'était idiot, il le savait. Il était simplement fatigué.

Il retourna côté sud. Là, la base des fenêtres se trouvait juste à hauteur du sommet de sa tête, et il remarqua que les volets de la première n'étaient pas bien ajustés. À la jonction des deux battants, le bois avait volé en éclats. Il tendit le bras et l'ouvrit. Derrière, la fenêtre au cadre métallique était repoussée vers l'intérieur, un carreau cassé, des éclats de verre irréguliers encore pris dans l'huisserie.

Bannerman sentit monter en lui une bouffée d'excitation et, en même temps, de déception. Quelqu'un était entré avant lui, mais pas au cours des douze dernières heures ; il n'y avait pas de traces de pas dans la neige qui avait cessé de tomber depuis la veille au soir.

Il recula d'un pas. Sur le mur, sous la fenêtre, il vit les marques laissées par les chaussures de l'intrus, là où il s'était agrippé pour l'escalader. Il se retourna de nouveau vers les champs. Toujours rien. Il lança alors son sac à l'intérieur de la maison, recula de deux ou trois pas, courut et sauta en l'air pour agripper le rebord. Ses semelles raclèrent le mur, il se hissa sur la fenêtre, se laissa ensuite tomber dans la pénombre et s'accroupit un instant, en attendant que ses yeux s'habituent à l'obscurité.

La pièce prit forme autour de lui. Une petite chambre à coucher, à peine meublée. Un lit, une commode, une table de nuit avec une lampe. Les draps avaient été arrachés, jetés par terre, les oreillers et le matelas éventrés. Des touffes de crin et de duvet gisaient autour du lit. Les tiroirs avaient été sortis, empilés n'importe comment sur la commode. Toujours accroupi par terre sous la fenêtre, Bannerman reconnut que ce voyage en Flandre n'était qu'une perte de temps. Il ne trouverait rien. La maison de campagne de Gryffe avait été minutieusement fouillée. Il ne pouvait même pas dire quand. Hier, la semaine dernière, ou même un mois avant l'assassinat de Gryffe. Mais non ! Le bois éclaté de la fenêtre était trop frais. Ça ne devait pas faire plus de quarante-huit heures.

Horriblement déçu, il se releva, le verre brisé craqua sous ses pieds. Il traversa la pièce, passa dans un petit couloir sombre et tâta le mur jusqu'à ce qu'il trouve un interrupteur. Pas de lumière. Le courant devait être coupé. Il poursuivit son chemin avec précaution et ouvrit une autre porte.

Des petits rayons de soleil filtraient autour des fenêtres aux volets mal joints. Ils donnaient assez de clarté pour voir que la pièce était grande, avec des fenêtres sur deux côtés. Il y avait un canapé, un bureau, plusieurs placards, des bibliothèques, une table basse. Deux gros fauteuils et un vieux rocking-chair en bois étaient disposés autour d'une immense cheminée. La fouille avait laissé des traces ici aussi. Papiers, livres, tiroirs et leur contenu jonchaient le sol. Bannerman ouvrit une des fenêtres et repoussa les volets.

Le soleil entra à flot ; un afflux d'air froid envahit la pièce, chassant l'odeur de poussière et d'humidité qui imprégnait la maison. Le vent souleva quelques papiers. Pensif, Bannerman observa les champs, en direction de la route. Que cherchait l'intrus ? Qu'avait-il trouvé ? Qui était-il ? Il se retourna et alla s'asseoir dans le rocking-chair, qui grinça quand, la tête posée sur le haut du dossier, il commença à se balancer d'avant en arrière. Cette piste était une impasse. Il n'en tirerait rien. Il demanderait un entretien à Jansen et Lapointe. Mais, en admettant qu'ils acceptent de le voir, que diraient-ils ? Qu'ils ne savaient rien, bien sûr. Il avait donné à Tait les armes pour se débarrasser de lui ; sans article, il n'avait aucune marge de négociation. Son avenir ressemblait à un désert. Les paroles de cet ivrogne de Palin lui revinrent en mémoire. *Un jour, même un enfoiré comme vous sera foutu au rancart.*

Bannerman soupira et se pencha en avant, en s'appuyant sur les coudes. Une corbeille à papier en osier avait été renversée sur les dalles de pierre du foyer. L'autre avait même fouillé ça. Il se baissa pour ramasser une enveloppe chiffonnée, la défroissa et regarda à l'intérieur. Vide. Elle portait un timbre suisse, affranchi en décembre. Au moment de la jeter, il remarqua l'adresse :

BP 139
BUREAU DE POSTE
PLACE DE LA MONNAIE
BRUXELLES.

Il fronça les sourcils. Un peu plus, il passait à côté, car sa signification ne lui sauta pas tout de suite aux yeux.

Il la contempla un moment avant de s'accroupir par terre pour en chercher d'autres. Il découvrit plusieurs enveloppes. Toutes avaient été envoyées à l'adresse londonienne de Gryffe, sauf deux, expédiées à cette même boîte postale bruxelloise. Il se leva, regarda autour de lui pour voir s'il en trouverait encore. Au bout de quelques minutes, il en avait réuni sept. Toutes vides. Il les serra dans sa main en jurant à voix basse. Ainsi Gryffe se faisait envoyer du courrier dans un bureau de poste de Bruxelles. Une correspondance qu'il voulait garder secrète.

Il laissa tomber les enveloppes par terre. Celui qui avait fouillé les papiers du mort avait bien pris soin de retirer toutes les lettres. Mais il ne s'était pas rendu compte que l'adresse inscrite sur les enveloppes était un indice révélateur. Si Gryffe avait loué une boîte postale privée, il possédait certainement une carte de poste restante. Or il était tout à fait possible que l'autre ait négligé cela aussi, si elle se trouvait ici. Mais c'était forcément le cas.

Si elle avait fait partie des affaires personnelles de Gryffe à Bruxelles, Du Maurier l'aurait trouvée.

Bannerman cherchait en vain dans le chaos de la maison depuis près d'une heure quand il lui vint à l'esprit que Gryffe avait pu laisser sa carte à Londres. Cette idée le stoppa aussi soudainement et efficacement que s'il se cognait contre un mur. Par la fenêtre ouverte, il vit que le soleil ressemblait maintenant à un gros globe rouge en suspension au-dessus de l'horizon lointain. Une pénombre rose envahissait la pièce. Il se sentit à la fois vidé et désappointé. La carte lui aurait permis d'accéder à la boîte ; il était tout à fait possible qu'elle contienne encore du courrier.

Les tiroirs du bureau avaient été jetés par terre, de chaque côté du meuble. Instinctivement, Bannerman passa la main sous le plateau et tomba sur le petit bouton rond d'une tablette coulissante, comme dans la plupart des meubles de ce genre. Il tira. La carte était là, dans une petite case remplie de trombones et d'épingles. Il la souleva avec précaution et l'examina avant de la glisser dans la poche de sa veste.

— Je t'ai eue, murmura-t-il avec un petit sourire.

Dans le silence de la pièce, son murmure lui parut tonitruant. Il s'assit dans le fauteuil et, soudain, tout se ralentit. Ses pensées, sa respiration, même le temps. Assis sans bouger, il laissa le temps glisser sur lui.

Il voyait un visage en train de l'observer à travers la vitre embuée d'une salle d'attente. Une petite fille criait, mais ne parlait pas. Elle courait vers lui, les bras tendus, mais elle semblait le traverser, puis elle disparaissait. Une main essuyait la buée de l'autre côté de la vitre, un autre visage apparaissait. Bannerman essayait de la voir. Il y avait des traits, des yeux, un nez, une bouche. Tout était là, pourtant il ne discernait pas le visage lui-même.

Il se réveilla en sursaut et cligna des yeux dans l'obscurité, momentanément désorienté et un peu effrayé, jusqu'à ce qu'il se rappelle où il était. Il n'aurait pas su dire combien de temps il était resté assis dans ce fauteuil. Il avait froid. La pièce était glaciale. Le clair de lune pénétrait en biais par la fenêtre ouverte. Il se leva, les jambes et les bras raidis par le froid, ramassa son sac et traversa la pièce d'un pas mal assuré, à la recherche de la porte. Il longea le couloir et revint dans la chambre dont il avait escaladé la fenêtre. La lune, qui se levait au sud, inondait la pièce d'une lumière qui ne réfléchissait aucune couleur et dessinait des ombres profondes sur le sol. Le ciel était un chaos d'étoiles, le gel faisait déjà scintiller la neige.

Bannerman jeta son sac par la fenêtre et grimpa sur le rebord. Un petit point rouge voleta un instant sur l'architrave à côté de sa tête. Au moment où il le vit, l'architrave se fendit et lui bombarda le visage d'éclats de bois. Le craquement d'un coup de feu résonna dans la nuit. Bannerman ne comprit pas tout de suite. Il porta la main à son visage et vit ses doigts dégouliner de sang. Avant d'avoir eu le temps de comprendre qu'on venait de lui tirer dessus, il sentit une deuxième balle siffler à son oreille, à moins de cinq centimètres de sa joue gauche ; elle s'écrasa contre le plâtre du mur du fond. L'espace entre les deux coups de feu n'avait pas excédé quelques secondes, qui lui parurent durer des heures. La peur ne surgit qu'au deuxième coup de feu, lorsqu'il prit réellement conscience qu'on lui tirait dessus. Il recula aussitôt et bascula en arrière.

Il atterrit maladroitement au milieu des débris de verre qui déchirèrent son pantalon et se plantèrent dans son genou droit. Il roula sur le dos, le souffle court et rapide. Sur le mur réapparut alors le même point rouge, pas plus gros qu'une pièce d'un demi-penny ; il se déplaça lentement sur la surface écaillée du plâtre, puis s'évanouit. Sans aucun doute un système de visée infrarouge, preuve que quelqu'un avait bien l'intention de le tuer.

Les idées les plus folles se bousculèrent dans sa tête. Celles qui dominaient ne lui apportaient aucun réconfort. Le village le plus proche se trouvait à plusieurs kilomètres. Personne n'avait pu entendre les coups de feu. Il était vraiment tout seul.

Il se retourna sur le ventre et se releva d'un bond, en restant dans la partie la plus sombre de la pièce. Ses mains tremblaient, mais il ne ressentait aucune douleur à la jambe ni au visage. Il chercha autour de lui quelque chose qu'il pourrait mettre devant la fenêtre. À ses pieds gisait un oreiller déchiré, au milieu d'un amas de duvet. Le tireur embusqué avait certainement choisi une position qui lui offrait une couverture maximale : les côtés sud, ouest et est de la maison. Le nord devait être dans son angle mort.

Bannerman ne se décidait pourtant pas à bouger. Il resta accroupi pendant quinze, vingt, trente minutes jusqu'à ce que le froid et la peur commencent à le faire claquer des dents. Son visage se couvrait d'une sueur glacée. Il pourrait peut-être patienter jusqu'au petit matin. Qu'est-ce que ce salaud attendait ? Dans le silence, une brindille se cassa. À une faible distance. Les nerfs de Bannerman lâchèrent. Le cri jaillit de sa gorge en même temps qu'il balançait l'oreiller sur la fenêtre. Presque immédiatement, le fusil claqua dans le clair de lune et l'oreiller retomba en arrière dans un nuage de plumes. La pièce parut se remplir de duvet. Bannerman pataugeait dans l'indécision. Ses chances de réussir à s'échapper dans la neige paraissaient des plus minces. Et pourtant, c'était cette solution qui l'attirait inexorablement.

Le luxe de choisir fut vite balayé. Il entendit d'abord un mouvement dehors, dans la neige, puis un petit objet sombre atterrit à l'intérieur de la pièce. Dès qu'il claqua le sol, une épaisse vapeur âcre et puante s'en échappa et se répandit tout autour. Quand elle lui piqua les narines et lui brûla la gorge, Bannerman se mit à tousser et à pleurer. Il se jeta sur la porte, l'ouvrit et se précipita à l'aveuglette dans le couloir puis dans l'autre pièce.

Un peu de lumière s'infiltrait encore par la fenêtre qu'il avait laissée ouverte ; l'air était pur et froid. En cherchant à atteindre l'autre mur, il trébucha sur un obstacle et son visage heurta le bord du bureau. Une douleur vive se répercuta à l'intérieur de sa tête, mais l'instinct de survie étant le plus fort, il se releva et continua à avancer jusqu'à l'autre fenêtre. Il se débattit désespérément avec l'espagnolette pour l'ouvrir, eut l'impression qu'il mettait des heures à la soulever. Brusquement, il fut pris de vertiges et dut respirer plusieurs fois à fond avant de retrouver son aplomb.

Finalement, la fenêtre accepta de s'ouvrir et il put débloquer les volets. Au moment où il se hissait dans l'encadrement, qu'il remplissait entièrement, il fut saisi d'horreur et presque paralysé à l'idée qu'il y avait peut-être plusieurs tireurs dehors. Un homme embusqué couvrant le côté nord de la maison n'avait qu'à appuyer sur la détente pour le descendre du premier coup. Il eut l'impression de sentir la balle. Mais elle ne vint pas, et il sauta dans le froid et la neige accumulée contre le mur, en s'y ensevelissant presque.

Pendant plusieurs secondes, il se débattit avant de réussir à s'extirper de cette emprise glaciale et à piquer un sprint vers la clôture qui entourait la maison. Il sentit la friction de l'air froid sur sa peau et prit conscience que, tandis qu'il courait, des fragments de neige s'envolaient de son manteau, comme des étincelles dans la nuit. Mais surtout il se sentait terriblement vulnérable ainsi, à découvert.

Les vertiges dont il s'était débarrassé quelques minutes plus tôt le reprirent quand il franchit la clôture et fila à travers champs aussi vite que le lui permettait la couche de neige épaisse d'une cinquantaine de centimètres. D'une seconde à l'autre, il s'attendait à recevoir une balle dans le dos. Il allait forcément tomber dans la ligne de mire de ses agresseurs. Il jeta un coup d'œil par-dessus son épaule. Il avait parcouru plusieurs centaines de mètres et ne distinguait aucun mouvement derrière lui. Devant, à peut-être un kilomètre ou davantage, se dressait le rideau d'arbres qu'il avait vu en arrivant. Ils lui fourniraient au moins un semblant d'abri. Et au-delà des arbres, il y avait le village dont il avait repéré le clocher.

Mais ses forces faiblissaient déjà. Les vertiges s'intensifiaient. Peut-être à cause du gaz qu'il avait inhalé. La neige devenait-elle de plus en plus profonde, ou éprouvait-il de plus en plus de difficulté à soulever les pieds ? Il n'avait plus froid ; il était brûlant ; son visage dégoulinait de sueur. Il continua néanmoins d'avancer. Il aurait pu continuer à courir sans jamais s'arrêter. Il avait les poumons et la gorge en feu, les yeux qui pleuraient.

Un mur en pierres sèches, d'environ un mètre de haut, séparait les champs. De l'autre côté, il lui resterait encore trois cents mètres avant d'atteindre la sécurité relative des arbres. Le simple fait d'y penser lui fut fatal. Il ralentit et vacilla. À un mètre devant lui, très légèrement sur sa droite, le point rouge réapparut comme par magie et commença à danser sur le sol. Étrangement allongé. Un petit panache de neige se souleva de la surface. Le bruit du coup de feu suivit, une fraction de seconde après. Le point rouge zigzagua devant lui. La deuxième balle frappa une pierre du mur, projetant des éclats dans le clair de lune. Et de nouveau le claquement désormais familier du fusil.

Bannerman se jeta sur le mur en s'écorchant les articulations des doigts et en se cassant les ongles dans sa hâte de passer par-dessus. Une fois de l'autre côté, vautré dans la neige, il sentit l'engourdissement le paralyser. Son cœur cognait à grands coups douloureux contre ses côtes, chaque respiration rendait la suivante encore plus pénible tandis que son corps luttait pour récupérer l'oxygène qu'il avait brûlé dans sa fuite.

Il perdait la notion du temps qui s'écoulait et ne s'en souciait même plus. Il n'était plus brûlant. Le froid le saisissait de nouveau, l'enveloppait d'une brume agréable qui le plongeait progressivement dans l'inconscience. Quelque part dans sa tête une voix criait : *Ne te laisse pas aller ! Tiens bon, tiens bon ! Ne sombre pas, ça te tuera !* Au prix d'un effort de volonté extrême, il roula sur lui-même et se mit à quatre pattes. Puis il cligna des yeux avec acharnement afin de les empêcher de se fermer. Ses paupières pesaient des tonnes, comme si elles étaient lestées de plomb. Ses doigts trouvèrent le mur, s'y accrochèrent, et il réussit à se relever pour regarder l'espace qu'il venait de parcourir. Il voyait ses traces dans la neige, claires et nettes. Il les suivit des yeux sur plusieurs centaines de mètres, jusqu'à ce qu'il distingue une forme sombre avançant dans sa direction. La silhouette se détachait parfaitement sur le rougeoiement intense du ciel.

Pendant quelques secondes, Bannerman ne comprit plus rien. Le soleil était couché depuis longtemps. Du dos de la main, il s'essuya les yeux, et s'aperçut que la maison était en feu. Les flammes montaient à une quinzaine de mètres de hauteur. À travers l'embrasement apparaissait la carcasse noire et croulante du bâtiment. Il se concentra de nouveau sur son assassin. Grand, mince, blouson épais, jean et grosses bottes. Le fusil en travers de la poitrine, il se rapprochait inexorablement. Mais ce n'était encore qu'une ombre, une forme dans la nuit. Bannerman ne pouvait pas voir son visage. Et Bannerman sentit s'enfuir l'espoir et la vie.

Il se laissa glisser le long du mur, tout en sachant qu'il ne pouvait pas rester plus longtemps en plein air. Il avait épuisé toutes ses réserves ; maintenant, si l'homme au fusil ne l'achevait pas, le froid s'en chargerait.

— Va te faire foutre ! voulut-il hurler à la nuit.

Mais sa voix était faible. *Tiens bon, tiens bon*, criait l'autre voix dans sa tête. Il s'entendit sangloter, et réussit néanmoins à se relever sans savoir comment et à tituber vers les arbres.

Après coup, il fut incapable de se souvenir comment il avait parcouru la distance séparant le mur des arbres. Il était sûr qu'il n'y avait pas eu d'autres coups de feu. Il savait aussi qu'au-dessus de sa tête une multitude de branches d'arbres protectrices s'étendaient entre lui et les étoiles. Il jeta les bras autour d'un tronc dont l'écorce lui érafla la joue. Il avait les jambes en coton. Un coup d'œil par-dessus son épaule l'avertit que l'homme au fusil était à moins de vingt mètres et approchait entre les arbres. Bannerman se repoussa du tronc et sentit le sol se dérober sous lui. Il tomba pendant ce qui lui sembla durer une éternité, de plus en plus bas jusqu'à ce que soudain tous ses sens soient ranimés par l'eau glacée qui trempait ses vêtements et mordait sa chair. Il entendit un bruit d'eau courante et la sentit couler sur lui. Des paquets de neige et des pierres dévalaient la berge derrière lui. Oh, comme il aurait été facile de se laisser glisser dans une bienheureuse inconscience. Mais le choc de l'eau lui avait rendu un peu de discernement, en même temps que sa détermination à tenir le coup.

Ses doigts grattèrent la terre jusqu'à ce qu'ils accrochent une prise qui lui permette de se hisser hors du ruisseau, de se cramponner à la berge. Jamais il n'aurait pensé que le froid pouvait ôter aussi vite le désir de vivre.

Un grondement soudain emplit les oreilles de Bannerman. Pendant une seconde, la nuit parut s'enflammer. Puis cela cessa presque aussitôt, une pluie de terre douce s'abattit sur lui. Le silence qui suivit était extraordinaire. Ce serait la dernière chose qu'il se rappellerait avec autant de netteté plus tard. Il n'aurait aucun souvenir de la façon dont il avait escaladé la berge, juste quelques fragments de souvenirs du cratère au milieu des troncs d'arbres. Un arbre entier à moitié déraciné. Des marques de brûlure sur les troncs environnants. Les restes de l'homme au fusil, visage blanc, yeux grand ouverts, cheveux roux collés par le sang – restes humains à peine identifiables en tant que tels. Tout ce qu'il pourrait se rappeler des minutes suivantes, ce serait la nécessité de courir, de courir sans s'arrêter. Il ne comprenait pas ce qui s'était passé. Tout ce qu'il entendait, c'était la voix dans sa tête, tandis qu'il regardait les arbres derrière lui, les flammes de la maison incendiée qui mouraient au loin, le bruit de ses pieds dans la neige. La clôture. La route. Puis les lumières sortirent des ténèbres, s'abattirent sur lui comme un linceul, l'engloutirent enfin dans le noir de l'inconscience.

3

La clarté pénétra lentement son monde obscur. Mais juste avant, il y eut les sons. D'abord distants, brouillés, impossibles à reconnaître. Jusqu'à ce qu'ils se précisent. Des pas sur un plancher, le bruissement d'un tissu contre un autre tissu, une voix de femme. Des mots qu'il ne comprenait pas. Au fur et à mesure qu'il reprenait conscience, il commença à enregistrer des odeurs qui lui évoquaient des souvenirs lointains. Le musc d'un parfum de femme, des effluves de cuisine, la fumée de cigarette.

Il ouvrit les yeux et la lumière envahit sa tête avec une surprenante vivacité mouvante. Il rabaissa aussitôt ses paupières puis les releva plus lentement. Où était-il ? Il était courbatu, au chaud, la peau caressée par une délicieuse douceur. Il voyait au-dessus de lui un plafond blanc et des poutres noires. Le visage souriant d'une femme. Un visage rond, sympathique. Elle lui parlait, mais il ne comprenait rien. Elle tourna la tête pour s'adresser à quelqu'un qu'il ne voyait pas. Pleinement conscient à présent, il sentit une douleur sourde lui marteler l'intérieur du crâne. Il avait mal partout et pouvait à peine remuer.

Au prix d'un gros effort il se souleva sur les coudes pour abaisser sa ligne d'horizon. Assis sur une chaise en bois, au bout du lit, Du Maurier le regardait. Il portait le même chapeau et le même manteau qu'à leur dernière rencontre, la même lassitude creusait les rides de son visage. Ses yeux noirs le fixaient tristement.

En se penchant sur lui, la femme lui cacha le policier ; elle regonfla l'oreiller placé dans son dos afin qu'il soit mieux soutenu en position assise. Puis elle leva un bol de soupe à ses lèvres. Il l'accepta avec reconnaissance et avala quelques rapides gorgées du liquide chaud, épais, laissant dans sa hâte quelques gouttes s'échapper des coins de sa bouche. Jamais rien ne lui avait paru aussi bon. La soupe l'emplissait d'une chaleur qui semblait irradier dans chaque partie de son corps. Il la finit et laissa le bol tomber de sa bouche, soudain gêné par les regards braqués sur lui. Et en même temps que cette gêne lui revint le souvenir des évènements de… il ne savait plus quand. Le point rouge, le gaz asphyxiant dans la chambre éclairée par la lune, la fuite angoissante à travers les champs enneigés, l'homme éclaté dans le cratère. Le reste était flou. La marche titubante dans la neige, les lumières sur la route. Il tendit le bol à la femme.

— Merci, dit-il.

C'était une femme grassouillette d'une bonne quarantaine d'années, aux longs cheveux épais retenus en arrière par un élastique. Elle lui sourit.

— Vous avez la force de parler ? demanda Du Maurier.

Bannerman hocha la tête. L'inspecteur s'adressa brièvement à la femme, dont le visage s'assombrit. Il y eut entre eux un échange succinct auquel Du Maurier mit fin avec une autorité que Bannerman ne lui connaissait pas. La femme s'interrompit au milieu d'une phrase, les joues soudain empourprées, et quitta la pièce sans ajouter un mot. Le silence retomba derrière elle.

La pièce n'était pas grande. Un petit tapis carré couvrait en partie le plancher nu. Le plâtre des murs était peint en blanc. Bannerman était couché dans un vieux lit en cuivre poussé contre le mur opposé à la fenêtre. Une grande armoire dominait la chambre. Une commode et deux chaises occupaient l'espace restant. Une ampoule nue pendue au plafond projetait tout autour d'elle une lumière implacable. Du Maurier ôta son chapeau et se pencha en avant. Les coudes sur les genoux, il fit tourner le bord de son couvre-chef entre ses doigts.

— Je suis venu de Bruxelles en voiture. J'ai passé une nuit blanche.

— Je ne savais pas que vous teniez autant à moi.

Du Maurier lui lança un regard noir.

— Si je n'étais pas venu, vous auriez pu avoir de gros problèmes. Je veux savoir ce qui est arrivé.

— Et si je ne vous le dis pas… ?

— Vous pourriez encore avoir de gros problèmes.

Bannerman réfléchit. Il avait mal à la tête et dans tout le corps. Il ne se sentait pas la force de lutter. Il raconta donc exactement à Du Maurier ce qui s'était passé, ou du moins ce qu'il pouvait se rappeler. Ne taisant que sa découverte de la boîte postale de Bruxelles et de la carte de poste restante. D'une certaine façon, le récit semblait avoir une faille évidente. Mais Du Maurier ne parut pas s'en rendre compte. Assis sur sa chaise, il écoutait, le visage impassible.

— J'ignore ce qui est arrivé au tireur, continua Bannerman. Il y a eu une explosion. Pourquoi ? Aucune idée. Mais il n'est pas resté grand-chose de lui.

L'inspecteur hocha la tête.

— J'ai vu ça. Vous avez eu beaucoup de chance, monsieur Bannerman. Vous avez été sauvé par une mine. Les bois en sont truffés, un héritage de la dernière guerre. Il y a des panneaux de mise en garde tous les cent mètres à peu près. C'est assez fréquent dans cette région des Flandres.

Bannerman frissonna soudain comme si on avait marché sur sa tombe. Du Maurier se cala contre le dossier de sa chaise, les yeux fixés sur le journaliste, tout en continuant à faire tourner son chapeau entre ses doigts.

— Le point rouge que vous avez vu était un rayon laser. Ces trucs peuvent localiser une cible à plus de mille mètres. Un nouveau fusil américain, le B120. La visée laser permet au tireur d'élite d'aligner n'importe quelle cible. Même moi je ne pourrais pas la rater.

Bannerman fronça les sourcils.

— Mais *lui* m'a raté.

— En effet.

Le policier marqua une pause et posa soigneusement son chapeau sur ses cuisses.

— Laissez-moi vous dire quelque chose, monsieur Bannerman. Le B120 est une arme hautement spécialisée. Il en existe peu d'exemplaires. Pour en posséder un, il faut être quelqu'un d'assez… spécial.

Bannerman réfléchit aux implications et au vocabulaire employé par l'inspecteur.

— Comme… les forces spéciales, vous voulez dire ?

Du Maurier haussa les épaules. Il n'allait pas s'engager trop loin.

— Disons un tireur d'élite professionnel.

— Donc, il ne voulait pas me tuer.

Du Maurier acquiesça d'un signe de tête.

— Pourtant sur le moment, il en avait bien l'air. Et le gaz ?

— Gaz lacrymogène, probablement. Ou quelque chose d'un peu plus toxique. Mais vous n'avez jamais été en danger. Il vous a laissé une issue et vous l'avez empruntée. Bien que ni lui ni vous n'ayez pu prévoir la façon dont tout cela se terminerait.

Il sortit un paquet de cigarettes de sa poche et en alluma une.

— Depuis quand n'aviez-vous pas mangé ?

— J'ai pris un café et un croissant à la gare avant de monter dans le train.

— Et plus rien ensuite ?

Bannerman secoua la tête.

— Vous n'avez donc rien mangé de la journée. Vous avez passé plusieurs heures dans une maison glaciale. Vous avez des lacérations sur le visage et la jambe. Vous avez inhalé un gaz toxique ou semi-toxique, puis couru environ deux kilomètres sous une température inférieure à zéro avant de tomber dans un cours d'eau à moitié gelé. Vous êtes fort comme un bœuf, monsieur Bannerman !

Bannerman haussa un sourcil ironique.

— On nous élève à la dure, en Écosse.

Du Maurier ne paraissait pas impressionné. Il souffla la fumée vers l'ampoule électrique et la regarda voiler la lumière.

— Quand la police communale vous a trouvé sur la route, vous étiez quasiment mort. On vous a mis sous perfusion et un médecin de Torhout a soigné vos blessures. Il vous recommande de garder le lit pendant deux ou trois jours.

Bannerman jeta un coup d'œil par la fenêtre. On ne voyait aucune lumière derrière les volets.

— Quelle heure est-il ?

Du Maurier regarda sa montre.

— Un peu plus de huit heures. Il devrait bientôt faire jour.

— Où sommes-nous ?

— Dans une petite auberge du village de Smoelaert. À quelques kilomètres de la maison de M. Gryffe – enfin de ce qu'il en reste.

— Vous retournez à Bruxelles ?

— Dans une heure à peu près. J'ai d'abord quelques trucs à régler avec la police locale.

— Vous pouvez m'emmener ?

Du Maurier secoua la tête.

— Vous n'êtes pas en état…

Mais Bannerman insista :

— Vous m'emmenez ?

— Si vous insistez...

— J'insiste.

Ils se turent, et il n'y eut plus aucun bruit dans la pièce. Bannerman frotta les poils de barbe qui commençaient à lui manger les joues et s'aperçut pour la première fois qu'il portait une vieille robe de chambre en laine au motif écossais délavé. Il leva les yeux vers Du Maurier, qui finissait de fumer sa cigarette.

— Qui était-ce ?

— Un Anglais du nom de Michael Ritchie. Presque certainement un pseudonyme. Il était à l'auberge depuis deux jours ; je suis persuadé que c'est lui qui a fouillé la maison de Gryffe avant vous. Avant-hier soir, il a réglé sa note en vitesse, apparemment après avoir reçu un coup de téléphone à l'auberge. Il a demandé à la réception les horaires des trains pour Bruxelles.

Une vilaine pensée s'insinua dans l'esprit de Bannerman. Il la repoussa.

Du Maurier alluma une nouvelle cigarette.

— Vous ne l'aviez jamais vu avant, j'imagine ?

— Si. Hier matin à la gare du Midi. Il attendait sur le quai, il est monté dans le même train que moi.

Il revoyait le visage qui l'épiait à travers la vitre de la salle d'attente.

— Donc il a pris le train d'ici à Bruxelles, puis il est revenu par le même train que vous.

— Beaucoup de dérangement pour ne *pas* me tuer.

— Il voulait peut-être juste vous effrayer.

— Ils ont réussi. J'ai failli mourir de peur !

— *Ils ont* ?

— Lui, il était payé pour jouer du violon, mais c'en est un autre qui a choisi la musique.

Devant l'air perplexe de Du Maurier, Bannerman sourit :

— Une expression qu'on utilise en Écosse pour dire que c'est quelqu'un d'autre qui l'a envoyé. Quelqu'un qui préférerait que je laisse tomber cette histoire.

— Possible.

Le policier tira de sa poche la carte de poste restante et la brandit.

— Vous avez oublié de me parler de ça.

— Exact.

— Vous voulez le faire, maintenant ?

— Pas vraiment.

— Reprenez-la, alors.

Bannerman repoussa ses couvertures et balança avec précaution les jambes en dehors du lit. Il prit la carte et regarda Du Maurier d'un air surpris.

— Elle ne me servira à rien, dit ce dernier. En tout cas, mes supérieurs se contenteraient de l'enterrer.

— Je croyais que le fait de me donner des informations vous posait un cas de conscience.

La tête de Du Maurier s'inclina légèrement et une étrange mélancolie assombrit son visage.

— Les choses ont changé depuis.

— Qu'est-ce qui a changé ?

Le policier soupira.

— Avant-hier soir, quelques heures à peine après votre passage, Tania Slater a disparu. Une alarme s'est déclenchée quand quelqu'un est entré par effraction dans la clinique. On a retrouvé sa chambre vide.

CHAPITRE 23

1

Les éditions de l'après-midi étaient déjà en vente dans les rues. Les bruits de la circulation, des rires des passants, des crieurs de journaux annonçant les gros titres du soir s'infiltraient à travers la porte du café. Planqué dans une rue adjacente au boulevard Adolphe-Max, l'endroit paraissait étranger à la vie qui coulait autour de lui, tel un rocher au milieu d'un cours d'eau.

Kale s'était assis dans l'angle le plus éloigné de la porte. Il était venu se réfugier ici, seul dans un lieu sombre où l'on ne connaissait pas son visage. On ne le remarquerait pas et on ne se souviendrait pas de lui. La seule lumière venait de la rue à travers une vitre crasseuse. Le sol était sale, les tables et les chaises bancales. Une demi-douzaine de clients isolés fixaient d'un air lugubre les boissons qu'ils faisaient durer des heures. Ou regardaient sans le voir l'écran tremblotant de la télé accrochée au mur. Le son était coupé, mais les images indirectes de la vie d'autres gens exerçaient sur eux une fascination abrutissante. La compagnie des âmes solitaires.

Installée derrière un comptoir en zinc tout rayé, les yeux dans le vague, une vieille femme aux courts cheveux gris tirait de temps en temps sur un petit cigare puant. Kale examinait désespérément les journaux étalés devant lui. Il les avait tous achetés. Ceux du jour, ceux de la veille. Scrutant chaque article composé de mots qu'il ne comprenait pas. Cherchant sans jamais trouver. Il n'y avait absolument rien qui aurait pu se rapporter, même de loin, à la disparition d'une enfant. Rien non plus sur la tuerie de la rue de Pavie. Comme s'il ne s'était jamais rien passé. Il découvrait en lui un désespoir étrange, un besoin de savoir que son existence changeait quelque chose, que ses actes avaient des conséquences. Ici, dans cette ville étrangère où il ne connaissait personne et où personne ne le connaissait, il avait l'impression de ne même pas exister.

Le caractère cauchemardesque de ces derniers jours le hantait. Il avait découvert en lui des choses qu'il ignorait jusque-là. Des choses qui le perturbaient, l'effrayaient. Ses valeurs, s'il en avait jamais eu, avaient changé au-delà de tout entendement. Comme s'il avait jeté un caillou dans une mare et vu le caillou se volatiliser sans briser la surface de l'eau. Pas d'anneaux concentriques rayonnant à l'infini, aucune preuve qu'il y ait jamais eu un caillou. Un tel homme pourrait-il commencer à douter de sa propre existence ? Oserait-il se regarder dans la mare en craignant de ne pas y voir son reflet ?

Il aspira une dernière bouffée de sa cigarette et souffla la fumée grise à travers ses dents tachées de nicotine. Pourquoi ne l'avait-il pas tuée ? Il en avait eu l'occasion. Et pourquoi, au bout de deux jours, les meurtres de la rue de Pavie avaient-ils disparu des premières pages des journaux ? Ces derniers devraient sûrement continuer à en parler. Comme ils devraient parler, aujourd'hui, de la disparition de l'enfant.

Il avait acheté des quotidiens anglais dans une maison de la presse du centre-ville. Toutes les unes étaient consacrées aux élections ; discours du Premier ministre à Édimbourg ; déclaration du leader de l'opposition sur l'immigration.

Pourquoi n'avait-il pas tué l'enfant ?

Son esprit dériva vers l'hôpital dans la neige, le brusque flot de lumière déversé d'une fenêtre du rez-de-chaussée qui l'avait paralysé comme un lapin pris dans les phares d'une voiture. Il avait vu l'enfant le regarder, vu dans ses yeux qu'elle le reconnaissait. Même une fois la lumière éteinte, il ne lui était pas venu à l'idée de battre en retraite. Pas plus qu'il n'avait lutté contre l'irrésistible attraction de tous les courants qui l'attiraient dans le tourbillon. Il avait contourné la maison, forcé une fenêtre et grimpé dans l'obscurité d'une cuisine. C'est alors qu'il avait dû entendre les premiers murmures de la culpabilité. Quelque chose dans la chaleur du lieu, l'odeur de cuisine, un bout de ruban bleu sur un plan de travail à côté de la porte lui avaient rappelé son enfance.

Dans le couloir, les veilleuses luisaient faiblement au plafond ; son cœur avait fait un bond à la vue d'un personnage qui l'observait à l'autre bout. Il avait mis quelques secondes à comprendre que c'était son propre reflet. Un miroir. Immobile, il avait fixé cette petite silhouette minable et furtive sans pouvoir bouger, ni en détacher ses yeux. L'espace d'un instant, il avait cru voir le visage de sa mère le regarder depuis les ténèbres. Avant, il n'avait jamais remarqué leur ressemblance. C'était troublant.

Le charme avait été rompu par un bruit de pas provenant des profondeurs de la maison, comme un souffle léger sur sa conscience. Était-ce la peur qui lui avait fait tourner les talons, l'avait obligé à partir en courant ? Vers la cuisine, puis dans la nuit froide, en laissant la fenêtre battre derrière lui.

Désespéré, il s'était enfui dans la neige en titubant. Au moment où il contournait l'angle de la maison, il l'avait aperçue. Ombre dévalant les marches dans la nuit, manteau serré autour d'elle, bonnet de laine enfoncé sur la tête. Elle avait jeté un coup d'œil dans sa direction, mais sans le voir, et traversé la terrasse en courant. Elle avait glissé, était tombée. Il avait entendu ses sanglots quand elle s'était relevée et remise à courir le long de l'allée, hors de sa vue. Il aurait pu la suivre. Cela aurait été facile. Mais il ne l'avait pas fait.

Un gendarme entra dans le café, cape noire sur les épaules. Kale se raidit. Le policier jeta un coup d'œil aux tables. Était-ce seulement dans son imagination qu'il s'attardait sur lui ? Kale lui lança un regard sombre, haineux, et l'autre se détourna pour acheter un paquet de cigarettes. Après avoir échangé quelques mots avec la femme aux cheveux gris, il partit sans se retourner.

Kale finit sa bière, laissa cinquante francs dans la soucoupe et sortit. Rasant les murs, il s'éloigna du boulevard et tourna à gauche dans la rue Neuve, jusqu'à la place de la Monnaie. Il se sentait accablé. Il s'arrêta pour allumer une cigarette, leva les yeux et aperçut l'homme qu'il avait suivi jusqu'à l'hôpital.

À cinquante mètres de là, Bannerman traversait la place. Pétrifié, Kale le regarda monter les marches du bureau de poste. Tout lui revint. La conscience de ce qu'il devait faire. Il en aurait presque pleuré. Ce qui ne lui était pas arrivé depuis l'enfance. Mais alors, cela aurait été une preuve de faiblesse, et il ne pouvait pas se permettre de se découvrir un défaut supplémentaire. Il glissa sa main droite dans sa poche, sentit le morceau de papier qu'il avait retiré de la consigne. Trois mots. Ils lui brûlaient presque les doigts.

2

Quelques instants plus tard, Bannerman pénétrait dans la tiédeur du Centre de presse international. Il avait encore mal partout, jusqu'à l'intérieur des os. Il sentit un léger frisson lui hérisser la peau et son front se couvrir d'une fine couche de sueur froide. Quand il passa devant la réception, la standardiste ne leva pas les yeux de son magazine. Il se rendit directement au bar de la presse, se jucha sur un des hauts tabourets, les coudes sur le comptoir, la poitrine oppressée. Le barman haussa les sourcils :

— Monsieur ?

— Whisky.

Ses doigts tremblants agrippèrent le verre. La chaleur dorée du liquide lui brûla la gorge.

— Un autre.

Nous nous efforçons de la retrouver. Les mots de Du Maurier lui revenaient. Ils avaient marché dans les rues, depuis l'auberge jusqu'à la voiture alors que le soleil se levait au-dessus des arbres, semblables à des sculptures sur le ciel pâle.

— Mais il n'y a pas eu la publicité à laquelle vous pouviez vous attendre. Les autorités redoutent que cela ne fasse ressurgir l'affaire. Et Dieu sait si ces gens placent le bien-être d'un enfant au-dessus de leur propre survie.

— À votre avis, il existe une chance de la retrouver vivante ? avait-il demandé. Son haleine s'échappait de sa bouche comme une brume dans le matin.

— Vous voulez que je vous réponde franchement ?

Devinant la réponse, Bannerman avait hoché la tête.

— Non.

— Et je suppose que rien de ce qui s'est passé ici hier soir ne sera mentionné dans les journaux.

Du Maurier lui avait lancé un coup d'œil cynique.

— Il ne s'est rien passé du tout, monsieur Bannerman.

— Et si je choisis de rendre la chose publique ?

— On vous en empêchera.

— Mais pas vous ?

— Pas moi.

Bannerman vida son second verre, laissa tomber quelques pièces sur le comptoir et se dirigea en claudiquant vers les ascenseurs. Le whisky lui avait redonné des forces et avait un peu anesthésié ses douleurs.

Melle Ricain le regarda d'un air étonné quand il entra dans le bureau :

— Monsieur Bannerman… qu'est-il arrivé à votre visage ?

Il se contenta de secouer la tête.

— Votre rédaction d'Édimbourg essaye de vous joindre depuis deux jours. Et aussi (elle remua quelques papiers) un certain Platt. Il a appelé plusieurs fois. Ainsi que Melle Robertson.

Bannerman s'assit et, voyant la place vide en face de lui, demanda :

— Où est Palin ?

La secrétaire rougit.

— Il… il est retourné à Glasgow. Vous n'avez vraiment pas l'air en forme, monsieur.

— La flatterie ne vous mènera nulle part, mademoiselle.

Elle rougit de nouveau et glissa une feuille de papier dans le rouleau de sa machine à écrire.

Bannerman sortit une enveloppe de sa poche. Ça n'avait pas été compliqué. Après que Du Maurier l'eut déposé, il s'était rendu directement au bureau de poste de la place de la Monnaie et avait présenté la carte de Gryffe. La fille du guichet ne l'avait même pas regardé ; elle était revenue deux minutes plus tard avec l'enveloppe qu'il tenait à présent dans sa main. Il aurait peut-être dû se sentir plus excité, mais Tania occupait toujours ses pensées.

Il essaya de se détacher de ses émotions. Qu'est-ce que ça pouvait lui faire après tout ? Eh bien si, il y attachait beaucoup d'importance. Puis il pensa, *Que ta colère s'en nourrisse. Laisse-la enfler au point de vouloir plus que tout coincer ces salauds.* S'il ne pouvait pas la canaliser vers quelque chose de positif, son chagrin et sa fureur finiraient par le détruire.

Il examina le timbre et le cachet de la poste. L'enveloppe venait de Suisse, expédiée au début du mois. Près de deux semaines plus tôt. Il l'ouvrit. Elle contenait deux feuilles attachées. La première portait l'en-tête d'un cabinet d'experts comptables de Genève – Fouquet, Maxim et Schmidt, 50, rue des Quartiers. Brève, rédigée en anglais, cette lettre était adressée à M. Robert Gryffe.

Cher Monsieur,
Veuillez trouver, ci-joint, selon vos ordres, un relevé de compte trimestriel de Machines Internationale S.A., pour les trois derniers mois de l'année passée.
Vos dévoués, etc.

La seconde feuille était une liste d'achats, ventes et frais généraux en colonnes de chiffres sur la droite. Ils montraient un bénéfice avant impôt de cinq millions de livres sterling pour les trois mois précédents, avec un total cumulé de près de quinze millions pour les six premiers mois. Des profits ultérieurs étaient attendus.

Bannerman n'en revenait pas. Il parcourut les chiffres. Rien que des nombres sur un papier. Mais maintenant, il le savait, il commençait à faire de véritables progrès dans sa recherche d'un mobile. Ventes, achats et frais généraux n'étaient pas détaillés, mais ça viendrait. C'était un début, une première petite idée de ce dans quoi Gryffe était impliqué. Sans prêter la moindre attention à Melle Ricain et sa machine à écrire, au soleil de cette fin d'après-midi éclairant son bureau en biais, à la sueur qui lui couvrait le front, il attrapa le téléphone et composa rapidement un numéro.

— *Edinburgh Post*.

La ligne était bonne.

— Le service des informations.

Lorsque son téléphone sonna, George Gorman était en train de préparer, pour que sa secrétaire le tape, le programme de la conférence de rédaction de cinq heures. Il était épuisé. L'après-midi avait été chargé. Cinq morts dans un incendie à Glasgow ; la prochaine conférence de presse du Premier ministre, avant son rassemblement électoral à Usher Hall ; un député du ScotNat, le parti nationaliste écossais, soutenant que le cambriolage de sa maison était un acte politique – d'importants documents concernant la stratégie électorale de son parti auraient disparu. Il y avait aussi l'ordre du jour de la ronde quotidienne des conférences de presse que chaque parti tenait absolument à donner à l'approche du jour du vote. Et deux de ses reporters étaient malades. Cependant, s'il y réfléchissait, Gorman devait avouer que c'était ainsi qu'il aimait travailler.

— Dave ! aboya-t-il lorsqu'un coursier laissa tomber sur son bureau de grandes feuilles de papier rose aux bords déchiquetés.

Un jeune journaliste à l'épaisse moustache noire sous un nez cassé traversa la salle d'un pas tranquille. Gorman lui tendit les feuilles roses.

— Les dépêches de la *Press Association** sur l'incendie. Mieux vaut vérifier qu'on a tout.

— Bien sûr qu'on a tout !

Le journaliste sourit et retourna s'asseoir du même pas traînant.

Gorman finit par décrocher le téléphone.

— Service des infos.

— George ?

* *Press Association,* agence de presse coopérative anglaise.

— Neil ?

— Écoute, je suis pressé…

— Attends, attends ! Où étais-tu passé, nom d'un petit bonhomme ? Tait te cherche depuis deux jours. Depuis que la fille de Slater a disparu.

— Tu es au courant ? s'étonna Bannerman.

— Tait l'a appris. Mais il ne publiera rien. Il est furax, et ça me retombe dessus du matin au soir. Où étais-tu passé, merde ?

— Je n'ai pas le temps d'entrer dans les détails. J'ai besoin d'un numéro de téléphone, dans mon répertoire.

— Putain, Neil. Il faut que tu parles à Tait.

— J'en ai marre de parler à Tait, George. Je suppose qu'il ne t'a pas dit que je suis en sursis ?

Gorman en resta bouché bée.

— Tu plaisantes. C'est toi qui es en sursis ? Ce ne serait pas plutôt lui ?

— Probablement les deux. On a eu un petit différend à Bruxelles. Mais ça m'étonnerait qu'il t'en parle. Quand j'aurai bouclé mon article, George, je partirai.

Gorman l'entendit respirer à fond.

— Mais on n'en est pas encore là. Il me faut ce numéro. Un type qui s'appelle Hector Lewis. Il a une petite boîte à Genève, qui fait des recherches sur les sociétés, entre autres. J'ai besoin de le contacter ce soir. Le répertoire est dans le tiroir de mon bureau.

Gorman était encore sous le choc. Cela faisait longtemps que Bannerman et lui travaillaient ensemble.

— Ne quitte pas.

Il traversa la salle. Depuis une semaine, la présence familière de l'acariâtre Bannerman assis à son bureau et engueulant les coursiers lui manquait. Il lui paraissait impossible de ne pas l'y revoir. Et il se demanda quand viendrait son tour.

Il trouva le répertoire dans le tiroir et le feuilleta tout en regagnant sa place.

— Je l'ai, dit-il en soulevant le combiné.

Après lui avoir dicté le numéro, il hésita une seconde et demanda :

— Qu'est-ce que je dis à Tait ?

— Dis-lui d'aller se faire foutre.

— Je peux te citer ?

— Je t'en prie.

— Parfait. Ça me fera le plus grand plaisir.

À peine avait-il raccroché que la porte s'ouvrit brusquement dans son dos. Tait se tenait sur le seuil, manches retroussées au-dessus des coudes, poings serrés sur les hanches.

— Des nouvelles de ce salaud de Bannerman ?

Avant même que Tait ait fait un pas hors de son bureau, Bannerman composait déjà le numéro. Il écouta les sonneries stridentes résonner à son oreille gauche et s'aperçut que Melle Ricain était toujours attelée à sa machine à écrire. Qu'est-ce qu'elle pouvait bien taper ? Il n'y avait que Palin et lui dans ce bureau. Et Palin était parti. Une voix interrompit ses réflexions :

— *Vous cherchez* ?

— Hector Lewis, s'il vous plaît.

— *Moment.*

La ligne fut redirigée vers un autre poste.

— Lewis.

— Hector, c'est Neil Bannerman.

On aurait presque pu entendre Lewis faire tourner ce nom dans son cerveau avant de répondre au bout d'une fraction de seconde :

— Neil ! Content de vous entendre. Comment allez-vous ?

— Trêve de politesses, Hector. Vous faites toujours des recherches ?

Hector s'esclaffa de bon cœur. Il n'était pas du genre d'homme à s'offenser facilement.

— Ah, ce Neil Bannerman, toujours le même ! Oui, je fais encore des recherches par-ci par-là pour des vieux clients comme vous. Mais je me diversifie un peu ces temps-ci. Je me débrouille pas mal en relations publiques.

— Un nouveau martyr de la *presstitution* ?

— Haha, elle est bonne celle-là. Il faudra que je m'en souvienne.

— Elle n'est pas vraiment originale, Hector.

— Plus rien ne l'est aujourd'hui, Neil. Qui voulez-vous examiner à la loupe cette fois ?

— Une société du nom de Machines Internationale. J'ai des raisons de croire qu'elle pourrait être enregistrée en Suisse. Peut-être au Luxembourg, mais plus probablement en Suisse.

— Avec plaisir, mon cher, avec plaisir. Que voulez-vous savoir ?

— Tout. Responsable, associés s'il y en a, capital, secteur d'activité. Et si vous tombez sur des sociétés liées, j'aimerais savoir tout le merdier sur elles aussi.

— Grosse affaire ?

— Ça ne vous regarde pas.

— Haha. Vous avez raison. Motus et bouche cousue. Mais ça va vous coûter cher. Mon temps est précieux actuellement.

— Vous voulez parler du temps que vous passez assis sur votre cul pendant que vous déléguez le sale boulot à votre petite armée de fouille-merde ?

— Exactement, Neil. Pourquoi aboyer soi-même quand on a un chien ? Où puis-je vous joindre ?

Bannerman lui donna les numéros du bureau et de l'appartement de la rue du Commerce.

— Qu'est-ce que vous faites à Bruxelles, Neil ?

— J'épluche des choux.

— Haha, elle est bien bonne. Très drôle. Ça n'aurait rien à voir avec la fusillade, par hasard ?

— Qu'est-ce qu'on a dit, Hector ?

— Ah, oui. Motus et bouche cousue. Pour quand voulez-vous ça ?

— Dès que vous vous bougerez le cul pour commencer à fouiller.

— Haha. D'accord, bien. Embrassez pour moi, euh… ben, qui vous voudrez. Je vous tiens au courant.

Bannerman raccrocha et se cala contre le dossier de son fauteuil. S'il avait eu le temps, il serait allé lui-même en Suisse. Lewis était très bon. Mais c'était un enfoiré. Toute cette fausse affabilité dissimulait un sac de poison.

La sonnerie aiguë du téléphone le fit sursauter. Il décrocha :

— Bannerman.

— Neil, c'est Sally. Ça fait des jours que j'essaye de te joindre. Mon Dieu, j'étais tellement inquiète. Tu sais pour Tania ?

— Oui, je sais.

— Où étais-tu ? J'ai cru que tu étais peut-être retourné en Écosse. Ils m'ont téléphoné le lendemain matin de sa disparition. J'ai essayé de te joindre rue du Commerce, mais ça ne répondait pas. Tu n'as pas de nouvelles ?

— Non.

Le silence à l'autre bout de la ligne sembla s'éterniser avant que Sally demande :

— On peut se voir ?

Bannerman essuya son front couvert de sueur.

— Je suis fatigué, Sally. Demain, peut-être.

Il y eut un autre silence, puis la ligne fut coupée. Il raccrocha et se pencha en avant sur les coudes, en se frottant les yeux avec la paume des mains. Le cliquetis de la machine s'arrêta. En relevant la tête, il vit que Melle Ricain l'observait. Il la regarda fixement, presque sans la voir, et dit brusquement :

— Vous voulez bien me rendre un service, mademoiselle ?

— Euh… oui.

— Pas grand-chose. Je voudrais juste que vous appeliez Richard Platt à *La Belgique Soir* pour lui dire que je le contacterai demain. Maintenant, je rentre chez moi. Quand vous l'aurez fait, vous feriez bien de partir, vous aussi.

Elle hocha la tête, attendant que Bannerman s'en aille. Mais il restait assis à la regarder. Gênée, elle hésita avant de décrocher le téléphone.

— Je suis désolé, finit-il par dire. Pour Palin. Je vous ai mise dans l'embarras.

— Oh… Il… Il le méritait probablement. Ce n'était pas quelqu'un de très sympathique.

— Non.

Bannerman se leva et s'avança vers elle.

— Qu'est-ce que vous tapez ?

Elle rougit.

— Rien. C'est… euh, rien d'important.

Bannerman se pencha au-dessus de son épaule et arracha la feuille de la machine. La frappe était nette et précise. *Le renard agile bondit sur le chien paresseux.* Suivaient une trentaine de lignes. Bannerman sourit et la reposa sur le bureau.

CHAPITRE 24

La sonnerie assourdie du téléphone parvint jusqu'à Tania sur le palier. Elle s'infiltra dans sa somnolence comme un phare au milieu du brouillard. La petite n'en était que vaguement consciente ; c'est seulement lorsque les sonneries cessèrent qu'elle s'éveilla pleinement à la douleur qui lui tenaillait le ventre et au froid qui l'enserrait comme un étau.

Une nouvelle nuit. La deuxième ou la troisième ? Elle perdait la notion du temps.

Elle leva les yeux vers le Velux et vit les étoiles dans le ciel noir. Elle avait cru entendre la Mort dans l'escalier, voir son ombre gravir les marches. Mais elle n'éprouvait plus aucune peur. Ça n'avait plus d'importance. Elle l'aurait accueillie avec plaisir. S'échapper enfin de la prison de son esprit.

Elle ne savait pas trop comment elle était arrivée jusqu'ici. Son souvenir du visage aperçu sous sa fenêtre dans un rayon de lumière s'estompait. Sa fuite de la maison vers la route déserte, la neige qui tombait devant les réverbères, la station de bus vide. Les doigts de sa mémoire s'étaient engourdis, ils ne pouvaient plus retenir ces choses.

Soudain, la lampe du palier l'aveugla. Le choc ressuscita l'horreur de l'instant où, à bord du bus, elle n'avait pas pu payer, où le chauffeur s'était mis à crier, où elle avait été incapable de dire qu'elle voulait. Ce souvenir lui revint comme la brève étincelle d'une allumette qu'on gratte, et disparut aussi vite, ne laissant qu'une petite flamme insignifiante dans l'immensité de sa détresse. Pourtant cette première nuit demeurait très nette dans sa mémoire. Les briques de l'abri à poubelles, le froid, l'odeur de pourriture, le bruit d'une débandade de rats invisibles.

Elle referma les yeux pour se protéger de la lumière et entendit des pas lents et lourds monter vers elle. Peut-être était-ce enfin la Mort.

Bannerman avait demandé au chauffeur de ralentir en passant devant la maison de la rue de Pavie, où Gryffe et Slater avaient été assassinés. Elle était plongée dans le noir, vide, abandonnée. Au bout de la rue déserte, il était descendu du taxi pour acheter quelques provisions à l'épicerie du coin. Un vieil homme lui avait vendu un pain, du fromage et deux litres de vin rouge. Après coup, Bannerman avait ajouté une brique de lait. Le vieil homme lui avait donné un sac en papier marron pour porter ses emplettes jusqu'au taxi, qui mit peu de temps à traverser la ville enneigée, sous les étoiles qui commençaient à apparaître, claires et dures dans le ciel.

Rue du Commerce, la voiture de Slater était toujours garée au même endroit. Le toit couvert d'une petite dizaine de centimètres de neige étincelait de givre sous le réverbère. Il descendit du taxi, paya le chauffeur et le regarda s'éloigner lentement sur la chaussée glissante. Il se sentait accablé par le poids de la fatigue et le fardeau de la douleur. Comment pourrait-il être en état de réfléchir ou d'essayer de mettre les choses en perspective avant d'avoir dormi ? Il allait prendre un bain chaud, puis manger un morceau, arrosé de vin. Et il boirait encore du vin. Jusqu'à engourdir son corps et son esprit. Ensuite, il dormirait tout son soûl.

Chaque volée de marches, chaque palier lui était tristement familier. Il n'avait jamais voulu habiter ici pour commencer. En plus, c'était une ascension pénible pour des membres épuisés.

Il faillit ne pas la voir, recroquevillée dans l'angle opposé à la porte. C'est un léger son qui le fit se retourner au moment où il introduisait la clé dans la serrure. Elle avait les yeux ouverts, levés vers lui. Vides, comme si elle ne le reconnaissait pas. Il ouvrit la porte, fit glisser son sac à l'intérieur du vestibule et traversa le palier pour s'accroupir près d'elle. Tania avait le visage livide, ses yeux sombres cernés s'enfonçaient dans sa tête. Il lui prit la main et fut choqué de la sentir aussi froide.

— Mon Dieu ! souffla-t-il.

Avec les plus grandes précautions, il la souleva dans ses bras pour l'emporter dans l'appartement. Il referma la porte d'un coup de pied et tituba dans la pénombre jusqu'au salon. Là, il la déposa doucement sur le canapé et mit le radiateur en marche avant d'allumer une petite lampe et de tirer les rideaux. Elle respirait à peine. Il s'assit à côté d'elle sur le canapé pour déboutonner son manteau. Pendant tout ce temps, elle ne le quitta pas des yeux une seule seconde. Il lui attrapa ensuite les mains, l'une après l'autre, pour les frotter vigoureusement entre les siennes.

— Je vais appeler un docteur, dit-il.

Mais en guise de réponse, première réaction depuis qu'il l'avait découverte, elle l'agrippa par la manche et secoua la tête.

— Tu as besoin d'un docteur, insista-t-il.

Elle secoua de nouveau la tête avec, dans ses yeux, ce regard qu'il avait déjà vu.

Il soupira et réfléchit.

— Tu as mangé ?

Elle secoua la tête.

— D'accord. Je vais tout de suite te donner du lait chaud. Ça te va ?

Cette fois, elle hocha la tête, et il crut discerner un petit sourire sur ses lèvres.

Il était angoissé, troublé et une fois de plus frappé par le sentiment d'incertitude qu'elle faisait naître en lui. Il savait qu'il aurait dû appeler un médecin, mais comprenait qu'elle ne le veuille pas. Du moins pas pour l'instant. Il repoussa la table basse et rapprocha le canapé du radiateur.

— Je vais faire chauffer le lait.

Dans le vestibule, il ramassa le sac, près de la porte, là où il l'avait laissé, et l'emporta dans la cuisine. Il prit une casserole dans un placard, y versa du lait, la plaça sur le gaz. Peut-être devrait-elle prendre un bain chaud. Le pire, c'était de ne pas savoir ce qui était le mieux pour elle. Quand il s'agit de soi, on s'en fiche. On se maltraite. On fait tout de travers. On boit, on ignore les ordres du médecin. Mais quand il s'agit de quelqu'un d'autre, on se sent investi d'une responsabilité.

Il trouva l'interrupteur du chauffe-eau près de la porte de la cuisine et le mit en marche. Puis il se souvint des bagages dans la chambre de Slater. Il fallait que Tania se change, qu'elle mette des vêtements plus chauds. Son manteau et sa robe étaient glacés, humides au toucher. Il fouilla sa valise et choisit une épaisse robe de chambre en laine et un pyjama. Ainsi que des petits chaussons et des chaussettes.

Tania n'avait chaud qu'en superficie. Sous sa peau, le froid était toujours là. Il émoussait ses pensées, embuait la fenêtre par laquelle elle regardait le monde. Seul un petit coin était transparent, et à travers, elle voyait Bannerman, sentait son odeur, sa présence.

Elle n'avait jamais vraiment eu de contact avec les autres, elle n'était qu'une observatrice, depuis toujours. D'une certaine façon, Bannerman comblait ce vide, ou du moins lui semblait-il qu'il l'aurait pu. Que d'une façon ou d'une autre il pourrait lui apporter ce qu'elle avait tant désiré de son père. Cet amour qui n'était jamais venu. Les pensées dérivaient dans son esprit comme des écharpes de brume. Dès qu'elle voulait s'en saisir, elles se dispersaient, et elle abandonnait. Elle entendait Bannerman – dans la cuisine, dans la chambre de son père. Très vite, il fut de nouveau dans la cuisine, puis à côté d'elle ; il l'aidait à se relever en position assise.

Elle fit un effort énorme pour tenter d'émerger de la brume. Elle tenait un verre que Bannerman faisait monter doucement jusqu'à ses lèvres. La chaleur onctueuse chassa le mauvais goût de sa bouche ; elle la sentit descendre, se répandre en elle, chasser le froid. Pour la première fois depuis des heures, elle frissonna. La tenaille de son estomac se desserra, elle se rendit compte qu'elle avait faim. Enfin la brume se levait. Elle regarda Bannerman et vit qu'il la dévisageait d'un air inquiet.

— Ça va mieux ?

Sa voix était proche, douce. Elle hocha la tête. Il lui montra un paquet de vêtements où elle reconnut sa robe de chambre.

— Je les ai mis devant le radiateur pour les réchauffer. Si tu t'en sens capable, tu devrais enlever ceux que tu portes. Ils sont humides.

Il marqua une pause, en attendant une réaction. Elle réussit à lui adresser un pâle sourire.

— J'ai allumé le chauffe-eau. D'ici un quart d'heure, l'eau devrait avoir atteint la bonne température pour un bain. Je pense que ça te ferait du bien, tu ne crois pas ? Après, on mangera.

Ils dînèrent en silence. Le pain et le fromage étaient secs, mais le vin était bon. Il avait encore fait chauffer un peu de lait, que Tania but après avoir englouti plusieurs tranches de pain. À présent, la fatigue rattrapait Bannerman. Dans son inquiétude pour l'enfant, il avait oublié ses propres misères, son propre besoin désespéré de manger et de dormir. Son bain attendrait le lendemain.

Après avoir fini de manger, il continua à boire du vin, en observant Tania par-dessus le bord de son verre. Elle fouillait les poches de sa robe de chambre, d'où elle finit par sortir un mouchoir en papier. Elle se leva alors pour lui essuyer le front, éponger les fines gouttes de sueur qui le couvrait.

Il lui attrapa la main :

— Il va falloir que je leur dise que tu es ici.

Presque immédiatement la peur réapparut dans ses yeux et elle secoua énergiquement la tête.

— Tout ira bien, ma chérie. C'est juste pour qu'ils arrêtent de te chercher. Il n'y a rien de plus normal. Personne ne t'emmènera ce soir. Je les en empêcherai.

Sans attendre sa réaction, il se leva et alla décrocher le téléphone.

— Police judiciaire, annonça une voix de femme.

— Inspecteur Du Maurier, s'il vous plaît.

— Ne quittez pas.

Un autre téléphone fut décroché :

— Du Maurier.

— Vous êtes encore là. Je ne m'attendais pas réellement à vous trouver à cette heure-ci. Vous n'avez donc pas de maison ?

— Qu'est-ce que vous voulez ? répliqua le policier avec agacement.

— L'enfant est ici. Rue du Commerce. Dieu sait comment et pourquoi. Elle attendait sur le palier quand je suis arrivé.

Tania surveillait Bannerman d'un air sombre. Elle ne laisserait personne l'emmener encore. Elle voulait rester avec lui pour toujours. Elle l'examinait pendant qu'il parlait. Elle voyait son inquiétude, la sueur qui luisait de nouveau sur son front, les coupures sur son visage. Un visage dur qui avait quelque chose d'un peu effrayant. Mais elle savait que derrière cette façade se cachait une gentillesse inattendue.

— Et la prochaine fois, je veux un de vos hommes à la clinique jour et nuit jusqu'à son départ, l'entendit-elle dire.

Elle prit conscience des battements de son cœur.

Il raccrocha et lui sourit en revenant à table :

— Tout va bien.

Elle détecta une hésitation dans sa voix.

— Demain… demain dans la journée… tu devras retourner à la clinique. Juste pour un jour ou deux. Ensuite, on pourra retourner en Écosse ensemble.

Elle savait déjà que ça arriverait. Qu'elle ne pourrait pas l'avoir pour elle toute seule. Qu'ils l'emmèneraient encore. Mais le fait de l'avoir su n'endigua pas le flot de sa colère et de sa souffrance. C'était toujours ce qu'ils voulaient, *eux*. Jamais ce qu'elle voulait, *elle*.

Elle se jeta sur Bannerman, en lui martelant le torse avec ses poings serrés, un cri d'angoisse aux lèvres. Il ne s'y attendait pas. Ses poings lui firent mal, multitude de petits coups pleuvant sur sa poitrine, ses épaules, son visage.

Il essaya de lui attraper les bras, mais la peur de la blesser lui rendait la tâche difficile. Finalement, il réussit à l'immobiliser en l'enlaçant et à la serrer contre lui. Il sentit son petit corps secoué de sanglots.

— Tout va bien, tout va bien, s'entendit-il dire.

Aussitôt, le souvenir d'avoir entendu le père de Tania prononcer exactement les mêmes mots le rendit très mal à l'aise.

Elle continuait à se débattre ; cependant, sa force faiblissait rapidement.

— On en parlera demain, souffla-t-il. On trouvera une solution.

La lutte cessa sur un gémissement. Tania laissa retomber sa tête sur l'épaule de Bannerman, le visage tourné de l'autre côté. Il la berça doucement d'avant en arrière.

— Je ne veux pas te faire de mal, murmura-t-il. Dieu sait que je ne veux pas te faire de mal.

Quelque chose à l'intérieur de lui se brisa. Une espèce d'armure de fer qui le rendait invulnérable depuis si longtemps et qui avait fini par s'effriter au fil des ans. Sa propre voix lui parut étrange :

— Quelque part, il y a une petite fille… qui a trois ou quatre ans de plus que toi. Ma…

Il ne pouvait se résoudre à le dire.

— Je suis son père. Je ne l'ai jamais vue. Je pourrais la croiser dans la rue sans le savoir. Elle pense probablement que quelqu'un d'autre est son papa. Je ne sais pas. Tout ce que je sais, c'est que c'est une partie de moi qui me manque.

Il tourna la tête un peu et vit que Tania s'était endormie. Elle n'avait rien entendu. Personne n'avait entendu et ne l'entendrait jamais. C'était probablement mieux ainsi.

CHAPITRE 25

La matinée touchait à sa fin lorsque Bannerman ouvrit les yeux ; sa chambre était inondée de soleil. Il tendit le cou et vit Tania. Debout devant la fenêtre, elle regardait dehors. Elle se retourna et sourit.

— Bonjour, dit-il en lui rendant son sourire.

Elle paraissait infiniment mieux que la veille au soir. Il consulta sa montre. Presque midi.

— Bon sang ! J'ai dormi des siècles ! s'écria-t-il en se redressant. Tu es réveillée depuis longtemps ?

Elle secoua la tête, leva un doigt.

— Une heure ?

Elle opina. Elle s'était déjà habillée et ses joues avaient repris des couleurs.

— Tu dois mourir de faim.

Avec un grand sourire, elle se dirigea, presque en courant, vers la porte puis s'arrêta et lui fit signe de la suivre.

— J'arrive dans une minute. Laisse-moi m'habiller.

Elle haussa les épaules mais resta sur place. Bannerman sentit monter en lui le plaisir d'un rire inaccoutumé.

— Allez, file. Je ne suis pas beau à voir le matin.

Elle hocha la tête et sourit. Il lui lança alors son oreiller, qui atterrit avec un bruit mou sur la porte qu'elle venait de refermer rapidement derrière elle.

Il ressentait encore une certaine raideur dans ses bras et ses jambes en se levant dans l'atmosphère froide de la chambre. Une fois habillé, il passa dans le salon et vit un morceau de pain et un bout de fromage posés pour lui sur la table basse, avec la bouteille de vin à moitié pleine et un verre. À côté, une assiette pleine de miettes témoignait qu'elle avait été trop affamée pour l'attendre.

— Ça alors, merci, Tania.

Il se pencha, prit un bout de pain avec ses doigts et le fourra dans sa bouche. Puis il regarda le vin avec un sourire réprobateur.

— C'est gentil de ta part d'avoir pensé au vin, mais pas dès le matin. Est-ce que tu veux du café ?

Elle hocha la tête et s'empressa de le suivre dans la cuisine.

Il restait assez de lait pour deux cafés au lait. Après avoir versé du sucre et du café en poudre dans deux mugs, il mit le lait et l'eau à bouillir dans une casserole. Malgré ses douleurs, il se sentait en forme. Il ne se souvenait pas avoir aussi bien dormi depuis très longtemps. C'était en réalité le premier matin d'une longue série où il se lèverait le cœur léger sans éprouver cet habituel sentiment d'ambivalence vis-à-vis de la journée à venir. Mais dans quelques heures, il le savait, l'avenir serait toujours aussi menaçant à l'horizon. Dans la vie, les bonnes choses ne duraient jamais. Ce n'était qu'une paix trompeuse, le calme avant la tempête. Ou l'œil du cyclone peut-être. Une chose éphémère. Il secoua la tête pour chasser ces pensées. Il ne voulait pas gâcher ce moment tant qu'il durerait.

— Tiens, dit-il en tendant un mug à Tania.

Ils burent en silence, savourant la douce chaleur de la boisson.

— Plus tard, il faudra qu'on parle de l'avenir.

Il vit le visage de l'enfant s'assombrir.

— Mais pour l'instant, on ne va même pas y penser. On pourrait passer ces quelques heures à essayer de faire un peu mieux connaissance. Qu'est-ce que tu en penses ?

Comme elle levait le mug pour cacher son visage, il ne réussit pas à deviner sa réponse. Lorsqu'elle le rabaissa, elle souriait, comme s'il n'avait rien dit, et il se demanda ce qu'il pouvait bien y avoir à l'intérieur de cette petite tête.

La sonnette qui retentit alors jeta une tension soudaine dans leur monde. Ils échangèrent un regard ; les yeux de Tania disaient *N'ouvre pas*. Il soupira, se détourna pour ne pas les voir, posa son mug sur le plan de travail et se rendit dans le vestibule.

En voyant Sally sur le pas de la porte, un sourire hésitant aux lèvres, il éprouva un certain soulagement. Mais aussi un léger agacement face à cette intrusion.

— Qu'y a-t-il ?

Le sourire disparut, la colère empourpra le visage de Sally.

— Je venais m'excuser, dit-elle froidement. De t'avoir raccroché au nez hier soir. Mais maintenant, ça m'est bien égal.

Sur ce, elle fit demi-tour. Bannerman la rattrapa par le bras.

— Je suis désolé. Je ne suis pas seul.

Une étrange émotion fit briller les yeux de la jeune femme.

— Je vois. Je ne veux pas te déranger.

— Ce n'est pas ce que tu imagines, dit Bannerman sans lui lâcher le bras. Tania est ici. Je l'ai trouvée sur le palier en rentrant hier soir.

Toute l'animosité de Sally s'évanouit.

— Elle va bien ?

— Entre, tu verras.

Ils passèrent au salon. Debout sur le seuil de la cuisine, Tania serrait son mug entre ses mains.

— Bonjour, lui dit Sally. Je vois que vous êtes devenus amis.

Tania la fixait d'un air impassible. Bannerman se demanda si elle était contrariée par la présence de Sally. Il prit son mug, le posa sur la table, s'accroupit et serra ses mains entre les siennes.

— Écoute, ma chérie, tu n'as pas le monde entier contre toi. Même si, parfois, tu en as l'impression. Nous avons tous besoin de courage pour faire face aux choses que la vie nous réserve. Mais, d'abord, il faut que tu fasses confiance aux gens qui t'aiment.

Elle le regarda, le visage aussi figé qu'un masque. Impossible de savoir ce qui se passait derrière. Il se releva, jeta un coup d'œil à Sally et se demanda s'il lui destinait également ces paroles.

— Si on allait se promener, tous les trois ?

C'était un jour plein de promesse, avec ce soleil pâle et rond dans le ciel bleu délavé au-dessus de la ville. L'air vif, très froid, piquait les yeux et les remplissait de larmes.

Enveloppés dans leurs manteaux et leurs écharpes, ils marchèrent d'un pas rapide pour se réchauffer. Rue du Commerce, rue Belliard. Ils traversèrent le boulevard du

Régent où le sel rendait la chaussée brillante, où les voitures projetaient en roulant des gerbes de neige fondue noire. Boulevard Lambermont, puis le parc de Bruxelles. Ils possédaient en eux les graines du bonheur. Mais tapies dans l'ombre, là où elles auraient du mal à germer.

Sally proposa de faire un bonhomme de neige, mais celle-ci était trop poudreuse. Bannerman en ramassa une poignée plus mouillée à un endroit où elle était exposée au soleil depuis plusieurs heures. C'est lui qui lança la première boule. Sally essayait toujours, en vain, de façonner son bonhomme pendant que Tania la regardait, l'air hésitant. Elle vit Bannerman poser un doigt sur ses lèvres avant de projeter la boule sur l'épaule de Sally ; la neige lui recouvrit la figure d'une poudre fine. Sally, en colère, se retourna. Bannerman riait, Tania fut incapable d'empêcher un sourire de lui étirer les lèvres.

— D'accord. Si c'est ce que tu cherches. Allez, Tania, on ne va pas le laisser s'en tirer comme ça, hein ?

Aussitôt, elle se pencha pour ramasser une poignée de neige qui se transforma en un nuage quand elle la lança.

— Il faut la prendre là où le soleil brille.

Bannerman confectionna une autre boule, la jeta vers Sally, qui baissa la tête pour l'éviter. Attrapant Tania par la main, elle courut avec l'enfant vers l'endroit où le soleil tombait en biais, à travers les arbres, sur une étendue vierge.

— Regarde, lui dit-elle en lui montrant comment tasser la neige entre ses mains.

Elle avait à peine dit ça qu'une autre boule lui frappa le dos. Elle hurla, se redressa à toute vitesse et lança sur Bannerman celle qu'elle tenait. Bannerman fit un pas de côté pour l'éviter, glissa et tomba lourdement sur le flanc.

Il sentit la neige s'infiltrer dans ses chaussures et lui brûler le visage. Les grilles noires du parc, le profil des immeubles couleur biscuit contre le ciel. Les arbres au-dessus de sa tête, les rires. La voix claire de Sally, celle de Tania. Il roula sur lui-même et vit le visage de l'enfant rougi par le froid et illuminé par un rire qui cascadait de ses lèvres comme une musique, joyeux, sans retenue. Il pensa alors qu'il n'avait jamais rien entendu de plus beau dans sa vie.

À ce moment-là, une boule de neige explosa sur son front, lui piqua la peau et lui fit monter des larmes aux yeux. Il entendit des pas crisser sur la neige ; Tania se tenait au-dessus de lui et éclatait d'un rire proche de l'hystérie. Elle leva une main et jeta sa boule de neige, qui se brisa sur sa poitrine. Il poussa un grand cri. L'enfant se laissa tomber sur les genoux et lui jeta les bras autour du cou, le rire et la vie pulsant à travers son petit corps maladroit. Il la serra contre lui, se releva en la soulevant du sol et la fit tournoyer, tournoyer jusqu'à ce que le monde se mette à flotter et qu'il soit obligé de s'arrêter.

Tous les deux s'écroulèrent dans la neige. Haletante, Tania resta sur le dos, sans cesser de rire. Bannerman vit Sally accroupie quelques mètres plus loin. Elle lui sourit, la tête penchée sur le côté. Il se releva en brossant la neige de son manteau et de son pantalon.

— Je suis complètement trempé. Si on allait manger un morceau ?

Tania ne riait plus. Elle le regardait fixement, une lueur vive dans les yeux. Son propre bonheur fut un peu obscurci quand il se demanda s'il serait capable de la condamner à vivre dans une institution.

Deux cents mètres plus loin, au-delà de la neige, de l'allée de graviers et des arbres, Kale, vêtu d'un manteau sombre, les observait. La peau de son visage était tirée, marbrée de jaune et de bleu, elle luisait dans le froid, ses lèvres minces formaient une ligne dure. Un visage dénué d'expression. Seuls ses yeux trahissaient sa mélancolie. Ces mêmes yeux sombres qui avaient regardé passer la vie, en dissimulant plus de choses qu'ils n'en révélaient. Tous les regrets d'une existence ratée.

Kale avait d'abord reculé devant sa nouvelle réalité, comme un homme émergeant d'un lieu obscur pour se retrouver en pleine lumière. Il avait été temporairement aveuglé. Puis la conscience lui était revenue, lente, douloureuse. Les choses lui paraissaient plus claires à présent, la rancœur avait remplacé la tristesse.

Trois mots sur un bout de papier avaient tout changé.

Il observait les silhouettes à travers les arbres. Il entendait leurs rires, leurs éclats de voix dans le calme matin d'hiver. Il se sentait attiré vers eux, avec l'envie de partager leur joie. Mais il était depuis longtemps passé de leur monde au sien propre, un monde de ténèbres. Il pouvait regarder en arrière, pas revenir en arrière. Une larme roula du coin de son œil.

Il ne tuerait pas l'enfant. Il ne pouvait pas.

CHAPITRE 26

1

Platt acheva son article sur les chapeaux de roues, le relut puis appela un coursier. Un jeune boutonneux à tignasse rousse l'attrapa et fila vers le service des infos. N'y avait-il pas un soupçon de mépris dans les yeux verts et froids du garçon ?

La salle de presse fourmillait d'activité juste avant l'heure limite de remise des articles pour la dernière édition.

Platt alluma une cigarette dont il tira nerveusement plusieurs bouffées. Il avait fini sa journée et mourait d'envie de boire un verre. Mais il lui restait encore des choses à faire. Il se sentait à la fois excité et un peu anxieux. Que Bannerman ait purement et simplement disparu pendant deux jours l'inquiétait. Et puis, la veille au soir, il avait reçu ce coup de téléphone de Melle Ricain, comme quoi il l'appellerait aujourd'hui. Or il ne l'avait pas appelé. Ce n'était pas la première fois qu'il se demandait si Bannerman tiendrait parole, s'il partagerait son histoire avec lui, en fin de compte. D'ailleurs, pourquoi le ferait-il ? Lui-même ne lui avait rien apporté d'intéressant jusqu'ici, ou presque rien. Si Platt se méfiait de son confrère, c'était surtout parce qu'il se sentait coupable d'avoir ourdi des complots minables contre lui autrefois. Malgré tout, l'idée de jouer un sale tour à cet enfoiré lui tira un sourire.

Bannerman avait demandé des infos sur le passé de Jansen et Lapointe. Platt était allé plus loin. Les heures passées à fouiller les dossiers du tribunal de commerce l'avaient joliment récompensé. Enfin il tenait quelque chose à échanger. Il avait un pouvoir de négociation.

Les premières récriminations de son ulcère se manifestèrent. Ses doigts maladroits débouchèrent un flacon pour y prendre une pastille antiacide qu'il fit glisser entre ses lèvres. Puis, dans un geste devenu un véritable tic, il sortit son mouchoir rouge pour s'essuyer le front.

Enfin, après une brève hésitation, il décrocha le téléphone.

2

Tania ne quittait pas Bannerman des yeux pendant qu'il feuilletait ses dessins, ne les détournant que lorsqu'il regardait dans sa direction. C'était Sally qui avait eu l'idée de les lui montrer. Slater avait oublié de les ranger dans sa valise ; elle les avait trouvés à leur place, dans le classeur, sous le lit de Tania.

Tous trois s'étaient installés autour du petit bureau placé près de la fenêtre de sa chambre ; le soleil de fin d'après-midi, encore chaud, baignait la pièce d'une lumière douce. Tania ne se souvenait pas d'avoir déjà ressenti un tel calme intérieur.

Elle remarqua la façon dont Bannerman et Sally se regardaient. Quelque chose dans leurs yeux. Elle n'était pas jalouse, même si elle se rendait compte qu'ils éprouvaient des sentiments l'un pour l'autre. Mais avec l'extraordinaire perception dont elle était douée, elle devinait qu'aucun des deux n'était prêt à l'admettre.

Aujourd'hui avait été le plus beau jour de sa vie. Aucune trace de cette frustration qui montait en elle jusqu'à exploser à l'extérieur en la privant de tout contrôle. C'était merveilleux. Elle rayonnait à l'intérieur.

Ils avaient déjeuné dans un bistro, pas très loin du parc du boulevard de l'Empereur, où on leur avait servi de la salade de poulet. Elle avait observé les adultes en train de boire du vin blanc sec. Leurs visages étaient rougis par le froid et l'effort physique de la bataille de boules de neige ; ils avaient mangé en silence, en se regardant et en se souriant. Après, ils étaient retournés à pied à l'appartement.

Bannerman rassembla tous les dessins.

— Ils sont tout simplement extraordinaires, déclara-t-il.

Il attendit que Tania lève les yeux vers lui.

— Tu as un talent merveilleux. On pourra peut-être les faire publier quand on sera rentrés en Écosse. Ça te plairait ?

Si ça voulait dire les montrer à d'autres gens, elle n'en était pas sûre. C'étaient des choses très privées. Seuls les gens qu'elle aimait avaient le droit de les voir.

Devinant son indécision, Bannerman ajouta :

— Ils disent tout ce que tu ne peux pas dire avec des mots, ma chérie. Ils te racontent aux autres, ils racontent tout ce que tu vois, tout ce que tu ressens et tout ce dont tu as besoin, exactement comme tout le monde.

Elle sourit et tendit la main. Il la prit, la serra et se raidit parce qu'il avait choisi de prendre une décision difficile.

Il sortit de la poche de sa veste, pendue au dossier de sa chaise, une feuille de papier pliée.

— J'ai là une photocopie d'un de tes dessins.

Sans tourner la tête, il prit conscience de l'inquiétude soudaine de Sally. Depuis le déjeuner, elle était demeurée très silencieuse, mais sa présence à côté de lui prenait de plus en plus d'importance. Il la regarda à la dérobée, vit le doute dans ses yeux. Lui-même n'était pas sûr. Ses paumes se couvrirent d'une fine couche de sueur lorsqu'il lâcha la main de Tania pour déplier le papier et l'étaler sur le bureau. L'enfant observa le dessin puis hocha lentement la tête. Son visage était inexpressif.

— Tu t'en souviens ?

Rien. Il attendit un long moment avant de demander :

— Tu sais qui c'est ?

Rien.

Sally posa une main sur le bras de Bannerman :

— Arrête.

Pourtant, il insista :

— Regarde-moi, Tania. Il est très important que je sache.

Les yeux de la petite fille semblaient regarder à travers lui.

— C'est l'homme qui a tué ton papa, n'est-ce pas ? Et l'autre homme.

Un tel silence était retombé sur la pièce que Bannerman osait à peine respirer. La pendulette de la table de nuit tictaquait solennellement. Tania hocha soudain la tête et la détourna aussitôt.

— D'accord, d'accord, dit Bannerman en lui reprenant la main.

Il la serra fort, elle lui parut molle et minuscule.

— Juste une chose encore. Rien qu'une. Est-ce que… est-ce que tu le reconnaîtrais si tu le voyais ?

Il sentit la main se crisper autour de la sienne et vit la peur dans les yeux de l'enfant. Mais il comprit de travers.

— Tout va bien, ma chérie. Il ne peut pas te faire de mal.

Serrant ses doigts de plus belle et plantant ses ongles dans sa peau, elle secoua sauvagement la tête de frustration. Comment pouvait-elle lui dire ? *Je l'ai revu.* Elle tapa plusieurs fois le dessin avec un doigt de l'autre main. Puis elle hocha la tête. Deux, trois, quatre fois, désespérée devant la confusion de Bannerman.

Sally, elle, comprit :

— Oh, mon Dieu, elle l'a vu ! Elle a revu cet homme !

Bannerman la fixa, puis il fixa Tania, et sut que c'était vrai.

— Quand ? Comment ? demanda-t-il en la prenant par les épaules avant de comprendre avec un sentiment d'horreur qui lui hérissa la peau. À l'hôpital.

Où aurait-elle pu le voir ailleurs ?

— C'est pour ça que tu t'es sauvée ?

Tania entrouvrit les lèvres comme si elle allait parler.

La sonnerie du téléphone, dans le salon, les fit alors sursauter tous les trois. Personne ne bougea, mais leurs trois cœurs s'emballèrent. Le charme était rompu.

Furieux de cette interruption, Bannerman se leva et sortit de la pièce à grandes enjambées.

Avec un sourire faussement joyeux, Sally repoussa bruyamment sa chaise et dit à Tania :

— Si on buvait un café ? Je vais en préparer. Tu veux m'aider ?

Tania ne bougea pas.

— Ça ne fait rien, je m'en occupe.

Elle fila vers la cuisine. Tania entendait, dans la pièce voisine, la voix de Bannerman en conversation avec quelqu'un au téléphone ; son ton était très irrité.

L'éclat de sa journée se ternissait, comme celui du soleil se couchant derrière les toits. Elle savait que Bannerman la ramènerait à l'hôpital. Toute la journée, elle l'avait su, mais elle avait enfoui cette pensée. Hors d'atteinte, hors de vue, hors de son esprit. N'était-ce pas la clé de la survie ? La capacité d'attraper le bonheur lorsqu'il était là, sans regarder plus loin.

Quoi que l'avenir lui réserve, rien ne pourrait effacer le souvenir de cette journée. Curieusement, elle sentait que cet homme qui était entré dans sa vie serait toujours là pour elle. Elle l'avait vu dans ses yeux, entendu dans les mots qu'il avait prononcés la veille, qu'il croyait qu'elle n'avait pas entendus. Elle savait que chacun pouvait remplir un vide dans la vie de l'autre. Il la protégerait de… elle jeta un coup d'œil à son dessin… de *lui*.

Elle se demandait pourquoi elle n'avait pas dessiné le visage. Elle ne se souvenait pas d'une interruption qui l'aurait empêchée de le finir. Est-ce que cela ferait plaisir à Neil qu'elle le termine maintenant ? Non, elle avait une meilleure idée. Quelque chose qui en dirait davantage. Elle déchira une bande de papier en bas de la feuille de l'un de ses dessins et prit son crayon. Elle avait toujours du mal à venir à bout des mots sur un papier. Elle serra le crayon si fort que ses doigts en devinrent blancs puis elle commença, avec la plus grande difficulté, à aligner les lettres dans le bon ordre.

C'était étrange comme le crayon se tenait facilement quand elle dessinait, comme il volait d'un mouvement fluide à travers la page. À présent, les lettres se formaient maladroitement ; l'effort que cela lui demandait l'épuisait. Elle eut l'impression de mettre des heures à écrire. Juste trois mots.

Vite, elle se dépêcha de plier le papier et de le glisser dans la poche droite de la veste de Bannerman. Puis elle caressa la douceur du velours côtelé marron et en approcha son visage. Il avait son odeur.

3

Bannerman était irascible et déprimé en sortant de la chambre de Tania. Il se sentait coupable d'avoir confronté l'enfant à son dessin. Elle méritait mieux. Pourtant, cela avait levé certains doutes. Peut-être n'était-ce qu'un début. Il saisit le combiné.

— Bannerman.

— C'est Platt. J'attendais ton appel.

Aussitôt, Bannerman se représenta le petit gros transpirant assis à son bureau, se tamponnant le front avec son horrible mouchoir rouge, ses cheveux tombant en tire-bouchons graisseux sur son cou épais.

— Et alors ?

— Et alors, je croyais que tu avais des infos pour moi. Tu as disparu pendant deux jours. Je pensais que peut-être…

— Tu pensais à tort. Je n'ai rien de nouveau.

— Ben, c'est possible, admit Platt, vexé. Mais de mon côté, j'ai fouillé.

— Et alors ?

— Je suis tombé sur un truc très intéressant.

Bannerman devina qu'il était tendu.

— Mais encore ?

— Peut-être qu'on pourrait se retrouver, tu vois, et comparer nos notes. Tu ne crois pas qu'il serait temps d'être réglo avec moi ? Je suis sûr qu'on en tirerait tous les deux un avantage.

Bannerman s'assit. Il était fort possible que Platt ait quelque chose. Comme il était tout aussi possible que ce soit du baratin.

— Allô ? Tu es toujours là ? s'inquiéta Platt.

Bannerman choisit de bluffer.

— À mon avis, ça ne sert à rien de nous rencontrer, Platt. Si tu as quelque chose à dire, dis-le tout de suite. Sinon, laisse tomber. J'ai des problèmes plus importants à régler.

— Écoute Bannerman, il serait temps de jouer cartes sur table.

— Salut.

— Non, non, attends.

Bannerman eut l'impression que Platt mettait maintenant la main autour du combiné pour avoir une conversation plus confidentielle. Sa voix, très proche, était légèrement étouffée.

— J'ai consulté les archives de la société. Une vraie jungle, Bannerman. Il m'a fallu des siècles pour comprendre comment ça marche. C'est l'œuvre de Lapointe. Ce mec est un génie. Il peut assembler des entreprises et les séparer comme un gamin avec des Lego. Tout a l'air légal en surface, mais si tu pars de l'hypothèse que les apparences sont trompeuses et si tu commences à tirer un fil, tout se détricote.

— Allez, accouche !

— OK, OK. Jansen s'est enrichi en rachetant ses concurrents. Il les étranglait financièrement, les forçait à emprunter. Ensuite, quand les choses allaient mal et qu'il fallait rembourser les prêts, il entrait au conseil d'administration. Presque invariablement ils étaient avalés par une holding baptisée Corniche S.A., opérant pour le compte d'un client anonyme. Ce n'est qu'au bout de deux ans, quand Corniche a fermé boutique pour se réenregistrer au Liechtenstein, qu'a fait surface celui qui se trouvait réellement derrière.

— Qui ?

— Personne n'a semblé y faire attention à l'époque, mais tout est là si on vérifie les dossiers.

— Et donc ? s'impatienta Bannerman.

— Le cabinet d'avocats de Lapointe. Pas directement, à travers une autre société qu'il avait montée.

Bannerman soupira.

— Ça nous mène où ?

— Ben, tu vois pas ? En fait, c'est Jansen qui prêtait l'argent à ses concurrents. Ils ne s'en doutaient pas. Il leur serrait la vis et exigeait les remboursements. Comme les autres ne pouvaient pas payer, il les rachetait pour une bouchée de pain. Il avait peut-être à payer leurs dettes, mais en réalité c'est lui-même qu'il remboursait. Tout ça indirectement, bien sûr, par l'intermédiaire d'un réseau de sociétés que Lapointe avait tissé pour lui.

— C'est illégal ?

— Euh… je ne sais pas. Mais c'est une putain de bonne histoire.

— Tu devrais peut-être te cantonner aux incendies et aux communiqués sur le prix du beurre, répliqua sèchement Bannerman. Je me fous pas mal de la manière dont Jansen a bâti son empire.

Abasourdi, Platt bafouilla :

— Mais, je croyais que c'était ce que tu voulais. Quelque chose sur Jansen et Lapointe.

— Un petit historique, c'est tout. Tu me l'as donné. Écoute, Platt, je ne connais pas les lois de ce pays, mais je doute fort que ce que tu m'as décrit soit illégal. Immoral, peut-être, mais pas illégal. Tu as perdu ton temps, mon pote. Je te rappellerai.

Sur ce, il raccrocha.

Platt reposa le combiné d'une main tremblante. Le souffle court, l'esprit enflammé par la colère et l'humiliation. Son visage avait pâli, pris une couleur d'ivoire jauni. Il se leva en titubant, ramassa son manteau et son chapeau, et se dirigea vers la porte.

Bannerman resta assis quelques minutes, réfléchissant à ce que Platt venait de lui dire. Peut-être était-ce important, peut-être pas. Impossible de le savoir pour l'instant. Il attrapa le bloc-notes qui était à côté du téléphone et griffonna les noms des sociétés avant de les oublier. Selon

Platt, Corniche S.A. avait fermé boutique et s'était réenregistrée au Liechtenstein. Techniquement, c'était donc une nouvelle société. Pourquoi, se demanda-t-il, avait-il fallu faire ça ? Comme pour mieux incruster cette idée dans son esprit, il souligna le nom.

Il se leva au moment où Sally sortait de la cuisine avec un plateau de mugs de café fumant.

— Pas le temps, dit-il. On doit ramener Tania à la clinique.

Il vit aussitôt qu'il l'avait blessée et se rendit compte qu'il avait été inutilement brutal. Il voulut se rattraper, mais c'était trop tard, il le savait :

— Elle est fatiguée, je suis fatigué. J'ai besoin de réfléchir.

Sally posa le plateau sur la table en lui jetant un coup d'œil inquiet. Il avait changé d'humeur depuis le coup de téléphone ; elle se sentait rejetée, déroutée, fâchée par sa soudaine indifférence, et agacée d'y attacher autant d'importance. Soudain elle éprouva le besoin de dire ce qu'elle ravalait depuis le matin. Toute la journée elle avait pris soin de rester discrètement en retrait, de ne pas intervenir dans la relation qu'elle voyait s'épanouir entre Bannerman et Tania.

— J'ai obtenu le poste. Je pars demain à Rome. C'est ma dernière soirée à Bruxelles.

Bannerman en fut stupéfait. Il avait trouvé normal qu'elle soit là, du moins pendant quelque temps. Découvrir qu'elle allait bientôt disparaître de sa vie, probablement pour toujours, le laissa soudain très désemparé. Plus aucune chance de démêler ses sentiments envers elle. Ce qu'il ne cessait de remettre à plus tard, parce qu'il se disait qu'il aurait toujours le temps. Ou parce qu'il avait peur de se poser la question. N'avait-il pas encore appris que l'amour s'envolait souvent avant même qu'on s'aperçoive qu'il était là ? Mais comment pouvait-il l'aimer ? Il la connaissait à peine.

— Est-ce qu'on pourrait aller quelque part, ce soir ? J'aimerais te parler.

Il hocha la tête, et réussit à répondre avant de retourner dans la chambre :

— D'accord.

CHAPITRE 27

1

La nuit était claire et froide. La lumière éclaboussait l'entrée du café ; de l'autre côté de la rue, plusieurs chauffeurs de taxi attendaient le client en se curant les dents.

Bannerman traversa la place, toujours accablé par le souvenir de l'enfant. Hanté par l'expression qu'elle avait eue lorsqu'il l'avait laissée à la clinique ; elle s'était sentie trahie. Cette vision l'avait poursuivi tout au long de son dîner solitaire dans un restaurant impersonnel. Et maintenant, ce rendez-vous avec Sally par cette sombre soirée bruxelloise. Une rencontre qui, semblait-il, serait leur dernière.

Elle l'attendait à l'autre bout de la place, le visage pâle et triste. En passant du froid à la chaleur du café, ses joues reprirent vite des couleurs.

Le café, dans le style de l'Europe de l'Est, était tenu par un petit homme replet qui avait fui le communisme. Un orchestre hongrois composé de quatre musiciens jouait à la lumière des bougies tremblotant sur les tables. Un pianiste qui ne souriait jamais était assis devant un piano à queue ; un grand échalas se débattait avec une contrebasse ; un clarinettiste était juché sur une chaise haute à côté du piano ; un violoniste décharné d'âge mûr se tenait debout devant un micro pendu au bout d'un fil. Il jouait des mélodies envoûtantes. La musique douce, agréable, les enveloppa. Pénétrer dans cet endroit donnait l'impression de plonger dans le passé.

Les tables étaient en bois brut, les tabourets durs, intraitables. Les pierres des murs avaient été blanchies à la chaux, un escalier en bois montait vers une galerie encombrée de tables. Appuyés à la balustrade, des gens regardaient l'orchestre, leurs visages dansant à la lueur des bougies qui se reflétaient, petits points mouvants, dans leurs yeux.

Bannerman et Sally s'installèrent à une table située près de la vitre donnant sur la place du Grand Sablon ; malgré l'animation qui régnait dans le café, ils se sentaient en sécurité, anonymes dans cette pénombre. Un serveur en chemise et pantalon noirs, serviette blanche sur le bras, vint prendre leurs commandes. Le visage de Sally s'éclaira :

— Il faut que tu essayes leur spécialité. Deux thés slaves, s'il vous plaît.

Bannerman regarda autour de lui. La clientèle avait un certain âge. Quelques jeunes couples se tenaient la main sous la table en regardant l'orchestre, ou en se dévisageant intensément comme s'ils découvraient l'amour pour la première fois et croyaient être les seuls à connaître ça.

— Cet endroit ne ferme jamais, raconta Sally, histoire de dire quelque chose. Ouvert vingt-quatre heures sur vingt-quatre. De temps en temps, je venais boire un verre ici après le collège, et aussi quand je gardais Tania. Le dimanche, la place se transforme en marché des antiquaires. Il y a des stands partout, jusqu'à l'église. On aperçoit les magasins d'antiquités de l'autre côté, là-bas.

Bannerman sourit et lui attrapa la main.

— Ne te sens pas obligée de parler.

Elle respira à fond et esquissa péniblement un sourire.

— Je crois que je pourrais être amoureuse de toi, Neil. Je n'en suis pas sûre, mais ça vaut peut-être la peine de vérifier ?

Il sentit la main de Sally serrer la sienne.

— C'était trop facile de mettre ça simplement de côté, de ne pas y penser. Maintenant, je dois me décider, non ?

— Je croyais que c'était déjà fait. Puisque tu pars demain.

Le violoniste déambulait à présent entre les tables ; il s'arrêta à la leur et joua pour eux. Ils eurent l'impression que tous les regards se tournaient dans leur direction. Bannerman regarda alors le musicien en secouant presque imperceptiblement la tête ; le maestro comprit, il avait de l'expérience. Il sourit et passa à la table suivante.

— Mon Dieu, comme c'est embarrassant, dit Sally avec un sourire tendu.

Elle hésita un peu, puis se lança :

— Aide-moi, Neil, s'il te plaît. Si seulement je savais ce que tu ressens. Si… si tu veux, je reste.

À une époque, elle s'était juré de ne plus jamais s'engager de la sorte. Avec n'importe quel homme. Elle se souvenait de cette soirée épouvantable juste avant son mariage. *Je suis désolé*, avait-il dit. *Je suis désolé*. Blessée, humiliée, elle avait éclaté en sanglots. Avant de se ressaisir et d'aller annoncer la nouvelle à tous ceux qui s'étaient déplacés pour assister à la cérémonie. Tous ces cadeaux renvoyés.

L'embarras de ses amis qui ne savaient pas quoi dire. Le faux réconfort des parents expliquant que, de toute façon, ils ne l'avaient jamais aimé.

Mais les choses avaient changé. Elle avait trente-deux ans maintenant. Et la perspective d'une vie solitaire devant elle. Avec Bannerman, tout lui paraissait différent, d'une manière très surprenante. Pourtant, comme elle venait de l'avouer, elle le connaissait à peine, et au fond d'elle subsistaient les graines du doute et de la méfiance plantées cette nuit-là, trois ans plus tôt.

Les thés slaves arrivèrent, servis dans des verres enveloppés d'une serviette en papier, mélange de thé et d'alcool que le garçon enflamma devant eux. Le feu lécha le bord des verres. Bannerman observa le visage de Sally, de l'autre côté de la table. Les flammes l'adoucissaient ; elle paraissait presque belle. Il se sentait écrasé par le poids d'une responsabilité énorme. Ce serait trop facile de dire *oui, reste*. Il savait qu'elle exigerait de lui des choses qu'il n'était pas certain de pouvoir assumer. Il menait une vie difficilement compatible avec une relation amoureuse. Il y avait en lui un grand vide qui avait un furieux besoin d'être rempli. Mais, en ce sens, il ressemblait à Tania. Ce sont trop souvent ceux qui ont le plus besoin d'amour qui sont les plus difficiles à aimer. En outre, quel genre de vie pouvait-il lui offrir ?

— Ce n'est pas à moi de décider, déclara-t-il, tout en sachant qu'il ne désirait pas qu'elle parte. Tu ne sais *rien du tout* de moi. Ni moi de toi.

Puis, soufflant sur les flammes des verres, il ajouta :

— Bois. Ça te fera du bien.

Et il sentit en même temps à quel point ces paroles étaient creuses.

Ils levèrent le liquide brûlant à leurs lèvres et le burent à petites gorgées. C'était très fort ; l'alcool emplit leurs bouches comme un souffle torride avant d'embraser l'intérieur de leurs corps. Les yeux rivés sur son verre, Sally demanda :

— C'est juste une façon détournée de dire que tu ne veux pas que je reste ?

Bannerman ne répondit pas. Si elle choisissait de penser cela, ce serait peut-être plus facile pour elle. Puis, soudain, elle dit :

— J'aimerais passer juste une nuit avec toi, Neil. Pour… pour me souvenir de toi.

Donc, elle avait décidé. Et il savait que c'était irréversible. Il allait répondre qu'à son avis ce n'était pas une bonne idée quand une voix vint l'interrompre avant qu'il ait pu prononcer un mot.

— Oh, monsieur Bannerman ! Quelle surprise. Viens, Henry. Ça ne vous ennuie pas qu'on se joigne à vous ?

Mme Schumacher s'assit sans attendre sa réponse.

Surpris, Bannerman se retourna. Mme Schumacher lui adressa un grand sourire, le visage aussi rouge que le soir de la réception où ils s'étaient revus. Elle avait bu. Encore. Derrière elle, Henry Schumacher hésitait, l'air horriblement gêné. Il salua Bannerman et Sally d'un signe de tête poli.

— Ils préfèrent peut-être rester seuls, très chère, dit-il.

— Oh, balivernes. Assieds-toi, Henry. Eh bien, monsieur Bannerman, voilà qui est inattendu. Vous ne nous présentez pas à votre jeune compagne ? Puis, sur le ton de la confidentialité : Vous êtes un sacré dragueur. Elle parle anglais ?

Bannerman eut pour elle un sourire indulgent.

— Elle *est* anglaise. Sally Robertson, monsieur et madame Schumacher.

Sally était sidérée par l'intrusion soudaine de cette Américaine volubile à la grosse poitrine et au mari timide. Elle mit quelques secondes à se ressaisir.

— Comment allez-vous ?

— Ravi de vous connaître, ma chère.

Un serveur arriva promptement à la table. Mme Schumacher lui décocha un sourire charmeur.

— Comment ça va ce soir, Jean ?

— Très bien, madame. Vous avez passé une bonne soirée ?

Il avait presque l'air d'attendre sa réponse avec un intérêt sincère.

— Mais oui, Jean, comme toujours. Nous avons suivi votre conseil au sujet de ce petit restaurant sur la Grand-Place. Délicieux.

— J'en suis ravi, madame. Vous prendrez un sherry ?

— Eh bien, oui. Mais juste un tout petit.

— Et monsieur ?

— Un whisky-soda, s'il vous plaît.

Jean s'inclina et se dématérialisa dans la pénombre.

— En fait, nous allions partir, dit Bannerman en échangeant un coup d'œil avec Sally.

Schumacher bondit sur ses pieds pour laisser passer la jeune femme.

— Si vous veniez boire un verre avec nous demain soir, proposa-t-il. Nous rentrons à la maison dimanche.

La perspective de leur compagnie semblait lui faire un tel plaisir que Bannerman se sentit presque désolé de refuser.

— Je regrette, mais ce ne sera pas possible.

— Quel dommage, dit Mme Schumacher. C'est notre dernier jour demain, et j'aurais tellement aimé entendre parler du monde passionnant des journaux. Nous prenons l'avion dimanche matin pour Édimbourg où nous passerons quelques jours avant de retourner aux États-Unis. Vous travaillez pour le *Times*, c'est ça ?

— Le *Post*. L'*Edinburgh Post*.

Elle fronça les sourcils, comme si le mythe qu'elle avait échafaudé dans sa tête s'écroulait. Elle s'en fabriquerait sans aucun doute un autre au cours des jours suivants.

— N'est-ce pas terrible, ce qui est arrivé à ce pauvre monsieur Griffin ?

— Gryffe, la corrigea Bannerman.

— Et dire qu'on lui a parlé la veille de sa mort.

— Oui. Au revoir. Je vous souhaite un bon voyage.

— Oh, merci, monsieur Bannerman. Au revoir, jeune fille.

Schumacher leur serra solennellement la main.

— J'ai été très heureux de vous rencontrer. Si jamais vous changez d'avis, à propos du verre, appelez-nous. Nous sommes à l'hôtel Régent, avenue Louise.

— Je n'y manquerai pas.

Une fois qu'ils furent partis, Mme Schumacher remarqua :

— Ils n'ont même pas fini leurs boissons. Il est bizarre, ce garçon, tu ne trouves pas ? On dirait qu'il essaye de nous éviter, tu ne crois pas, Henry ?

— Ils m'ont plutôt donné l'impression de deux jeunes gens très préoccupés, répondit Henry l'air songeur.

2

Bannerman la regarda se déshabiller dans le rayon de lune qui pénétrait par la fenêtre aux volets ouverts. La chambre était froide, Sally frissonnait. Il savait qu'il commettait une erreur. Ce serait encore plus difficile après. Mais il la désirait, de toutes les fibres de son corps.

— Laisse-moi faire, dit-il.

Elle n'avait plus que son tee-shirt sur elle. Bannerman la caressa, passa les mains sur le renflement de ses seins menus. Puis, debout derrière elle, il l'attira contre lui, sentant sur sa peau la douceur de ses fesses, et finit de la déshabiller. Il laissa tomber le tee-shirt par terre, embrassa ses lèvres, explora sa bouche avec sa langue. Puis il la souleva pour la porter sur le lit.

Après avoir fait l'amour, ils restèrent un long moment immobiles, blottis dans les bras l'un de l'autre, aucun des deux ne voulant rompre le charme en premier. Finalement, Bannerman se tourna sur le côté pour allumer la lampe de chevet. La clarté soudaine les fit cligner des yeux. Sally tira le drap sur elle pour s'en envelopper et, appuyée sur un coude, le regarda.

— J'aurais aimé…, commença-t-elle.

Mais sa voix s'éteignit sans qu'elle dise ce qu'elle aurait aimé.

Bannerman le devinait.

— Ça n'aurait probablement pas marché, dit-il. C'est peut-être aussi bien que tu t'en ailles.

Alors, pour la première fois, elle fut absolument sûre qu'il n'avait *pas* envie qu'elle parte. Mais c'était trop tard, maintenant. Qu'ils le veuillent ou non, ils prendraient des chemins séparés. Ni lui ni elle n'avaient été capables de trouver le courage de faire un autre choix.

Elle tendit le bras pour l'obliger à tourner la tête et l'embrasser, sentir de nouveau le goût de sa bouche, se rassurer sur ce qui venait de se passer.

— C'était parfait, murmura-t-elle. Toi et moi. Je n'avais jamais connu ça.

Bannerman s'écarta et roula sur le dos, les yeux vers le plafond.

— La perfection ne s'atteint qu'une fois. Jamais la deuxième fois. Ni la troisième. On passe le restant de sa vie à essayer de rattraper une illusion perdue.

Elle demeura un long moment silencieuse avant de demander d'une toute petite voix :

— Ça ne compte pas pour toi ?

— Si. Probablement beaucoup plus que tu ne l'imagines. Mais juste en ce moment. Qu'en sera-t-il dans une semaine, un mois, un an… je l'ignore. Il y a une semaine, je n'avais personne dans ma vie. Maintenant, vous êtes deux.

Il entendit Sally se tourner, mais il ne la regarda pas :

— Toi et… Tania. Et toi, tu pars. Ainsi va la vie.

— Oui.

D'une certaine façon, ce oui était l'acceptation définitive de leur séparation ; quoi qu'ils éprouvent l'un pour l'autre en cet instant, ils n'avaient pas d'avenir ensemble.

— Pourquoi compte-t-elle autant pour toi ?

Il voulut le lui dire. Il savait que dès le lendemain elle ne serait plus là et que ça n'aurait plus d'importance.

— Quelque part, commença-t-il avec un geste vague accompagné d'un rire amer, sans joie, il y a une enfant.

Qui n'est plus une enfant. Presque une jeune femme. Une partie de moi-même. Ma fille.

Il se retourna vers Sally, dont le visage n'exprimait rien.

— Je ne l'ai jamais vue. Pas même en photo.

— Tu as été marié ?

— Non. Sa mère était une fille que j'ai connue il y a très longtemps. Elle avait tout juste dix-sept ans. Elle travaillait au service des ventes par téléphone de mon premier journal. Moi, j'en avais dix-huit. C'était une fille timide. Sans expérience. Surtout pas en matière de sexe. Elle croyait m'aimer, peut-être m'aimait-elle vraiment. J'ai fait semblant d'être amoureux, même vis-à-vis de moi. Je jouais au grand en quelque sorte. En la testant, je me testais, en jouant avec nos émotions à tous les deux pour voir ce qui arriverait. Je n'étais qu'un crétin persuadé que le monde le traitait injustement. Bref, je l'ai dépucelée. Entraînée alors qu'elle n'en avait pas réellement envie. Je lui avais juré que je l'aimais, tu sais, comme le font tous les gamins. C'était facile à dire ; c'est toujours facile à dire quand on ne le pense pas… Et beaucoup plus difficile quand on le pense.

Il resta perdu dans ses souvenirs pendant un moment. Tous ces souvenirs gravés pour toujours dans sa mémoire.

— Elle est tombée enceinte, évidemment. J'ai cru que le monde s'écroulait sur ma tête. Je ne me suis posé aucune question sur ses sentiments. Il n'y avait que moi qui comptais. Ce que *je* ressentais. L'impact sur *mon* avenir. J'ai essayé de la convaincre de s'en débarrasser, mais elle n'a pas voulu. Elle n'arrêtait pas de pleurer en disant qu'elle serait obligée de l'avouer à ses parents. Alors, je lui ai promis de l'épouser.

Il secoua la tête tristement et l'ébauche d'un sourire ironique voltigea sur son visage.

— Elle a refusé. Sans faire d'histoire, ni rien. Elle a juste dit non. Elle ne voulait pas se marier avec moi. Elle aurait son enfant seule et irait habiter chez ses parents s'ils l'acceptaient.

Sally entendit sa voix trembler.

— Malgré tout, je ne pensais toujours qu'à moi. *Mes* sentiments, *mon* désarroi, *ma* peine. Plutôt que de m'épouser, elle préférait supporter l'épreuve d'être mère célibataire. La brume qui lui voilait les yeux s'était dissipée, elle me voyait tel que j'étais. Menteur et lâche.

Il secoua de nouveau la tête avant d'ajouter :

— Une fois la blessure de mon orgueil avalée, je me suis rendu compte que j'étais libre. Je n'étais pas obligé de me marier. Il n'y aurait pas de reconnaissance de paternité. Elle ne voulait même pas de mon argent parce que cela m'aurait donné des droits. Mais ça s'est su, évidemment, et ça m'a coûté mon boulot. Mon rédacteur en chef m'a convoqué pour me prévenir qu'il ne voulait pas d'un type comme moi dans son équipe et que je ferais mieux de chercher un autre job. J'étais assez mal, mais j'en ai trouvé un. En Angleterre. Plus tard, j'ai entendu dire qu'elle avait eu une petite fille, puis j'ai perdu tout contact. Ça ne me semblait pas important. J'étais tellement content d'avoir échappé à cette galère.

Il vit les yeux sombres, impénétrables de Sally dirigés vers lui. Incapable de soutenir son regard, il se détourna.

— Ensuite, j'ai eu le temps de réfléchir. Les années passent. On vieillit. On devient un peu plus sage, plus conscient des conséquences. Aujourd'hui, j'ai du mal à me réconcilier avec celui que j'étais à l'époque. J'ai pourri deux vies. En dépossédant une fille de son innocence et une enfant de l'amour de son père. Je n'ai découvert mes propres blessures que beaucoup plus tard. Seulement maintenant, peut-être.

Dans le silence qui suivit, il se rendit compte qu'il ne se sentait pas mieux après lui avoir raconté tout ça. À quoi s'attendait-il ? Brusquement, il fut horriblement gêné de lui avoir ouvert son âme. Cela ne rendait que plus dur le moment de la séparation.

Il se leva et alla se camper devant la fenêtre, tout nu dans la pénombre.

— Neil… ?

— Tu ferais mieux de partir, dit-il d'une voix étouffée.

Elle sortit du lit et se rhabilla lentement. Il l'entendit se déplacer derrière lui. Puis il entendit la porte de la chambre s'ouvrir et se refermer. La porte de l'appartement se refermer à son tour, ses pas descendre l'escalier.

Lorsqu'il n'entendit plus rien, il appuya son visage contre la vitre froide et murmura :

— Au revoir.

CHAPITRE 28

Après une nuit agitée, il se réveilla avec un mauvais goût dans la bouche et les draps enroulés autour de lui comme un suaire. Il avait froid, mais il ne se leva pas tout de suite. Il resta un moment allongé à fixer le rectangle de ciel bleu qu'il apercevait par la fenêtre.

Elle était partie. Ne subsistait d'elle qu'une trace de parfum.

Accablé par un sentiment de vide intérieur, il s'habilla lentement, se rendit dans la cuisine pour préparer un café qu'il alla boire au salon, où le soleil pénétrant en biais réchauffait l'atmosphère.

Les yeux fermés, il l'imagina à l'aéroport. Peut-être n'avait-elle pas encore quitté son appartement et faisait-elle encore ses bagages. Il laissa cette pensée voltiger un bref instant dans sa tête. C'était fini, passé, déjà un souvenir qu'il enfermerait avec les autres.

Le téléphone sonna, une longue sonnerie, puis une attente interminable avant la deuxième. Il se leva à contrecœur pour aller répondre.

— Bannerman, annonça-t-il d'une voix enrouée avant de tousser pour s'éclaircir la gorge.

— Dure nuit, Neil ? Hector Lewis à l'appareil.

— Vous avez quelque chose ?

Bannerman s'assit au bord du canapé en se frottant les yeux pour en chasser le sommeil.

— J'ai voulu vous appeler de bonne heure pour ne pas vous manquer. J'ai essayé hier soir, à votre bureau et à ce numéro, mais vous étiez sorti batifoler sans doute.

— Vous avez quelque chose ? répéta Bannerman, agacé.

— Hé, une minute, cher ami, pas si vite.

Son obséquiosité suintait sur la ligne depuis la Suisse ; Bannerman devina que Lewis n'aurait pas déployé autant d'effort pour le joindre s'il n'était pas tombé sur un truc qui en valait la peine.

— Ça va vous coûter cher.

— Vous me l'avez déjà dit.

— Oui, mais ça, c'était avant-hier, et je parlais des frais de recherches. Maintenant, ce qui va vous coûter cher, c'est de garder l'info en exclusivité.

— Qu'est-ce que vous voulez dire, Lewis ?

— Je veux dire que je viens de déballer une bombe à retardement prête à exploser à la figure d'un tas de gens, à Londres et à Bruxelles. C'est du gros, Neil, qui va faire couler des tonnes d'encre.

— Je pourrais prendre un avion pour la Suisse dans l'heure qui suit et vous casser la gueule avant le déjeuner.

— Haha, oui, pas mal, Neil, mais d'ici le déjeuner j'aurais le temps de mettre la moitié du monde au courant de l'histoire, et ça, vous n'y tenez pas, je me trompe ?

Bannerman sentit sa main se crisper autour du combiné. Jamais il n'aurait dû faire confiance à Lewis. Mais il n'avait pas eu le choix. Et maintenant voilà que l'autre essayait de l'arnaquer.

— Alors ?

— Alors, j'ai une certaine réputation de confidentialité à préserver, et comme vous vous êtes adressé à moi en toute confiance, je vous offre la première option, en toute confiance.

— Espèce de salaud !

— C'est ainsi que je gagne ma vie.

— Combien ?

— Dix mille.

— Vous êtes complètement fou, Lewis ! s'écria Bannerman, sidéré. Vous croyez que le *Post* va lâcher dix plaques pour une recherche ?

— Pour celle-là, oui.

Bannerman réfléchit à toute vitesse.

— Je voudrais d'abord savoir ce que j'achète.

— Mais bien sûr. Je ne vois aucune objection à vous tracer les grandes lignes au téléphone. Mais vous aurez besoin des pièces justificatives requises pour l'étayer avant de publier l'histoire. Et avant de vous les livrer, il me faut l'argent.

— Je vous écoute.

— Vous acceptez mes conditions ?

— Pas avant de savoir ce que vous avez.

Lewis soupira.

— La société Machines Internationale appartient à René Jansen, Michel Lapointe et… ah, au défunt Robert Gryffe.

Bannerman sentit son cuir chevelu se rétracter sur son crâne.

— Pas directement, bien sûr. C'eût été trop facile. Non, Machines Internationale est apparemment la propriété d'une autre société, à son tour branche d'une autre société, et ainsi de suite. Toutes des sociétés écrans, évidemment. Une toile d'araignée fallacieuse, si je puis me permettre cette image, destinée à camoufler l'identité de celui envers qui la société numéro un est en fin de compte responsable.

Enfin le lien qu'il cherchait entre Gryffe, Jansen et Lapointe. Mais ça ne valait pas dix mille livres sterling.

— Quelle est son activité ?

Lewis attendit un peu avant de répondre avec une emphase mélodramatique :

— L'armement, mon cher ami. Fusils, bombes, mines et Dieu sait quoi encore. Machines Internationale achète des armes, principalement aux USA, et les revend au tiers-monde, à certains États arabes, à une ou deux républiques d'Amérique du Sud. Pas un crime en soi, bien sûr. Mais quand un ministre britannique des Affaires étrangères est impliqué, alors ça commence à devenir intéressant, n'est-ce pas ?

Lewis gloussa. Comme Bannerman ne réagissait pas, il poursuivit :

— Donc, j'ai demandé à mes limiers de fouiller un peu plus dans les dossiers de la société, et il semblerait que Machines Internationale vend également ses marchandises à de nombreuses entreprises pirates opérant dans plusieurs petits pays d'Afrique et du Moyen-Orient – entreprises qui, semble-t-il, fournissent directement des armes à l'Afrique du Sud, au mépris flagrant de l'embargo de l'ONU sur le régime de l'apartheid. Et peut-être plus intéressant encore, à la Rhodésie – pendant presque toute la durée des sanctions imposées contre le régime illégal de Smith.

— Nom de Dieu !

— Tout à fait d'accord, Neil. Tellement, en fait, que j'ai même effectué une recherche rapide sur les origines de deux ou trois de ces entreprises pirates. Chacune de celles que j'ai vérifiées appartient à une société enregistrée au Liechtenstein, Corniche S.A. Corniche, malheureusement, est l'une de ces vilaines petites sociétés prête-nom pouvant agir légalement pour des clients anonymes. Vous avez entendu parler, bien sûr, des sociétés prête-nom. Celle-ci est détenue par un très respectable avocat et homme d'affaires suisse, il est donc vraisemblable que nous ne saurons jamais qui se cache derrière, pas plus quelles sont les sociétés qu'il contrôle. Alors, ça les vaut bien, non, les dix plaques ? C'est même donné. *Le ministre du gouvernement britannique assassiné à Bruxelles vendait des armes à la Rhodésie et à l'Afrique du Sud*. Joli titre, vous ne trouvez pas, Neil ?

Bannerman sentit les muscles de sa gorge se contracter et les doigts de sa main droite trembler légèrement quand il attrapa le bloc-notes posé près du téléphone et vit le nom de la société qu'il avait souligné après l'appel de Platt : Corniche S.A.

— Allô ? Allô ? Vous êtes toujours là, Neil ?

Bannerman s'efforçait de rassembler les morceaux du puzzle. Corniche S.A., une société appartenant à Lapointe, autrefois enregistrée en Belgique, délocalisée et réenregistrée au Liechtenstein, était maintenant une nouvelle société détenue par un avocat suisse. Mais n'était-il pas tout simplement possible que Lapointe, qui avait utilisé la société d'origine pour acheter et vendre d'autres sociétés pour Jansen, tire encore les ficelles et fournisse encore le cash ? Que cet avocat suisse soit juste son prête-nom ? Il vint à l'esprit de Bannerman qu'il n'avait même pas besoin de le prouver. Un simple exposé des faits établirait la connexion de manière implicite. Gryffe, Jansen et Lapointe ne vendaient pas seulement des armes aux sociétés pirates qui les revendaient à leur tour aux États africains dirigés par des Blancs, ils étaient les propriétaires de ces sociétés pirates. Ce n'était pas de la vente indirecte, bon sang ! Ils agissaient directement. Pour le gouvernement britannique, cela avait des conséquences incalculables. De même que pour Jansen et Lapointe. La pression internationale forcerait le gouvernement belge à prendre des mesures contre l'empire Jansen.

— Hé, Bannerman, vous n'êtes pas mort, j'espère ?

Pas étonnant que Lewis réclame le prix fort.

— Je vous rappelle.

— Non, non, non. Attendez une minute. Rien de tout cela n'est gratuit. Je veux un chèque certifié dans les vingt-quatre heures. Dès que le chèque sera entre les mains de mon banquier, vous aurez vos pièces justificatives. Si lundi matin le chèque n'est pas là, à neuf heures au plus tard, je vends l'histoire ailleurs. C'est compris ?

Le ton avait changé. Les conditions n'étaient pas négociables.

— Comment voulez-vous que j'obtienne cette somme pendant le week-end ? Les banques sont toutes fermées.

— À vous de jouer, Bannerman. L'argent à la banque lundi matin avant la réouverture du bureau des archives.

— Je vous rappelle.

— Je suis là jusqu'à midi.

La ligne fut coupée. Bannerman laissa retomber le combiné sur son support.

— Merde !

Sa voix résonna dans le silence de la pièce.

À Édimbourg, il pleuvait, comme toujours ou presque. Les immeubles gris et rouges étaient noircis, tachés par l'humidité. Le vent faisait claquer les câbles électriques contre les poteaux rouillés. À Morningside, en banlieue, les grosses maisons particulières se dressaient, solides et silencieuses, derrière des rideaux d'arbres courbés par le vent, au bout de longues pelouses.

Au chaud dans son lit, Tait écoutait la pluie cingler les vitres. Dehors, les rues étaient vides ; seules quelques feuilles détrempées, vestiges de l'automne, s'agitaient dans les caniveaux. Il aimait paresser le samedi matin, même s'il était réveillé depuis longtemps. Soudain, il entendit le téléphone sonner au loin dans la maison et jura. Quand le téléphone sonnait, c'était toujours pour lui.

Il guetta les pas de sa femme dans l'escalier, mais les rata et fut surpris par le léger grincement de la porte qui s'ouvrait.

— Tu es réveillé ? souffla-t-elle.

— Oui. Qui est-ce ?

Elle avait l'air chagrinée.

— Quelqu'un du journal. Un certain Neil Bannerman. Un appel longue distance. Je lui ai dit que tu dormais, mais il a été très impoli.

— Inutile de chuchoter. Je *suis* réveillé.

Rejetant les couvertures, il s'assit au bord de son lit.

— Qu'est-ce qu'il veut, celui-là ?

Après avoir enfilé sa robe de chambre et glissé les pieds dans ses pantoufles, il la suivit au rez-de-chaussée et prit l'appel dans le salon. Les enfants avaient leur propre salle de jeux à l'arrière de la maison ; en décrochant le combiné, il entendit sa femme leur demander de faire moins de bruit.

— Qu'est-ce qui vous prend, Bannerman ? Bon sang, vous savez qu'il est tout juste neuf heures du matin et qu'on est samedi ?

— J'ai besoin de dix mille livres sterling. Aujourd'hui si possible, demain au plus tard.

Les mots de Bannerman mirent quelques secondes à pénétrer.

— Bon Dieu !

La première réaction de Tait fut la colère. Puis il se rendit compte que Bannerman ne l'appellerait pas un samedi matin pour lui demander dix mille livres s'il n'avait pas une excellente raison de le faire. Il lui en voulait presque d'être un aussi bon journaliste. C'était d'autant plus dur de se débarrasser de lui. Bien que cela n'influe pas sur sa décision de le virer. Personne ne parlait à Tait de la manière dont Bannerman se l'était permis.

— Pourquoi ?

— Pour prouver que Robert Gryffe, René Jansen et Michel Lapointe vendent des armes à la Rhodésie et à l'Afrique du Sud.

Tait analysa les implications avec le détachement d'un grand professionnel. Puis il sentit un premier frémissement d'adrénaline.

— Qui touche la prime ?

— Hector Lewis. Il a un cabinet en Suisse. Il effectue des recherches sur des sociétés, entre autres. Je lui ai demandé de vérifier quelques informations que j'avais obtenues. En découvrant la tournure que prenaient les choses, il est devenu gourmand. Il veut un chèque certifié entre les mains de son banquier lundi matin à neuf heures au plus tard, sinon il vend l'histoire ailleurs.

— Putain !

— Comme vous dites.

— Il est crédible ? On peut lui faire confiance ?

Bannerman laissa échapper un petit rire amer.

— Oh, je crois. C'est un bon, très bon, un vrai pro. Le fait que ce soit un enfoiré de première est purement accessoire.

Tait ne put s'empêcher d'esquisser un sourire. Ainsi Bannerman pouvait se tromper, lui aussi, et ça le vexait, comme tout le monde.

— Alors ? s'impatienta celui-ci.

— Où intervient Slater dans tout ça ?

La question était inévitable. Pour Tait, c'était presque aussi important que l'histoire elle-même. Savoir à quel point cela serait embarrassant pour le *Post*, même si le journal dévoilait l'affaire ?

— Je ne sais pas encore.

— Bien.

— Mais je le saurai.

— Bon Dieu, Bannerman ! Vous ne pouvez pas laisser Slater en dehors ?

— J'aurai l'argent ou pas ?

— Oui, vous aurez votre putain de fric. Mais comment est-on censés se débrouiller vu que les banques sont fermées ?

— Ça, c'est votre problème. Je vous donnerai plus de détails quand j'aurai recontacté Lewis.

— Attendez une minute. Vous avez réussi à vous arranger pour la gamine de Slater ?

— M'arranger ?

— Pour qu'elle prenne l'avion demain.

Bannerman fronça les sourcils.

— Je ne suis pas au courant.

— Oh, bon Dieu ! J'ai envoyé un télex à votre bureau, hier, pour vous demander de la renvoyer à Édimbourg par le vol de dimanche matin. La clinique Brook accepte de la prendre en charge.

Pour la première fois, Bannerman se trouva confronté à ce qu'il savait depuis longtemps. Quels que soient ses sentiments à l'égard de Tania, celle-ci passerait le reste de sa vie dans une institution. Il chassa cette pensée de son esprit.

— Je ne suis pas allé au bureau, hier.

Une barrière protectrice se dressait toute seule. Il avait déjà été assez éprouvé comme ça sur le plan émotionnel.

— Mais je m'en occuperai.

— Bien. Quelqu'un de la clinique la réceptionnera à l'aéroport d'Édimbourg. Au moins, personne ne pourra dire que le *Post* fuit ses responsabilités.

Bannerman coupa la communication et composa aussitôt le numéro de Lewis.

— Eh bien, eh bien, quelle rapidité, Neil. Bonnes nouvelles, j'imagine ?

— Vous aurez vos dix plaques.

— Excellent. Je savais que vous réussiriez.

D'une voix très contrôlée, Bannerman lança :

— Je ne gaspillerai pas ma salive à vous décrire ce qui vous pend au nez si vous me baisez, Lewis.

— Voyons, Neil, pourquoi ferais-je une chose pareille ?

— Contentez-vous de nous donner vos coordonnées bancaires. Vous aurez votre chèque. Faites en sorte que les résultats de cette recherche parviennent par télex à Édimbourg lundi avant midi.

— C'est comme si c'était fait, Neil. Dès que l'argent arrive à ma banque. Vous avez un stylo sous la main ?

— Non. Vous réglerez ces détails avec mon rédacteur en chef.

Il dicta à Lewis le numéro de téléphone personnel de Tait. Tous les deux n'avaient que ce qu'ils méritaient.

Après avoir raccroché, il resta assis pendant quelques minutes, s'efforçant de résoudre le conflit entre ses émotions personnelles et son instinct professionnel. Il avait besoin d'avoir l'esprit clair pour mener à bien la journée. Ses pensées se tournèrent vers Platt. Platt posait un problème. Bannerman avait promis de partager l'histoire avec lui. Il n'aurait eu aucun scrupule à ne pas tenir sa promesse sans l'information que ce dernier avait dénichée sur la société prête-nom de Lapointe. Il avait besoin de lui. Il perdrait trop de temps à réunir lui-même les renseignements, et l'article devait maintenant sortir au plus vite. Il se méfiait de Lewis ; ce dernier ne couverait pas longtemps cette histoire, ne serait-ce que quelques jours. Et le matériel rassemblé avec une telle application par Platt bouclait la boucle. Prouver de manière irréfutable que Gryffe avait été impliqué dans la vente d'armes à des États voyous en violation des sanctions de l'ONU était désormais à sa portée.

Tout de même, l'énormité de cette histoire lui paraissait difficile à cerner. Ce qu'il ignorait encore, c'était qui avait ordonné l'exécution de Gryffe et Slater. Et qui lui avait tiré dessus dans les Flandres. Il y avait aussi le mystère Slater. Qu'il ait fait chanter Gryffe, c'était indéniable, mais il n'en avait aucune preuve. Et comment Slater avait-il obtenu ses informations ? Ce n'était pas le genre de chose sur laquelle on tombait par hasard.

Une fois de plus, Platt s'insinua dans les pensées de Bannerman. Impossible d'y échapper. Il était obligé de le mettre dans la confidence. Avec la plus grande répugnance, il sortit la carte crasseuse que le journaliste lui avait donnée le soir de la réception – une éternité plus tôt, semblait-il – et composa son numéro.

— Platt, annonça une voix enrouée.

Manifestement, la sonnerie du téléphone l'avait réveillé.

— Bannerman.

— Oh… Il est quelle heure ?

— L'heure d'avoir une petite conversation tous les deux.

— Quoi ? Qu'est-ce qui se passe ?

— Je suis rue du Commerce. Je te conseille de rappliquer en vitesse. Je t'attends.

La ligne fut coupée, laissant Platt dans la plus grande confusion.

Bannerman chercha dans son carnet la page où il avait noté le numéro inconnu recopié sur le répertoire de Slater. Un sentiment d'urgence commençait à bouillonner en lui. Il décrocha de nouveau le téléphone pour appeler ce numéro. Trois sonneries résonnèrent avant qu'une voix ne réponde en flamand.

— Vous parlez anglais ? demanda Bannerman.

— Un peu.

— J'aimerais parler à René Jansen.

— De la part de qui ?

— Neil Bannerman.

Au bout d'un long moment d'attente, la même voix déclara :

— Herr Jansen n'est pas disponible.

— Dites-lui que j'ai l'intention de dévoiler au grand jour le nom d'une société qui vend des armes en violation des sanctions de l'ONU, dit Bannerman très calmement. À mon avis, il sait qui je suis.

— Je ne pense pas…

— Personne ne vous demande de penser. Contentez-vous de le lui dire.

Une autre longue attente, puis la même voix :

— Herr Jansen vous parlera ce soir chez lui. Si vous voulez bien venir ici à huit heures et demie.

Bannerman raccrocha et se demanda un bref instant si les informations toxiques désormais en sa possession faisaient de lui la prochaine cible. Il chassa cette pensée d'un haussement d'épaules et réfléchit à autre chose avant de prendre l'annuaire. En quelques secondes, il repéra le nom de l'hôtel Régent, avenue Louise.

Schumacher répondit, puis passa le téléphone à son épouse lorsque Bannerman lui expliqua la raison de son appel. Elle parut surprise, mais contente.

— J'ai pensé que puisque vous prenez l'avion pour Édimbourg dimanche, cela ne vous dérangerait pas, dit-il inutilement. C'est juste qu'elle ne peut pas voyager seule.

— Vous n'avez pas besoin de vous excuser, monsieur Bannerman. Bien sûr que nous l'emmènerons avec nous. Pauvre, pauvre petite.

Il passa ensuite quelques minutes pénibles avec Laura-Lee à régler les détails, en commençant à se demander s'il avait raison de confier la petite fille à ces Américains loufoques. Mme Schumacher se préoccupait-elle sincèrement de Tania, ou envisageait-elle cette mission comme une aventure européenne supplémentaire dont elle pourrait régaler son petit cercle d'amis une fois rentrée chez elle ?

Lorsqu'il put enfin raccrocher, il appela la compagnie aérienne et réserva une place sur le même vol que les Schumacher.

Il lui restait à prévenir la clinique de Bruxelles. Il fallait annoncer la nouvelle à Tania. Il resta un long moment devant le téléphone sans bouger. Ce serait trop simple d'appeler le Dr Mascoulin et de lui demander de s'en charger. Il savait qu'il était de son devoir de le lui dire en face, mais il redoutait sa réaction. Il poussa un profond soupir, ferma les yeux et se rassit en attendant Platt.

Une demi-heure environ s'écoula avant que les pas de ce dernier résonnent dans l'escalier. Il s'extirpa du canapé et alla ouvrir. Platt se tenait sur le palier, rouge, suant, haletant.

— J'ai pris un taxi pour aller plus vite, dit-il en suivant Bannerman dans le salon. Qu'est-ce qui se passe ? Je croyais qu'après hier…

— Tu reprends du service, Platt, l'interrompit Bannerman en s'affalant sur le canapé.

Platt ouvrit des yeux ronds.

— Qu'est-ce que tu veux dire ?

— Je veux dire que tu as mis dans le mille avec ce que tu as déniché sur Corniche, la société de Lapointe

– à la lumière de preuves supplémentaires. Je suis prêt à faire un échange. De pièces justificatives. Tes infos contre les miennes. Un simple échange, et on a tous les deux notre article.

— Mais… mais qu'est-ce que tu as ?

Platt se méfiait. Pourquoi ce brusque revirement ?

Bannerman soupira. Il savait qu'il devrait tout lui raconter : ses conversations avec Lewis, les informations pêchées en Suisse, le marché qu'il avait été forcé de passer.

Assis au bord d'un fauteuil, Platt écouta dans un silence étonné les explications de Bannerman. Il avait du mal à cacher son excitation et s'épongeait sans arrêt le front avec son horrible mouchoir rouge.

— Et Jansen ? dit-il une fois toutes ces infos intégrées. Il faut le cuisiner.

— Oui.

— Quand ?

— Ce soir. J'ai déjà rendez-vous. Mais j'y vais seul.

Platt ne discuta pas. En fait, il était plutôt soulagé. Il n'aurait aucun plaisir à se confronter à un homme comme Jansen. Il connaissait ses propres limites. Et, de toute façon, pourquoi ne pas laisser Bannerman se charger du sale boulot ? Pas plus tard qu'hier, ce dernier n'avait-il pas balayé ses efforts de la manière la plus désobligeante ? Qu'il y aille tout seul et qu'il morde la poussière. En fin de compte, Platt avait amené Bannerman où il le voulait, il avait vraiment eu une chance incroyable. Il sentit revenir l'euphorie de la veille. Rayonnant de bonheur, il proposa :

— Et si on buvait un coup pour fêter ça ?

Bannerman secoua la tête et le regarda avec un léger dégoût.

— J'accepte de partager l'histoire. Mais je ne me sens pas obligé de boire avec toi.

Le sourire de Platt ne faiblit en aucune façon. *Attends un peu*, pensa-t-il.

— Je pourrais emprunter la voiture de Slater ?

— Et pourquoi donc ? s'étonna Bannerman.

— J'ai quelques trucs à faire. Il faut que j'aille au bureau pour prendre des copies de mes notes du tribunal de commerce, je te les apporterai ce soir. Après ton rendez-vous avec Jansen.

Bannerman sortit les clés de sa poche et les lui jeta.

— Ne la bousille pas.

Cela lui offrait au moins une excuse pour ne pas se rendre à la clinique.

Tout à sa joie, Platt détala avec ses sombres secrets, le laissant face au coup de téléphone qu'il devait maintenant donner. Il s'imagina Tania debout à la fenêtre, guettant son arrivée. Elle l'attendait aujourd'hui, mais il n'avait pas le courage de l'affronter, ni de lui parler de ce que les autres avaient prévu pour elle.

CHAPITRE 29

À l'autre bout de la ville, Kale était allongé tout habillé sur son lit depuis la tombée de la nuit. D'abord, les bruits sourds de la musique en provenance de la discothèque voisine l'avaient tenu éveillé en lui martelant la tête jusqu'à plus de cinq heures du matin. Après, il avait été incapable de s'endormir. Par la fenêtre aux volets ouverts, une enseigne lumineuse au néon qui s'allumait toutes les deux ou trois secondes baignait sa chambre d'une chaude lueur rouge. À présent, des heures plus tard, la fumée de sa cigarette dérivait paresseusement vers le plafond où planait, dans la lumière grise de cette fin de matinée, un épais nuage résultant des nombreuses cigarettes qu'il avait grillées.

Sa décision était prise. Il reléguait derrière lui toutes ces journées de tourment, découverte et doute. Demain, il partirait. Demain, il s'éloignerait de tout cela. Il se fichait de l'autre moitié de ses honoraires et de sa réputation. Il se fichait de tout et de tout le monde. Il s'en allait. Cela semblait si facile désormais. Maintenant qu'il avait fini par admettre que tuer une enfant de sang-froid était absolument hors de question. À sa grande surprise, il avait découvert en lui une certaine compassion. Ou, du moins, une haine moins destructrice. L'obsession de la suivre, de se confronter lui-même à l'échec de sa propre humanité ne le hantait plus.

Demain matin, un taxi l'emmènerait à l'aéroport. En moins d'une heure de vol, il serait de retour à Londres. Sain et sauf.

CHAPITRE 30

De la route, on ne voyait pas la maison. Cachée dans le noir, quelque part derrière un grand mur. L'avenue large et bien éclairée montait en pente douce dans ce quartier chic de la ville où des hommes fortunés avaient fait construire leurs demeures au siècle dernier.

Le taxi s'arrêta devant les grilles de chez Jansen. Bannerman descendit dans le froid, sous le ciel dur de cette nuit claire.

— Attendez, dit-il au chauffeur.

Il pressa une sonnette encastrée dans un pilier en pierre et se pencha vers l'interphone.

— Neil Bannerman pour monsieur Jansen.

Presque aussitôt un léger bourdonnement se fit entendre et les grilles s'ouvrirent vers l'intérieur. Bannerman remonta dans le taxi, qui s'engagea dans une allée bordée d'arbres séculaires dont les branches entremêlées formaient une voûte. On ne voyait rien au-delà de ce tunnel obscur et des faisceaux des phares.

Soudain, sans s'y attendre, ils émergèrent de l'obscurité dans le clair de lune qui inondait une pelouse couverte de neige. L'allée divisait cette pelouse en deux carrés, devant une demeure de trois étages aux fenêtres cintrées. Aucune lampe ne brillait derrière les vitres. Fin du voyage, pensa Bannerman en sentant croître son excitation, en même temps qu'une légère appréhension.

L'allée aboutissait à une étendue de graviers courant tout le long de la façade. Le chauffeur arrêta son taxi au pied d'un escalier qui menait à un porche à colonnes. Avant de gravir les marches, Bannerman lui demanda de nouveau de l'attendre. Une double porte s'ouvrit devant lui. Une douce lumière jaune dispersa l'obscurité et projeta son ombre sur les graviers. Un homme d'âge mûr en costume impeccablement repassé et chemise blanche au col amidonné lui fit signe d'avancer dans un vaste hall circulaire lambrissé de chêne. Les chaussures de Bannerman claquèrent sur les mosaïques du sol ; face à lui, un large escalier en marbre décrivait une courbe jusqu'à une galerie qui épousait la forme du hall et d'où un autre escalier s'envolait en spirale vers l'étage supérieur. En tendant le cou, il vit qu'un dôme en vitrail couronnait cet atrium. Ce devait être magnifique lorsque le soleil inondait l'ensemble d'éclats multicolores. Depuis les murs où ils étaient accrochés, de sombres portraits d'inconnus le toisaient.

Le maître d'hôtel toussa discrètement à côté de lui.

— Votre manteau, monsieur.

Bannerman l'ôta et le tendit à l'homme, qui le plia soigneusement sur son bras.

— Veuillez me suivre.

L'écho de leurs pas sur le marbre des marches résonna dans l'espace. Une épaisse moquette bleu foncé tapissait le sol de la galerie. Ils parcoururent la moitié de sa circonférence avant de s'arrêter devant l'une des nombreuses portes. Bannerman se demanda pourquoi un homme qui possédait tout cela avait besoin de vendre des armes illégales.

Il pénétra dans une pièce au plafond très haut dont les fenêtres encadrées de rideaux de velours donnaient sur des jardins, à l'arrière de la maison. Une énorme cheminée en marbre dormait dans l'ombre. Le feu n'était pas allumé, mais il ne faisait pas froid. Un lustre en cristal se reflétait comme dans un miroir sur une longue table rectangulaire en acajou ciré. Deux couverts avaient été dressés à l'une des extrémités. Un homme assez grand, en veste de smoking bordeaux, attendait, debout près de l'un d'eux. Lorsque la porte se fut refermée derrière Bannerman, il désigna du bras le deuxième couvert.

— Asseyez-vous, monsieur Bannerman. Je suppose que vous n'avez pas dîné ?

— Non.

Bannerman s'avança vers la table, et les deux hommes prirent place l'un en face de l'autre. Jansen n'était pas du tout comme il l'avait imaginé. Il paraissait beaucoup plus âgé. Ses cheveux bruns étaient encore abondants mais parsemés de gris. Il avait les traits tirés, des pommettes saillantes, de grands yeux marron larmoyants. Son long nez droit avait quelque chose d'aristocratique. Mais la ligne de la mâchoire était affaiblie par le relâchement de la chair du cou, et sa peau avait la texture du crêpe. Pourtant, il savait que cet homme n'avait pas encore cinquante ans ; ça se voyait d'ailleurs à la manière dont il se tenait, au regard ferme qui le fixait. Avec un sourire qui manquait terriblement de chaleur, il dit d'une voix claire, sans le moindre accent :

— Mon père a fait bâtir cette maison. Ma mère y vit toujours. Voulez-vous boire quelque chose avant le dîner ?

— Un whisky.

Jansen souleva une petite cloche posée sur la table et l'agita. Un jeune domestique arriva d'une pièce contiguë. Sans tourner la tête, Jansen s'adressa brièvement à lui en flamand. Le domestique disparut, et revint avec une carafe de whisky et des verres. Après avoir servi les deux hommes, il s'éclipsa. Jansen leva son verre.

— À votre excellente santé, monsieur Bannerman.

Ils burent en silence, puis Jansen reprit la parole :

— Parlerons-nous avant de dîner ?

— J'aimerais mieux.

Jansen joignit les mains devant lui sur la table et attendit. On aurait dit deux joueurs d'échecs. C'était à Bannerman de jouer le premier coup ; il choisit d'ouvrir par un gambit :

— Vous connaissiez Robert Gryffe.

— Est-ce une question ou une affirmation ?

— Les deux. Mais une question uniquement par politesse.

Avec le même sourire froid, Jansen répondit :

— Oui. Je le connaissais. Pas très bien, cependant. Je ne l'ai rencontré qu'en de rares occasions.

— Et Tim Slater ?

— J'ignorais jusqu'à son existence avant de lire son nom dans les journaux.

Il secoua la tête :

— Je sais ce que vous pensez, monsieur Bannerman. Mais vous vous trompez. L'hypothèse est limpide.

M. Slater serait entré en possession de certaines informations pour lesquelles il faisait chanter monsieur Gryffe. Mais c'est une conclusion à laquelle nous sommes arrivés tous les deux après coup. Si tel *était* le cas, je n'en savais absolument rien. Et je n'ai certainement rien à voir avec leur mort. Même si j'avais été au courant…

Il marqua une pause et sourit de nouveau :

— Je peux résister à la tempête d'un scandale sur les ventes d'armes illégales, vous savez.

— Vous ne niez donc pas ?

Bannerman avait écouté parler Jansen avec un malaise croissant.

— Pourquoi le nier ? Vous êtes de toute évidence en possession des faits. Naturellement, je préférerais éviter un tel scandale, mais le cas échéant, je l'affronterai. Ça me fera un petit peu mal. Des têtes voleront, pas la mienne toutefois. Le fardeau de la culpabilité retombera sur d'autres, même si c'est moi qui endosse l'ultime responsabilité de l'indiscrétion de certains employés. Dans six mois, tout sera oublié. Le gouvernement sera embarrassé, mais il a davantage besoin de moi que je n'ai besoin de lui. Comme je vous l'ai dit, monsieur Bannerman, c'est une tempête que je suis capable de supporter. Le meurtre, en revanche, c'est différent. On ne doit pas envisager le meurtre à la légère, loin de moi cette idée. Non pas d'un point de vue moral, comprenez-moi bien, mais simplement parce que c'est beaucoup trop risqué.

Bannerman considéra pensivement l'homme assis en face de lui. Il ne s'attendait pas à ça. Pourtant, tout ce qu'il disait sonnait juste. Les hommes comme Jansen ne portaient jamais le chapeau. Ils bénéficiaient de tous les avantages que pouvaient offrir l'argent, le pouvoir, l'influence. Des garanties efficaces contre les représailles. Aurait-il vraiment besoin de recourir au meurtre ? Pourtant il y avait encore trop de questions sans réponse.

— Vous avez envoyé quelqu'un récupérer les dossiers de coupures de presse dans le bureau de Slater, lâcha-t-il subitement.

Jansen hocha la tête.

— Exact. Mais à ce moment-là il semblait que notre secret pourrait encore rester inviolé. Lapointe s'est occupé des détails. Peut-être était-ce une erreur.

— Et la maison dans les Flandres ?

— Ah oui, elle a brûlé, je crois. Il paraît que l'assurance posera des problèmes.

Bannerman sentit la colère monter en lui :

— Quelqu'un a essayé de me tuer là-bas, et a bien failli réussir.

Se reprenant aussitôt, il refréna son émotion et ajouta :

— Je ne suis pas certain de croire que vous n'avez rien à voir avec les meurtres de la rue du Commerce, monsieur Jansen, ni avec la tentative d'assassinat sur ma personne dans les Flandres. Vous avez monté un réseau de sociétés dans le but de vendre des armes à la Rhodésie et à l'Afrique du Sud au mépris de l'embargo décrété par les Nations unies. Cela vous rend aussi responsable de la mort d'un tas de gens que ceux qui ont appuyé sur la détente. Alors pourquoi auriez-vous des scrupules à tuer votre partenaire en affaires et son maître chanteur si vous y voyiez une menace ? Moralement, cela ne fait aucune différence.

Jansen se mit à rire.

— Comme c'est gentiment naïf. *Moralement* n'est pas un mot qui fait partie de mon vocabulaire. Vous croyez que je me soucie des embargos, des droits de l'homme, de Gryffe ou de Slater ? Ou de vous, d'ailleurs ? On vit pour soi, monsieur Bannerman. Pour soi.

Il passa une main dans son épaisse chevelure gris acier, et poursuivit :

— Même ceux que nous aimons, ou pensons aimer, ne sont pas aussi importants à nos yeux que nous-mêmes. Voilà la véritable condition humaine. C'est ce que nous ressentons tous, mais avons honte d'admettre. Pourquoi, je n'en sais rien. Car l'égoïsme est l'essence de l'existence.

Il écarta les mains sur les côtés comme s'il voulait se justifier.

— Pouvez-vous me dire, par exemple, ce qui détermine notre vote dans une élection ? Nous votons évidemment pour le parti que nous jugeons le plus apte à nous procurer des avantages. Pourquoi pleurons-nous quand un être aimé disparaît ? Parce que nous avons subi une perte. Toutes les motivations sont égoïstes, même les motivations religieuses lorsqu'on promet la vie éternelle au ciel en récompense d'une vie pieuse sur la terre. Mes motivations sont du même ordre. Quand j'envisage de vendre des armes à quelqu'un, je pèse les avantages et les inconvénients. Si la récompense est élevée et les risques faibles, je donne suite. Mais, comme je vous l'ai dit, s'agissant de meurtres… eh bien, je me serais prononcé contre. Même en admettant que les avantages aient été considérables, les risques l'auraient été encore plus. Vous voyez ?

Il haussa les sourcils en prononçant ces deux derniers mots.

Bannerman hocha la tête. Il ne voyait que trop bien.

— Oui. Je vois que vous êtes un homme qui n'a jamais connu l'amour, que ce soit en le donnant ou en le recevant. Bien sûr que les gens sont égoïstes. C'est instinctif, un instinct de survie, de perpétuation de l'espèce. Mais nous possédons d'autres qualités aussi. Du moins, la plupart d'entre nous. Il y a un équilibre dans notre conception. À chaque trait de personnalité, correspond obligatoirement un contraire. Comme dans toutes les choses naturelles. Le jour et la nuit, la lumière et l'obscurité, l'été et l'hiver. Chez les humains, les contrastes sont plus subtils, mais ils sont là, si on les cherche. L'amour et la haine, la colère et le pardon, la cupidité et la générosité, l'égoïsme et la compassion.

Il se pencha en avant, les coudes sur la table, et continua :

— En vérité, Jansen, l'un ne peut exister sans l'autre. Sans nuit, il n'y a pas de jour. Sans haine, il n'y a pas d'amour. Sans compassion, il n'y a pas d'égoïsme. Vous êtes une aberration. Une des rares erreurs de la nature. Mon problème, c'est que je ne sais pas encore avec certitude si je vous crois ou non.

Jansen l'écouta en silence, le visage tiré, dénué d'expression, avant d'esquisser une pâle imitation de son sourire précédent.

— C'est très regrettable. J'avais espéré rencontrer quelqu'un de corruptible. Autrement, je ne vous aurais pas invité. Peut-être me suis-je trompé. Un homme comme vous ne peut pas être acheté… n'est-ce pas ?

Il marqua une pause, dans l'attente d'une réaction. Bannerman le regarda fixement pendant quelques secondes, puis lança :

— C'est une question ou une affirmation ?

Pour la première fois, Jansen sourit vraiment :

— Vous vous croyez très malin, n'est-ce pas, monsieur Bannerman ?

— Je ne pense pas que je devrais perdre mon temps à dîner avec vous.

Il se leva et vida son verre.

— Très bon whisky. Écossais, bien sûr.

Jansen le suivit des yeux sans dire un mot jusqu'à ce qu'il ouvre la porte :

— Vous comprenez naturellement que tout ce que j'ai dit ici, ce soir, doit rester entre nous.

— Vous auriez peut-être dû le préciser avant.

— Je vous poursuivrai en justice, dit Jansen d'une voix changée.

— J'en doute. C'est incroyable le nombre de conneries sans fondement qu'on peut balancer dans un tribunal. Et je doute que vous risquiez tout votre splendide isolement pour le démentir.

Dehors, la nuit était un peu plus froide et les étoiles un peu plus dures. Sous le tunnel des arbres, la neige glacée scintillait devant les phares du taxi. Bannerman jeta un coup d'œil par-dessus son épaule, vers la maison plongée dans les ténèbres. Les grilles s'ouvrirent dès qu'ils atteignirent le bout de l'allée, puis se refermèrent après leur passage avec un doux bourdonnement électronique.

Dans sa vaste demeure, le milliardaire monta d'un pas raide au second étage et longea le palier jusqu'à son bureau, sans un regard vers le bas. La pièce n'était éclairée que par la lune. Il alluma une petite lampe qui jeta un cercle de lumière vive sur sa table de travail et plongea le reste de la pièce dans l'obscurité, au-delà de son halo. Puis il décrocha le téléphone.

CHAPITRE 31

Platt attendait dans la voiture de Slater, au pied de l'immeuble de la rue du Commerce depuis près d'une demi-heure, le moteur tournant au ralenti. La nervosité et l'excitation lui serraient le ventre. Et une peur étrange le tenaillait.

Dès qu'il vit arriver le taxi de Bannerman dans son rétroviseur, il coupa le contact et sauta sur le trottoir.

— Alors, tu l'as vu ? demanda-t-il en se précipitant dans l'escalier à la suite de son confrère. Ça fait une plombe que je t'attends.

Mais Bannerman ne répondit pas. Une fois dans l'appartement, il sortit une bouteille de whisky de sa poche, jeta son manteau sur le canapé, ôta le bouchon, prit deux verres et versa une bonne dose d'alcool dans chacun. Platt, qui l'observait d'un air inquiet, saisit le verre offert. Il ne but pas tout de suite mais regarda Bannerman descendre le sien cul sec et s'en resservir un autre.

— Alors ?

— Je l'ai vu.

— Et ?

Sentant son ulcère se manifester, Platt avala avec précaution une première gorgée.

— Tes documents d'abord.

Platt posa son verre pour sortir une enveloppe kraft pliée en deux qu'il lança à Bannerman. Celui-ci l'ouvrit, jeta un coup d'œil aux photocopies de plusieurs feuilles dactylographiées par des doigts maladroits, les laissa tomber sur la table et s'envoya un deuxième whisky.

— Il n'a rien dit.

— Comment ça ? demanda Platt d'un air soupçonneux. Il a bien dû dire quelque chose ?

— Tu t'attendais à quoi ? Qu'il craque et confesse tout ? Cet homme est intouchable, Platt. Il a tout ce qu'il faut pour se protéger : pouvoir, appareil bureaucratique, argent. Et je ne sais combien de boucs émissaires pour porter le chapeau. Il ne bougera pas. Aucun commentaire. Tu peux lui téléphoner pour lui demander, si tu veux.

Platt s'assit au bord du canapé. À quoi s'*était*-il attendu ? Bien sûr que le type ne dirait rien. Il aurait pu s'en douter. Pourtant « aucun commentaire » pouvait se comprendre de plusieurs manières. *Hier soir, le milliardaire belge René Jansen n'a pas desserré les lèvres.* Il regarda Bannerman. *Le salaud.* Il cachait quelque chose. Et Platt n'avait pas l'intention de laisser passer ça.

— Donc, c'est tout ?

Bannerman opina.

— Je ne te crois pas.

— Tu n'as qu'à t'en aller, alors.

— Écoute, Bannerman…

La rapidité avec laquelle ce dernier l'attrapa par les revers de son manteau et le souleva du canapé le prit au dépourvu.

— Décampe !

Platt se dégagea et rajusta son manteau avec toute la dignité dont il était capable. En cet instant, il éprouvait pour Bannerman une haine qu'il n'avait jamais ressentie envers quiconque de toute sa vie. Mais il se maîtrisa. Son heure viendrait.

— Quand est-ce que j'aurai ma photocopie du truc de Lewis ?

— Quand je l'aurai. Lundi ou mardi.

Sur ce, Bannerman se détourna vers la fenêtre, et Platt s'autorisa un petit sourire. D'ici là, tout serait fini. Pourtant, d'une certaine façon, il ne s'estimait pas assez vengé. Il voulait que Bannerman souffre.

— Tu te fous de tout et de tout le monde, hein ?

— Décampe ! répéta Bannerman, sans le regarder.

— Cette fille, tu sais, autrefois. Tu te foutais d'elle aussi. C'est moi qui t'ai fait virer. J'ai raconté au rédac chef ce que tu lui avais fait. J'avais raison, non ? Tu ne t'es même pas pointé à l'enterrement. Tu t'en foutais.

Bannerman pivota brusquement.

— De quoi tu parles ?

Platt fronça les sourcils.

— Cette fille, celle des ventes par téléphone, celle que t'as mise en cloque. Merde alors, tu t'en souviens pas ?

Il dévisagea Bannerman d'un air incrédule avant de comprendre soudain qu'il ne savait pas, qu'il n'avait jamais su.

— Elle s'est suicidée. Juste quelques mois après la naissance du bébé. Ses parents l'avaient mise à la porte. Elle a noyé le bébé et après elle s'est tuée. Tu le savais pas ?

Il ressentit une joie intense. Enfin il avait trouvé le point qui faisait le plus mal.

Impassible, Bannerman dit :

— Je t'appellerai.

Platt attendit quelques secondes avant de quitter la pièce. Bannerman se servit un autre verre ; en entendant la voiture démarrer dans la rue, il se rappela qu'il devrait encore prendre un taxi le lendemain matin.

Cette fois, le whisky lui brûla la gorge, et il sentit des larmes chaudes couler sur ses joues froides.

Il n'aurait pas su dire depuis combien de temps il s'était assoupi, depuis des heures, lui semblait-il. Sa veste gisait en tas sur le sol et il ne restait que deux doigts d'or liquide dans la bouteille de whisky. Il était allongé sur le ventre, un bras pendant du canapé, ses doigts effleurant le tapis. Il n'entendit pas sonner ; au bout de plusieurs minutes, les coups martelés sur la porte finirent par s'infiltrer dans son cerveau à travers les brumes du sommeil et de l'alcool.

Lentement, il se redressa en position assise et se frotta les yeux. Toujours soûl, il eut du mal à focaliser son regard sur sa montre.

— Putain, grommela-t-il.

Il était un peu plus de deux heures. Un poing ébranla de nouveau la porte.

— Une minute !

À peine avait-il crié qu'il eut l'impression qu'une hache lui fendait la tête.

Il réussit à gagner le vestibule en titubant pour aller ouvrir la porte. Du Maurier força le passage et alluma la lumière. Aveuglé, Bannerman cligna des yeux.

— Dessoûlez en vitesse, dit le policier. On va faire un tour.

Bannerman entendit sa propre voix pâteuse protester :

— Mais, putain…

Du Maurier l'attrapa fermement par le bras, le poussa dans la salle de bains, remplit un verre d'eau froide et le lui jeta à la figure. Bannerman réagit en voulant le frapper mais le policier retint son poing et, sans le lâcher, ordonna :

— Prenez une douche froide. Je vous attends en bas.

Dix minutes plus tard, le monde flottait toujours quand Bannerman descendit, mais il était assez sobre pour se rendre compte que Du Maurier devait avoir une sacrée bonne raison de le traîner dehors à deux heures du matin. Dès qu'il se glissa sur le siège passager, l'inspecteur démarra. La voiture commença à rouler sans bruit dans les rues sombres et désertes.

— On va où ? Ce n'est pas Tania… ?

— Non, ce n'est pas Tania. On est bientôt arrivés.

Ils s'arrêtèrent devant un immeuble banal de deux étages dont quelques fenêtres seulement étaient éclairées. Du Maurier prit Bannerman par le bras et l'entraîna en haut des marches donnant sur un hall miteux, puis vers l'ascenseur qui les descendit au sous-sol. Au bout d'un long couloir lugubre, une lumière brillait à travers une double porte vitrée. Le policier poussa le journaliste vers celle-ci. Bannerman plissa les paupières quand ils la franchirent pour se retrouver dans une vaste salle carrelée. Une odeur de formol lui piqua les narines et le dessoûla plus efficacement que n'importe quelle quantité d'eau froide. Un homme en blouse blanche apparut sur le seuil d'une pièce attenante et leur fit signe d'approcher.

Le corps étendu sur la table en inox était nu sous l'éclat impitoyable des lampes chirurgicales. La puanteur de la mort et des conservateurs acides donnait envie de vomir. Bannerman sentit son estomac se soulever.

Le visage de Platt affichait une certaine sérénité, mais il avait le thorax ouvert, comme une carcasse de boucherie. Autour de la blessure béante, la chair avait bleui, le corps s'était entièrement vidé de son sang.

— Bon Dieu ! Où sont les toilettes ?

Conduit de l'autre côté du hall par l'homme en blouse blanche, Bannerman s'agenouilla par terre pour vomir dans la cuvette. Il resta quelques instants plié en deux, le souffle coupé, avant de pouvoir se relever et tituber jusqu'au lavabo où il s'aspergea le visage, se rinça la bouche et but une longue gorgée d'eau froide.

Du Maurier l'attendait dans le couloir. Ils sortirent du bâtiment et remontèrent en voiture, où ils restèrent assis en silence pendant que le policier baissait la vitre et allumait une cigarette.

— Alors, vous pouvez l'identifier formellement ?

— Richard Joseph Platt, répondit machinalement Bannerman.

— Qu'est-ce qu'il faisait dans la voiture de Slater ?

— Il l'avait empruntée. Donnez-moi une cigarette.

Du Maurier la lui alluma et le regarda faire la grimace à la première bouffée.

— Que s'est-il passé ?

Le policier soupira :

— Quelqu'un a vidé sur lui les deux chargeurs d'un fusil à canon scié. À bout portant. On a trouvé son corps dans la voiture de Slater. Garée dans une petite rue proche de la gare du Nord.

Bannerman essaya d'éprouver quelque chose, sans y parvenir. Une pensée l'obsédait : pourquoi Jansen avait fait ça. Jusque-là, l'homme d'affaires s'était montré malin. L'inspecteur lui tendit une liasse de papier pliée en deux. Il y avait une douzaine de feuilles, toutes dactylographiées d'une main maladroite. Bannerman la prit et y jeta un coup d'œil.

— C'est en français. Je ne comprends rien. Qu'est-ce que c'est ?

— Vous ne le savez pas ?

— Je peux peut-être deviner.

— Et que devinez-vous ?

— Je devine que c'est un article sur la manière dont René Jansen, Michel Lapointe et Robert Gryffe ont monté un consortium pour vendre des armes. Connaissant Platt, il aura un peu arrangé l'histoire. Il a probablement dépeint Gryffe en puissant commercial ayant l'oreille des chefs d'État. Lapointe en espèce de génie du droit des sociétés ayant mis au point un réseau d'entreprises leur permettant de vendre à qui bon leur semblait tout en se cachant derrière un voile d'anonymat. Et Jansen en potentat silencieux qui fournit les fonds et se taille la part du lion dans les bénéfices. Et bien sûr, il aura surtout insisté sur les ventes à l'Afrique du Sud et à la Rhodésie.

— C'est vrai ?

— Oui.

— Alors pourquoi ne m'avez-vous rien dit, bon sang ?

Bannerman secoua tristement la tête.

— Je l'aurais fait. Probablement aujourd'hui. Je ne l'ai découvert qu'hier. J'avais passé un accord avec Platt, mais on dirait qu'il a voulu brûler les étapes. Me baiser.

— Bon Dieu, quel imbécile vous êtes ! Qui d'autre est au courant ?

— En dehors de Platt et moi, mon rédacteur en chef et le Suisse qui a effectué les recherches sur les sociétés. Oh, et Jansen, bien sûr.

— Jansen ?

— Je lui ai parlé en personne, hier soir.

Bannerman entendit Du Maurier souffler entre ses dents serrées.

— Et qui était au courant de votre accord avec Platt ?

— Personne, que je sache.

L'inspecteur alluma une autre cigarette.

— Donc, c'est vous qu'on a voulu tuer.

Bannerman ferma les yeux. Encore ivre, encore sous le choc.

— Oui.

— Vous prenez ça avec beaucoup de calme.

— Les apparences peuvent être trompeuses.

Bannerman était sur les nerfs. Il ne se rappelait pas s'être jamais senti aussi mal. Il avait échoué. Tout raté.

— Vous allez arrêter Jansen ?

— Comme le pourrais-je ?

— Qui d'autre pourrait être coupable ?

Il réfléchissait à la facilité avec laquelle Jansen l'avait roulé dans la farine, amené à douter de son implication dans les meurtres de Gryff et Slater.

Du Maurier secoua la tête.

— On n'a aucune preuve. Pas encore, en tout cas. Une chose est sûre, cependant. Celui qui a tiré sur Platt n'est pas celui qui a tué Gryffe et Slater.

Bannerman tourna la tête vers le policier dont le visage paraissait pâle, presque jaune, à la lumière des réverbères.

— Comment le savez-vous ?

— Parce que l'homme de la rue de Pavie était un professionnel. Méticuleux en tous points. M. Platt a été tué par un voyou de la pègre. Un mercenaire. Efficace mais rustre. Bordélique, pas un pro. On a de meilleures chances de l'attraper, et donc de meilleures chances de découvrir qui l'a engagé. Nous ne savons pas si c'est Jansen. D'autre part, je crois que votre obsession au sujet de cet homme vous aveugle, vous empêche d'envisager d'autres possibilités.

Bannerman frissonna.

— Que voulez-vous dire ?

— Je suis très fatigué, monsieur Bannerman, soupira Du Maurier. J'aimerais rentrer chez moi, me coucher. Vous serez convoqué à mon bureau un peu plus tard dans la journée pour faire une déposition officielle. On pourra peut-être en discuter alors.

Bannerman replia l'article de Platt et le lui tendit.

— Non. Gardez-le. Il vaut mieux que nous ne l'ayons pas trouvé. J'attendrai que vous ayez publié le vôtre. Vous savez, la pression publique aura une plus grande influence sur mes supérieurs pour rouvrir l'affaire qu'un article non corroboré découvert sur le cadavre d'un journaliste. Et nous ne voudrions pas leur donner une longueur d'avance, n'est-ce pas ?

CHAPITRE 32

Dimanche. Le temps avait considérablement changé pendant la nuit. Il s'était mis à pleuvoir bien avant l'aube, et lorsque les premières lueurs du jour avaient vaporisé un air chargé d'humidité, la neige avait disparu.

Dans le taxi qui filait sur le boulevard Léopold III vers l'aéroport, Bannerman et l'enfant ne disaient rien. Il avait à peine été capable de lui parler, et il avait vu dans ses yeux à quel point elle était blessée. La veille, elle l'avait attendu toute la journée, maintenant il venait la chercher pour la mettre dans un avion qui l'emporterait loin de lui. Il n'avait même pas essayé de lui donner des explications, si ce n'est qu'un monsieur et une dame d'Amérique feraient le voyage avec elle, et qu'il viendrait la voir dès qu'il aurait fini son travail à Bruxelles.

Elle se demandait ce qu'elle avait fait pour lui déplaire ; elle sentait en elle cette douleur qui était le germe de la frustration. Une bulle qui grossissait. Qui lui faisait peur ; peur qu'elle ne puisse pas se contrôler, peur qu'il ne comprenne rien au moment où elle exploserait. Elle glissa sa main dans la sienne. La grande main chaude de Bannerman répondit par une petite pression. *Laisse-moi le contrôle, je t'en supplie*, dit-elle à la bulle. *Laisse-moi le contrôle, je t'en supplie.*

Bannerman contemplait ces mêmes bâtiments devant lesquels il était passé en arrivant, dix jours plus tôt, et pensa que dix jours suffisaient à changer une vie.

À l'hôtel Régent, les Schumacher s'étaient levés de bonne heure. Très excitée, Mme Schumacher s'était agitée dans tous les sens.

— Quelle robe devrais-je mettre, Henry ? avait-elle demandé à son mari en brandissant devant lui une cotonnade fleurie et un lainage bleu uni.

— Je ne sais, très chère. Les deux te vont bien.

— Oh, ce que tu peux être exaspérant, Henry.

— Alors, la fleurie, peut-être.

Elle les avait examinées à tour de rôle.

— Je crois que je vais mettre la bleue. Plus sombre pour l'occasion. La pauvre enfant. Mais, quand même, tu ne trouves pas que c'est terriblement excitant, Henry ?

— Si, très chère.

— Non, non, pas cette cravate, Henry. Elle jure avec ton costume. Oui, celle-ci. C'est beaucoup mieux, avait-elle déclaré en se tortillant pour enfiler la robe bleue. Remonte la fermeture Éclair, s'il te plaît, Henry. Tu crois qu'on devrait rester à Édimbourg un jour de plus ?

— Mais je dois rentrer à Washington…

— Oui, oui. Bien sûr. Tu as raison. Je me demande comment elle est. J'espère qu'elle ne va pas piquer une de ses colères dans l'avion. Ça, je m'en passerais. La pauvre. On doit faire tout ce qu'on peut, Henry.

— Oui, très chère.

— Dépêche-toi, on va rater le petit-déjeuner.

Maintenant que la voiture roulait vers Zavantem, elle se montrait étrangement silencieuse. Son mari regardait d'un air morose par la vitre tandis qu'elle se demandait pourquoi elle se sentait si nerveuse. Une légère indigestion, peut-être. Le petit-déjeuner avalé trop vite. Ou bien le changement de temps. Le temps pouvait provoquer ça. Demain, avec cette humidité, elle aurait de nouveau les articulations raides et douloureuses.

Kale avait le cœur léger. Il aimait la pluie. Elle lui rappelait Londres. Il aimait la sentir sur son visage, il aimait cette humidité de l'air, quand elle s'évapore des manteaux et des chapeaux des gens rassemblés autour d'un verre. Pour lui, c'était le jour de sa libération, le jour où le cauchemar de la semaine précédente prenait fin. Toutes les questions sur son avenir restaient sans réponse, mais ça pouvait attendre. La peine de prison de son passé touchait à son terme. Seul le poids du pistolet dans le holster sanglé dans son dos et sur son épaule gauche le lui rappelait. Il avait décidé de ne pas le laisser à l'hôtel, même s'il ne pouvait pas l'emporter avec lui – il ne passerait jamais le contrôle de sécurité de l'aéroport. Il s'en débarrasserait là-bas. Dans l'une des chasses d'eau des toilettes, après avoir effacé ses empreintes.

Le taxi le déposa devant le terminal. Il en descendit sous une rafale de vent et de pluie, franchit les portes coulissantes, baissa la tête en passant devant les policiers armés de mitraillettes. Rangées de comptoirs d'enregistrement des différentes compagnies aériennes, voyageurs circulant avec des valises, voix artificielle annonçant les vols par haut-parleur. Kale poussa un soupir de soulagement et regarda sa montre. Encore une demi-heure avant que les passagers de son avion soient appelés à embarquer.

Il enregistra sa valise au comptoir British Airways puis chercha les toilettes. Les panneaux le guidèrent en haut d'un escalier, vers le hall du premier étage. Il les aperçut tout au fond, frôla au passage un groupe en train de plaisanter, et s'arrêta soudain, frappé d'un sentiment d'horreur mortelle.

L'enfant ne regardait pas dans sa direction, mais il la vit tourner la tête. Peut-être avait-elle senti sa présence. À ses côtés se tenait l'homme qu'il avait suivi à la clinique et un couple plus âgé. Il entendit la femme parler. Une Américaine.

— Vous savez, monsieur Bannerman, je ne crois pas que vous ayez à vous inquiéter pour la petite Tania en nous la confiant pour ce voyage. Elle est si mignonne. Je suis sûre que nous allons très bien nous entendre…

Sa voix s'éteignit brusquement quand le hurlement jaillit des lèvres de l'enfant.

Toutes les têtes se tournèrent vers eux. Bannerman regarda Tania, son visage terrorisé, et suivit le mouvement de ses yeux. Ils fixaient un homme en manteau élimé, un homme sans visage sur un dessin.

Kale paniqua. Subitement, la porte de la prison venait de se refermer en claquant et il était toujours à l'intérieur. Le hurlement se prolongeait. Tout se déroulait au ralenti. La décision de sortir le pistolet de son holster ne fut pas volontaire, seul l'instinct qui le gardait en vie depuis des années la lui dicta. Il fut conscient que l'arme tremblait dans sa main quand il la leva avec la rapidité et l'efficacité dues à l'entraînement et à la pratique. L'espace d'une seconde, se livra une lutte intense entre sa volonté et son instinct, juste avant de presser la détente et de voir l'enfant projetée en arrière.

À présent, les cris fusaient de toutes parts. Incapable de bouger, il jeta un coup d'œil autour de lui. L'Américain s'avançait lentement dans sa direction tandis que sa femme hurlait d'une voix hystérique :

— Henry… !

— C'est bon, mon vieux, donne-moi ton arme, disait l'Américain. Tu as fait ce que tu étais venu faire. Pas la peine de blesser quelqu'un d'autre maintenant. Donne-moi ton arme.

La voix était calme, apaisante, presque hypnotique. Kale sentit l'arme tomber de sa main.

Ensuite, une voix lui cria quelque chose par-dessus le vacarme de toutes les autres. Il se retourna et aperçut l'uniforme sombre d'un policier. Il jeta un regard désemparé à l'Américain. Schumacher crut voir une larme dans ses yeux.

Kale se mit alors à courir ; sur son passage les gens détalaient en couinant comme des rats pris de panique. De nouveau il entendit la voix du policier, il avait l'impression de courir dans un vide immense. Le policier leva son arme et tira une, deux, trois fois.

La tête de Kale heurta le carrelage avec un bruit sec ; entraîné par son propre élan, son corps glissa sur plusieurs mètres en éclaboussant de sang la surface polie. Puis il ne bougea plus, tordu, hideux, au milieu d'une mare rouge qui s'étalait rapidement. Ses yeux ouverts fixaient les baies vitrées donnant sur la piste. Mais il ne voyait plus rien.

CHAPITRE 33

1

Le bruit des voix résonnait dans le couloir, celui des pas sur le sol dur, celui de portes invisibles qui s'ouvraient et se fermaient. Des bruits distants, déconnectés. Une infirmière en uniforme blanc poussait un chariot d'une salle à l'autre, un rire fut étouffé par la fermeture des portes battantes.

Bannerman se tenait dans l'espace vitré de la réception. Les lumières du plafond se reflétaient sur le sol poli. Il jeta un coup d'œil à Henry Schumacher, assis tête baissée sur l'un des sièges en vinyle rouge, et pensa au courage de cet homme qui s'était avancé face au tireur. Il pensa aussi à l'enfant, au sang de l'enfant sur ses propres mains, et il les regarda encore. Elles étaient pâles et blanches, sans plus aucune trace de sang.

Il consulta sa montre. Tout était bon pour s'empêcher de réfléchir. Un peu plus d'une heure venait de s'écouler depuis le drame. On était toujours dimanche matin et, dehors, il faisait toujours un temps gris et humide.

Il tourna de nouveau les yeux vers Schumacher et s'approcha de lui d'un pas traînant.

— Je suis vraiment désolé de vous avoir mêlé à tout ça. J'espère que votre épouse s'en remettra vite.

— Elle va bien. Elle est simplement choquée. C'est l'enfant…

Un médecin poussa alors les portes battantes. Il avait l'air fatigué.

— Tania est en salle d'opération, annonça-t-il avec un accent très prononcé.

Il regarda Schumacher, puis Bannerman.

— Ça peut durer des heures. Même si l'opération réussit, il est impossible de garantir qu'elle survivra. Vous pouvez attendre ici, si vous voulez.

Il se tut, embarrassé, puis disparut derrière les portes, qui battirent plusieurs fois d'avant en arrière avant de s'immobiliser.

— Je reviens, dit Bannerman en se dirigeant vers l'ascenseur.

Schumacher lui lança un regard surpris :

— Mais, la police…

— Quand l'inspecteur viendra, dites-lui que je l'appellerai.

— Où allez-vous ?

Bannerman hésita. Il tremblait.

— Coincer ces salauds.

Même en plein jour, on ne voyait pas la maison de Jansen depuis la route. La pluie tombait en continu quand le taxi s'arrêta devant les grilles. Bannerman descendit, s'avança vers un des piliers, pressa un bouton et parla dans l'interphone :

— Neil Bannerman pour René Jansen.

Silence. Il pressa de nouveau le bouton et laissa son doigt appuyé dessus pendant plusieurs secondes. Puis il répéta son message.

Le haut-parleur grésilla, une voix répondit :

— Herr Jansen n'est pas chez lui.

— Tu parles qu'il n'est pas là !

Les grilles surmontées de piques devaient mesurer près de deux mètres de haut. Le chauffeur du taxi regarda avec étonnement son client les escalader, osciller légèrement en enjambant les pointes, puis se laisser tomber de l'autre côté. Quelque part dans la propriété, une sirène commença à mugir entre les arbres. Bannerman se mit à courir, ses semelles claquant sur le macadam de l'allée, les arbres se refermant autour de lui. Il n'avait qu'une idée en tête, Tania. Il ne ressentait qu'une chose, la colère.

L'allée paraissait plus longue que le soir précédent. Enfin les deux carrés de pelouse s'ouvrirent devant lui et il émergea du tunnel humide des arbres. Le mugissement de la sirène s'intensifia quand il atteignit la maison ; il entendait maintenant des sonneries se déclencher à l'intérieur. Il traversa en courant les plaques de neige fondue qui couvraient encore la pelouse, puis l'étendue des graviers, et leva les yeux vers les fenêtres cintrées. Il lui sembla entrapercevoir un visage pâle qui l'observait du deuxième étage, derrière un store. Mais l'instant d'après, il avait disparu.

Le lourd marteau en fer forgé de la porte d'entrée s'abattit avec un bruit de tonnerre sur son support métallique. Bannerman l'entendit se répercuter dans le vaste hall circulaire. Il frappa pendant une minute entière avant que la porte ne finisse par s'entrouvrir. Le maître d'hôtel qui l'avait accueilli la veille lui jeta un coup d'œil et dit froidement :

— La police sera là dans un instant. Je vous conseille de partir tout de suite. Bannerman donna un coup d'épaule sur la porte et repoussa le vieil homme.

— Où est-il ?

Le maître d'hôtel était livide.

— Je vous l'ai déjà dit. Monsieur n'est pas ici.

Bannerman l'écarta d'un geste et se précipita dans l'escalier, grimpant deux à deux les marches de marbre. Se souvenant de l'apparition du visage au deuxième étage, il continua jusqu'au palier supérieur sur lequel donnait une douzaine de portes. Il les ouvrit l'une après l'autre. Un salon. Une chambre. Un bureau. Une bibliothèque. Une autre chambre. Toutes vides. La sixième porte s'ouvrit sur la pénombre. Il allait passer à la suivante quand il sentit une présence dans la pièce. Un léger mouvement, peut-être, ou une odeur. Il s'immobilisa et scruta l'obscurité. Les stores étaient baissés, seule une petite lueur jaune s'infiltrait sur les bords.

Soudain, une lumière s'alluma sur sa droite. Une petite lampe de bureau éclaira une vieille dame dans un fauteuil roulant. Elle le fixait de ses yeux gris et vides au milieu d'un visage blanc émacié. Ses cheveux d'un argent pur tirés en arrière étaient rassemblés en chignon. Elle avait un châle noir sur les épaules, un plaid sur les genoux. Ses mains tordues par l'arthrite serraient un petit verre de vin rouge. Les restes d'un feu de bois se consumaient dans la cheminée. D'une voix haute et claire, elle dit :

— Mon fils n'est pas ici.

Bannerman hésita un instant tandis que la porte se refermait derrière lui. Il ne s'attendait pas à ça.

— Où est-il ?

La vieille dame soupira, son corps fragile s'affaissa un peu.

— Vous êtes monsieur Bannerman, n'est-ce pas ? Mon fils m'a parlé de vous. Mais vous vous trompez à son sujet.

Pris dans le regard de ces yeux gris pâle, il se sentait gêné.

— Où est-il ?

— Il est parti ce matin de bonne heure. Pour les Bahamas. Nous possédons une propriété là-bas. Je ne m'attends pas à le revoir avant six mois.

Il perçut une certaine arrogance dans sa voix. Les sonneries et la sirène s'étaient arrêtées. Le terrible silence qui suivit n'était brisé que par le lent tic-tac d'une pendule ancienne posée sur le manteau de la cheminée. La porte s'ouvrit alors derrière Bannerman, et le vieux maître d'hôtel annonça :

— Les policiers sont arrivés.

— Renvoyez-les, ordonna la vieille dame. Je ne crois pas que monsieur Bannerman nous causera de plus amples problèmes.

Le vieil homme foudroya le journaliste du regard avant de faire demi-tour et de refermer doucement la porte derrière lui.

— Asseyez-vous, monsieur.

— Non, merci.

— Comme vous voudrez, dit-elle en promenant brièvement son regard vide au-delà de son visiteur avant de se reconcentrer sur lui. Vous savez, si mon fils avait été impliqué dans les choses dont vous l'accusez, j'aurais été au courant. Il n'y a rien que je ne sache sur lui. C'est un bon garçon. Il ne ferait rien sans l'approbation de sa mère. Il ne s'est jamais marié. Car c'est de moi qu'il a besoin, vous savez. De moi qu'il dépend. Je ne redoute qu'une chose, ce qu'il adviendra de lui lorsque j'aurai disparu. J'ai peur qu'il ne tombe entre les mains de vautours tels que vous.

Elle sourit. Bannerman était sceptique.

— C'est donc vous, l'éminence grise de l'empire Jansen ?

— Oui, gloussa-t-elle. Selon le désir de mon mari. Il savait que René ne deviendrait jamais l'homme qu'il était, *lui*. Naturellement, René aime jouer son rôle, faire semblant. Mais il sait qu'il doit toujours rendre des comptes à Maman, comme lorsqu'il était petit. Il ne m'aime pas, je crois. Mais il me craint. C'est moi qui l'ai fait partir. Et j'aimerais que vous partiez aussi, maintenant.

Incrédule, Bannerman secoua la tête. Il s'aperçut qu'il tremblait toujours.

— Je me moque pas mal de ce que vous aimeriez que je fasse. Une petite fille se trouve actuellement entre la vie et la mort au bloc opératoire d'un hôpital, pas très loin d'ici, et c'est d'elle que je me soucie le plus. Alors, si vous commenciez plutôt par me raconter tout ce que vous savez sur Michel Lapointe.

— Ah, Michel, dit-elle sans perdre son calme. C'est un génie, monsieur. Mais un homme sans éducation. Mon mari lui faisait entièrement confiance.

Elle but une petite gorgée de vin.

— Il ne m'a jamais plu. J'ai bien peur de l'avoir utilisé sans scrupule. Il n'est resté loyal que parce que les bénéfices sont élevés. Et je crains qu'il ne me tienne pas en aussi haute estime que mon mari. Mais peut-être a-t-il simplement un peu peur de moi, comme René. Il est fâcheux qu'on doive le sacrifier. Pour amadouer l'opinion publique, vous comprenez. Il a vraiment dépassé les bornes avec cette détestable affaire de vente d'armes. Lancée de sa propre initiative, il faut le préciser. Vous comprenez bien que je ne peux pas permettre que mon fils soit victime d'un scandale.

— Où est-il ?

— Qui ? Michel Lapointe ?

— Oui.

— À son bureau, j'imagine. Il aime travailler le dimanche.

Bannerman se rapprocha de la porte. Lorsqu'il l'ouvrit, la vieille dame demanda :

— Qui est l'enfant dont vous parliez ?

— La fille de Tim Slater. On lui a tiré dessus ce matin, à l'aéroport. Mais vous devez être au courant.

— Non. Je n'ai jamais entendu parler d'une enfant. Je regrette.

— J'en suis sûr.

Elle leva une main flétrie.

— Avant que vous ne partiez, monsieur Bannerman, je tiens à vous prévenir que si vous tentez de vous attaquer à mon fils, je me battrai contre vous.

— Et vous perdrez, répliqua-t-il en refermant la porte derrière lui.

2

Les doigts tremblants, Lapointe composa la combinaison du coffre, dont la porte s'ouvrit en grand. Il n'y avait pas d'argent à l'intérieur, seulement de grandes enveloppes kraft attachées par un ruban rouge afin d'en retenir le contenu volumineux. Tous ses dossiers secrets. Les sociétés, les transactions, les relevés de comptes sur une période d'une vingtaine d'années. Le coffre était grand mais ses dossiers le remplissaient complètement. Lapointe avait été très méticuleux, et sa mémoire était telle qu'il pouvait repérer n'importe quelle transaction, n'importe quelle société en quelques minutes. Un étranger mettrait des heures, des jours peut-être, à y voir clair. Il n'y avait rien, ici, susceptible de le faire condamner par un tribunal, mais il suffisait que ça tombe entre de mauvaises mains pour le détruire.

En les transférant une par une dans la valise ouverte sur sa table, il ressentit la peur qui le tenaillait depuis une quinzaine d'heures lui serrer de nouveau le ventre. Pourquoi Jansen s'était-il montré aussi faible ? Il aurait certainement pu acheter Bannerman. Lapointe en rejetait la faute sur la vieille dame. Il se l'imaginait, frêle et délicate dans son fauteuil roulant. Il entendait sa voix, hautaine, condescendante. Quel pouvoir avait-elle sur eux ? Après tout, ce n'était qu'une vieille femme. Mais ça n'avait plus d'importance. Il ne serait plus obligé de la revoir. Ni elle, ni son fils, ce lâche incompétent qui l'avait comme d'habitude laissé faire le ménage derrière lui. Tout était fini maintenant. Quand Jansen reviendrait des Bahamas, il serait parti. Parti vivre ses dernières années à Malte dans le confort et la chaleur de sa ferme, profiter des fruits de ses années de labeur.

Les Jansen s'en tireraient, mais au diable ces deux-là, il s'en fichait. Il avait accompli son dernier acte de loyauté, autant pour lui-même que pour eux ; maintenant, il s'en allait.

Il avait presque fini de remplir la valise quand le téléphone sonna.

— Qu'est-ce que c'est ?

— La sécurité, à la réception, monsieur. Un monsieur désire vous voir. Un étranger. Il dit qu'il a un message pour vous de la part de madame Jansen. Je le fais monter ?

— Non. Qu'il vous donne son message, vous enverrez quelqu'un me l'apporter.

— C'est ce que je lui ai suggéré, monsieur. Mais il insiste pour vous le délivrer en mains propres.

Qu'est-ce que la vieille dame mijotait ?

— Bon, d'accord, faites-le monter.

Lapointe était nerveux. L'imbécile n'avait sûrement rien dit à sa mère. Il se dépêcha de remplir sa valise et regarda l'heure. Son avion ne décollait qu'en fin d'après-midi.

On frappa à la porte.

— Entrez.

Un homme costaud avec une tignasse brune et des yeux bleus, très froids, entra dans son bureau.

Bannerman jeta un rapide coup d'œil autour de lui. Une grande table de travail en acajou avec trois téléphones, un sous-main propre, un cendrier plein de mégots de gros cigares et une valise ouverte remplie de grandes enveloppes kraft. Le tapis était épais et doux sous les pieds, les murs décorés de copies de maîtres flamands. Ou des originaux, peut-être. Au-delà de la table, les baies vitrées du sol au plafond offraient une vue à couper le souffle sur la ville, depuis ce dixième étage.

Lapointe, lui-même trapu, approchait probablement de la soixantaine. Quelques mèches grises étaient plaquées en arrière sur son crâne dégarni, au-dessus d'un visage rubicond. Il jeta à Bannerman un regard insolent derrière ses lunettes à monture d'acier.

— Eh bien, de quoi s'agit-il ? lança-t-il sèchement en français.

Sans répondre, Bannerman traversa la pièce d'un pas nonchalant pour contempler, dehors, le brouillard humide qui obscurcissait le lointain.

— Mais enfin, bon sang ! s'écria Lapointe, très agacé.

Bannerman se retourna et répliqua avec insolence :

— Parlez anglais. Je ne comprends ni le français ni le flamand, et je ne veux pas qu'il y ait de malentendus entre nous.

De plus en plus mal à l'aise, Lapointe regrettait d'avoir fait monter cet homme dans son bureau.

— Que voulez-vous ? Vous avez un message de la vieille dame ?

Bannerman sortit de la poche de son manteau un journal plié, trempé par la pluie, et le lança sur la table. Bien visible, un article en première page avait été entouré à l'encre rouge. Un coup d'œil suffit à Lapointe pour sentir la peur l'envahir.

UN JOURNALISTE ABATTU
DANS SA VOITURE

Il releva brusquement la tête :

— Qu'est-ce que j'ai à voir avec ça ?

— Regardez son nom.

La main de Lapointe tremblait lorsqu'il prit le journal pour lire l'article relatant la découverte, le matin même, d'un homme tué dans son véhicule à proximité de la gare du Nord. Un journaliste nommé Richard Platt. Le journal lui tomba des mains.

— Qui… qui êtes-vous ?

— Je m'appelle Neil Bannerman.

Lapointe devint livide et commença à reculer.

— C'est… c'est Jansen. C'était son idée. Je le jure.

Puis il se ressaisit avant d'ajouter :

— Vous ne pouvez rien prouver.

Mais il ne paraissait pas trop sûr de lui. Bannerman contourna alors lentement la table :

— Il faut que vous sachiez une chose, monsieur Lapointe. J'en ai marre de respecter les règles du jeu. Les règles ne protègent que les salauds fortunés de votre espèce. Je me fous pas mal de ce qui pourra m'arriver. Je vais vous réduire en bouillie et vous donner à bouffer aux chiens.

Lapointe glapit quand Bannerman l'attrapa par les revers de sa veste et le plaqua violemment contre la fenêtre. Le visage du journaliste était si près du sien qu'il pouvait sentir sa haine dans ses paroles :

— La chute sera longue. Vous ne serez pas beau à voir sur le trottoir.

La vitre ploya sous une nouvelle poussée.

— Non ! hurla Lapointe. Je vous dirai tout. Tout ce que vous voulez savoir !

— Vous avez tenté de me tuer hier soir.

— Oui, oui. C'était Jansen. Il m'a téléphoné, après votre départ. Il a dit qu'il fallait se débarrasser de vous, que je devais m'en occuper, et qu'il partait aux Bahamas en attendant que les choses se calment.

Comme il se remettait soudain à parler français, Bannerman le gifla :

— En anglais ! Parlez en anglais ! La vieille dame le savait ?

— Non.

— Elle m'a dit que son fils lui racontait tout.

— C'est… c'est une vieille folle. Il ne lui raconte que ce qu'il veut. Il y a beaucoup de choses qu'elle ignore.

Mais il savait que ce n'était qu'à moitié vrai.

— Qui a tué Gryffe et Slater ?

— Je ne sais pas.

Bannerman le poussa un peu plus fort contre la vitre qui craqua.

— Bon Dieu de bon Dieu, je n'en sais rien ! Je le jure. On n'était au courant de rien, on l'a appris aux infos. Mon Dieu, je vous en supplie, croyez-moi !

— Non, je ne vous crois pas ! répliqua Bannerman d'une voix si forte qu'elle sembla emplir toute la pièce.

Exaspéré de frustration, il accentua sa pression contre la vitre, qui se fissura de haut en bas. Il était à deux doigts de tuer cet homme.

— Je le jure !

Lapointe hurla de terreur, éclata en pitoyables sanglots hystériques, et s'écroula sur les genoux dès que Bannerman le relâcha. La voix du journaliste se brisa quand il reprit la parole, ses yeux se remplirent de larmes. Il pensait à l'enfant ensanglantée dans le hall de l'aéroport, à sa main qui s'était glissée dans la sienne dans la voiture. Il avait besoin que quelqu'un paye pour tout cela. Il avait besoin d'une cible pour sa haine, sa colère et sa rancœur. Mais même Lapointe ne pouvait pas lui procurer ça.

— Et le tireur, dans les Flandres ?

La tête de l'avocat se releva lentement, les joues inondées de larmes. Il était évident qu'il ne savait pas de quoi Bannerman parlait.

— Je suis désolé, sanglota-t-il. Tellement désolé, pitié.

La porte s'ouvrit alors ; Bannerman reconnut la silhouette fatiguée de Du Maurier sur le seuil.

— Madame Jansen pensait que vous seriez ici. Qu'est-ce qu'il vous a dit ?

— Que Jansen l'a chargé de me faire tuer hier soir.

— Quoi d'autre ?

— Rien !

L'inspecteur traversa la pièce pour aider Lapointe à se remettre debout. Puis il se tourna vers Bannerman :

— Vous croyez toujours Jansen responsable de ce qui s'est passé rue de Pavie ?

Il y eut un long silence. Puis le journaliste soupira et dit du bout des lèvres :

— Non. Je ne crois pas.

Du Maurier hocha la tête.

— Il est temps qu'on ait une discussion, tous les deux.

3

Bannerman était assis, seul, dans le bureau de Du Maurier. Presque exactement une semaine plus tôt, il était assis sur ce même siège dur, devant cette même table encombrée. Le même parapluie cassé était appuyé contre le mur à côté de la même paire de bottes en caoutchouc maculées de boue. Dans ce petit monde, au moins, rien n'avait changé.

Dehors, la nuit tombait. La pluie cinglait les vitres. Bannerman se sentait vidé. Tout son être engourdi. Dans la pénombre, la lampe d'architecte répandait un petit cercle de lumière qui rendait tous les objets posés sur la table si durs et nets que cela lui faisait mal aux yeux de les regarder. Aussi mal que de penser à l'enfant.

La porte s'ouvrit sur Du Maurier, son éternelle cigarette pendue à ses lèvres humides. Il s'assit à son bureau, expédia d'une pichenette la cendre vers le cendrier et le rata. Il laissa la cigarette se consumer entre ses doigts pendant que, de l'autre main, il tirait sur les poils qui lui sortaient des narines. Il dévisagea un moment Bannerman avant d'annoncer :

— L'opération s'est terminée il y a deux heures.

Une lueur s'alluma brièvement dans les yeux de Bannerman.

— Et alors ?

— D'après eux, les douze prochaines heures seront cruciales. Le chirurgien lui donne cinquante chances sur cent.

Bannerman retomba dans sa morosité.

— Avant toute chose, poursuivit Du Maurier, on doit occuper de Lapointe. Il a signé une déposition très complète qui les implique tous les deux, lui et Jansen, dans le meurtre de Platt. On devrait avoir arrêté le tueur à gages avant ce soir.

Il alluma une nouvelle cigarette sur la précédente et aspira profondément.

— Je pense que nous pouvons les éliminer sans problème, l'un et l'autre, de l'affaire des meurtres de Gryffe et Slater. Je suis absolument certain que l'homme qui les a tués est celui qu'on a abattu ce matin à Zavantem. Le dessin de l'enfant était incroyablement précis. Malheureusement, un des détails que nous ignorons, c'est qui l'a engagé et pourquoi. Mais j'y reviendrai.

Il souffla vers le plafond un nuage de fumée chargée de nicotine.

— À la lumière de ce que j'ai appris de Lapointe, je crois que nous pouvons supposer sans nous tromper que Slater faisait effectivement chanter Gryffe.

Bannerman se pencha en avant.

— Comment ?

— Lapointe a une fille, répondit Du Maurier avec un sourire plein de tristesse. Divorcée. Elle vivait encore récemment chez son père, avant d'emménager dans son propre appartement. Ils étaient très proches, le père et la fille. Elle était au courant de la plupart de ses activités. D'après Lapointe, ils avaient peu de secrets l'un pour l'autre. Et puis… ils se sont disputés et elle a déménagé. Elle s'appelle Marie-Ange. Mais elle a conservé le nom de son mari.

— Piard, fit Bannerman en secouant la tête.

Il aurait dû s'en douter. Qu'est-ce qu'une femme comme elle faisait avec un Tim Slater ? Il s'en voulait vraiment.

— Marie-Ange Piard était la petite amie de Slater. Comment n'y ai-je pas pensé plus tôt ?

Du Maurier sourit de nouveau.

— Cela nous a échappé à tous les deux, mon cher.

— Ainsi, elle fournissait la fange permettant à Slater de le coincer, et ils se partageaient le butin. Un petit arrangement entre amis.

— Malheureusement, je ne crois pas qu'on puisse prouver quoi que ce soit.

Bannerman sentit sa colère enfler. Qu'elle soit la seule à ne pas être éclaboussée lui restait en travers de la gorge. Comme s'il avait lu ses pensées, le policier ajouta :

— Dans mon métier, il y en a toujours qui s'en tirent. Pas dans le vôtre, sans doute.

— Si. Dans le mien aussi.

Les lèvres serrées en une ligne sévère, Du Maurier fit claquer ses paumes sur la table. Les deux hommes savaient qu'il y avait beaucoup de choses qu'ils ne pourraient jamais connaître ou comprendre. Le pouvoir et l'influence de la vieille madame Jansen. Elle les avait surpris, tous les deux. Que savait-elle réellement ? Et comment l'arrangement entre Gryffe, Jansen et Lapointe avait-il vu le jour ? Pourquoi Gryffe avait-il mis en danger une carrière politique exceptionnelle pour se livrer à un trafic d'armes illégales ? Était-ce juste par cupidité ? Autant de questions qui resteraient sans réponses. Pourquoi les hommes font-ils ce qu'ils font. Bannerman savait qu'ils ne pouvaient pas espérer plus qu'effleurer le sujet.

— Et on reste avec notre problème sur les bras, finit par dire Du Maurier.

Bannerman lui lança un regard interrogateur :

— Quoi ?

— Le problème de savoir qui a fait tuer Gryffe et Slater – si ce n'est pas Jansen.

— En effet.

Une sale petite idée s'était déjà insinuée dans la conscience de Bannerman depuis l'épisode des Flandres. Elle revenait le tarauder. Il se rappelait sa conversation avec le ministre des Affaires étrangères la veille de son départ pour les Flandres, l'homme blond de la gare du Midi, le fusil militaire à visée laser.

Cela l'étonna à peine d'entendre le policier déclarer :

— Celui qui vous a tiré dessus dans les Flandres était un homme de terrain du SIS. Secret Intelligence Service, service des renseignements britannique. Il est dans nos fichiers.

Bannerman n'arrivait pas à croire aux implications. Laissant tomber sa tête dans ses mains, il se frotta les yeux avec les paumes, puis la releva.

— J'ai du mal à accepter ce que vous racontez. Je sais qu'en un sens ça paraît logique. Je suis d'accord sur le fait que le gouvernement britannique risque de perdre beaucoup plus que Jansen et Lapointe. Avec les élections générales à la fin du mois, il aurait été laminé si la nouvelle que la doublure de leur ministre des Affaires étrangères vendait des armes au régime de l'apartheid de l'Afrique du Sud et à la Rhodésie de Ian Smith avait été ébruitée. Mais rien ne laisse supposer que les membres du gouvernement l'aient jamais su. Et même dans ce cas, je ne peux accepter l'idée qu'ils l'aient fait assassiner. Je sais que le gouvernement fait des choses contestables, mais de là à assassiner un ministre d'État et un journaliste... Ils n'avaient qu'à démettre Gryffe de ses fonctions, le contraindre à démissionner de la Chambre, et même du parti. Pourquoi le tuer ?

L'air grave, Du Maurier répondit :

— Parfois, je me demande si je ne suis pas trop vieux et trop cynique. Votre raisonnement est logique, mais il ne me convainc pas. Peut-être que s'il s'agissait de mon propre gouvernement, je verrais les choses de la même façon que vous et serais prêt à leur accorder le bénéfice du doute. Mais n'est-ce pas mon propre gouvernement qui m'a obligé à classer cette affaire alors qu'il était absolument évident que ces deux hommes venaient d'être assassinés ? Pourquoi ? Pour préserver les relations diplomatiques ? À cause des pressions de votre gouvernement, à Londres ? Les Anglais ont réagi trop rapidement pour ne pas avoir été au courant.

Il marqua une pause et reprit en pesant ses mots :

— Pour moi, le seul véritable doute vient du fait qu'on ne vous a pas tué dans les Flandres. Que ce n'était pas dans l'intention du tireur. Et puis, bien sûr, il y a cet homme abattu à l'aéroport. Sans lien apparent.

— Qui était-ce ?

— Un Anglais. William Francis Kale. Ce n'était pas le nom inscrit sur son passeport, bien sûr. On a recherché ses empreintes dans la base de données d'Interpol, et on l'a retrouvé grâce son dossier militaire. Il a servi dans les forces armées britanniques durant trois ans au début des années soixante. Ensuite, il a passé neuf mois dans une prison militaire pour avoir agressé un officier. Pas de casier judiciaire, mais connu des services de police en Angleterre. Soupçonné d'un certain nombre de meurtres commandités. Bien que rien n'ait jamais été prouvé.

Bannerman se sentait anéanti. Il réfléchit à ce que Du Maurier venait de dire. Il y avait tant d'éléments contradictoires, de faits, de suppositions. La seule chose claire, c'était qu'un dénommé Kale avait été engagé pour tuer Gryffe et Slater, en s'arrangeant pour que ça ressemble à une dispute qui avait mal tourné. Puis lorsqu'il était apparu évident que Tania avait vu le meurtrier, c'est elle qui était devenue la cible. Mais si on éliminait Jansen et Lapointe, et si on écartait le gouvernement de Londres, qui d'autre avait un mobile ? Et puis, pourquoi ce Kale n'avait-il pas tué Tania à la clinique lorsqu'il en avait eu l'occasion ? Ou à n'importe quel autre moment ? Pourquoi choisir un aéroport très fréquenté où il avait peu de chance, sinon aucune, de s'en sortir ?

— Vous avez trouvé quelque chose dans les affaires de Kale… ?

Du Maurier haussa les épaules.

— Rien de significatif à mes yeux.

Il ouvrit un tiroir et en sortit un grand sachet en polyéthylène qui contenait les effets personnels du tueur.

— Voilà ce qu'il avait sur lui. Sa valise ne contenait que des vêtements.

Il vida le contenu du sachet sur le bureau. Bannerman rapprocha sa chaise.

Il y avait un holster, un portefeuille contenant un peu d'argent et un chéquier. Un passeport, un stylo, des clés, de la petite monnaie, un paquet de cigarettes, une carte d'Angleterre en lambeaux, un briquet et un bout de papier. Du Maurier tendit celui-ci au journaliste. Dès qu'il lut les trois mots, ce dernier le laissa tomber comme s'il s'était brûlé les doigts. Et en cet instant précis, il pensa comprendre pourquoi Kale n'avait pas tenté de la tuer plus tôt.

— On a vérifié les empreintes. Rien, hormis celles de Kale.

Bannerman examina les affaires de ce dernier sans le moindre espoir. Il aurait lui-même pu avoir n'importe lequel de ces objets dans ses poches. À l'exception du holster. Du Maurier déplia la carte et l'étala sur le bureau.

— Vous voulez peut-être y jeter un coup d'œil.

C'était une carte à grande échelle, consultée à maintes reprises, déchirée aux pliures. Les yeux de Bannerman furent tout de suite attirés par une ligne rouge qui reliait deux cercles tracés au feutre. Le premier entourait une petite ville du Lancashire proche de Southport, à partir de laquelle la ligne rouge suivait l'A65 vers le nord, passait par un endroit nommé Crossens, puis déviait brièvement vers l'ouest en direction du deuxième cercle. Les mots *grande maison* étaient inscrits à côté, en petits caractères, suivis de *chemin agricole* et *pont sur l'eau*. Dans la marge, écrit à l'encre verte, le mot *lamb* était suivi d'un gros point d'interrogation. Bannerman le considéra un moment sans comprendre. Puis, tout à coup, il fit le rapprochement. Son cœur s'accéléra et son visage s'empourpra. Il leva les yeux vers Du Maurier, qui haussa les sourcils.

— Ça vous évoque quelque chose ?

— Je peux utiliser votre téléphone ?

Il devait vérifier.

— Bien sûr.

Le policier lui donna une ligne et le regarda avec intérêt composer un numéro puis demander :

— Le service des informations.

Et dire ensuite :

— George, Neil Bannerman. Rends-moi un service, tu veux. Va chercher un exemplaire du *Who's Who* et trouve-moi Lord Armsdale. Armsdale est un lieu. Je voudrais connaître son nom de famille, avant son anoblissement.

Il jeta un coup d'œil à Du Maurier.

— Allô, oui, dit-il en sortant son carnet sur lequel il commença à noter. Lamb. Thomas Walter Lamb. Et son adresse ?… Armsdale House, Lancashire… C'est près de Southport, non ?… Oui… Non… Je te recontacte.

Il raccrocha, se cala contre le dossier de sa chaise et sentit l'adrénaline se répandre dans ses veines. Ses yeux brillaient d'un éclat farouche. Brusquement, tout se mettait en place. Et lui procurait une étrange sensation de vide.

— Eh bien ?

Accablé, Bannerman s'avachit sur sa chaise.

— Thomas Walter Lamb, désormais Lord Armsdale, est l'ancien leader du parti politique de Gryffe. Sous bien des aspects, c'est, ou c'était lui, le parti. Son leader pendant près de trente ans. Lui qui, plus que quiconque, en a fait la force électorale d'aujourd'hui. Gryffe était son poulain, son chouchou. Préparé par le vieil homme à devenir son futur leader. L'intellectuel qu'Armsdale n'a jamais été.

Il repensa aux coupures de presse qu'il avait lues dans le bureau de Slater, et se demanda pourquoi cela ne lui avait pas traversé l'esprit plus tôt.

Du Maurier soupira, alluma une autre cigarette, et se pencha en arrière en fixant sur Bannerman ses gros yeux humides. Il comprenait les implications.

— Vous êtes sûr ?

— Pratiquement.

— Et comment le prouverez-vous ?

— Je ne sais pas encore. Mais je le prouverai. Demain matin, je prends le premier avion pour Londres.

Le policier resta un instant le regard dans le vide avant de rompre enfin le silence :

— Je suis désolé pour vous, monsieur Bannerman. Vous portez un fardeau dont aucun homme ne devrait être chargé.

Bannerman inclina légèrement la tête. Il en était conscient.

— Lorsque vous écrirez votre article, vous ferez tomber votre gouvernement, qu'il soit impliqué ou non.

— Oui, dit Bannerman, les dents serrées.

CHAPITRE 34

Sally regardait ses doigts trembler autour de la tasse qu'ils tripotaient nerveusement. Elle attendait l'annonce de l'embarquement de son vol pour Bruxelles. Un peu de café qui avait débordé sur la soucoupe goutta du fond de la tasse sur la table quand elle l'approcha de ses lèvres. Le café était sucré, noir et fort ; dès qu'il lui enveloppa la bouche, elle sentit sa tension se relâcher un peu. Elle frissonna, malgré la chaleur étouffante de la cafétéria. Tout autour d'elle, des voix jacassaient gaiement, de cette manière mélodieuse et virulente propre aux Italiens. Rome. Lundi matin. Tiède et ensoleillé, avec un soupçon de fraîcheur dans l'air.

Elle avait très mal dormi. Son visage était pâle et ses traits tirés. Elle avait vu pointer le jour avec soulagement, dans ses draps humides de sueur, entortillés autour de son corps. Les heures obscures l'avaient tourmentée avec toutes ces questions, ces doutes. Elle savait qu'elle avait commis une erreur. Au moment de quitter l'appartement de la rue du Commerce en versant des larmes silencieuses, elle le savait déjà.

Mais il avait fallu ce gros titre en première page d'un quotidien romain pour la faire revenir en arrière. Vers l'homme dont elle n'aurait jamais dû s'éloigner. Travail, argent, sécurité ne voulaient plus rien dire.

Le journal était étalé sur la table du petit déjeuner de l'hôtel Vittoria, où elle avait réservé une chambre la veille, piazza Mastai. À première vue, le gros titre ne lui avait rien évoqué. Jusqu'à ce qu'elle comprenne.

UNE ENFANT (11 ANS) BLESSÉE PAR BALLE
À L'AÉROPORT DE BRUXELLES

Et en plus petit :

LE TIREUR ABATTU PAR LA POLICE

Du Maurier, en bras de chemise, sentait le soleil chauffer à travers la vitre. Sa chaleur ne paraissait qu'une supercherie quand il faisait encore si froid dehors. La lumière aveuglante qui tombait sur son bureau l'obligeait à plisser les paupières.

Devant lui, la déposition de Lapointe, dactylographiée et signée. Les agents de la direction des délits commerciaux avaient déjà commencé à examiner le contenu des enveloppes kraft. Dans sa requête, il avait demandé d'entamer les procédures d'extradition pour ramener Jansen des Bahamas. Ça pouvait s'avérer compliqué. Mais pour une fois au moins, le juge d'instruction était sympathique. C'était le juge Markelbach. Malgré tout, un homme comme Jansen serait difficile à inculper, surtout avec des amis aussi haut placés. Et la vieille dame devait encore avoir le pouvoir de tirer quelques ficelles. De quoi était-elle au courant exactement ? Quel contrôle exerçait-elle réellement sur son fils, sur Lapointe ? Elle demeurait une énigme.

Le téléphone sonna. Il arracha le combiné de sa base avec impatience.

— Une jeune femme demande à vous voir, inspecteur. Mademoiselle Sally Robertson.

— Envoyez-la-moi.

Il se cala dans son fauteuil, alluma une cigarette et attendit qu'on frappe à sa porte.

— Entrez.

Elle entra, pâle, hésitante, le froid de l'hiver imprégnant ses vêtements. Il se leva et désigna la chaise placée de l'autre côté de son bureau :

— Bonjour mademoiselle. Je suis heureux de vous revoir. Asseyez-vous, je vous en prie.

Sally s'assit timidement en face de lui et remarqua son visage creusé par la fatigue.

— Que puis-je pour vous ? demanda-t-il.

— J'ai... j'ai seulement appris ce matin pour Tania... J'arrive juste de Rome. Est-ce qu'elle... ?

— Toujours entre la vie et la mort, je crains, mademoiselle. J'attends un coup de fil d'une minute à l'autre.

Elle hocha la tête.

— J'ai essayé de téléphoner à Neil... monsieur Bannerman... depuis l'aéroport. Il n'est ni chez lui ni au bureau. Vous savez où je peux le joindre ?

Du Maurier eut un sourire triste :

— J'ai bien peur que vous ne l'ayez raté, mademoiselle. Il a pris l'avion pour Londres, ce matin, à dix heures.

Le téléphone sonna ; il se dépêcha de décrocher. Elle le regarda attentivement et vit ses épaules s'affaisser.

— Quand ? dit-il, d'une voix très émue.

Elle redouta le pire.

CHAPITRE 35

Le vent soufflait sur Londres, poussant une pluie légère chargée de particules de suie. Un vent qui fouettait le visage de Sally depuis qu'elle était sortie du métro et descendait Fleet Street d'un pas rapide. Elle passa devant les vitrines du *Daily Express*.

Un inquiétant sentiment de confusion et d'incertitude l'envahissait. Et si elle ne faisait qu'aggraver son erreur initiale ? Poursuivre à travers la moitié de l'Europe cet homme qu'elle pourrait aimer ou ne pas aimer avait quelque chose de désespérément triste. Comment réagirait-il ? Et s'il ne voulait pas d'elle ? Et d'abord, pourquoi l'avait-elle quitté ? Et puis il y avait Tania. Elle souffrait intérieurement pour l'enfant.

Après son entrevue avec Du Maurier, elle était retournée à l'aéroport en taxi, juste à temps pour attraper le vol de Londres qui décollait à deux heures. Malgré plusieurs mois passés à Bruxelles, la ville ne lui était toujours pas familière, elle lui paraissait même tout à fait étrangère. Sally n'avait rien de commun avec ses habitants qui, de leur côté, semblaient à peine remarquer son existence.

Elle trouva le bureau londonien du *Post* au bout de Fleet Street, dans un bâtiment victorien en grès qui se détachait sur le ciel gris de cette fin d'après-midi. Quand elle pénétra dans la salle de rédaction, à la recherche d'un visage connu, les têtes se tournèrent vers elle ; le jeune homme assis au bureau le plus proche de la porte demanda :

— Je peux vous aider ?

— Je… Je cherche Neil Bannerman.

— Vous venez juste de le rater, mon chou. Il est parti, il y a environ une heure, pour attraper le train de Glasgow à Euston.

Un silence, puis :

— Il vous a posé un lapin ?

Mais Sally avait déjà disparu derrière la porte qui continuait à battre.

Dans la rue, elle dut attendre cinq minutes avant de trouver un taxi.

— Gare d'Euston. Faites vite, s'il vous plaît.

— Je ferai de mon mieux, mademoiselle. Mais vous n'avez pas choisi la bonne heure pour traverser Londres en vitesse. La circulation est infernale à ce moment de la journée.

Il leur fallut une demi-heure pour arriver à la gare. Sally monta les marches deux par deux et traversa en courant le hall vers les portillons des quais en cherchant frénétiquement le train de Glasgow sur les panneaux d'affichage. Elle arrêta un porteur par le bras et l'interrogea en haletant :

— Le train pour Glasgow. Il est déjà parti ?

— J'crois bien. Y a dix minutes. Mais y en a un autre à six heures moins le quart.

Elle fit demi-tour, le poids de sa valise – le contenu de toute sa vie – lui tirant sur le bras. Des larmes de frustration lui montèrent aux yeux. L'espace d'un instant, elle se demanda si ce n'était pas un signe. Elle ferait peut-être mieux de laisser tomber et de retourner vers l'avenir auquel elle avait tourné le dos huit heures plus tôt.

CHAPITRE 36

La voiture bringuebalait sur le chemin de terre défoncé, plein d'ornières, les phares éclairaient l'herbe des bas-côtés et les piquets de bois des clôtures. Au loin, les lumières de la maison brillaient par intermittence à travers les branches des grands arbres noirs que le vent agitait violemment. C'était une nuit de tempête.

Bannerman engagea les roues sur un petit pont en dos d'âne qui enjambait un ruisseau aux eaux bouillonnantes ; au-delà, le chemin bordé d'une rangée d'arbres s'élargissait un peu. Il ne savait pas à quoi il devait s'attendre, ni ce qu'il allait dire au vieil homme. Mais d'une certaine façon, il sentait qu'il était temps que tout cela se termine. Après avoir franchi, dans un bruit de ferraille, une grille pour bétail, la voiture roula sur des graviers, dans une cour où Bannerman s'arrêta.

Descendu du train à Preston, il avait loué une voiture pour parcourir sur l'A59 et l'A565 en direction du sud-ouest les quinze ou vingt kilomètres qui le séparaient d'Armsdale House. Il éteignit les phares et sortit dans le vent qui soufflait en rafales depuis la mer d'Irlande, mais imprégnait l'air d'une certaine douceur et d'une odeur de pluie.

La maison était une grosse bâtisse à tourelles, sombre et impressionnante. Un homme âgé, trapu, à la tignasse blanche et raide, et au visage bronzé, parcheminé, ouvrit la porte. Il portait une épaisse veste en tweed sur un gros pull et un pantalon en moleskine. Il dévisagea Bannerman d'un air soupçonneux. Le journaliste remarqua ses grosses mains calleuses, caractéristiques d'un travailleur manuel.

— Oui ?

— Je viens voir Lord Armsdale.

— Et qui l'demande ?

— Je m'appelle Neil Bannerman. Je suis le journaliste d'investigation de l'*Edinburgh Post*.

Un silence.

— I' vous attend ?

— Pas que je sache.

— Bon, ben entrez. Attendez là pendant qu'j'vais voir s'i' veut vous voir.

Bannerman resta seul dans le grand hall glacial aux dalles usées. Un escalier montait vers un étage plongé dans le noir. Il pensa à Tania et se sentit coupable. De ne même pas savoir si elle était morte ou vivante. Il aurait dû rester…

Une porte s'ouvrit sur sa gauche et un rayon de lumière tomba à ses pieds. Le vieil homme aux cheveux blancs lui fit signe :

— V'nez par là.

Bannerman obéit et se retrouva dans un salon encombré de meubles lourds et démodés. Un canapé, deux confortables fauteuils fatigués, un secrétaire, des bibliothèques, des murs couverts de portraits et de paysages.

Un feu brûlait dans une grande cheminée en pierre près de laquelle Lord Armsdale était assis, alangui dans l'un des fauteuils. Le visage maigre et ridé, il fumait paisiblement une pipe dont la fumée bleue planait au-dessus de lui. Une lueur triste brilla dans ses yeux lorsqu'il les tourna vers Bannerman.

— Asseyez-vous, monsieur Bannerman. Voulez-vous une tasse de thé ?

— Non, merci.

Bannerman s'enfonça dans la mollesse de l'autre fauteuil et éprouva une étrange sensation de familiarité dans cette pièce chaude et sympathique. C'était un endroit vivant. Rien de prétentieux ici. Seulement du confort. Pendant quelques secondes, Lord Armsdale fixa sur lui un regard perspicace.

— Aurais-je raison de penser que je sais de quoi vous venez me parler ?

Avec un hochement de tête imperceptible, le journaliste répondit :

— Sans doute.

Le vieillard lança un coup d'œil à l'homme aux cheveux blancs qui était resté près de la porte ouverte :

— Ce sera tout, Arthur, merci.

De mauvaise grâce, ce dernier sortit et referma la porte derrière lui. Lord Armsdale continuait à fumer sa pipe, plongé dans une douce euphorie de fumée et de réflexion.

— Il est auprès de moi depuis très longtemps, mon Arthur, finit-il par dire. Presque depuis le début. Un type bien. Jardinier, chauffeur, homme à tout faire. Il transmettait mes messages, trouvait les personnes les mieux qualifiées pour effectuer un travail précis. D'une loyauté à toute épreuve. Depuis toujours. Dans un sens, je crois que je l'ai déçu, aussi. Il travaillait à la mine quand il était enfant. Je me demande comment il se débrouillera sans moi. À mon avis, il doit avoir besoin de moi autant que j'ai eu besoin de lui.

Sortant de sa rêverie, il regarda Bannerman :

— Je m'attendais à recevoir une visite après avoir entendu les nouvelles, hier. Je ne savais pas qui viendrait, mais j'aurais dû deviner que ce serait vous. Il paraît que vous êtes un excellent journaliste.

Après une courte pause, le temps de se réconforter en tirant sur sa pipe, il reprit :

— Au début, j'ai pris les plus grandes précautions, vous savez. J'ai cru que c'était infaillible. Et puis quand tout a commencé à aller de travers, avec l'histoire de l'enfant, je pense avoir compris que ça finirait ainsi.

Pointant le tuyau de sa pipe vers Bannerman, il ajouta sans manifester la moindre émotion :

— Mais ne vous méprenez pas, s'il vous plaît. Je ne regrette rien. Hormis le fait d'avoir échoué. D'avoir, par mes actions, mis le parti que j'aime en danger. De même que ce gouvernement qui a fait pénétrer un peu de lumière dans les ténèbres de nombre de nos concitoyens. Est-ce que cette enfant va survivre ou mourir ?

— Je ne sais pas.

Il hocha la tête.

— Vous devez me prendre pour un monstre. Et je suppose que l'Histoire me jugera comme tel. Mais franchement, monsieur Bannerman, qu'est-ce que la vie d'une poignée d'individus comparée au bien-être de millions de personnes ?

Cette fois, Bannerman se sentit obligé d'intervenir :

— Refuser à un homme le droit de vivre, simplement parce qu'il n'est pas en adéquation avec votre idée de ce qui est bon pour l'humanité, revient à refuser ce droit à tous les hommes. Qu'est-ce qui vous donne le droit de jouer à Dieu ?

Armsdale haussa les épaules.

— Ah, monsieur Bannerman… nous avons tous nos idéaux. Et n'aimerions-nous pas, par-dessus tout, pouvoir les atteindre d'un claquement des doigts ? Mais il faut être réaliste, voyez-vous. Pragmatique. Des sacrifices sont toujours nécessaires. La fin doit justifier les moyens.

— Même aux dépens de ces principes que vous chérissez ? La démocratie ? Les droits de l'homme ? Même si cela implique d'assassiner une enfant dont le seul crime est d'avoir vu son père se faire tuer par un homme que vous avez engagé ?

Le vieil homme soupira.

— Manifestement, c'est un sujet sur lequel nous ne serons jamais d'accord. Si j'en avais le loisir, je crois que je pourrais vous amener à me comprendre. Mais nous n'avons pas le temps, et cela ne servirait plus à rien maintenant. J'ai consacré ma vie au parti, monsieur Bannerman. Un parti qui, en cinquante ans, a beaucoup mieux réussi à améliorer la vie des hommes et des femmes de ce pays que les monarques et les politiciens en cinq cents ans. Ne croyez pas que cela ne m'a pas peiné de faire ce que j'ai fait. Mais je n'étais pas prêt à laisser un homme dévoré par la cupidité détruire l'œuvre de toute une vie et le seul espoir pour l'avenir de ce pays. Un homme qui non seulement nous a trompés, moi et mon parti, mais a trompé les millions de citoyens qui croyaient voir en lui les qualités que je lui prêtais. Des qualités qui auraient pu en faire quelqu'un de remarquable. Des qualités qui auraient pu apporter tant, à tant de gens. Si derrière cette façade brillante, lumineuse, ne s'était pas cachée une pourriture. Une maladie en totale contradiction avec la confiance que nous avions placée en lui.

En proie à une certaine agitation, il se leva alors et traversa la pièce. Debout devant la fenêtre, il plongea son regard dans les ténèbres.

— Comment l'avez-vous découvert ? demanda Bannerman. Que Gryffe était mêlé à un trafic d'armes ?

Le dos toujours tourné, Lord Armsdale laissa échapper un gloussement ironique.

— Il a eu l'audace de venir me demander de l'aide. Je n'en reviens toujours pas. Je crois d'ailleurs que je ne comprendrai jamais ses motivations. Vous voyez, monsieur Bannerman, on peut vivre jusqu'à mon grand âge et se laisser encore surprendre par les gens. Il m'a raconté qu'un journaliste le faisait chanter, à Bruxelles. Slater. Au début, il ne voulait pas me dire pourquoi, mais j'ai fini par lui tirer les vers du nez. Il était désespéré. Slater lui avait déjà extorqué près de cent mille livres en sept mois, et il réclamait un ultime versement. Gryffe ne croyait pas que ce serait le dernier. Et il était persuadé que Slater le dénoncerait, de toute façon.

Le vieux lord se détourna de la fenêtre.

— Il s'est avili. En promettant n'importe quoi si je l'aidais. Même de démissionner de la Chambre. Manifestement, il avait pesé le pour et le contre avant de venir me trouver. Il savait que cela m'anéantirait de voir mon parti détruit par sa faute. Il avait dû calculer, également, qu'en sacrifiant sa carrière politique il pourrait sauvegarder son association avec Jansen et continuer à mener la vie à laquelle il aspirait. Il misait sur le fait que je l'aiderais à éliminer la menace représentée par Slater plutôt que de risquer la mort du parti. Ou que ma propre humiliation serait une motivation suffisante. N'avait-il pas été mon protégé, après tout ? De tous ceux qu'il avait dupés, n'étais-je pas de loin le plus idiot ?

Il glissa la pipe entre ses lèvres mais elle s'était éteinte.

— Alors, j'ai promis de l'aider à régler le problème Slater, et j'ai également décidé de détruire Gryffe avant qu'il ne me détruise, ou ne détruise mon parti. Je ne voulais rien laisser au hasard.

Il se dirigea vers son secrétaire et sortit une liasse de papiers d'un tiroir.

— Ceci, si vous voulez, sont mes aveux complets. J'ai passé des heures à les rédiger hier soir. J'avais espéré que cela pourrait attendre après les élections. Dix jours de plus, seulement. Mais, bien sûr, ce n'est plus possible.

Il traversa la pièce pour les remettre à Bannerman. Six feuilles de papier ministre dactylographiées. Le tout daté et signé.

— Sachez, monsieur Bannerman, et je tiens à insister sur ce point, que ni le parti ni le gouvernement ne sont impliqués, ni même au courant, de cette affaire. La responsabilité en incombe à moi seul. Peut-être… peut-être cela permettra-t-il de sauver les meubles. Je ne peux faire qu'un seul et ultime sacrifice maintenant, moi-même.

Bannerman feuilleta les pages sans regarder le vieil homme, qui ne lui inspirait aucune pitié. Il n'éprouvait pour lui que du mépris, au souvenir de l'enfant baignant dans son sang au milieu du hall de Zavantem.

— Je ne crois pas que ce soit la stricte vérité, dit-il d'une voix froide, implacable. La tentative d'étouffer l'affaire juste après la tuerie a été trop rapide. Il a fallu que les gouvernements belge et britannique soient de mèche. Il a fallu des pressions diplomatiques. Sans parler de l'agent du SIS qui m'a tiré dessus dans les Flandres.

Lord Armsdale resta un long moment silencieux.

— Ce que je vais vous confier doit rester strictement entre nous, finit-il par dire.

— Je ne peux rien vous promettre.

— Vous me compliquez singulièrement la tâche, monsieur Bannerman.

Ce dernier haussa les épaules.

— J'écrirai les choses comme je les vois. Mais si vous pouvez me raconter quelque chose qui éclaire l'histoire, vous feriez mieux de le faire.

L'ancien leader du parti revint à son fauteuil moelleux qui sembla envelopper son corps décharné lorsqu'il s'y installa. Après avoir rallumé sa pipe, il commença :

— Le MI5 enquêtait sur Gryffe à la demande du gouvernement. Le service n'avait pas entièrement mis à jour ses activités au moment de sa mort, mais il était sur le point de le faire. Je n'en savais absolument rien jusqu'à ce que le Premier ministre m'invite à Londres. Que le chef du parti me demande mon avis n'a rien d'extraordinaire. Nous sommes très amis depuis de longues années, et il me consulte souvent. Même depuis que j'ai pris ma retraite. C'est alors qu'il m'a mis au courant et demandé ce qu'il devait faire.

Il tira plusieurs fois sur sa pipe. Bannerman vit rougeoyer le tabac dans le fourneau. Un petit nuage de fumée s'éleva au-dessus de sa tête.

— Bien sûr, reprit-il, le Premier ministre ignorait mon implication dans la mort de Gryffe et Slater. Et je ne lui ai rien dit. Comment aurais-je pu ? Il m'a révélé que Gryffe faisait l'objet d'une enquête et que le gouvernement tirait toutes les ficelles diplomatiques possibles pour minimiser cette histoire d'échange de coups de feu. Il m'a également confié qu'un homme de terrain basé en Belgique avait découvert que Gryffe était mêlé à un trafic d'armes. Il était en état de choc. Il prévoyait très clairement les conséquences si tout cela était dévoilé. Voilà pourquoi vous l'inquiétiez. Vous et votre enquête. Je lui ai suggéré de vous faire peur.

Il souffla un long jet de fumée vers le plafond :

— En y repensant, je suppose que c'était un mauvais conseil. Cela a échoué lamentablement, n'est-ce pas ?

Bannerman n'avait pas oublié le cauchemar de sa fuite dans l'obscurité à travers les champs enneigés, le frisson de la mort, les débris humains dans le cratère creusé par la mine.

— Oui.

Il plia les aveux et les glissa dans une poche intérieure. Ensuite, il fixa le vieillard sans la moindre émotion. Une créature fragile détruite par sa propre philanthropie mal avisée. Malgré tout, il ne s'était pas départi d'une certaine dignité. Bannerman aurait préféré le haïr, mais il ne trouvait au fond de lui que la douleur sourde du néant. Les yeux tristes et larmoyants de Lord Armsdale étaient braqués sur lui.

— J'ai fait ce que je pouvais, dit soudain le vieux politicien. Mais je suppose que ce n'est pas suffisant. On ne peut jamais réparer ses erreurs.

La tête baissée, il contempla ses mains posées sur ses genoux. Sa pipe s'était de nouveau éteinte.

— Je pense…

Il ne put achever sa phrase. Lorsqu'il releva la tête, Bannerman vit de grosses larmes silencieuses couler sur ses joues.

— Excusez-moi.

Il se leva maladroitement, en sortant un mouchoir de sa poche pour effacer son humiliation et sa honte. Puis il contourna son fauteuil et disparut par une porte donnant sur une pièce attenante.

Bannerman ferma les yeux et laissa tomber sa tête en arrière. Demain, il retournerait à Édimbourg, pour écrire un article qui ferait tomber le gouvernement. L'ironie de la chose résidait dans son injustice. Il repensa à ces dix derniers jours. Slater, Tania, Marie-Ange Piard, Gryffe, Jansen, Lapointe. La vieille dame. Le cadavre de Platt sur la table d'autopsie. Du Maurier. Sally. Que savait-il de chacun d'eux ? Et maintenant Armsdale.

Un bruit le fit brusquement sursauter. Il se pencha en avant dans un mouvement de peur et de confusion. Puis il comprit. Il se leva et se dirigea lentement vers la porte ouverte par laquelle le vieil homme avait disparu quelques minutes plus tôt. Elle donnait dans un petit bureau lambrissé de chêne. Lord Armsdale gisait par terre, sur le ventre, au milieu d'une flaque de sang qui s'étalait et s'infiltrait dans le tapis. Des morceaux de cervelle avaient giclé sur le sol et le lambris. La moitié supérieure de la tête du vieillard avait explosé ; le revolver était tombé à quelques centimètres de sa main blanche serrée.

Pris d'une envie de vomir, il se détourna et se retint d'une main au mur. On a beau avoir souvent vu la mort, on ne s'y habitue jamais.

La porte du hall s'ouvrit à la volée ; Arthur entra en courant dans le salon, stoppa net quand il vit Bannerman sur le seuil du bureau, puis se précipita vers son maître. Il foudroya le journaliste du regard, persuadé que c'était lui le coupable. Ses épaules s'affaissèrent de désespoir et de déception lorsqu'il dut accepter la réalité. Sans un mot, il quitta précipitamment la pièce.

Après quelques instants, Bannerman regagna le hall. Des pas dans l'escalier lui firent lever la tête. Arthur descendait, un fusil de chasse dans les mains. En s'apercevant que Bannerman l'avait vu, il s'arrêta. Une lueur de folie brillait dans ses yeux.

— Vous l'avez tué, dit-il d'une voix tendue, cassée. Même si c'est pas vous qu'avez appuyé sur la détente, c'est vous qui l'avez tué.

On voyait qu'il luttait intérieurement contre de vieux démons.

— J'aimais ce vieil homme. Je l'aimais vraiment. Je vous tuerai pour avoir fait ça.

Et il leva le fusil.

— Alors ce serait nier son sacrifice, dit Bannerman avec un calme anormal et malgré la peur qui lui donnait la chair de poule. Il a commis une erreur. Et il a choisi la seule issue honorable. De même qu'il a fait tuer des hommes pour sauver sa patrie, il s'est suicidé en un ultime sacrifice. Ses propres mots.

Les secondes semblaient s'éterniser. Tendu, l'homme aux cheveux blancs visait toujours le journaliste avec son fusil.

— Vous feriez mieux d'appeler la police, lui conseilla Bannerman.

C'était maintenant ou jamais. Il tourna lentement le dos et marcha vers la porte, en s'attendant d'une seconde à l'autre à entendre l'explosion d'un coup de feu. Sa main trembla sur le métal froid de la poignée.

Puis tout fut terminé. Il était dehors, le visage fouetté par le vent, la porte refermée derrière lui. Il poussa un long soupir et regarda les arbres se balancer dans l'obscurité. Le gravier crissa sous ses pieds quand il retourna à sa voiture.

CHAPITRE 37

Debout sous le halo lumineux d'un lampadaire du quai numéro deux, Bannerman attendait le train. La gare de Preston était presque déserte. Un peu plus loin, une ou deux silhouettes indistinctes regardaient de l'autre côté de la voie. Un écrasant sentiment de solitude pesait sur ses épaules. Au-delà des lumières des neuf quais, des feux rouges et orange brillaient dans le lointain, vers le nord. Vers l'ouest, il voyait scintiller les réverbères de la ville. Le monde s'était refermé derrière ses portes closes et ses rideaux tirés, en dehors de quelques voyageurs fatigués et d'une poignée de travailleurs de nuit de British Rail.

Il entendit, venant du sud, le grondement du train de Glasgow qui franchissait à grand fracas les croisements des voies, entre les vestiges noircis de l'abandon industriel. Ses fenêtres éclairées surgirent de l'obscurité, puis il ralentit et s'arrêta en grinçant le long du quai. Dès que les portières s'ouvrirent, Bannerman grimpa dans le wagon des premières classes. Il trouva un compartiment vide, jeta ses affaires dans le porte-bagages et s'affala sur une place dans le sens de la marche, vers le nord.

Au bout de quelques minutes, il entendit les portières claquer puis un coup de sifflet transpercer la nuit. Le train s'ébranla lentement avant d'accélérer dans la nuit. Bannerman regarda les quais vides s'éloigner. Les salles d'attente éteintes fermées pour la nuit. Les volets baissés du kiosque à journaux. Une affiche se souleva dans le courant d'air. Les gros titres du soir. La moitié supérieure était invisible, mais les mots LA FILLE MEURT lui apparurent brièvement dans un éclair de lumière. Sa poitrine se contracta de douleur, les larmes lui montèrent aux yeux. Une pensée vint l'obséder. Il n'avait même pas téléphoné pour prendre de ses nouvelles. Elle était morte seule. Et tout le monde s'en fichait.

La porte du compartiment s'ouvrit alors, mais il y prêta peu d'attention. Jusqu'à ce que l'immobilité de la silhouette debout sur le seuil l'incite à tourner la tête.

Sally souriait, mal à l'aise.

— Neil, murmura-t-elle. Je t'ai vu sur le quai…

Il la regardait avec des yeux ronds. En pleine confusion. Il voulait se lever, la prendre dans ses bras. Mais c'était comme si toutes ses forces l'avaient subitement abandonné.

— Elle est morte, s'entendit-il dire.

Sally fronça les sourcils.

— Qui est morte ?

— Tania. Je l'ai vu sur une affiche.

Interloquée, Sally ouvrit son sac et en sortit un numéro froissé de l'*Evening Standard* de Londres.

— Tu te trompes.

Elle lui tendit le journal où un gros titre annonçait :

AGRESSION SEXUELLE
LA FILLE MEURT

— C'est une histoire qui s'est passée à Londres. Tania a survécu. J'étais avec Du Maurier quand l'hôpital lui a téléphoné. Les médecins affirment qu'elle s'en sortira.

Brusquement, Bannerman eut l'impression qu'un barrage venait de céder en lui et que tout ce qu'il retenait depuis des années se déversait d'un seul coup. Il sentit revenir la douceur de la lumière, de l'espoir, de l'amour. Bondissant sur ses pieds, il saisit les mains de Sally, l'embrassa et la serra contre lui.

— Je regrette tellement, chuchota-t-elle. Il fallait que je revienne. Il fallait que… j'essaye avec toi.

Il l'obligea à se taire en posant un doigt sur ses lèvres.

— Ne regrette rien. C'est une mauvaise façon de commencer.

Elle rit et lui embrassa le doigt. Il l'embrassa encore, prit son sac et referma la porte. Une fois assise, elle leva les yeux vers lui :

— Tu as ton article ?

Bannerman eut un sourire ironique.

— Comme toujours, dit-il en s'avançant vers la fenêtre qui lui renvoyait son reflet. C'est drôle à quel point tout ça me paraît sans importance maintenant. À côté de la vie d'une enfant, à côté de la chance d'aimer de nouveau. Après tout, ça ne fera tomber qu'un gouvernement.

Il enfonça ses mains dans ses poches et sentit un petit papier sous les doigts de sa main droite. Un bout de papier déchiré d'un carnet, qui était resté caché depuis qu'une petite main aimante l'y avait glissé. Il le sortit pour le déplier et lut les trois mots malhabiles tracés au crayon. JE TAIME NEIL.

POSTFACE

À la fin des années 1970, j'ai entrepris d'écrire le roman qui devait devenir *La Petite Fille qui en savait trop*. J'étais journaliste, à l'époque, reporter au bureau de Glasgow du quotidien *The Scotsman*. Je n'avais même pas vingt-cinq ans.

En Grande-Bretagne, les années 1970 ont été une période de bouleversement politique et industriel, avec deux élections générales, l'une en 1974, l'autre en 1979.

Les conflits sociaux ont abouti aux grèves des mineurs, des éboueurs, des routiers, des ouvriers du secteur automobile et de bien d'autres encore. Nous avons subi la semaine de trois jours, quand il n'y avait pas assez d'électricité pour alimenter une semaine complète de travail. La consommation ménagère était limitée, l'éclairage public éteint.

Une bataille politique épique entre la gauche et la droite a finalement été remportée par cette dernière, avec l'élection de Margaret Thatcher, qui s'est empressée de démolir systématiquement le pouvoir du mouvement syndicaliste avec une série de mesures législatives castratrices.

C'est aussi la décennie au cours de laquelle la Grande-Bretagne a rejoint le Marché commun, devenu plus tard l'Union européenne. (Ironie du sort, ce livre ressort presque quarante après et l'Europe est toujours au centre du débat politique britannique.)

J'avais envie d'écrire une intrigue politique, sur fond de l'agitation sociale que je relatais chaque jour dans mes articles – et je voulais la situer à Bruxelles, cœur de la nouvelle Europe à laquelle la Grande-Bretagne avait confié son avenir.

À cette époque, j'avais rassemblé une série de coupures de presse sur l'assassinat d'un député français, le prince Jean de Broglie, ancien secrétaire d'État sous Charles de Gaulle. Un matin de décembre 1976, il avait été assassiné dans une petite rue de Paris en sortant de chez son conseiller fiscal. Une sinistre histoire entourée d'ombres et d'obstructions. Une affaire expédiée en cinq jours par le gouvernement sans qu'aucun mobile satisfaisant n'ait jamais été attribué à ce meurtre. Plus tard, le président français, Giscard d'Estaing, fut convoqué comme témoin au procès des accusés – parmi lesquels un ancien inspecteur de police. Au cours des années suivantes, plusieurs des personnes impliquées dans l'affaire moururent mystérieusement dans des accidents de voiture. Cet évènement a exercé sur moi une si grosse impression qu'il m'a inspiré ce roman.

Puis, par le plus pur des hasards, j'ai lu dans un supplément du dimanche un article sur une enfant autiste douée d'un talent remarquable pour le dessin. Nadia Chomyn était la fille d'un couple d'Ukrainiens diplômés en sciences, installés au Royaume-Uni ; un livre sur l'enfant et ses dessins venait d'être publié par la psychiatre Lorna Selfe. Il avait pour titre *Nadia : A Case of Extraordinary Drawing Ability in an Autistic Child* (Nadia : Un cas d'aptitude extraordinaire au dessin chez une enfant autiste).

Intrigué, j'ai acheté ce livre. Le réalisme incroyable et l'extraordinaire mise en perspective des dessins de cette enfant autiste m'ont sidéré. Une idée a alors commencé à germer dans mon imagination – une enfant autiste douée de ce talent est témoin du meurtre d'un membre du gouvernement britannique en poste à Bruxelles. Son seul moyen de communiquer ce qu'elle a vu est de dessiner le tueur. Interrompue avant d'avoir eu le temps d'achever son visage, elle refuse de le compléter. Mais le tueur peut-il se permettre de prendre le risque qu'elle ne le finira pas un jour ?

En préparant cette postface sur mes recherches et les origines de l'histoire, j'ai eu la tristesse d'apprendre que Nadia est morte en 2015 à l'âge de quarante-huit ans. Elle n'en avait que dix la première fois que j'ai entendu parler d'elle et que j'ai été émerveillé par son talent. En lisant sa notice nécrologique, j'ai senti mes cheveux se hérisser sur ma nuque en découvrant qu'elle avait une sœur prénommée Tanya – sans le savoir, j'avais appelé Tania la petite fille de mon livre.

Le livre sur Nadia est disponible en anglais ; ses dessins ne sont pas moins extraordinaires aujourd'hui qu'ils l'étaient alors.

Naturellement, j'ai effectué de nombreuses recherches sur l'autisme, et visité une clinique spécialisée à Glasgow.

Mais, pour compléter mes recherches sur le décor de mon roman, j'ai dû également me rendre à Bruxelles, en plein cœur d'un hiver glacial de la fin des années 1970.

J'étais fier d'écrire pour *The Scotsman*, considéré alors comme l'un des quotidiens les plus prestigieux d'Écosse. Il faut cependant préciser que ce n'était pas le job le mieux payé dans le monde du journalisme. Quand, au début de 1979, j'en suis parti pour entrer au *Glasgow Evening Times*, mon salaire a presque doublé du jour au lendemain. Je me souviens d'un de mes amis, lui aussi salarié de la rédaction de Glasgow du *Scotsman*, qui avait été vu jouant de la musique dans Buchanan Street un samedi après-midi, par un confrère d'un journal concurrent. Peu de temps après, un article paru dans la rubrique satirique de ce journal insinua que les journalistes écossais étaient si mal payés qu'ils en étaient réduits à chanter dans la rue pour boucler leurs fins de mois.

À cette époque, j'étais marié, avec un crédit immobilier et un jeune enfant (et je complétais mes revenus en chroniquant chaque samedi les matchs de foot de la première ligue écossaise). Comme je ne pouvais pas m'offrir l'avion pour aller à Bruxelles, j'ai pris le train – avec un billet bon marché, en voyageant de nuit entre Glasgow et Londres, j'ai mis quinze heures pour arriver à destination.

Je conserve des souvenirs très précis de ce voyage, en partie parce que j'en ai utilisé certains dans ce livre pour raconter le voyage du tueur, de Londres à Bruxelles, par le train puis le ferry afin d'éviter les détecteurs d'armes.

Je me revois arrivant à Bruxelles le soir, débarquant du train dans l'une des gares les moins fréquentées, avançant d'un pas lourd dans les petites rues à la recherche de l'hôtel où j'avais réservé une chambre – la moins chère que j'avais pu trouver. C'était la première fois que je voyais des prostituées se vendre dans des vitrines.

J'ai passé la semaine suivante à explorer Bruxelles en métro, prémétro (des bus qui roulent en sous-sol) et à pied. J'ai parcouru des kilomètres pour m'imprégner de cette ville qui m'apparaissait comme une espèce d'hybride étrange entre Glasgow et Paris. J'étais frappé, aussi, par le caractère schizophrénique de l'endroit – deux cultures (française et flamande) qui semblaient n'avoir jamais fusionné. Je me rappelle avoir vu, au cinéma, un film en anglais sur un écran à moitié masqué par les sous-titres inscrits dans les deux langues pour satisfaire les deux communautés.

J'ai identifié les lieux que je voulais utiliser dans mon histoire, mais il me fallait une carte de contrôle d'accès pour pouvoir pénétrer au Berlaymont (siège de la Commission européenne) et au Conseil de l'Union européenne. Cette carte, c'est David Gow, alors correspondant pour l'Europe de *The Scotsman*, qui me l'a procurée. Ainsi qu'une accréditation de correspondant parlementaire, qui me permettait d'assister aux conférences de presse officielles et aux briefings officieux.

À Bruxelles, j'ai rencontré les correspondants pour l'Europe de tous les journaux du continent, je me suis soûlé avec eux dans les mêmes bars, j'ai mangé avec eux dans les mêmes restaurants. C'était une approche unique de la manière dont tout fonctionnait alors – et je ne suis pas certain que cela ait beaucoup changé depuis quarante ans.

Finalement, j'ai entamé le long voyage de retour en train et en ferry. Je me souviens qu'à un moment, entre Bruxelles et la côte de la mer du Nord, nous nous sommes arrêtés dans la plaine des Flandres. Au milieu de la brume matinale, j'ai regardé un chemin de terre incurvé, bordé d'arbres dénudés, qui se perdait dans l'obscurité. L'espace d'un instant, j'ai eu une vision très nette des troupes débraillées et démoralisées de la Première Guerre mondiale en train d'avancer péniblement vers moi dans la boue.

Ce voyage évocateur et déterminant a modelé le ton et le contenu de ce roman.

PETER MAY
Lot, 2018

DU MÊME AUTEUR

La série chinoise

MEURTRES À PÉKIN, Le Rouergue, 2005 ; Babel noir n° 9.

LE QUATRIÈME SACRIFICE, Le Rouergue, 2006 ; Babel noir n° 15.

LES DISPARUES DE SHANGHAI, Le Rouergue, 2006 ; Babel noir n° 19.

CADAVRES CHINOIS À HOUSTON, Le Rouergue, 2007 ; Babel noir n° 26.

JEUX MORTELS À PÉKIN, Le Rouergue, 2007 ; Babel noir n° 34.

L'ÉVENTREUR DE PÉKIN, Le Rouergue, 2008 ; Babel noir n° 44.

LA SÉRIE CHINOISE (édition intégrale), volume 1, Le Rouergue, 2015 ; volume 2, Le Rouergue, 2016.

La trilogie écossaise

L'ÎLE DES CHASSEURS D'OISEAUX (prix Cezam Inter-CE), Le Rouergue, 2009 ; Babel noir n° 51.

L'HOMME DE LEWIS (prix des lecteurs du *Télégramme*), Le Rouergue, 2011 ; Babel noir n° 74.

LE BRACONNIER DU LAC PERDU (prix Polar international de Cognac), Le Rouergue, 2012 ; Babel noir n° 101.

LA TRILOGIE ÉCOSSAISE (édition intégrale), Le Rouergue, 2014.

Série assassins sans visage

LE MORT AUX QUATRE TOMBEAUX, Le Rouergue, 2013 ; Rouergue en poche n° 17.

TERREUR DANS LES VIGNES, Le Rouergue, 2014 ; Rouergue en poche n° 22.

LA TRACE DU SANG, Le Rouergue, 2015 ; Rouergue en poche n° 24.

L'ÎLE AU RÉBUS, Le Rouergue, 2017 ; Rouergue en poche n° 27.

TROIS ÉTOILES ET UN MEURTRE, Le Rouergue, 2019 ; Rouergue en poche n° 29.

UN ALIBI EN BÉTON, Le Rouergue, 2020 ; Rouergue en poche n° 31.

LA GARDIENNE DE MONA LISA, Le Rouergue, 2022.

SCÈNE DE CRIME VIRTUELLE, Le Rouergue, 2013 ; Babel noir n° 141.
L'ÉCOSSE DE PETER MAY (photographies de David Wilson), Le Rouergue, 2013.
L'ÎLE DU SERMENT (Trophée 813 du meilleur roman étranger), Le Rouergue, 2014 ; Babel noir n° 163.
LES FUGUEURS DE GLASGOW, Le Rouergue, 2015 ; Babel noir n° 190.
LES DISPARUS DU PHARE, Le Rouergue, 2016 ; Babel noir n° 210.
JE TE PROTÉGERAI, Le Rouergue, 2018 ; Babel noir n° 241.
LA PETITE FILLE QUI EN SAVAIT TROP, Le Rouergue, 2019 ; Babel noir n° 293.
RENDEZ-VOUS À GIBRALTAR, Le Rouergue, 2020 ; Babel noir n° 274.
QUARANTAINE, Le Rouergue, 2021.
UN CHEMIN SANS PARDON, Le Rouergue, 2023.

OUVRAGE RÉALISÉ
PAR L'ATELIER GRAPHIQUE ACTES SUD
ACHEVÉ D'IMPRIMER
SUR ROTO-PAGE
EN SEPTEMBRE 2023
PAR L'IMPRIMERIE FLOCH
À MAYENNE
POUR LE COMPTE DES ÉDITIONS
ACTES SUD
LE MÉJAN
PLACE NINA-BERBEROVA
13200 ARLES

DÉPÔT LÉGAL
1re ÉDITION : OCTOBRE 2023
N° impr. : 103197
(Imprimé en France)